Tod im Mumienschrein

John Mackenzies elfter Fall

Emma Goodwyn

Im Gegensatz zu den Schauplätzen
sind alle Personen und Ereignisse der Handlung rein fiktiv,
mögliche Ähnlichkeiten zu echten Personen und Geschehnissen
keinesfalls beabsichtigt.

Mehr von Emma Goodwyn:

Tod im Tower
Tod im Kilt
Tod im Museum
Tod im Schatten der Tower Bridge
Tod in Westminster
Tod im Tropenhaus
Tod in Tintagel
Tod im House of Lords
Tod auf dem Campus
Tod in Bletchley Park

Besuchen Sie die Autorin unter
www.emma-goodwyn.com!

Emma Goodwyn
c/o Hartmut Albert Fahrner
Am Tannenburganger 36
84028 Landshut

Kontakt: emma@emma-goodwyn.com

Druck: Amazon Media EU

Veröffentlichungsdatum: 1. Juni 2023

(V1.0)

Prolog

Feierlich berührte der Hohepriester Mund und Nase, Augen und Ohren des mumifizierten Körpers. Durch diese Gesten sollte die Seele der Verstorbenen wieder in der Lage sein, zu sehen, zu hören, zu sprechen und Nahrung aufzunehmen. Für diese letzten Riten trug er die schakalköpfige Maske des Anubis, der die Toten in die Unterwelt geleitete. Bizarre Schatten tanzten über die Wände des Grabestempels, in dem die körperliche Hülle von Anchnesneferibre heute zur Ruhe gebettet werden würde.

Über ein halbes Jahrhundert lang hatte die Tochter des Pharaos Psammetich II über Theben geherrscht. Der Basaltsarkophag trug ihren Ehrentitel: Hemet-netjer-en-Amun, Gottesgemahlin des Amun.

Gesänge und Gebete erfüllten den Raum, während die Mumie mit duftenden Ölen gesalbt und dann in ihren steinernen Sarg platziert wurde. Auf ein Nicken des Hohepriesters traten mehrere kräftige Männer heran, die den Schrein in die reich verzierte Kammer trugen, die der Ka-Seele der Pharaonentochter ewige Heimstatt sein sollte. Der Eingang wurde sorgsam verschlossen und versiegelt. Mit dem guten Gefühl, ihrer Herrscherin einen würdigen Abschied von der irdischen Welt bereitet zu haben, nahm die Priesterschaft zu einem opulenten Festmahl Platz. Nichtsahnend, dass ihrem Land große Veränderungen bevorstanden.

Eroberer aus Persien kamen und übernahmen die Macht in Ägypten, um ihrerseits 200 Jahre später von Alexander dem Großen und seinen gewaltigen Heeren vertrieben zu werden. In jener Zeit, später die ‚ptolemäische' genannt, wurde Anchnesneferibres Totenruhe jäh gestört. Plünderer drangen in ihre Grabstätte ein. Einem der Eindringlinge gefiel der mächtige Basaltsarkophag und er beschloss kurzerhand, diesen für sein eigenes Begräbnis zu verwenden.

Was aus der Mumie der Gottesgemahlin des Amun wurde, bleibt im Dunkel der Geschichte verborgen. Dem dreisten Grabräuber war es jedoch ebenso wenig vergönnt, ewige Ruhe in dem schwarzen Schrein zu finden. Auch seine sterblichen Überreste wurden entfernt. Der leere Sarkophag ging auf die Reise nach London, wo er heute in einem der gigantischen Depots des Britischen Museums verwahrt wird.

Dort fand sich der Schrein, der ein halbes Jahrtausend vor Christus einer Pharaonentochter der 26. Dynastie gewidmet worden war, an einem Juniabend des Jahres 2016 ein weiteres Mal seines ursprünglichen Zwecks entfremdet.

Die tonnenschwere Deckplatte hob sich mithilfe einer ausgeklügelten Seilzugmaschinerie in die Höhe und ein Körper wurde gänzlich unzeremoniell hineinbugsiert. Sein letztes Röcheln verklang ungehört. Über die heiligen Hallen, die Kulturschätze aus aller Welt beherbergen, senkte sich wieder Stille.

Kapitel 1

„Pauline, *c'était merveilleux*", seufzte Louise Mercier. „Dein Boeuf Bourguignon – ein Traum. Als hättest du das Kochen bei Auguste Escoffier persönlich gelernt."

Während Pauline geschmeichelt lächelte, nahm John einen weiteren großen Schluck Mineralwasser. Er spürte angesichts der zweieinhalb Flaschen Burgunderweins, in denen das Rindfleisch geschmort hatte, einen dickwattigen Nebel durch seinen Kopf wabern. Auf Paulines hartnäckiges Drängen hatte er vor dem Eintreffen der Gäste ein ums andere Mal die Sauce verkosten und ihr versichern müssen, dass diese auch wirklich hervorragend gelungen war. Die Aussicht, ihrer französischen Freundin eines der berühmtesten Gerichte ihrer Heimat zu kredenzen, hatte Pauline in ungewohnte Nervosität versetzt.

„Echt große Klasse", kommentierte Johns alter Freund Mike Nichols und rieb sich behaglich über seinen voluminösen Bauch, den er heute eigens für den französischen Abend in ein Hemd mit prächtig gefiederten Hähnen gehüllt hatte. Dann beugte er sich zu John und musterte ihn forschend. „Alles okay bei dir, Kumpel? Du wirkst irgendwie … geistesabwesend."

Pauline entfuhr ein Kichern. „Oje! Ich glaube fast, mein armer Hase ist ein klein wenig beschwipst."

„Hast 'n bisschen übertrieben beim Vorglühen, was?", kam es etwas gönnerhaft von Nathan Bennett, Louises Ehemann. „Na, das kann schon mal passieren, dass man einen zu viel zwitschert."

„Ich habe gar nichts gezwisch … getschitz …" John biss sich ergrimmt auf die Lippen. Dann holte er tief Luft. „Getrunken."

„Ja, klar." Bennett zwinkerte John mit einem Seitenblick auf Pauline übertrieben zu. Dass diese ihn wiederum mit einem zürnenden Blick fixierte, der für gewöhnlich selbst pubertären Mittelstufenschülerinnen deutlich machte, dass das Maß nun voll war, entging Louises Mann gänzlich.

„So ein reichhaltiges Sößchen kann einem schon zu Kopf steigen, wenn man nichts gewöhnt ist", warf Mike ein. „Ich weiß noch, wie wir damals in einem Biochemie-Seminar im Studium eine Reihe legendärer Experimente gemacht haben." Er gluckste amüsiert in seinen Weihnachtsmann-Bart hinein. „Wir haben intensiv alle Variablen erforscht: Zubereitungsart, Erhitzungsgrad und –dauer, Art des eingesetzten Alkohols und so weiter. Das Ganze ging mit intensiver

Selbsterfahrung einher, denn wir mussten die Resultate unserer Versuche natürlich testen."

„Sensationell, wie du dich schon als Jungspund so uneigennützig in den Dienst der Wissenschaft gestellt hast", spottete Sophie, Mikes Frau und von Beruf Lehrerin wie Pauline, mit einem Grinsen.

„In der Tat. Fazit war: Den Mythos, dass der Alkoholgehalt durch das Kochen von Speisen komplett verschwindet, haben wir eindeutig widerlegen können. Gerade bei Schmorgerichten, wo wenig Dampf entweichen kann, bleibt ein gar nicht mal so kleiner Teil des Alkohols im Essen."

„Mhm", murmelte John leidend und griff wieder nach dem Wasser.

„Ihr vier habt euch also in Ägypten kennengelernt? So eine Nil-Kreuzfahrt stelle ich mir herrlich vor", wechselte Sophie das Thema.

„Das ist es wirklich", sagte Pauline und hob postwendend an, im lebhaften Wechsel mit Louise ihre Urlaubserlebnisse im Land der Pharaonen in glühenden Farben zu schildern. Froh, dass kein Gesprächsbeitrag von ihm erwartet wurde, lehnte John sich auf seinem Stuhl zurück und ließ seinen Blick auf Pauline ruhen, die ihm gegenüber saß. Seit bald zwei Jahren waren sie nun zusammen und bis heute bezauberte ihn das Lächeln in ihren meergrünen Augen stets aufs Neue.

Er konnte sich eines Anflugs von Neid nicht erwehren, wenn er Mike und Sophie betrachtete, die seit einem guten Vierteljahrhundert miteinander verheiratet waren und einen schon erwachsenen Sohn hatten, der nach Abschluss seines Studiums gerade eine Stelle in Madrid angetreten hatte. Wenn Mike, Ornithologe am Naturhistorischen Museum in London, nicht auf einer seiner Regenwaldexkursionen unterwegs war, teilten er und seine Frau ihr Leben in ihrer gemütlichen Wohnung in Islington.

Jeden Tag gemeinsam mit Pauline aufzuwachen und abends nach Dienstschluss zu ihr heimzukehren, wäre Johns Traum gewesen. Ein auf unabsehbare Zeit nicht erfüllbarer Traum jedoch, denn Pauline lebte 200 Meilen nördlich in York, wo sie als stellvertretende Leiterin einer Mädchenschule arbeitete. Zudem verbrachte sie viel Zeit in ihrer ursprünglichen Heimat in der Nähe von Edinburgh, um sich um ihre Eltern zu kümmern. So konnten sie sich meist nur ein- bis zweimal im Monat ein Wochenende stehlen, wenn Johns Dienst als Yeoman Warder und Assistent des Ravenmasters im Tower von London dies erlaubte.

John seufzte innerlich, tröstete sich aber dann mit dem Gedanken an die in rund sechs Wochen bevorstehenden Sommerferien. Dann würde er mit Pauline zwei glorreiche Wochen in Südfrankreich verbringen.

In diesem Moment wurde ihm gewahr, dass der Gesichtsausdruck seiner Herzensdame sich verdüstert hatte und ein zorniger Funke in ihren Augen aufglomm.

„Du glaubst doch nicht wirklich diesen Unsinn? Dass sich dann mit einem Schlag eine goldene Zukunft für das Land auftut?“

Nathan Bennett nickte bekräftigend. „Genauso wird es sein, das werdet ihr sehen. Sobald unsere ganzen Steuergelder nicht mehr nach Brüssel gehen, wird es einen Riesenaufschwung geben. Und außerdem können wir endlich wieder selbst entscheiden und müssen uns nichts mehr von denen auf dem Kontinent diktieren lassen.“

Oh-oh. Dieselbe Diskussion, die auf der gesamten Insel wogte und nicht einmal zwei Wochen vor dem Referendum immer erbitterter geführt wurde, hatte nun auch ihren Abendbrottisch erreicht. Und Pauline gehörte wie viele Schotten zu den leidenschaftlichsten Kämpfern für den Verbleib in der EU. Auch Johns Großtante Isabel, die hochbetagte, aber immer noch bemerkenswert vitale Patriarchin des Mackenzie-Clans und Ikone der *Scottish National Party*, hatte in den letzten Wochen immer wieder ihre Schaffarm in den Highlands verlassen und auf etlichen Veranstaltungen die Trommel für die *Remainers* gerührt.

„Endlich werden auch die ganzen Ausländer, die sich bei uns breit machen und unseren Leuten die Arbeitsplätze wegnehmen, gehen müssen“, schwadronierte Bennett weiter.

„Ah, du meinst Leute wie deine Frau und mich“, warf Mike ein. Er hatte nach Ende seines Studiums seine kalifornische Heimat verlassen und war Sophie nach England gefolgt.

„Unsinn“, wehrte Bennett ab. „Ich rede doch nicht von hochqualifizierten Leuten wie euch – “

„Sondern von den Heerscharen von fleißigen Männern und Frauen, ohne die unsere Krankenhäuser zusperren könnten und keine Baustelle jemals fertig werden würde“, fiel Pauline ihm rüde ins Wort.

Bevor Nathan Bennett sich ein noch tieferes Grab schaufeln konnte und der lange geplante Paare-Abend komplett den Bach hinunterging, erhob John die Stimme. „Ich würde vorschlagen, ich kümmere mich jetzt um das Geschirr und ihr könnt euch ein paar Fotos von unserer Reise ansehen, wenn ihr mögt.“

„Super Idee. Ich bin dabei. Zum Kochen bin ich zwar nicht zu gebrauchen, aber ich bin ein unschlagbarer Abräumer.“ Schon hatte Mike ein paar Teller zusammengestellt.

John befürchtete schon, Nathan Bennett würde ebenfalls seine Hilfe anbieten, aber Louises Mann verzog sich zusammen mit den Frauen ins Wohnzimmer. Dort ließ er sich in einem Sessel nieder und zog sein Handy heraus, während die Frauen das Fotoalbum durchblätterten, das Pauline nach der Reise für John zusammengestellt hatte. Mike stapelte geschickt die Teller in den kleinen Geschirrspüler und John deponierte die Reste des Schmorgerichts im Kühlschrank.

„Louise scheint ja eine echt nette Person zu sein, aber was will sie mit diesem Holzkopf?“, raunte Mike, als er Messer und Gabeln laut klappernd im Besteckkorb versenkte.

John entfuhr ein Schnauben. „Dasselbe sagt Pauline seit dem ersten Tag, an dem wir die beiden kennengelernt haben“, gab er leise zurück. „Es tut mir leid, dass wir ihn jetzt alle ertragen müssen, aber wir mussten ihn aus Höflichkeit Louise gegenüber einladen.“

„Kein Stress, Kumpel.“ Mike klopfte John auf die Schulter. „Erzähl, ist Renie schon im Reisefieber?“

Johns älteste Nichte würde gleich nach Ende des Sommertrimesters ihren noch recht frisch angetrauten Ehemann Geoff, Dozent an der Universität Cambridge, zu einer Forschungsexpedition nach Costa Rica begleiten.

„Ich habe sie in letzter Zeit kaum gesehen, aber sie hat sich für morgen Abend zum Abschiedsessen bei mir angesagt, bevor es auf die Reise geht“, sagte John. „Soweit ich das mitbekommen habe, steckt sie gerade noch voll im Klausurenstress. Sie hat ein ziemlich großes Programm zu bewältigen, nachdem sie parallel zu den üblichen Kursen im ersten Studienjahr schon einen guten Teil der Ausbildung zur Parlamentsreporterin durchlaufen hat und jetzt überall Prüfungen anstehen.“

„Das Ganze, nachdem sie auch noch innerhalb weniger Monate zwei Mörder zur Strecke gebracht hat – natürlich wieder mit familiärer Mithilfe.“ Mike schüttelte schmunzelnd den Kopf. „Ihr Mackenzies seid schon alle miteinander ein lustiger Haufen.“

„Ein Clan mit fast schon mafiöser Struktur, wie uns dieser neue Chief Inspector vom Yard bescheinigt hat“, gab John zurück und schnappte sich ein Tuch, um den Tisch abzuwischen. Als alles erledigt war, hatte sich der Nebel in seinem Kopf zu seiner Erleichterung verzogen. Er ging ins Wohnzimmer und sagte, „Wir sollten allmählich aufbrechen. Unser Zeitfenster startet um acht."

Anfang des Jahres hatte die Königliche Schlösserverwaltung den Angehörigen der Wacheinheiten des Towers das Privileg erteilt, an einem Abend pro Monat Privatführungen im kleinen Kreis zu den Kronjuwelen anzubieten. Kaum hatte Commander Mullins dies bei einer Dienstbesprechung seiner 36-köpfigen Truppe angekündigt, waren die Wartelisten zum Bersten voll gewesen. Die Chance, Angehörigen und Freunden den wertvollsten Schatz des Towers ohne das übliche Gedränge und Geschiebe der täglich Tausenden von Besuchern zu zeigen, wollte sich niemand entgehen lassen. So hatte es bis Juni gedauert, bis John einen der begehrten Termine ergattern konnte.

„Wir wissen es wirklich sehr zu schätzen, dass wir heute Abend dabei sein dürfen", sagte Louise, als sie über den Innenhof des Towers hinüber zum Waterloo Block gingen. „*Merci beaucoup*, John."

„*De rien*", antwortete John lächelnd. Pauline lernte seit einigen Monaten intensiv Französisch und einige einfachere Ausdrücke hatte er von ihr aufgeschnappt.

„Das ist ja wie Fort Knox hier", entfuhr es Mike wenig später, als sie gemeinsam mit einer anderen Gruppe unter Führung von Johns Beefeaterkollegen Michael Conners in den Hochsicherheitstrakt eingelassen wurden und eine überdimensionale Tresortür passierten.

Einer der beiden schwerbewaffneten Nationalgardisten, die den Eingang bewachten, musste sich sichtlich das Lachen verbeißen, als Mike fortfuhr, „Schaut euch das an, die Tür ist so dick wie mein Bauch."

„Wir hüten hier auch unbezahlbare Kostbarkeiten", sagte John. „Genaue Schätzungen gibt es zwar nicht, aber ihr Wert soll wohl über drei Milliarden Pfund liegen."

„Drei Milliarden! Heiliger Strohsack!", kommentierte Mike staunend. „Und das gehört alles der Königin?"

„Nicht direkt", ergriff Pauline das Wort. „Der Besitz geht nach einem Parlamentsbeschluss aus dem 17. Jahrhundert von einem Monarchen auf den nächsten über, gehört aber niemandem persönlich. Das Gesetz wurde erlassen, nachdem Charles I. sich im 17. Jahrhundert einen guten Teil des königlichen Gold- und Juwelenbesitzes schnappte, außer Landes schmuggeln und in Amsterdam verhökern ließ, um seine leeren Kassen aufzufüllen – " Sie hielt inne und blickte zerknirscht drein. „Oh, entschuldige, John. Jetzt ist der Geschichtslehrer-Gaul wieder mit mir durchgegangen."

Er lachte und gab ihr einen schnellen Kuss. „Ich höre dir immer gern zu, das weißt du. Außerdem werde ich ja erst seit ein paar Monaten hier im Waterloo Block eingesetzt und bin immer noch dabei, mich einzulesen, damit ich den Besuchern keinen Unsinn erzähle."

Mit einem Blick in die Runde meinte er, „Wir haben eine knappe Dreiviertelstunde Zeit, bis die nächsten Gruppen kommen. Alle 142 Stücke aus dem Kronschatz, die wir hier haben, können wir uns also nicht ansehen. Womit möchtet ihr beginnen?"

„Mit den Kronen, bitte", kam es wie aus der Pistole geschossen von Sophie. „Ich war zwar schon einige Male mit meinen Schulklassen hier, aber auf diesem Rollband hat man ja gar keine Chance, sich alles genau anzusehen."

„In Ordnung." John ging voraus zu der langen Glasvitrine, welche die Hauptanziehungspunkte der Ausstellung beherbergte. Vor einigen Jahren war hier ein Transportband im Boden installiert worden, damit der Touristenstrom in halbwegs geordneten Bahnen vorbeizog. Da Michael Conners mit seinen Besuchern vor dem Schaukasten mit den goldgewirkten Krönungsgewändern stand, konnten Johns Gäste die schillernden Prunkstücke nun in Ruhe auf sich wirken lassen.

„Lasst uns mit der St. Edward's Krone starten", begann John. „Nachdem Cromwell im Bürgerkrieg alles Gold des Königshauses einschmelzen und zu Münzen verarbeiten ließ, musste 1661 nach der Rückkehr zur Monarchie eine neue Krone her. Seither wird sie dem jeweils neuen Monarchen vom Erzbischof von Canterbury bei der Krönungszeremonie aufs Haupt gesetzt. Zuletzt war sie also 1953 im Einsatz. Das gute Stück wiegt übrigens über zwei Kilogramm, daher dürfte die Königin froh sein, dass es für Anlässe wie die Parlamentseröffnung die Imperiale Staatskrone gibt, die zumindest ein bisschen leichter ist."

Als John einen Schritt weiter ging, wurde er aus dem Augenwinkel gewahr, wie Nathan Bennett verstohlen sein Handy aus der Hosentasche zog.

„Verzeihung. Fotografieren und Filmen ist in diesen Räumen nicht gestattet." John wies auf die zahlreichen Verbotsschilder, die unübersehbar überall hingen.

„Mann, eine schnelle Aufnahme – das merkt doch keiner", maulte Bennett.

John bemühte sich um einen höflichen Ton. „Jeder Quadratzentimeter wird videoüberwacht, auch in diesem Moment. Wir sind sehr stolz darauf, dass seit dem fast erfolgreichen Raubzug durch Colonel Thomas Blood 1671 niemand mehr unberechtigt mit einem dieser Schätze diese Mauern verlassen hat. Selbst wenn der Hofjuwelier einmal im Jahr kommt, um alles aufzupolieren, wird er in seiner Werkstatt im Untergeschoss stets von vier Kollegen der Nationalgarde bewacht."

„Die Kronjuwelen haben den Tower nur ein einziges Mal außerplanmäßig verlassen, während des Zweiten Weltkriegs", ergänzte Pauline. „Damals wurden sie aus Furcht vor einer Bombardierung an einen geheimen Ort unter Windsor Castle gebracht. Als zusätzliche Sicherheitsmaßnahme wurden die wichtigsten Edelsteine aus den Kronen und Zeptern herausgenommen und in einer Keksdose verborgen."

„*Très original,* so ein Versteck", bemerkte Louise. „Zumindest sind Juwelen klein und handlich und stellen keine großen Ansprüche an die Lagerung. Für die meisten von unseren Ausstellungsstücken war es sehr schwer, während des Krieges einen sicheren Ort zu finden."

Louise arbeitete als Bioarchäologin am Britischen Museum.

„Ich dachte, es wurden damals aufgelassene U-Bahn-Tunnels als Lager genutzt?", fragte Pauline.

„Ja, zum Teil", bestätigte Louise. „Vor allem in der Station Aldwych. Aber dort gab es riesige Schwankungen in der Luftfeuchtigkeit. Jegliches organische Material wäre dort kaputtgegangen, wie zum Beispiel unsere Mumien. Die meisten empfindlichen Stücke wurden in einen unterirdischen Steinbruch bei Bath gebracht, der eigens klimatisiert wurde. Ein wahnsinniger Aufwand, aber er war es wert. Alles ist unversehrt geblieben."

„Stellt euch vor, was ich erst vor kurzem erfahren habe", hob Mike an. „Nachdem ein Teil von unseren Exponaten 1939 ebenfalls ausgelagert worden war, ist bei uns im Naturhistorischen Museum eine geheime Spionageabteilung eingezogen. Und zwar die, die in den James Bond-Filmen von ‚Q' geleitet wird. Die haben da zu der Zeit schon wirklich krasses Equipment hergestellt, mit dem Agenten hinter den feindlichen Linien abgesetzt wurden und dort für Sabotage sorgen sollten. Da wurden Sprengsätze mit Fernzündern in toten Ratten versteckt, in Kinderspielsachen, in vermeintlichen Brennholzscheiten und Kohlen …" Er schüttelte versonnen den Kopf. „Wir dürfen echt froh sein, dass wir diese Zeiten nicht miterleben mussten."

„Du sagst es, Mike“, stimmte John ihm zu und setzte sich nach einem verstohlenen Blick auf die Uhr wieder in Bewegung.

„Zu den legendärsten Steinen hier gehört der Große Stern von Afrika“, erklärte er. „Er und seine acht kleineren Geschwister wurden aus dem größten je gefundenen Diamanten, dem mehr als 600 Gramm schweren Cullinan, geschliffen.“

Seine kleine Truppe blickte bewundernd auf den hühnereigroßen funkelnden Stein, der in die Spitze des königlichen Zepters eingelassen war.

„Und dann haben wir natürlich noch den fabelhaften Koh-i-Noor, den ‚Berg des Lichts‘. Er sitzt hier vorn in der Krone der seligen Queen Mum.“

Andächtig besah Sophie sich den Diamanten, in dessen Facetten sich das Licht vor dem dunkelvioletten Samtbesatz der Krone brach.

„Herrlich“, seufzte sie. „Aber er soll verflucht sein, nicht?“

John nickte. „Nach einer Prophezeiung von 1306 heißt es: ‚Wer ihn besitzt, wird die Welt besitzen. Aber ihn wird auch alles Unglück der Welt treffen.‘ Und tatsächlich ziehen sich Mord und Totschlag wie ein roter Faden durch seine Geschichte. Der Mogul Schah Jahan, der für seine Gemahlin das Tadsch Mahal bauen ließ, ließ ihn in seinen Pfauenthron einsetzen – aber er konnte sich nicht sehr lange daran erfreuen, weil er von seinem Sohn umgebracht wurde. Auch alle weiteren Besitzer, egal ob in Persien, Afghanistan oder Pakistan hatten ein übles Schicksal. Geblendet, vergiftet, weggeputscht, von plötzlichen Krankheiten dahingerafft …“

„Aber die Queen Mum ist über 100 Jahre alt geworden“, wandte Sophie ein.

John grinste. „Genau, und das passt auch zu der Prophezeiung. Da heißt es nämlich weiter: ‚Nur Gott oder eine Frau können ihn tragen.‘ Und daran hat man sich bei uns bis heute gehalten, seit der Stein in der Regierungszeit von Queen Victoria nach England kam. Vorsicht ist die Mutter der Porzellankiste.“

Louise lachte leise. „*Vraiment*. Euer Königshaus scheint wirklich an Flüche zu glauben. Im Museum ist mir erzählt worden, dass es große Aufregung gab, als wir 1972 als Erste in Europa die Tutenchamun-Funde zeigen durften. Damals hat sich der Palast vorab eigens erkundigt, ob Tutenchamuns Mumie auch kommt, denn in dem Fall hätten sie wegen des legendären Pharaonenfluchs Bedenken gehabt, die Königin zur Ausstellungseröffnung kommen zu lassen.“

Die Französin wurde ernst. „Tatsächlich hat die ganze Geschichte mit dem angeblichen Fluch aber dazu beigetragen, dass ich Bioarchäologin geworden bin.“

„Wirklich? Wie das?“, fragte Pauline interessiert.

„Als Jugendliche habe ich einfach alles zu dem Thema verschlungen, egal ob Filme oder Bücher. Ich war fasziniert! All diese Todesfälle, über die geschrieben wurde – Lord Carnarvon und mehrere seiner Familienmitglieder und sogar sein Vogel und sein Hund, Teilnehmer der Grabungsexpedition, Leute, die später die Mumie von Tutenchamun ausgewickelt und untersucht haben – *très mystérieux*! Und dann gab es ja noch diesen Fall in Polen, als die Grabkammer von König Kasimir IV. geöffnet wurde und in kürzester Zeit ein Dutzend der beteiligten Wissenschaftler starb. Oh, die Vorstellung, dass die Toten sich aus dem Jenseits rächen, weil ihre Ruhe gestört wird, hat mich als junges Mädchen sehr angesprochen! Ich war – wie sagt man, *une oiselle*?“

Paulines Stirn legte sich in Falten, dann hellte sich ihre Miene auf. „Ein dummes Gänschen?“

„*Mais oui*, das ist es. Dann bekamen wir in der elften Klasse einen Biologielehrer, der 1976 im Team der Forscher gewesen war, das die Mumie von Ramses II. bei uns in Paris untersuchen durfte. Und was hat Dr. Roubais uns erzählt? Dass auf der Mumie unzählige Schimmelpilzsporen gefunden wurden. Diese Schimmelpilze können extrem lange Zeiten überdauern, solange auch nur ein bisschen organisches Material zur Verfügung steht. Bei einem gesunden Menschen können *Aspergillus flavus* und seine Verwandten keinen großen Schaden anrichten, aber wenn jemand schon vorerkrankt ist – wie es bei Lord Carnarvon der Fall war – dann kann einem so ein Pilz den Todesstoß versetzen. *Voilà* – meine romantische Idee eines Fluchs war entzaubert, aber dafür habe ich meine Leidenschaft dafür entdeckt, aus naturwissenschaftlicher Sicht alles über die Spuren des Lebens aus früheren Zeiten zu lernen.“

„Das ist interessant, was du da sagst, Louise“, kam es nachdenklich von John. „Aus der Warte eines Psychologen ist es genauso faszinierend, wie die Leute damals quasi weltweit dieser Hysterie mit dem Fluch verfallen sind. Ich habe gelesen, dass unter diesen vielen Todesfällen, die angeblich im Zusammenhang mit Tutenchamuns Grab standen, zwei oder drei Männer waren, die sich selbst umgebracht haben. Nach den Abschiedsbriefen zu urteilen, waren sie fest davon überzeugt, verflucht zu sein.“

Louise nickte lebhaft. „Durch die vielen aufgebauschten Presseartikel – und die waren vor bald 100 Jahren ja fast die einzige Möglichkeit, sich mit Informationen zu versorgen – bekamen viele Menschen auch hier in England richtig Angst. Wer zuhause irgendetwas Ägyptisches hatte, wollte es so schnell wie möglich loswerden. Im Museum landeten Massen von Paketen mit echten oder auch gefälschten Kunstgegenständen und sogar Mumienteilen, die wir bis heute im Depot verwahren. Einer unserer Kuratoren, Dr. Coleridge, hat mir erst kürzlich in unserem Depot eine Vogelmumie gezeigt, die dem Museum damals zugeschickt wurde."

„Ach, Dr. Coleridge". Pauline verzog leicht das Gesicht. Sie hatten den Hüter des Rosetta-Steins vor einigen Wochen im Britischen Museum kennengelernt und Pauline hatte nicht allzu viel für den älteren Herrn übriggehabt.

Louise grinste. „Er kann wirklich anstrengend sein. Aber er ist eine Koryphäe auf seinem Gebiet und er kennt sich im Museum und in unseren Depots aus wie kein Zweiter. Ihr müsst euch vorstellen, dass wir bei uns zu jedem Zeitpunkt ungefähr 80.000 Objekte in der Ausstellung haben, aber der Gesamtbestand sind acht Millionen – 99% lagern also hinter den Kulissen."

„Donnerwetter", kommentierte John beeindruckt, während Mike nickte und meinte, „Das ist bei uns ähnlich."

„Für die neue Sonderausstellung ‚Versunkene Städte', die wir vorgestern eröffnet haben – ihr müsst sie euch alle ansehen, sie ist toll geworden – sind neben den neuen Funden aus dem Nildelta auch ein paar wundervolle Raritäten aus unseren Depots ausgegraben worden, die schon ewig nicht mehr zu sehen waren", berichtete Louise enthusiastisch. „Und die meisten von diesen Stücken hat Austin Coleridge aufgetan. Weil er einen so großen Beitrag zum Gelingen der Ausstellung geleistet hat, hat unser Direktor ihn den Festvortrag bei der Eröffnung halten lassen." Sie grinste ein wenig. „Es war natürlich *très sec*, wie sagt man …"

„Staubtrocken", half Pauline aus. „Das kann ich mir lebhaft vorstellen. Und wahrscheinlich endlos."

„Das kannst du laut sagen", mischte sich Nathan Bennett ungefragt ein. „Was für'n langweiliger alter Knacker. Louise hat mich da hin geschleift und ich hab mir den Hintern plattgesessen. Und hinterher gab's nicht mal ordentliches Bier bei dem Empfang. Da hab ich gesagt, wir gehen jetzt, das ist ja nicht zum Aushalten. Voll der verschwendete Abend.“

Er blickte mitleidheischend in die Runde.

John dagegen spürte Mitgefühl für Louise, die peinlich berührt zu Boden sah, bevor sie sich zu einem Lächeln zwang und sagte, „Nun ja. Wenn Austin zu sprechen beginnt, hört er so schnell nicht mehr auf. Manche von meinen Kollegen gehen ihm deswegen lieber aus dem Weg. Aber zumindest die nächsten beiden Wochen kann er uns nicht nerven. Er ist heute zu einer Mittelmeerkreuzfahrt aufgebrochen.“

Was niemand zu diesem Zeitpunkt ahnte: Dr. Austin Coleridge hatte London nicht verlassen. Tatsächlich hatte er nicht einmal die Mauern des Britischen Museums hinter sich gelassen.

Kapitel 2

Am nächsten Tag blieb John keine Zeit für die übliche Melancholie, die sich stets breitmachte, wenn die *Great Northern Railway* mit Pauline an Bord aus St. Pancras hinausgedampft war. Er musste sich beeilen, in den Tower zurückzukommen. Dort warteten neben einem Berg Bio-Hühnerfilets auch zwei Kilo Äpfel darauf, kleingeschnitten zu werden. Seine Nichte hatte sich ein Panang-Curry und als Nachspeise natürlich ihren heißgeliebten Apple Crumble gewünscht.

„Hallo, Lieblingsonkel", begrüßte sie ihn um kurz nach sieben aufgekratzt und umarmte ihn. „Hmm, das riecht ja schon himmlisch. Schade, dass Geoff das leckere Essen verpasst, aber er musste heute Mittag nach Cambridge fahren, weil er noch wahnsinnig viel vorzubereiten hat." Schon hatte sie sich auf die Eckbank in der Küche gefläzt.

„Ich habe eine besonders große Portion gemacht, so dass du etwas mitnehmen und einfrieren kannst", meinte John mit einem Lächeln.

„Ui, das ist super. Diese Woche habe ich sowieso keine Zeit für nichts und zum Kochen schon gar nicht. Ich weiß überhaupt nicht, wo mir der Kopf steht. Zwei Klausuren stehen noch an und dann die ganze Packerei ... Sag mal, weißt du schon das Neueste?", fragte sie übergangslos.

John stellte zwei randvolle Schalen auf den Tisch und blickte seine Nichte ratlos an. „Das Neueste?"

„Tante Isabel kommt her", verkündete Renie, die Essstäbchen schon im Anschlag.

„Tante Isabel? Nein, davon habe ich noch nichts gehört", erwiderte er verdutzt.

„Das hat sich ganz kurzfristig ergeben. Die *Remainers* haben sie bekniet, bei der großen Kundgebung nächsten Sonntag im Hyde Park zu sprechen. Mann, das ist voll der Mist, dass wir am Freitag losfliegen – genau an dem Tag, wo sie ankommt. Wir werden uns also gar nicht sehen. Dabei hätte ich Isabel so gern auf der Bühne erlebt, wie sie den *Brexiteers* so richtig die Hölle heiß macht. Die Frau hat mit bald 100 immer noch ordentlich Pfeffer im Arsch."

Eine Eigenschaft, die bei den Frauen des Mackenzie-Clans allgegenwärtig war, dachte John bei sich. Und Renie war definitiv die pfeffrigste von allen.

„Den Auftritt werde ich mir nicht entgehen lassen", meinte er. „Ich muss mir nachher gleich mal meinen Dienstplan ansehen, ob sich das einrichten lässt. Dann bekommt Isabel Flug und Hotel von den Kampagnenleuten spendiert?"

„Den Flug ja, aber in ein Hotel wollte sie nicht. Am liebsten wäre es ihr natürlich gewesen, ihre Zelte in Kew aufzuschlagen, aber da kriegt Grandma wieder die Krise."

Die beiden grinsten sich einmütig an. Johns Mutter Emmeline und Tante Isabel waren sich seit einem halben Jahrhundert in herzlicher Abneigung verbunden und wenn die beiden im selben Raum waren, dauerte es nie lange, bis die Fetzen flogen.

„Isabel wird bei Mum und Dad bleiben", berichtete Renie. „Oder eigentlich nur bei Mum, denn Dad fährt ja morgen zu diesem Segelkurs runter nach Dorset. Auf jeden Fall ist da mehr als genug Platz und Walter kann auch mal in den Garten raus."

„Sie bringt den alten Kerl mit? Ich dachte, die Reisestrapazen sind ihm mittlerweile zu viel?" Als Tante Isabel im April zu Renies und Geoffs Hochzeit gekommen war, hatte sie Sir Walter Scott, ihren in Ehren ergrauten Scotch Terrier, bei ihrem Verwalter auf der Farm gelassen.

„Sie will mit ihm zu einem Spezialtierarzt gehen, der sich seine Arthrose ansehen soll. Der Mann ist ihr vom Zuchtverband empfohlen worden und er hat seine Praxis hier in London", erklärte Renie. Plötzlich kicherte sie. „Kann schon sein, dass Tante Isabel in Wirklichkeit deswegen eingewilligt hat, herzukommen. Klar ist ihr die Sache mit dem EU-Referendum wichtig, aber ich glaube, Walter liegt ihr noch mehr am Herzen."

„Da kannst du recht haben", stimmte John ihr zu und nahm einen Schluck von seiner Mangoschorle. Irgendwie war das Curry heute verflucht scharf geraten.

„Ich hätte das Referendum auch zu gern hier vor Ort erlebt", fuhr Renie fort. „Nachdem ich in den letzten Monaten Dutzende von Debatten in Westminster protokolliert habe, hätte ich wahnsinnig gern den Ausgang der Sache hautnah miterlebt. Ich habe so viele Beiträge dazu für die Online-News des Uni-Magazins geschrieben und nun muss ich das Feld genau in der entscheidenden Phase anderen überlassen", grummelte sie. Dann heiterte sich ihre Miene wieder auf. „Aber dafür werde ich auf der Exkursion eine Hintergrundreportage schreiben, die ich gleich als Projekt im nächsten Trimester verwenden kann. Und wenn sie gelungen ist, kann ich sie vielleicht sogar in einer Zeitung unterbringen."

John sah interessiert auf. „Ah ja? Um welches Thema wird es gehen?"

„Das Spannungsfeld zwischen Klima- und Artenschutz, exemplarisch dargestellt an einem der Vorreiter-Länder des Naturschutzes, Costa Rica", antwortete sie wie aus der Pistole geschossen. „Nachdem das Pariser Klimaschutzabkommen jetzt dann im Herbst in Kraft tritt, kann ich das als aktuellen Aufhänger verwenden. Du kannst dich sicher an die große Konferenz der Zoologischen Gesellschaft letztes Jahr zu Ostern erinnern?"

„Wie könnte ich die vergessen?", gab John trocken zurück. „Mum wäre da um ein Haar als Öko-Aktivistin verhaftet worden. Und als persönliches Highlight hat beim Showdown unserer Mörderjagd einer der Zoo-Affen Simon ins Ohr gebissen."

„Das war göttlich", prustete Renie heraus. „Oh, warte, das Video habe ich in meiner Favoriten-Playlist auf dem Handy. Das schauen wir uns schnell nochmal an."

Gleich darauf schallte Gelächter durch die Küche. Renie hatte damals genau den richtigen Moment erwischt, als ein putziges Löwenkopfäffchen, erzürnt vom Radau im Tropenhaus, dem nächstbesten Zweibeiner auf die Schulter sprang und seine spitzen Zähne in dessen appetitliches Ohr vergrub. Einer glücklichen Fügung des Schicksals war es zu verdanken, dass es sich beim Träger des Ohrs um Scotland Yard Superintendent Whittington handelte, Johns Cousin. Dieser hatte sich seinen familiären Spitznamen ‚Pestbeule' seit seiner Kindheit redlich verdient.

Vergnügt verfolgten Renie und John, wie Simons feingeschnittene Züge in fassungslosem Entsetzen entgleisten und ihm ein so markerschütterndes Kreischen entfuhr, als hätte ihm King Kong höchstselbst ein Bein ausgerissen.

„Was für ein Moment", seufzte Renie erinnerungsselig. „Da hat ihn endlich mal sein Karma eingeholt." Sie steckte ihr Handy weg.

„Okay, zurück zu meinem Projektthema. Die Konferenz drehte sich ja genau um die großen Felder Arten- und Klimaschutz und einer meiner Jobs war, die Abstracts der Vorträge in den Tagungsband aufzunehmen. Also kann ich jetzt schon auf einen Grundstock an fundierten Infos von Spitzenwissenschaftlern und Politikern aufbauen. Außerdem kann ich auch die Recherchen einbauen, die ich zu dem Palmölskandal in Kolumbien angestellt habe. Ergänzen muss ich das Ganze natürlich durch den Lokalbezug zu Costa Rica. Wir sind noch dabei, für mich ein paar Interviewtermine mit Fachleuten vor Ort auf die Beine zu stellen und ich werde mir dort exemplarisch ein Windkraftprojekt ansehen, das nicht unumstritten ist. Insgesamt kriege ich da eine ganz gute Reportage zusammen, denke ich." Sie schob ihre leer gegessene Schale von sich.

„Und daneben muss ich mich auf der Reise natürlich noch um viel Organisatorisches kümmern. Ich werde Geoff so gut es geht unterstützen. Es ist schließlich die erste Exkursion, die er für die Uni leitet und wir wollen, dass alles möglichst perfekt abläuft."

„Natürlich", grinste John. „Geoff soll sich ja für höhere Aufgaben an der Universität empfehlen."

„Du sagst es. Mein Mann ist schließlich ein hochqualifizierter Wissenschaftler, der sich einen ordentlichen Lehrstuhl verdient hat", sagte Renie in geziertem Ton. „Nicht so wie Simon, dieser unbezahlte Hobby-Dozent."

Simon Whittington hatte im Sommertrimester einen ehrenamtlichen Lehrauftrag an der juristischen Fakultät in Cambridge ergattert, der ihn vor Stolz schier hatte platzen lassen.

„Aber mal ernsthaft", fuhr Renie fort. „Ich würde alles dafür tun, dass Geoff nicht in so einer immer wieder jährlich befristeten Dozentenstelle versauert. Nicht, weil ich auf das Prestige scharf bin, irgendwann mal eine Professoren-Ehefrau zu sein, das kannst du mir glauben. Aber ich würde mir auf ewig Vorwürfe machen, wenn er aus dieser Schiene nicht mehr rauskäme, während er in San José jetzt schon seinen eigenen Lehrstuhl hätte."

Während einer turbulenten Phase vor zwei Jahren hatte Renie sich von Geoff getrennt, woraufhin er einen Forschungsauftrag in Costa Rica angenommen hatte. Dort war ihm bereits nach kurzer Zeit eine Professur an der Universität der Hauptstadt angetragen worden.

„Das war schon der Wahnsinn damals." Renies Stimme wurde leiser. „Da wirft dieser Mann seine ganze Karriere dort weg und kommt wie der Blitz zurück nach England – nur um mich zu retten, weil ich mich wieder mal selber völlig hirnrissig in Gefahr gebracht hatte. Und das, nachdem ich dämliche Ziege ihn zuvor in die Wüste geschickt hatte." Sie schüttelte den Kopf, als könnte sie es immer noch nicht glauben.

Nach einem Moment des Schweigens sah sie auf. „Hallo? Denkst du nicht, jetzt wäre der Moment gekommen, wo du als liebender Onkel sagen solltest, ‚Aber Renie, liebes Kind, du bist doch keine dämliche

Ziege, du warst nur etwas desorientiert damals. Und natürlich bist du das Beste, was Geoff hätte passieren können.'"

John lachte auf. „Du nimmst mir die Worte aus dem Mund, kleines Schaf. Anders als du wussten deine Eltern und ich immer schon, dass ihr füreinander geschaffen seid. Mit dieser Lucía wäre Geoff sicher nicht glücklich geworden."

Renies Augen verengten sich zu messerscharfen Schlitzen, als sie den Namen hörte und sie schnaubte wie ein gereizter Büffel.

„Dieses durchtriebene Miststück! Wie perfide die ihre Klauen in den armen Geoff geschlagen hat. Die kann nur hoffen, dass sie mir in Costa Rica nicht über den Weg läuft, sonst vergesse ich mich noch. Und das könnte hässlich enden."

„Na, na, na", meinte John mit mildem Tadel und stand auf, um die Schalen abzuräumen. „Regen Sie sich ab, Mrs. Tomlinson. Es muss eine immense Demütigung für Lucía gewesen sein. Da steht sie kurz vor der Hochzeit und ihr Verlobter lässt sie quasi über Nacht für seine alte Flamme sitzen. Eigentlich hat sie eher dein Mitleid verdient. Möchtest du noch was von dem Curry?"

„Nein, danke. Es war super, aber sonst habe ich keinen Platz mehr für den Apple Crumble", gab sie zurück. „Vielleicht hast du recht. Die Tussi ist zwar kein netter Mensch, aber im Endeffekt habe *ich* den Traumtypen abgekriegt und das ist doch das Einzige, was zählt."

Nachdem Renie mit zwei randvollen Boxen mit Essen von dannen gezogen war, telefonierte John noch kurz mit Pauline, die in der Zwischenzeit zu Hause angekommen war. Danach ging er zu Bett, da er morgen den Frühdienst übernehmen musste.

Die Raben waren es gewöhnt, mit Sonnenaufgang aus ihrer Voliere gelassen zu werden und das bedeutete für John um diese Jahreszeit – eine gute Woche vor der Sommersonnenwende – Aufstehen um 4.30 Uhr. Vormittags stand für ihn eine seiner Schulklassenführungen auf dem Plan, die sich seit ihrer Einführung im vorletzten Jahr zunehmender Beliebtheit erfreuten und mittlerweile zu Johns Routineprogramm gehörten. Heute jedoch blickte er der Führung mit leichter Nervosität entgegen, hatte sich doch eine sehr illustre Schule zu ihrem ersten Besuch angekündigt: Harrow schickte eine Klasse aus der Mittelstufe, begleitet von einem Geschichts- und einem Biologielehrer.

Der einzige Mensch aus Johns Umfeld, der eine der elitären Privatschulen des Landes besucht hatte, war sein Cousin. Der liebe

Simon hatte als Sohn eines renommierten Arztes und Spross einer der bekanntesten Dynastien des Königreichs – sein legendärer Urahn war einst der erste Bürgermeister der Stadt London gewesen – das Internat in Eton besucht. Da besagter Arztvater zwar das Schulgeld bezahlte, ansonsten jedoch wenig für seinen Nachwuchs übrig hatte und Simons Mutter, Johns Tante Vivian, sich wegen ihrer angegriffenen Gesundheit nicht um ihren Sohn kümmern konnte, hatte Simon die Schulferien meist bei den Mackenzies verbracht. Nur ein- oder zweimal hatte er dabei einen Schulkameraden mitgebracht. Das Heim der Mackenzies hatte den herrschaftlichen Erwartungen der verwöhnten Eton-Zöglinge offensichtlich nicht standgehalten.

John hatte sich eigens auf der Webseite von Harrow noch ein wenig über die Schule informiert und wusste nun unter anderem, dass neben Winston Churchill und etlichen Nobelpreisträgern auch Popsänger James Blunt, den Pauline sehr mochte, dort seinen Abschluss gemacht hatte. Dennoch musste er ein Schmunzeln unterdrücken, als pünktlich um zehn Uhr die Schülertruppe in die Water Lane einmarschierte. Der Aufzug der Jungen erinnerte ihn an ein längst vergangenes England, wie es P.G. Wodehouse oder Jerome K. Jerome beschrieben hatten. Vor allem die flachen Strohhüte mit dem dunkelblauen Schmuckband, welche die Jugendlichen zu ihren blauen Blazern und der schwarzen Schulkrawatte trugen, kamen ihm mehr als nur ein wenig lächerlich vor.

An pubertärem Gehabe jedoch standen die Teenager ihren Altersgefährten aus irgendeiner Londoner Brennpunktschule wenig nach. Im ersten Teil der Führung ging es für einen historischen Überblick kreuz und quer durch das gut 1000-jährige Gemäuer. Wie jeder der Yeoman Warders hatte John sich im Lauf seiner Jahre hier seine Standardtour zusammengestellt, zu der er den Text im Schlaf herunterrattern konnte. Heute jedoch wurde er bei jeder Station durch den Geschichtslehrer, Dr. Jenkins-Greene, ausgebremst, den Johns Ausführungen offensichtlich wenig beeindruckten. Jedes Mal, wenn er die Truppe weiterführen wollte, blieb der Lehrer hartnäckig stehen und hob an, „Lassen Sie uns das in einen tieferen Kontext einbetten."

Nicht nur, dass diese dauernden Verzögerungen allmählich dazu führten, dass John in zeitliche Bedrängnis kam – für die gesamte Tour waren zwei Stunden veranschlagt gewesen und er musste nach einer kurzen Mittagspause bereits die nächste Gruppe führen – er kam durch die Unterbrechungen seines Ablaufs auch ein wenig durcheinander und verwechselte ein, zwei Jahreszahlen, was von dem Lehrer prompt korrigiert wurde. Das Getuschel hinter ihm, als John die Truppe in die romanische St. John's Kapelle im White Tower führte, klang in seinen Ohren zunehmend abfällig.

„Hier sind wir an einem meiner Lieblingsorte im Tower", begann er. „Der Bau wurde noch unter William dem Eroberer 1078 begonnen. Bis heute ist dies eine königliche Kapelle, in der auch Gottesdienste abgehalten werden. Im Lauf der Geschichte wurde dieser herrliche Raum zeitweise aber auch als Staatsarchiv genutzt – "

„Jaja. Wir wollen aber nicht die tragischen Geschehnisse 1381 vergessen", unterbrach Dr. Jenkins-Greene und sah John auffordernd an. Dessen Gehirn setzte prompt aus. 1381?? Was war da gewesen? Wäre nur Pauline mit ihrem enzyklopädischen Wissen über britische Geschichte in diesem Moment an seiner Seite!

Quälende Augenblicke verstrichen. Dann seufzte der Lehrer vernehmlich. „Simon Sudbury, Erzbischof von Canterbury und Lordkanzler unter Richard II. wurde im Zuge des Bauernaufstandes um Wat Tyler genau hier, wo er als Gottesmann Zuflucht gesucht hatte, vom Mob gefangen genommen, hinausgeschleppt und aufs Grausamste getötet."

„Setzen, Sechs", kam es feixend aus den Reihen der Schüler.

„Meine Herren, ich muss doch bitten", griff nun der zweite Lehrer ein, der Mitleid mit John zu haben schien. „In Anbetracht der fortgeschrittenen Zeit würde ich vorschlagen, dass wir uns allmählich dem zweiten Thema unseres Besuchs widmen, den Tower-Raben."

John stimmte erleichtert zu. „Gut. Bitte folgen Sie mir in unseren Schulungsraum. Dort werde ich Ihnen von unserer neunköpfigen Truppe erzählen und Ihnen auch einige Videos vorführen. Danach werden Sie einigen von den Raben persönlich begegnen."

Als sie über den Innenhof des Towers gingen, folgten ihnen zahlreiche Blicke. Die Jungen schienen es gewohnt zu sein, ein gewisses Aufsehen zu erregen. Während John begann, von seiner Arbeit als Assistent des Ravenmasters zu erzählen, entspannte er sich zusehends. Zumindest so lange, bis einer der Schüler sich zu Wort meldete und fragte, „Wieso macht Mr. Campbell die Führung nicht für uns?" Sogleich stimmte ein anderer ein, „Ja, genau. Der ist cool. Den habe ich schon im Fernsehen gesehen." Und der nächste, „Wenn wir auf Exkursion gehen, kümmert sich vor Ort immer der Chef um uns und nicht irgendein … Gehilfe."

John knirschte mit den Zähnen, bemühte sich aber um einen freundlichen Ton. „George Campbell ist in der Tat ein großartiger Fachmann und ich schätze mich glücklich, seit mehreren Jahren mit ihm arbeiten zu dürfen. Er hat natürlich eine Vielzahl von Pflichten und kann daher nicht für jede Klasse zur Verfügung stehen."

Tatsächlich hatte George sich heute frei genommen, um seine Frau Marcia zu einem Termin bei ihrem Neurologen zu begleiten, aber das ging diese hochwohlgeborene Schar nichts an.

„Ich zeige Ihnen nun einige Videos, die Ihnen die bemerkenswerten kognitiven Fähigkeiten unserer Vögel zeigen." Die Filme, die Johns Neffe Tommy für ihn produziert hatte, fanden immerhin etwas Anklang. Da der Biologielehrer ihm signalisierte, dass nicht mehr viel Zeit zur Verfügung stand, verzichtete John auf das übliche Wissensquiz, das er mit Hilfe von Pauline ausgearbeitet hatte. Stattdessen kündigte er an, „Und nun wollen wir einmal sehen, ob wir ein paar unserer gefiederten Kameraden draußen finden können."

Er war zuversichtlich, dass sein Lieblingsvogel Gworran, mittlerweile stolzer Vater des ersten Rabennachwuchses im Tower seit einem Vierteljahrhundert, am Tower Green herumstrolchte. Und der junge Rabe ließ ihn auch nicht im Stich.

Kaum näherte John sich, hopste Gworran erwartungsvoll heran. John gab ihm eine Erdnuss und hielt ihm den Arm hin. Gravitätisch schritt der Vogel den glücklicherweise robusten Stoff der Uniform hinauf und platzierte sich auf Johns Schulter. Sanft strich John ihm über das Gefieder und ermunterte ihn, einiges aus seinem großen Geräuscherepertoire zum Besten zu geben. Reihenweise Handys wurden gezückt. Als Gworran auf ein spezielles Zeichen ‚God save the Queen' erschallen ließ und die gesamte Schulklasse auf ein gebieterisches Winken des Geschichtslehrers einstimmte, sah John sich vor seinem geistigen Auge doch noch erfolgreich auf die Zielgerade dieser Veranstaltung einbiegen. Dann jedoch unterbrach ein jäher Schrei die Gesangesdarbietung.

„Aua! Das Vieh hat mich angegriffen!"

Johns Herz sank. Zwischen den graubehosten Beinen der Schüler konnte er einen weiteren Raben erkennen, der jetzt in Panik herumzuflattern begann, als jemand nach ihm trat.

„Stopp!", rief John aus. „Geht ein bisschen auseinander, damit der Vogel einen Fluchtweg hat." Die Menge teilte sich und Gworrans

Tochter Alice kam schutzsuchend auf John zu. Er sprach einen Moment beruhigend auf sie ein, dann wandte er sich wieder an die Schüler.

„Was ist passiert?“

Ein sommersprossiger Junge – natürlich war es einer von denen, die vorhin über die Abwesenheit des Ravenmasters lamentiert hatten – trat nach vorn, lupfte den Saum seiner Hose ein wenig an und deutete anklagend auf einen Tropfen Blut, der an seinem Knöchel zu sehen war.

„Da! Er hat mich attackiert!“

John atmete tief durch. „Das tut mir sehr leid. Alice ist erst ein paar Monate alt, sie gehört zu unserem Nachwuchs. Sie hat eine Vorliebe für Schnürsenkel und pickt gern danach. Dabei hat sie dich bestimmt versehentlich erwischt.“

Der Biologielehrer bückte sich und inspizierte die mikroskopisch kleine Wunde. „Giles, das ist nur ein Kratzer – “

„Von wegen Kratzer! Davon könnte ich eine Blutvergiftung kriegen!“, erregte sich der Junge.

John hob begütigend beide Arme. „Dürfte ich einen Vorschlag machen: Wir haben einen eigenen Arzt hier. Seine Praxisräume sind gleich da vorn. Er sieht sich das sicher sofort an.“

„Ich rufe lieber meine Mutter an. Unsere Familie geht nur zu Spezialisten aus der Harley Street. Bestimmt will sie nicht, dass irgendein Quacksalber an mir herumdoktert“, wehrte der Junge ab und zog sein Handy aus der Blazertasche.

John tat es ihm nach. So, wie die Sache sich entwickelte, hielt er es für besser, seinen Kommandanten zu informieren. Chief Mullins, als ehemaliger Royal Air Force Pilot geübt darin, in brenzligen Situationen die Führung zu übernehmen, äußerte nur knapp, „Behalten Sie die Leute vor Ort. Ich bin sofort da.“

Kurz darauf sah John seinen hochgewachsenen Vorgesetzten strammen Schritts über den Hof kommen. Mullins erfasste mit einem Blick die Lage. Nachdem er sich den beiden Lehrkräften vorgestellt hatte, fragte er nach dem Namen des betroffenen Schülers, der sich immer noch bitterlich am Telefon bei seiner Mutter beklagte.

„Das ist Giles Pickering III, Sir“, erklärte der Biologielehrer respektvoll.

„Pickering, was? Ein Verwandter des Flottenadmirals?“

Der Lehrer nickte. „Sein Enkel.“

„Junger Mann, dürfte ich einen Moment mit Ihrer Mutter sprechen? Besten Dank.“

Widerspruchslos überließ der junge Giles dem Kommandanten das Handy. Mullins trat einige Schritte zur Seite. Nach wenigen Minuten kam er zurück und gab dem Jungen das Telefon.

„Es ist alles geklärt. Doc Hunter wird sich dein Bein ansehen und die Sachlage dokumentieren. Das ist schon aus versicherungstechnischen Gründen notwendig. Dann wird er unverzüglich mit deiner Mutter ein Telefonat führen und gegebenenfalls mit eurem Hausarzt, der auch alle Befunde zur Verfügung gestellt bekommen wird." Er nickte John zu. „Mr. Mackenzie hier wird dich hinbringen und den Rest der Truppe darf ich in unsere Cafeteria einladen, um eine kleine Stärkung zu sich zu nehmen."

„Wir können uns aber nicht lange aufhalten, weil wir noch eine weitere Führung vor uns haben. Wir werden auf der *HMS Belfast* erwartet", wandte Dr. Jenkins-Greene ein.

„Das ist kein Problem. Meine Sekretärin wird dort Bescheid geben, dass Ihre Ankunft sich möglicherweise ein wenig verzögert", beschied Mullins ihm und ging ohne viel Federlesen voraus Richtung Cafeteria. Die Schüler folgten ihm zügig, offensichtlich erfreut über die unverhoffte Pause. John dagegen sah seine Chancen auf eine Mittagspause stark schwinden. Knurrender Magen hin oder her, heute würde er wohl bis zum Ende der Besuchszeit um 17 Uhr durcharbeiten müssen.

Auf dem kurzen Weg zu den Räumlichkeiten des Arztes hinkte Giles Pickering theatralisch, fand jedoch trotz seines geschwächten Zustandes die Energie, John mit ominösen Worten horrende Schadensersatz- und Schmerzensgeldforderungen in Aussicht zu stellen.

Glücklicherweise war Doc Hunter trotz seiner anstehenden Mittagspause bereit, sich den Jungen auf der Stelle anzusehen. John ließ sich auf einen Stuhl im Wartezimmer fallen und erging sich in düsteren Gedanken. Nach zehn Minuten ging die Tür auf und der Doc blinzelte John zu.

„Alles in Ordnung. Ein wenig Antiseptikum und ein Pflaster, mehr war nicht nötig. Da der junge Master Giles nach Auskunft seines Arztes über einen umfassenden Impfschutz verfügt, braucht er auch keine Tetanus-Spritze. Bleibende Schäden sind nicht zu erwarten. Ich wünsche noch einen schönen Tag, meine Herren."

Während John ein Stein vom Herzen fiel, wirkte Giles eher unzufrieden, als sie über den Hof zur Cafeteria gingen. Der Junge wurde mit großem Hallo von seinen Kameraden begrüßt, die sich die leckeren

Zimtrollen schmecken ließen, die es montags immer gab. Einige Zeit später winkten Chief Mullins und John der Gruppe nach, die auf die andere Themseseite strebte, wo das Museumsschiff *HMS Belfast* vor Anker lag.

Bänglich wartete John darauf, was sein Kommandant ihm zu sagen hatte. Mullins jedoch sah auf die Uhr und meinte lediglich, „Soweit ich weiß, geht es für Sie gleich mit der nächsten Führung weiter. Kommen Sie nach Dienstschluss in mein Büro. Ich werde auch George dazu bitten."

Auf dem Weg zum Gruppentreffpunkt vor dem White Tower machte John noch einen blitzschnellen Abstecher in das Rabenhaus und stahl sich aus den Vorräten einige Erdnüsse. Eine kärgliche Mahlzeit, aber im Grunde war ihm der Appetit vorerst auch vergangen.

Kapitel 3

„Kommen Sie rein, kommen Sie rein“, tönte es John und dem Ravenmaster George Campbell entgegen, als sie kurz nach fünf das Vorzimmer betraten. Die Tür zum Büro des Kommandanten stand offen und er winkte sie etwas ungeduldig herein. Bonnie Sedgwick, Mullins’ rechte Hand, packte gerade ihre Sachen zusammen und warf den beiden einen mitleidigen Blick zu.

„Setzen Sie sich.“ Der Chief formte seine kräftigen Finger zu einer Art Zelt, über das hinweg er seine Untergebenen durchdringend anblickte.

„Alsdann. Sehen wir uns an, was heute passiert ist. Zum einen musste ich mir von einem der begleitenden Lehrer anhören, dass Ihr historisches Wissen defizitär wäre, Mackenzie.“

John zog den Kopf ein. „Ich bin mit den Jahreszahlen ein wenig durcheinandergeraten, da hat Dr. Jenkins-Greene schon recht. Und dass der Lordkanzler bei der Bauernrevolte 1381 genau in der Kapelle gefangen genommen wurde, wusste ich einfach nicht.“

Mullins winkte ab. „Geschenkt. Ich habe dem Herrn klargemacht, dass unsere Beefeater allesamt aus verdienten Angehörigen der Streitkräfte ihrer Majestät rekrutiert werden und keine studierten Historiker sind. Der Bildungsauftrag, den eine Schule wie Harrow zu erfüllen hat, geht in eine ganz andere Richtung als das, was wir unseren Besuchern hier zu bieten haben.“

John wurde es ein wenig leichter ums Herz. „Danke, Sir.“

„Aber um das zweite Problem müssen wir uns kümmern“, fuhr Mullins fort. „Es kann nicht angehen, dass einer unserer Raben Menschen angreift. Im konkreten Fall heute hat es mich sehr viel Mühe gekostet, die Familie davon zu überzeugen, auf weitere Schritte zu verzichten. Ich denke, das ist mir nur gelungen, weil ich den Großvater aus früheren Zeiten von gemeinsamen Manövern von Air Force und Navy kenne. Ein ganz reeller alter Knabe.“

„Es wird also keine Anzeige geben? Keine Schmerzensgeldforderungen?“ John konnte sein Glück nicht fassen. „Wie haben Sie das geschafft?“

„In der Familie der Pickerings gab es über die Jahrhunderte eine ganze Reihe von hochdekorierten Militärs inklusive zwei Vorfahren, die mit dem Victoria Cross ausgezeichnet wurden. Der junge Giles ist ebenfalls der Familientradition folgend nach dem Abschluss in Harrow für die Akademie in Sandhurst vorgesehen. Ich habe dem Flottenadmiral dargelegt, dass es kein Ruhmesblatt in der Vita besagten Enkels wäre, wenn seine Eltern aufgrund eines winzigen Kratzers die Königlichen Yeoman Warders und insbesondere den Königlichen Ravenmaster verklagen würden."

„Sie haben ihn bei der Ehre gepackt. Clever hingebogen, Sir, wenn ich das sagen darf", meinte John anerkennend.

Mullins gestattete sich ein kleines selbstzufriedenes Lächeln, dann wurde seine Miene wieder streng.

„Das heißt nicht, dass der Käse damit gegessen ist, Männer. Solch ein Vorfall darf sich keinesfalls wiederholen und wir müssen nun sehen, wie wir das sicherstellen." Er sah George mit forschendem Blick an. „Hat Alice ein derartiges Verhalten schon einmal gezeigt?"

George wand sich unbehaglich auf seinem Stuhl. „Sie hat noch nie jemanden verletzt. Zumindest ist uns nichts davon zu Ohren gekommen. Aber … nun ja, sie zeigt ein auffallendes Interesse an Schnürsenkeln. Das konnten wir schon mehrfach beobachten."

„Aha. Und wie äußert sich dieses Interesse?"

„Sie pickt danach. Die Leute finden das meistens lustig, gelegentlich erschrickt sich aber auch mal einer ein bisschen – "

Chief Mullins runzelte die Stirn. „Und wieso unternehmen Sie nichts dagegen, wenn sich dieses Problemverhalten schon länger zeigt? Sie wissen doch selbst, welche Wunden ein Rabenschnabel schlagen kann." Er deutete auf Johns Hand, wo zwei Narben von einer Attacke zeugten, die er in seiner Anfangszeit durch ungeschicktes Verhalten selbst provoziert hatte.

„Wir haben es ehrlich gesagt bis jetzt nicht so ernst genommen", gestand George. „Alice ist natürlich noch sehr verspielt. Ich dachte, das wächst sich aus, wenn sie älter wird."

Mullins schnaubte unzufrieden. „Mit dieser laxen Einstellung können wir spätestens seit dem Vorfall heute nicht mehr an die Sache herangehen. Ich denke, es bleibt uns nichts anderes übrig, als Alice in Frührente zu schicken."

George sog scharf die Luft ein. „Bei allem Respekt, Chief. Das … wäre ein sehr weitgehender Schritt. Wir können die Kleine doch nicht wegen eines einzigen Vorfalls abschreiben."

John konnte es dem Ravenmaster gut nachfühlen. George würde es als herbe persönliche Niederlage erleben, wenn einer der selbstgezogenen Vögel, auf die er immens stolz war, sich als dienstuntauglich entpuppen würde.

„Ich hatte schon erwartet, dass Sie so reagieren würden, George. Aber was denken Sie, was es für ein Geschrei gibt, wenn so etwas wieder passiert? Dann kriege nicht nur ich das Fell über die Ohren gezogen. Und zwar von unseren eigenen Vorgesetzten *und* von der Schlösserverwaltung“, prognostizierte Mullins düster. „Eine solche Form der Publicity kann sich das Nummer-Eins-Wahrzeichen unseres Landes nicht leisten.“

„Aber unsere oberste Dienstherrin hat ein großes Herz für Tiere“, kam es halsstarrig von George. Einen Moment lang schauten alle drei Männer zu dem offiziellen königlichen Portrait, das die Wand rechts vom Schreibtisch zierte. Dann fuhr Mullins sich über die Stirn und seufzte. „Das ist sicher wahr, hilft uns in dieser Situation aber nicht weiter. Ein Vorschlag: Was halten Sie davon, wenn wir im Austausch für Alice eines von ihren Geschwistern zurückholen?“

„Hm. Ich würde Richard, Edward, Beatrice oder Helena ungern wieder aus ihrem neuen Leben in Wales herausreißen, kaum dass sie sich dort eingewöhnt haben“, murrte George. „Es muss eine andere Lösung geben.“

„Wenn Sie eine finden können, dann bitte. Aber es muss schnell gehen. Wir setzen schließlich das Wohlbefinden unserer Besucher aufs Spiel.“ Mullins trommelte mit den Fingern auf die Schreibtischplatte. „Ich gebe Ihnen bis morgen Abend, mehr ist nicht drin. Wenn Sie bis dahin eine konstruktive Idee haben, wie wir mit der Sache umgehen sollen, dann soll es mir recht sein. Ansonsten müssen wir auf Alices Dienste ab sofort verzichten. Und morgen muss sie eingesperrt bleiben.“

Als George den Mund öffnete, hob der Kommandant abwehrend die Hand.

„Mein letztes Wort. Und jetzt wegtreten.“

Als sie über den Hof gingen, grummelte George ohne Unterlass halblaut vor sich hin. Kaum hatten sie ihren Arbeitsraum in der Water Lane erreicht, zog er eine Whiskyflasche aus dem Schrank.

„Auf den Schreck brauche ich erstmal einen Schluck.“ Er goss sich eine großzügige Menge in seinen gravierten Tumbler, den er vom großen Clan-Treffen in Edinburgh vor drei Jahren mitgebracht hatte und ließ sich schwer auf einen Stuhl fallen.

„Wie schon der gute alte Humphrey Bogart gesagt hat: Man muss dem Leben immer um mindestens einen Whisky voraus sein." Er prostete John zu. „Ich würde dir ein Schlückchen spendieren, aber du bist ja ein Kostverächter."

„*Slàinte mhath*", erwiderte John mit einem milden Lächeln und begann, das Fleisch für die Abendfütterung kleinzuschneiden.

„Jetzt kenne ich Mullins seit bald 20 Jahren", grollte George. „Und dann kommt er daher und will mir eins meiner Kinder wegnehmen. Nur, weil es sich einmal danebenbenommen hat. Will er mir das Herz rausreißen oder was?"

„Es fällt ihm bestimmt nicht leicht, so eine Entscheidung zu treffen. Aber letzten Endes trägt er die Verantwortung. Und er bemüht sich immer um Fairness", verteidigte John den Kommandanten. „Außerdem finde ich es fabelhaft, wie er die Pickerings davon abgehalten hat, eine große Sache aus dem Vorfall heute zu machen. Mir war schon angst und bange nach den Drohungen, die dieser Giles ausgestoßen hat."

„Oberklasse-Pack", kommentierte George abfällig. „Mit dem silbernen Löffel im Mund geboren. Und wegen so einem Rotzlöffel muss unsere arme Alice jetzt ins Exil." Er schüttelte den Kopf.

„Vielleicht fällt uns ja noch etwas ein, was wir tun können. Morgen kann sie den Tag erstmal in der Brutvoliere verbringen", schlug John vor.

George sah auf. „Du hast recht. Da ist sie weg vom Schuss und kann sich trotzdem einigermaßen frei bewegen. Sie den ganzen Tag in ihrer Nachtbox eingesperrt zu lassen, hätte ich nicht übers Herz gebracht."

Die Brutvoliere war ein geräumiges Gehege im Schatten der Festungsmauer, außerhalb des für die Touristen zugänglichen Bereichs. John und George hatten sie Anfang des Jahres für Gworran und seine Gefährtin Vicky gebaut, die dort ihre sechsköpfige Kinderschar aufgezogen hatten.

„Aber wie können wir ihr das Picken nach den Schuhbändern abgewöhnen? Noch dazu bis morgen Abend! Das ist doch unmöglich." George sank wieder in sich zusammen.

John legte das Messer beiseite. „Ich rufe Mike an. Vielleicht hat er eine Idee." Als Papageienspezialist hatte Mike Nichols viel Erfahrung mit intelligenten Vögeln.

„Howdy, Kumpel", begrüßte Mike ihn munter. „Falls du mich zu den Resten von eurem Braten einladen willst – sag mir einfach wann, und ich bin da."

John musste grinsen. „Mike, wenn du uns bei einem Problem helfen kannst, bekommst du von mir das übrige Pfund *Boeuf* und dazu noch ein Dutzend frischgebackene *Triple Chocolate Muffins* nach dem Rezept meiner Schwester."

„Hoho, das klingt vielversprechend", gluckste Mike. „Worum geht's?"

John erklärte ihm, was passiert war.

„Chief Mullins hat uns ein Ultimatum bis morgen Abend gesetzt. Wir brauchen also schnellstens einen Ansatz, wie wir Alice von den Schuhen – und den zugehörigen Füßen – unserer Besucher fernhalten können", schloss er.

„Hmm. Lass mich mal überlegen. Ja, ich glaube, da fällt mir schon was ein. Pass auf, ich recherchiere ein bisschen und dann komme ich morgen Nachmittag zu euch. Passt es um fünf?"

„Großartig, Mike! Ich hole dich am Nebeneingang ab. Danke dir!"

Mit einem Hoffnungsschimmer in den Augen stand George auf und griff nach dem Schneidemesser.

„Ab mit dir, Jungchen. Ich übernehme hier. Und du wirfst schon mal den Backofen für die Muffins an."

Die letzten Besucher des Tages wurden soeben durch den Byward Tower hinausgeleitet, als John Mike durch eine kleine Seitentür hereinließ und zur Brutvoliere geleitete, wo George bereits wartete. Alice kam sogleich an das Maschendrahtgitter heran und beäugte die drei Männer neugierig.

„Okay, du kleine Rabaukenlady, zu dir kommen wir gleich", sagte Mike. „Erst müssen wir noch eine Kleinigkeit vorbereiten. Dabei sollte sie uns nicht beobachten." Er wies auf den Torbogen hinter ihnen. „Lasst uns mal um die Ecke gehen."

Voller Spannung folgten der Ravenmaster und John dem fülligen Amerikaner, der heute ein weiteres Hemd aus seiner schier unbegrenzten ornithologischen Kollektion trug: kreischbunt und von einer Vielzahl von Tukanen geziert.

Mike setzte seinen Rucksack ab. „Wir brauchen einige geschnürte Schuhpaare, am besten in verschiedenen Farben. Eure Uniformschuhe können wir auch verwenden." Er wies auf Johns glänzend schwarze Schuhe.

„Ich habe noch Laufschuhe. Und meine Trekkingstiefel", überlegte der.

„Und ich habe meine braunen Sonntagsschuhe und die, die ich zum Kilt trage“, fiel es George ein. Beide eilten von dannen.

Als sie wieder zurück waren, zeigte Mike ihnen ein kleines Fläschchen. „Das träufeln wir jetzt auf die Schuhbänder.“

„Was ist das?“, wollte George wissen.

„Eine farb- und geruchlose Substanz, ungiftig, aber absolut widerwärtig im Geschmack“, erklärte Mike. „Ich habe gestern noch mit einem Kollegen in der Konrad Lorenz Forschungsstation in Österreich telefoniert und er hat mir den Tipp gegeben, das Zeug zu verwenden. Raben schrecken ja als Allesfresser nur vor wenig zurück, aber dieses Zeug hier ahmt den Geschmack von Blausäure nach. Mit dem Gift schützen sich auch manche Schmetterlingsarten, habe ich von unseren Entomologen gehört. Ich denke, dass wir nur wenige Versuche brauchen werden und Alice wird lernen, dass Schnürsenkel nichts Schmackhaftes sind.“

„Das gute alte klassische Konditionieren.“ John nickte.

„Genau. Wenn wir es schaffen, dass Alice etwas Abstoßendes damit assoziiert, wird sie sich von Schuhbändern fernhalten. John, du filmst, damit das Ganze dokumentiert ist.“ Mike drückte John sein Smartphone in die Hand. „Okay, dann lasst die junge Dame mal raus.“

Kaum hatte George die Tür geöffnet, hopste Alice heraus und nahm Mikes betagte Turnschuhe ins Visier. Er hielt still, während sie geschickt ein Ende des Schuhbandes in den Schnabel nahm und daran zog. „Ich dachte, sie sieht in den Bändern so etwas wie einen Wurm“, sagte er leise. „Aber eigentlich wirkt es gar nicht, als wollte sie die Schnur fressen. Ich glaube, sie findet es einfach spaßig, die Schleife zu lösen.“ Auf einmal öffnete Alice ihren Schnabel und schüttelte den Kopf so heftig, dass ihre Nackenfedern in Unordnung gerieten. Dann stelzte sie davon.

„Das muss wirklich eklig geschmeckt haben“, bemerkte John, nachdem er das Video gestoppt hatte. „Aber wie können wir herausfinden, ob der abschreckende Effekt auch anhält?“

„Geduld“, mahnte Mike. „Raben sind fähig zum Konzeptlernen, können also das, was sie zu einem Gegenstand gelernt haben, auch auf andere mit ähnlichen Merkmalen übertragen. Aber ein, zwei Versuche werden wir wohl noch benötigen. Setzen wir uns vors Rabenhaus und schauen, ob sie nochmal bei uns vorbeikommt. George, vielleicht ziehst du dir diese lustigen Kilt-Schuhe an.“

„Von wegen lustig", brummelte George gutmütig und krempelte sich die Hosenbeine nach oben, um die Schuhe auf halber Wadenhöhe überkreuz zu verschnüren. „Gelebte Tradition ist das, Junge. Mit solchen Schuhen sind schon unsere Vorfahren in die Schlacht gezogen, um unsere Freiheit zu verteidigen. Außerdem gibt es nichts Besseres für einen Highland-Tanz."

„Highland-Tanz, was? Zeigst du mir den mal?", fragte Mike erwartungsvoll.

„Ich bin außer Übung. Außerdem machen meine morschen alten Knochen da nicht mehr mit", winkte George ab und ließ sich auf einem der Stühle nieder, die John aus dem Arbeitsraum geholt hatte. Wie zu erwarten, fand sich schnell die gesamte Rabenbande ein und strolchte um die Männer herum.

Nach einer Weile stahl Alice sich heran und fixierte sichtlich fasziniert Georges ungewöhnliches Schuhwerk mit den langen schwarzen, an seinen blassen Waden herabhängenden Bändern. John hielt unwillkürlich den Atem an, als das junge Vogelweibchen immer näher kam und startete das Video abermals.

Alice streckte den Schnabel aus, zog ihn unentschlossen wieder zurück und trippelte ein paar Schritte weg. Dann jedoch schien sie der Anziehungskraft der Bänder nicht widerstehen zu können. Wieder packte sie ein Schnurende und bewegte sich rückwärts – bis die Geschmacksknospen in ihrem Schnabel die Substanz wahrnahmen. Sie stieß ein Keckern aus und schüttelte sich. Dann blieb sie mit schräggelegtem Kopf ein paar Meter entfernt sitzen und starrte den Ravenmaster an.

George schnaufte auf. „Meint ihr, jetzt hat sie es kapiert?"

„John, stell einen von deinen Schuhen zugebunden vor sie auf den Boden", wies Mike ihn an, ohne den Vogel aus den Augen zu lassen.

John tat, wie ihm geheißen. Alice musterte den blauen Trekkingstiefel einen Augenblick, keckerte abermals, wandte sich ab und ging davon.

George ballte die Hand zur Faust und stieß sie triumphierend nach oben. „Hah! Jetzt holen wir Mullins."

Nachdem der Chief sich die Videoaufzeichnung angesehen hatte, blickte er skeptisch in die Runde. „Schön und gut, aber ich will das live sehen. Wir rufen die Truppe zusammen und auch die Frauen. Wer gerade Zeit hat, soll in den Hof kommen. Mit Schnürschuhen. Und dann werden wir ja sehen, was unsere Probandin macht."

Eine Stunde später war klar, dass Alice auch diese Prüfung bestanden hatte. Sie hatte an keinem der rund 50 verlockenden Schuhpaare, die vor dem White Tower auf und ab paradierten, auch nur das geringste Interesse gezeigt.

„In Ordnung. Diensttauglichkeit bis auf Weiteres gegeben, Rekrutin Alice", entschied Mullins mit einem Augenzwinkern. „Dr. Nichols – die Truppe dankt. Gute Arbeit. Weitermachen."

„Aye, aye, Captain", grinste Mike und legte salutierend zwei Finger an seinen beneidenswert vollen grauen Schopf. „Wo sind jetzt meine Muffins?"

Wenig später machte Mike sich mit Gusto über das aufgewärmte *Boeuf Bourgignon* her. John war froh, einen dankbaren Abnehmer gefunden zu haben, denn ihm selbst sagte dieses Gericht nicht wirklich zu.

„Stell dir vor, jetzt werde ich auch etwas über Kronen lernen", verkündete Mike zwischen zwei Bissen. „Aber keine solchen wie eure Gold- und Edelstein-Klunker, sondern Federkronen."

„Federkronen?", wiederholte John etwas dümmlich.

„Verschiedenste Formen von Kopfschmuck sind quer durch die Menschheitsgeschichte ein Symbol für einen hohen Status. Und von den indigenen Völkern in meiner alten Heimat werden dafür bis heute gern Vogelfedern verwendet. Je schöner und seltener, desto höher der Stellenwert", erklärte Mike kauend.

John nickte. „Jetzt weiß ich, was du meinst. Als ich bei der Armee auf dem Kontinent stationiert war, habe ich mir mal Wien angesehen. Dort gab es in irgendeinem Museum so etwas. Ich kann mich nur vage erinnern, aber das Ding hatte eine unglaubliche Farbkraft, ein ganz intensiv schillerndes Grün. Obwohl es schon 500 Jahre alt war, soweit ich mich erinnern kann."

„Das ist die bekannteste von diesen Kronen", bestätigte Mike. „Sie wird oft dem Aztekenherrscher Moctezuma zugeschrieben. Die irrsinnige Farbe kommt von den unzähligen Quetzalfedern, die da drinstecken." Genießerisch tunkte er eine Kartoffel in die dickflüssige Sauce.

„Das Getty-Museum in Los Angeles will Ende nächsten Jahres eine Ausstellung über Kunstschätze der untergegangenen Kulturen Südamerikas machen. Der Kurator ist ein alter Schulkamerad von mir. Gestern hat er mich angerufen und mich als Berater angeheuert. Ich soll nach möglichen Ausstellungsstücken Ausschau halten und identifizieren, welche Federn genau verwendet wurden und wo das Habitat der entsprechenden Vögel war. Es kann gut sein, dass darunter auch Spezies sind, die heutzutage ausgestorben sind."

„Das klingt nach einer spannenden Aufgabe", meinte John. „Wie gehst du die Sache an?"

„Vorerst werde ich mal Quellenstudium betreiben und versuchen, mir einen Überblick zu verschaffen. Ich habe auch schon ein Treffen mit einer Kollegin aus der Amerika-Abteilung im Britischen Museum ausgemacht. Die ist bestens vernetzt mit Museen auf der ganzen Welt, so dass ich über sie vielleicht Leihgaben arrangieren kann."

„Wirst du dann auch hinüberfliegen nach Amerika?"

„Das ist gut möglich. Ich war schon ewig nicht mehr drüben. Dann könnte ich auch mal wieder meine Verwandtschaft in Kalifornien abgrasen. Und meinen Athleten-Body auf ein Surfbrett schwingen, yeah." Er gluckste erheitert. „Sophie sagt zwar, ich hätte meinen Waschbrettbauch gegen einen Waschbärbauch eingetauscht, aber wen kümmert's." Er klopfte sich behaglich auf den selbigen. „So, und jetzt bin ich bereit für einen Muffin. Oder zwei."

Kapitel 4

Zwei Tage später fand John sich vom hartnäckigen Klingeln seines Handys aus dem Schlaf gerissen. Er hatte sich nachmittags aufs Ohr gelegt, da ihm eine der wenig geliebten Nachtschichten bevorstand.

Aus seinen Jahren in der Truppenbetreuung der Britischen Armee war ihm ein stets ungutes Gefühl geblieben, wenn er unvermutet auf der Mobilnetznummer angerufen wurde. In jenen Zeiten hatte dies nur allzu oft bedeutet, dass es eine akute Krisensituation gab und seine Dienste als Psychologe benötigt wurden. Seit er aus der Army ausgeschieden und zurück nach England gegangen war, benutzten fast ausschließlich Familienmitglieder diese Nummer – aber auch hier ging es bemerkenswert häufig um irgendeine Art von Notfall, die seinen Einsatz erforderte.

Heute jedoch handelte es sich nur um ein Problem logistischer Art, wie er gleich darauf erleichtert vernahm.

„Hättest du zufällig morgen Vormittag frei, Bruderherz?“, erkundigte Maggie sich etwas gehetzt. Als er dies mit Verweis auf seinen Nachtdienst bejahte, eröffnete sie ihm, „Ich brauche einen Chauffeur für Tante Isabel. Wenn es sein muss, kann ich ihr zwar ein Taxi zum Flughafen schicken, aber es wäre natürlich schöner, wenn jemand aus der Familie sie in Empfang nehmen könnte.“

„Wollte Dad sie nicht abholen?“, fragte John noch etwas bedröppelt und fuhr sich durch seinen zerzausten Schopf.

„Genau, aber ihm ist gestern etwas ins Kreuz geschossen, als er für Mum ein neues Frühbeet gebaut hat. Er hat für Freitagvormittag einen Arzttermin ergattern können, was ohnehin schon einem Wunder gleichkommt. Den soll er auf jeden Fall wahrnehmen. Alan ist unten an der Küste bei seinem Segelkurs und ich selbst habe Renie und Geoff versprochen, sie mit ihren ganzen Siebensachen zum Flughafen zu fahren. Die beiden müssen mittags oben in Stansted sein und Tante Isabel kommt um 11.40 Uhr in Heathrow an. Das schaffe ich höchstens mit einem fliegenden Teppich.“

John seufzte innerlich. Wenn er um sechs Uhr morgens aus der Nachtwache kam, würden ihm allenfalls drei oder vier Stunden für ein Schläfchen bleiben, bevor er aufbrechen musste. Andererseits hatte er so wenigstens die Gelegenheit für einen ungestörten Schwatz mit seiner Großtante.

„Ich werde George fragen, ob er mir seinen Wagen leihen kann“, sagte er.

„Das ist nicht nötig. Geoff stellt seinen Mazda hier bei uns ab, während sie weg sind. Den kannst du nehmen. Wenn du das Auto hier abholst, kannst du auch gleich King Olaf mit einpacken. Ich habe keine Lust darauf, ständig Theater hier zu haben, wenn Walter kommt. Deswegen bleibt der Kater für die paar Tage bei Mum und Dad. Auf dem Weg nach Heathrow kommst du dort ja quasi direkt vorbei – “

John stöhnte unwillkürlich auf. Wenn er sich erst einmal in die U-Bahn quetschen und zum Haus seiner Schwester in Belgravia gelangen und dann auch noch den Abstecher von der M4 zu seinem Elternhaus in Kew einkalkulieren musste, blieb ihm noch weniger Zeit für eine Pause nach dem Dienst. Und das, wo er nach einer Nachtschicht regelmäßig wie gerädert war.

Maggies Stimme nahm einen flehentlichen Ton an. „Ich weiß, dass es eine Zumutung ist, John, aber ich könnte deine Hilfe wirklich brauchen. Ich habe hier gerade ziemlich Stress. Versteh mich nicht falsch, ich freue mich natürlich, Isabel zu sehen. Aber ihr Besuch kommt doch ziemlich kurzfristig. Eigentlich hätte ich den Montag dringend gebraucht, um vor meinem Urlaub noch einige wichtige Dinge wegzuarbeiten, aber nun habe ich mir freigenommen, damit ich mich um Isabel kümmern kann, wenn sonst schon keiner Zeit hat. Renie ist weg, Alan ist weg und Bella und Tommy haben Schule. Am Dienstag werde ich sie noch zum Flughafen bringen und dann gleich weiter nach Glastonbury fahren.“

„Ah ja, das Festival“, fiel es John ein.

„Ja. Ich finde Alans Idee auch wirklich romantisch, dass wir zwei uns dort treffen, so wie vor 30 Jahren. Vor allem, da Art Garfunkel auftritt. Aber dass er unbedingt vorhat, dort so wie damals ein Zelt aufzuschlagen … ein wenig mehr Komfort wäre mir in unserem fortgeschrittenen Alter lieber gewesen.“

Auch John konnte der Vorstellung, zusammen mit Tausenden von Menschen auf einem Feld zu kampieren, wenig abgewinnen.

„Und dann geht mir Patricia noch ständig auf den Wecker“, fuhr Maggie fort. „Die Frau kann wirklich eine Nervensäge sein.“

„Patricia? Was will sie von dir?“

„Vor längerer Zeit hat sie mich einmal am Telefon überrumpelt und ich habe zugesagt, ihr bei einem ihrer Charity-Projekte zu helfen. Sie will wieder mal Geld für das Kinderhospiz am St. Bartholomew’s auftreiben. Das finde ich ja auch alles gut und richtig, aber nun erwartet sie nicht nur, dass Alan eine größere Summe springen lässt, sondern auch noch, dass ich alle unsere lieben Familienmitglieder dazu bewege, etwas zu ihrer Wohltätigkeitsauktion beizutragen. Und das kaum ein paar Wochen, nachdem sie uns eiskalt geschnitten hat, als Alan wegen der Geschichte in Bletchley Park unter Verdacht geraten war."

„Das ist wirklich dreist", meinte John. In der Tat hatten sich Simon und seine Ehefrau, die Ehrenwerte Patricia Whittington-Armsworth in dieser unseligen Zeit im vergangenen Mai so schnell von Maggie, Alan und dem Rest der Familie distanziert, dass nur noch eine Staubwolke zu sehen gewesen war. Erst zum Finale war sein Cousin wieder aufgetaucht, um sich mit einer schlagzeilenträchtigen Verhaftung wieder einmal seinen Platz im Rampenlicht zu sichern.

„Großartig, dass du das morgen übernimmst", hörte er seine Schwester sagen. „Ich lasse dir heute Abend noch einen Hausschlüssel und Instruktionen für unsere Alarmanlage zukommen, weil ich wahrscheinlich los muss, bevor du kommst. Und King Olaf wartet dann hier in seiner Transportbox auf dich. Tausend Dank, John."

Schon hatte seine Schwester aufgelegt. John beschlich das Gefühl, dass Patricia nicht die Einzige in der Familie war, die in der Kunst der Überrumpelung geschult war.

„Mrraur!" Erbostes Gejaule empfing John, als er am nächsten Tag in strömendem Regen und deutlich übernächtigt die Haustür der Hughes' aufsperrte und eilig den Code in die Alarmanlage eintippte.

„Ist ja gut, Dicker", sagte er in beruhigendem Ton und ging vor dem Transportkorb in die Hocke. Durch das Gitter starrten ihm zwei gelbe Augen mit kreisrund geweiteten Pupillen entgegen.

„Hey, Ollie. Keine Sorge, du musst nicht zum Tierarzt. Du darfst für ein paar Tage zu deinem Bruder in Urlaub fahren. Eddie freut sich bestimmt schon auf dich", brabbelte John. Das Jaulen ging in ein klägliches Maunzen über und der Kater fuhr sich mit seiner rauen Zunge über die Lippen. Hatte das Tier Hunger oder vielleicht Durst? Ein Blick auf die Uhr sagte John, dass er noch ein wenig Zeit hatte, bis er losfahren musste. Kurz entschlossen hob er die fliederfarbene Kiste hoch und trug sie in die Küche, wo normalerweise King Olafs Näpfe standen.

Erst, als er den leeren Fußboden vor sich sah, fiel ihm ein, dass Maggie die Sachen wohl in die Reisetasche gepackt hatte, die zusammen mit dem Katzenklo, dessen Deckel Bella mit

Glitzersteinchen verziert hatte, im Flur stand. Auf der Tasche war ein Zettel deponiert, wie er jetzt erst registrierte. Er trug die Aufschrift ‚Zubehör King Olaf‘ und einen Hinweis in Großbuchstaben: ‚DEN KATER VOR DER ABFAHRT NICHT AUS DER BOX LASSEN UND NICHT FÜTTERN!!‘

„Sorry, Dicker“, sagte John bedauernd zu dem Tier. „Major Maggie hat gesprochen. Aber wir sollten in einer halben Stunde in Kew sein und dann bekommst du einen Leckerbissen.“

Es dauerte eine Weile, bis er alles in Geoffs alter Klapperkiste verstaut hatte. Zumindest war er heilfroh, die Fahrt nicht in Alans kapriziösem roten Geschoss machen zu müssen. Als er auf die Cromwell Road einbog, die in Richtung Westen aus dem Zentrum führte, wurde der Regen immer stärker, bis sich in Hammersmith alle Schleusen öffneten und wahre Sturzbäche vom Himmel fielen. Obwohl die Scheibenwischer auf Hochtouren liefen, konnte John kaum noch etwas erkennen. Den anderen Verkehrsteilnehmern schien es ähnlich zu gehen, denn die Autoschlange bewegte sich nur noch im Schneckentempo. Kurz vor Chiswick ging schließlich gar nichts mehr voran. Johns Flüche wurden nur noch von dem zunehmend ungehaltenen Lamentieren des Katers auf dem Rücksitz übertönt. Während die Zeiger der Uhr unbarmherzig weiterkrochen, begann John ein wenig zu schwitzen. *Dame Commander of the British Empire* Isabel Mackenzie würde in einer halben Stunde landen und sie würde nicht begeistert sein, wenn er sie warten ließe.

Nachdem er sich vergewissert hatte, dass die Blechlawine vor ihm keinerlei Anstalten machte, sich vorwärts zu bewegen, fischte er sein Handy aus der Jacke und rief seine Mutter an.

„Mum, ich bringe King Olaf später vorbei, nachdem ich Isabel abgeholt habe“, sagte er schnell. „Ich stehe im Stau und kann mir die 20 Minuten Umweg nicht erlauben. Bis später.“ Er legte auf, bevor Emmeline Mackenzie protestieren konnte. Als es wenig später endlich wieder voranging, atmete er erleichtert auf.

Der Regen hatte nachgelassen und er erreichte ohne weitere Verzögerung Gunnersbury und die Auffahrt zur M4. Von hier waren es nur noch rund 15 Minuten bis zum Flughafen. Innerlich triumphierend erreichte er exakt um 11.45 Uhr den Parkplatz am Terminal. Nur, um gleich darauf in der Ankunftshalle festzustellen, dass der British Airways-Flug aus Edinburgh sich voraussichtlich um 40 Minuten verspätete.

Ein Aufstöhnen entrang sich seiner Brust. Kurz spielte er mit dem Gedanken, die Wartezeit zu nutzen, um King Olaf nach Kew zu bringen, verwarf die Idee aber wieder. Dazu würde die Zeit wahrscheinlich nicht reichen. Er ging durch den Nieselregen zurück zum Auto. Dort herrschte wohltuende Stille. Der Kater war, wohl erschöpft von der ganzen Aufregung, eingeschlafen. John beschloss, es ihm gleichzutun.

Ein Klingeln in seiner Jackentasche ließ ihn eine Dreiviertelstunde später aus den Träumen fahren. Desorientiert blickte er um sich, bis er sich erinnerte, wo er war.

„Jungchen, wolltest du mich nicht abholen?“, drang Isabel Mackenzies Stimme aus dem Telefon.

„Äh, selbstverständlich. Ich stehe auf dem Parkplatz. Warte, ich komme in die Ankunftshalle.“

„Nicht nötig, ich bin schon hier draußen. Walter hat es fast zerrissen, nachdem uns diese Vollidioten fast eine Stunde auf dem Rollfeld haben versauern lassen.“

Mittlerweile war John ausgestiegen und hatte seine Großtante neben einem Laternenpfahl am Ausgang entdeckt. Gleich darauf schloss er sie behutsam in die Arme. Seit sie sich im April zuletzt gesehen hatten, schien sie ihm irgendwie geschrumpft zu sein. Dennoch funkelte das vertraute Feuer in ihren Augen, als sie ihn begrüßte.

„Schön, dich zu sehen, Jungchen. Na, wollen mal sehen, ob wir Boris und Konsorten am Sonntag noch mal Feuer unter dem Hintern machen können.“ Sie deutete auf den Button *‚Britain Stronger in Europe‘*, den sie am Revers trug. „Du wirst doch dabei sein, hoffe ich?“

„Auf jeden Fall. Diesen Sonntag habe ich dienstfrei, also passt das gut. Hallo, Walter.“ John bückte sich und der Scotch Terrier, der eine bemerkenswert große Pfütze an den Fuß des Laternenpfahls gesetzt hatte, reichte ihm wohlerzogen die Pfote. Er griff sich Isabels Rollkoffer und die Ledertasche mit dem durchlässigen Nylon-Einsatz, in dem der Hund den Flug zugebracht hatte.

Als sie am Auto anlangten und Isabel den Katzentransportkorb auf der Rückbank entdeckte, runzelte sie die Stirn.

„Was ist das denn?“

„Das ist King Olaf, Maggies Kater. Ich sollte ihn eigentlich auf dem Weg hierher in Kew absetzen, aber dafür hat mir die Zeit nicht mehr gereicht. Wir halten auf dem Rückweg in die Stadt einfach schnell dort an.“

Schlagartig verdüsterte sich Isabels Gesicht. „Muss das sein? Ich habe eine anstrengende Anreise hinter mir und brauche etwas Erholung. Deiner Mutter über den Weg zu laufen, ist jetzt so ziemlich das Letzte, was ich möchte.“ Sie verschränkte störrisch die Arme.

John fuhr sich müde über die Stirn. „Bitte, Tante Isabel. Du kannst einfach im Auto sitzen bleiben, während ich hineinflitze.“

„Hmpf.“ Sie drückte John wortlos die Leine in die Hand und setzte sich auf den Beifahrersitz. John wuchtete ihr Gepäck in den Kofferraum und öffnete dann die hintere Tür, um Sir Walter Scott hineinzuheben. Augenblicklich ertönte aus der Katzenbox ein Fauchen, gefolgt von einem anschwellenden „Raaaoooo“. Walter ließ sich nicht lumpen und brach in keifendes Gebell aus. In dieser ganzen Kakophonie konnte John kaum Isabels Anweisungen verstehen, wie er den Sitzgurt durch Walters Geschirr fädeln und befestigen musste.

„Halleluja, das Scheißhaus ist voll“, murmelte er eines von Paulines Lieblingszitaten aus dem Weihnachts-Katastrophen-Film der Familie Griswold vor sich hin, bevor er selbst vorne einstieg und den Wagen anließ.

Glücklicherweise waren zu dieser Zeit, wo die Massen für das Wochenende aus der Stadt herausströmten, die Spuren Richtung London nur locker befahren und sie erreichten nach 25 Minuten das Haus von James und Emmeline Mackenzie am Rande der Kew Gardens.

„Ich bin gleich wieder da“, rief John. Ihm schrillten die Ohren. Hund und Katze hatten während der Fahrt wohl die Dezibelstärke eines Düsenjets erreicht. Er griff sich King Olafs Transportkiste und das Katzenklo, klemmte sich die Reisetasche unter die Arme und wankte zur Eingangstür.

Emmeline musste schon gelauert haben, denn sie öffnete, noch bevor er läuten konnte.

„Da bist du ja endlich, mein Junge. Hast du nun dieses Frauenzimmer im Auto? Wahrscheinlich erwartet sie, dass ich ihr jetzt auch noch zur Begrüßung Tee und Kekse vorsetze – “

„Nein, Mum. Wir fahren gleich weiter.“ John schloss die Tür und trug den Kater ins Wohnzimmer, wo er die Gittertür öffnete. King Olaf stelzte ohne ihm einen Blick zu schenken heraus und verschwand sofort in die Küche, wo er sich über das Futter von King Edward hermachte.

John schnaufte tief durch. Seine Mutter stemmte die Hände in die Hüften. „Was soll das heißen? Verschmäht ihre Exzellenz etwa mein gutes Shortbread, das ich jetzt eigens gebacken habe?“

Aargh. John war versucht, seinerseits ein Knurren anzustimmen.

„Mum, du weißt, Isabel geht auf die 100 zu“, meinte er, um Geduld bemüht. „Sie ist müde und möchte sich hinlegen. Außerdem haben wir Walter dabei. Es wäre also sehr nett von dir, wenn du mir etwas von deinem Shortbread mitgeben könntest. Isabel freut sich bestimmt darüber. Es gibt schließlich kein Shortbread, das es mit deinem aufnehmen könnte.“

Wieder versöhnt tätschelte Emmeline ihm die Wange. „Du bist ein guter Junge. Ich packe dir auch etwas ein.“

Als John wenig später wieder in den Wagen stieg und Isabel eine der beiden Frischhaltedosen in die Hand drückte, machte sie sich sofort über den Inhalt her.

„Im Flieger gab es nur eine Packung trockene Kräcker. Grausliges Zeug, sage ich dir.“ Sie verzog das Gesicht. „Hmm, aber das ist lecker. Emmeline ist zwar eine alte Bissgurke, aber backen kann sie. Das muss man ihr lassen.“

Innerhalb der guten halben Stunde, die sie bis Belgravia brauchten, erfuhr John mehr über das Thema Arthrose bei Hunden, als er je für möglich gehalten hätte. Zudem erhielt er einen detaillierten Bericht, wie die diesjährige Schafschur auf Isabels Farm in den Highlands angelaufen war.

„Weißt du noch, wie du als Junge – du musst so elf oder zwölf gewesen sein – einmal mitgeholfen hast? Du hast dich gar nicht so dumm angestellt“, erinnerte seine Großtante sich. „David dagegen war überhaupt nicht zu gebrauchen.“

John grinste. „David hätte dir dafür wahrscheinlich damals schon ausrechnen können, wieviel Gewinn du pro Ballen Rohwolle gemacht hast. Er ist eben ein Zahlen-Genie.“

Isabel nickte. „Das stimmt. Ich frage ihn gern um Rat, wenn es um Investitionen und Abschreibungsmöglichkeiten für die Farm geht. Im Gegenzug bekomme ich immer wieder Anrufe von ihm, weil Joey wieder etwas angestellt hat.“ Sie schüttelte lächelnd den Kopf. „Ich fühle mich auch ein wenig verantwortlich dafür, dass das Zusammenleben zwischen Hund und Mensch klappt, muss ich sagen. Schließlich bin ich nicht ganz unschuldig daran, dass Joey jetzt ein Teil der Familie ist.“

Im letzten Sommer hatten die Mackenzies Isabel zu einer großen Hundeschau nach Newquay begleitet, wo ihr eine Ehrung des nationalen

Zuchtverbandes verliehen worden war. Dort war Johns jüngster Neffe Christopher einem Neufundländer begegnet und hatte schockverliebt seine Eltern so lange bearbeitet, bis er einen Welpen dieser Hunderasse bekam. Das Tier war seither auf die Größe eines mittleren Braunbären herangewachsen und sorgte nicht selten für Tohuwabohu.

„Morgen werde ich versuchen, David und Annie einen Crashkurs in Sachen Hundeerziehung zu geben“, berichtete Isabel. „Die beiden kommen nachmittags mit Joey aus Cambridge. Und abends machen wir alle zusammen ein schönes Familienessen bei Maggie. James und Emmeline werden auch da sein. Du kommst doch auch, hoffe ich?“

John versprach es und wünschte seiner Schwester im Stillen gute Nerven für einen Tag, an dem nicht nur ein ungestümes bellendes Riesenpelzknäuel durch ihr Haus tobte, sondern auch noch die ganze Familie zu bewirten war und so sicher wie das Amen in der Kirche weitere Scharmützel zwischen Isabel und Emmeline zu erwarten waren.

Endlich angekommen übergab er Isabel nebst Hund an Maggie, die in der Zwischenzeit aus Stansted zurückgekehrt war und verabschiedete sich. Er wollte sich zuhause einen schnellen Imbiss zubereiten und dann endlich ein paar Stunden seiner versäumten Nachtruhe nachholen. Um 19 Uhr stand heute noch der obligatorische Fortbildungsvortrag an, den der Chefhistoriker des Towers – und nebenher Intimfeind des Ravenmasters – Dr. Whyte allen Beefeatern monatlich angedeihen ließ. Eigentlich hatte John am Nachmittag noch seinen Wocheneinkauf erledigen wollen, aber dazu konnte er sich heute nicht mehr aufraffen. Dafür war auch morgen nach Dienstschluss noch Zeit.

Während er zur Victoria Station lief, entluden sich erneut dicke graue Wolken mit Wucht ihrer nassen Fracht. Die meisten Passanten suchten Schutz in Läden oder Hauseingängen, aber John wollte keine Zeit verlieren und trottete weiter.

In der District Line waren alle Waggons zum Bersten voll. Während John eingezwängt inmitten einer ausgelassen schnatternden französischen Schülergruppe stand, die ebenso vor Nässe triefte wie er, stellte er sich sehnsüchtig vor, wie er bald in die Federn sinken würde und ein paar Stunden ungestörte Ruhe genießen konnte.

„Aufgrund eines Wassereinbruchs in der Station ‚Monument‘ kann dieser Zug nur bis ‚Mansion House‘ fahren. Wir bitten um Verzeihung“, drang eine Lautsprecherdurchsage durch die Bahn. Allgemeines Aufstöhnen. Nun zogen auch über Johns Stirn imaginäre Gewitterwolken auf. Es dauerte eine ganze Weile, bis er sich in der

Masse wogender Leiber über die Rolltreppen hinauf ins Freie gekämpft hatte. Nun blieb ihm nichts anderes übrig, als zu Fuß die restliche Meile zum Tower zu laufen. Bis er es im prasselnden Regen zu seiner Wohnung geschafft hatte, hatte er keinen trockenen Faden mehr an sich und er fror erbärmlich. Mit knurrendem Magen entledigte er sich seiner Kleider, sprang kurz unter die heiße Dusche, föhnte sich, warf sich seinen im Mackenzie-Tartan gemusterten Bademantel über und machte sich in der Küche auf die Suche nach etwas Essbarem. Viel war hier nicht zu holen.

Nachdem er in beachtlichem Tempo ein kärglich belegtes Sandwich, einen verschrumpelten Apfel und ein paar Haferkekse unbekannten Alters verschlungen hatte, erhob er sich ächzend und steuerte das Schlafzimmer an. Ihm blieben nicht einmal mehr drei Stunden, bevor er wieder aufstehen und sich einen von Dr. Whytes nie enden wollenden Vorträgen anhören musste. Gerade, als er sich den Wecker stellte, passierte das Unvermeidliche. Aus dem Flur drang vernehmliches Klingeln. Mit einem Knurren, das Sir Walter Scott Ehre gemacht hätte, stolperte er wieder hinaus.

Das Display zeigte ‚Pauline'. Ihm entfuhr ein untypischer kleiner Seufzer. Die Stimme seiner Herzensdame zu hören, bereitete ihm für gewöhnlich große Freude. Aber gerade in diesem Moment musste er sich eingestehen, dass er ernsthaft in Versuchung war, das Läuten einfach zu ignorieren. Nach kurzem Zögern drückte er doch auf die grüne Taste.

„John! Stell dir vor, was passiert ist“, platzte Pauline heraus. „Dr. Coleridge ist in einem Sarkophag gefunden worden!“

Kapitel 5

War er jetzt unversehens auf der Teeparty des verrückten Hutmachers in Alice's Wunderland gelandet? Hatte der Schlafentzug ein paar Synapsen in seinem Hirn durchbrennen lassen? Was redete Pauline da??

John ließ sich auf einen Küchenstuhl plumpsen. „Wie, wo, was? Nochmal ganz langsam."

Pauline schnaubte. „Dr. Coleridge, du weißt schon! Dieser schnöselige Kurator aus dem Britischen Museum!"

„Ja, ist ja gut. Ich kann mich erinnern. Und was macht er in einem Sarkophag?"

„Er macht gar nichts, John! Er ist tot!"

„Tot?!"

„Herrje, was ist los mit dir? Bist du heute schwer von Begriff? Das sage ich doch gerade!"

John knirschte mit den Zähnen. „Pauline, ich musste gestern Nachtschicht schieben und hatte heute den ganzen Tag so gut wie keine Chance auf eine Mütze Schlaf. Also ja, ich bin nicht in Bestform."

„Ach mein Hase, es tut mir leid", sagte sie zerknirscht. „Ich weiß ja, dass die Nachtdienste dich immer so mitnehmen. In deinem Alter steckt man das nicht mehr so leicht weg – "

In deinem Alter? In deinem Alter?? Pauline war gerade mal ein Jahr jünger als er. Ungeachtet dessen, dass John im Grunde selbst der Meinung war, dass der Zahn der Zeit schon gehörig an ihm nagte, fühlte er sich nun doch ein wenig beleidigt.

„Genau. Und deswegen muss ich mich jetzt auch dringend hinlegen, weil ich sonst nicht aufnahmefähig bin, wie man merkt", meinte er verstimmt. „Ich rufe dich an, sobald Whytes Vortrag vorbei ist. Das kann aber dauern", setzte er düster hinzu und verabschiedete sich knapp. Dann schaltete er das Handy resolut aus und ging zurück ins Schlafzimmer. Nun endlich, endlich konnte er sich in die Kissen sinken lassen.

Aber der ersehnte Schlaf wollte sich nicht einstellen. Schon bedauerte er seine harsche Reaktion und überlegte, ob er Pauline zurückrufen sollte. Er wälzte sich eine Weile unentschlossen hin und her. Schließlich stand er auf und schlurfte ins Bad. Mit der zerfurchten Visage, die ihm aus dem Spiegel entgegenstarrte, hätte er beim Casting für einen Zombie-Film sicher gute Chancen gehabt, dachte er mit einem Anflug schwarzen Humors. Er fischte die ‚Anti-Aging Nachtcreme für die reife

Männerhaut‘ aus dem Badschrank, die David ihm letzte Weihnachten zur allgemeinen Erheiterung der ganzen Familie überreicht hatte. Seither hatte sie unbenutzt herumgelegen. Heute war der Zeitpunkt für ihren ersten Einsatz gekommen, beschloss John. Er schmierte sich eine großzügige Portion ins Gesicht und legte sich wieder ins Bett. Diesmal schlief er sofort ein.

„Als der White Tower 1080 vollendet war, konnte Bischof Gundulf wie von William dem Eroberer versprochen zurück nach Rochester und dort den Bau seiner Kathedrale beginnen. Diese wurde jedoch erst drei Jahrzehnte nach seinem Tod im Jahr 1130 fertig gestellt.“ Dr. Whyte schaltete den Beamer aus. „So viel für heute zur frühen Baugeschichte unserer Festung. Noch Fragen dazu?“

Johns Kollegen sahen nach 90 Minuten von Dr. Whytes üblichen staubtrockenen Ausführungen genauso abgeschlafft aus wie er selbst.

„Gut. Dann möchte ich Sie noch über zwei aktuelle Entwicklungen in Kenntnis setzen“, fuhr der Historiker fort. Einige der Yeoman Warders, die sich befeuert von der Aussicht auf ein gemütliches Pint im hauseigenen Club schon halb erhoben hatten, sanken wieder auf ihre Stühle.

„In letzter Zeit sind wieder verstärkt Rückgabeforderungen an unsere Regierung wie auch an das Königshaus herangetragen worden. Gegenstand dieser Ansinnen ist häufig der Koh-i-Noor. Grundsätzlich ist dies natürlich nichts Neues, jedoch verschärft sich gerade allgemein die Diskussion über die Rückgabe von Kunstschätzen. Ich selbst habe schon mitbekommen, dass Besucher unseres Hauses diesbezüglich gezielt Fragen gestellt haben.“

Archie Armstrong, der neben John saß, nickte. „Ich bin kürzlich erst von einer ganzen Familie angegangen worden, als ich bei den Kronjuwelen Dienst geschoben habe. Das waren Inder, glaube ich.“

„Aus Indien kommen neben Pakistan die lautesten Forderungen“, bestätigte Dr. Whyte. „Selbst die Taliban haben schon vor 20 Jahren ihre Ansprüche auf den Diamanten angemeldet. Und hier wird schon eine wichtige Facette des Problems deutlich. Welche Nation wäre als ‚rechtmäßiger‘ Eigentümer zu sehen? Der Stein ist über die Jahrhunderte durch so viele Hände und Länder gewandert, dass es unmöglich wäre festzustellen, wessen Anspruch nun am legitimsten wäre. Zudem, wie unser Premierminister schon vor einigen Jahren sagte: ‚Wenn wir beim Koh-i-Noor nachgeben, ist das ganze Britische

Museum bald leer.‘ Wenn also Besucher mit einer diesbezüglichen Frage auf Sie zukommen, verweisen Sie bitte auf Folgendes: Ganz aktuell, im April diesen Jahres, hat der indische Generalstaatsanwalt persönlich verlauten lassen, dass der Koh-i-Noor rechtmäßig in den Besitz Großbritanniens übergegangen ist. Der Maharadscha von Punjab hat den Stein, wie offiziell im Vertrag von Lahore festgehalten, 1849 an die britische Ostindien-Gesellschaft gegeben. Darüber hinaus lassen Sie sich in keine Diskussionen hineinziehen. Verstanden?“

Dr. Whyte nahm das müde Nicken der Runde zur Kenntnis und sprach weiter.

„Zuletzt noch etwas Erfreuliches. Es ist mir gelungen, den Palast davon zu überzeugen, dass die Krone von Prince Charles als Teil der Kronjuwelen hier bei uns verwahrt und auch gezeigt werden sollte. Es wird zwar noch eine ganze Weile dauern, bis sie vom St. James's Palace hierher transferiert werden wird, aber wir dürfen uns auf diese Erweiterung unserer Sammlung freuen.“ Dr. Whyte war die Freude über diesen Coup deutlich anzusehen.

„Na ja, eine Zierde für unsere Ausstellung ist das Ding nicht gerade“, ließ George sich spöttisch vernehmen. „Ich weiß noch, wie meine Mutter mich damals – Gott, wie lange ist das her! – gezwungen hat, mit ihr die Übertragung seiner Krönung aus Wales anzuschauen.“ Er gluckste. „Das sieht ja aus, als hätte ein Haufen Vorschulkinder mit Schaschlikstäbchen, alten Besteckteilen und Goldlack herumgespielt, hat sie gesagt. Und der Gipfel ist dieser vergoldete Ping-Pong-Ball oben drauf! Ein richtiger Mumpitz.“

Dr. Whyte plusterte sich auf wie ein Gockel. „Campbell! Erstens ist das Design vor dem zeitgeschichtlichen Hintergrund zu sehen. Es war eben die für die 60er Jahre moderne Interpretation der Herrschaftsinsignien für einen Kronprinzen. Der Herstellungsprozess war geradezu bahnbrechend für diese Epoche! Und zweitens müssen Sie doch die immense historische Bedeutung sehen. Die Krone musste ja nur deswegen neu gefertigt werden, weil Edward VIII. die seine einfach mitgehen ließ, als er sich 1936 mit dieser … Frau ins Ausland absetzte.“

Dr. Whyte weigerte sich, den Namen der berüchtigten Amerikanerin Wallis Simpson auch nur in den Mund zu nehmen.

„Er hat sein Volk nicht nur im Stich gelassen, sondern es auch noch bestohlen“, polterte Whyte weiter. „Insofern stellt die neue Krone des Prince of Wales ein wichtiges Memento an ein dunkles Kapitel in der Geschichte unserer Monarchie dar. Aber wozu rede ich überhaupt,

Campbell. Zu Ignoranten wie Ihnen dringe ich sowieso nicht durch. Sie haben wie immer null Komma null Verständnis für historische Zusammenhänge! Aber was will man auch erwarten von einem glorifizierten Tierpfleger."

Nach dieser Breitseite raffte Dr. Whyte seine Unterlagen zusammen und schnarrte, „Wir sehen uns in vier Wochen wieder. Dann vertiefen wir uns in die historischen und baulichen Entwicklungen im 12. Jahrhundert." Mit einem majestätischen Nicken schritt er aus dem Raum.

Michael Conners klopfte George amüsiert auf die Schulter. „Das nenne ich mal sauber abgekanzelt. Komm, du ignoranter Tierpfleger, ich gebe dir zum Trost einen aus."

„Da sag' ich nicht nein, Michael", meinte George gemütlich. „Soll ich euch was sagen? Mittlerweile finde ich es lustig, wenn Whyte da vorne rumtobt wie Rumpelstilzchen. Der kann mir gar nix." Er wandte sich an John. „Kommst du auch mit in den Club?"

John schüttelte den Kopf. „Ich habe Pauline versprochen, sie nach dem Vortrag gleich anzurufen."

Michael wackelte mit den Augenbrauen. „Hmm, die holde Maid aus dem Norden. An deiner Stelle würde ich auch ein wenig Liebesgeflüster bevorzugen statt das Geplänkel von uns alten Kämpen, John."

Von Liebesgeflüster konnte jedoch vorerst keine Rede sein. Eine Stunde später drückte John zum x-ten Mal die Wahlwiederholungstaste. Beharrlich drang ein schnelles tut-tut-tut aus dem Hörer. Es war schon fast zehn – mit wem telefonierte Pauline um diese Zeit so ausdauernd? Er nutzte die Zeit, um etwas Ordnung in seine Wohnung zu bringen, die Pflanzen zu gießen und seinen Einkaufszettel für morgen zu schreiben. Endlich, um viertel nach zehn, meldete Pauline sich bei ihm.

„Es tut mir leid wegen vorhin – ", begann er.

„Sorry, John – ", kam es gleichzeitig von ihr. Beide lachten leise.

„Okay, nachdem wir das geklärt haben: Ich habe ein Attentat auf dich vor", sprach Pauline weiter.

„Öhm? Attentat? Wie meinst du das?"

„Ich habe dir doch vorhin gesagt – oder zumindest versucht zu sagen – dass Dr. Coleridge tot aufgefunden worden ist. Und was denkst du, wer die Leiche entdeckt hat? Louise! Ich konnte allerdings kaum etwas über die näheren Umstände aus ihr herausbringen. Sie ist völlig durch den Wind."

„Du lieber Himmel! Das ist verständlich“, sagte John verdattert. Nun schämte er sich wirklich, dass gar nicht zu ihm durchgedrungen war, was Pauline ihm am Nachmittag hatte mitteilen wollen. Sein überstrapaziertes Gehirn hatte wohl die Schotten dicht gemacht und sich gegen weiteren Input verbarrikadiert.

„Kurz und gut, die Arme braucht gerade dringend jemanden, der ihr zur Seite steht, vor allem da es zwischen ihr und Nate kriselt.“ Dass Pauline letzteres nicht wirklich tragisch fand, war ihr anzuhören. „Also werde ich morgen mit dem ersten Zug zu dir hinunterkommen – “

„Oh! Das ist aber kein Attentat, sondern eine schöne Überraschung“, stellte er fest.

„Freu dich nicht zu früh. Ich habe Louise gesagt, wir können uns in deiner Wohnung treffen. Zu ihr möchte ich nicht, da Nate am Wochenende wahrscheinlich zuhause ist. Ich hoffe, das ist in Ordnung für dich?“

„Natürlich. Ich habe sowieso Dienst bis fünf, also seid ihr ungestört. Du hast ja meinen Wohnungsschlüssel. Ich gebe der Wache Bescheid, dass ihr beide kommt. Allerdings habe ich so gut wie nichts zu essen zuhause“, fiel ihm ein.

„Kein Problem. Ich gehe gleich einkaufen, wenn ich ankomme und dann koche ich mittags gemeinsam mit Louise etwas. Vielleicht gehen wir zwischendurch auch eine Runde spazieren, mal sehen.“

„Du bleibst hoffentlich bis Sonntag?“

„Ja, über Nacht bleibe ich, aber dann nehme ich gleich den Zug um 8.36 Uhr, weil ich noch einen Satz Schulaufgaben fertig korrigieren muss.“

„Dann komm doch morgen Abend mit zu Maggie. Wir treffen uns alle dort.“

„Oh, das wäre natürlich schön, die ganze Familie wieder zu sehen und dazu noch Isabel. Aber kann ich mich einfach selbst einladen?“

„Auf jeden Fall. Ich schreibe Maggie gleich eine Nachricht. Sie freut sich bestimmt.“

Maggie schickte als Reaktion auf seine E-Mail postwendend ein ‚Daumen hoch‘-Signal. Lächelnd schaltete John seinen Computer aus und ging voller Vorfreude auf das unverhoffte Wiedersehen mit Pauline zu Bett.

Am nächsten Vormittag bekam er sie jedoch nur flüchtig zu Gesicht. Einmal, als sie während seiner ersten Touristenführung mit einer kleinen Übernachtungstasche über der Schulter zu seiner Wohnung strebte und ihm quer über den Hof eine Kusshand zuwarf und wenig später noch einmal, als sie mit seinem großen Einkaufskorb bewaffnet wieder hinauseilte. Als er seine dritte Gruppe auf dem Tower Green verabschiedete, steckte sie den Kopf durch sein Küchenfenster und rief, „John! Kommst du zum Mittagessen?“

„Nichts lieber als das!“, gab er zurück. „Bin sofort da.“

Gleich darauf schloss er sie in die Arme. Sie erwiderte seinen Kuss jedoch nur kurz, dann wisperte sie ihm drängend ins Ohr, „Louise ist hier. Ich weiß gar nicht, was ich mit ihr machen soll. Sie weint die ganze Zeit. Vielleicht kannst du mit ihr reden?“

„Natürlich, ich kann es versuchen“, flüsterte er zurück und machte sich daran, sich der schweren Beefeaterjacke zu entledigen und in seiner Flurgarderobe zu deponieren. Bevor er die Tür zur Küche öffnen konnte, stoppte Pauline ihn. Sie nahm sein Gesicht in beide Hände, hauchte „Du bist mein Held“ und gab ihm einen Kuss, der ihm heiß unter dem Kragen werden ließ. John musste den Gedanken an ein romantisches mittägliches Tête-à-Tête energisch beiseiteschieben, als er ihr in die Küche folgte.

„Louise, John ist da. Jetzt essen wir etwas“, kündigte Pauline in bemüht heiterem Ton an. Während sie sich am Herd zu schaffen machte, setzte John sich zu Louise auf die Bank.

„Salut, Louise. Comment ça va?“ Sein fehlgeschlagener Versuch eines französischen Akzents brachte ein zittriges Lächeln auf ihre Lippen.

„Salut, John. Oh, mes amis, ihr seid so lieb zu mir. Und ich bin so eine *locque*.“

Fragend sah John Pauline an, aber auch ihr Wortschatz reichte nicht so weit.

„Ihr wisst schon, *fichue*. Kaputt.“ Mit dem schon feuchten Ärmel ihrer Bluse wischte Louise sich erneute Tränen fort.

Im Stillen musste John ihr beipflichten. Die Französin, eine attraktive Enddreißigerin, wirkte heute wie ein Schatten ihrer selbst. Ihr dunkles Haar hatte sie mit einem alten Haargummi zu einem schlampigen Pferdeschwanz zusammengebunden. Tiefe Augenringe lagen auf ihrem vom Weinen verquollenen Gesicht.

John reichte ihr ein Taschentuch. „Möchtest du darüber reden, was passiert ist? Wir können uns auch gerne erst einmal auf Paulines köstlichen Nudelauflauf stürzen, wenn dir das lieber ist.“

Während Pauline die vollen Teller auftischte, schnäuzte Louise sich geräuschvoll. Nachdem sie schweigend einige Bissen genommen hatte, schob sie ihren Teller von sich.

„Es tut mir leid, Pauline, aber ich kann … nichts essen. Es liegt wie ein Stein in meinem Bauch. Ich … immer sehe ich sein Gesicht … und das Blut … *et cette odeur horrible*." John merkte, dass Louises Blick starr wurde und sie immer schneller atmete. Plötzlich hob sie die Hand vor den Mund. Alarmiert blickte Pauline John an. Er bedeutete ihr, ruhig zu bleiben. Dann legte er sein Besteck weg, drehte sich zu Louise und ergriff eine ihrer klammen Hände.

„Louise, wir sind hier bei dir. Wir werden jetzt gemeinsam atmen, okay? Beim Einatmen zähle ich für uns bis vier, und während wir ausatmen, zähle ich weiter bis zehn. Schau meine Finger an, wie ich hochzähle."

Ihre Augen flackerten einen Moment, dann fokussierte sie sich auf Johns Hand. Es dauerte ein wenig, dann fand sie in den Rhythmus, den er ihr vorgab. Einige Minuten lang war nur das Auf- und Abebben ihres Atems zu hören. Allmählich spürte John, wie Louise wieder aus der Woge akuter Panik auftauchte.

„Sehr gut", sagte er wohlwollend. „Was meinst du, sollen wir zwei uns einmal kurz ins Wohnzimmer setzen?"

„D'accord", kam es beinahe unhörbar von ihr und sie folgte John wie ein verirrtes Schaf durch die Tür, die er nach einem kurzen Blickwechsel mit Pauline hinter ihnen schloss. Er zog für sich den Sessel heran und platzierte Louise auf dem Sofa.

Während er die Französin einige Momente lang studierte, fühlte er sich zurückkatapultiert in die Kaserne in Kabul. Dort hatte er in seinen letzten Jahren bei der Army unzählige Soldatinnen und Soldaten betreut, die bei Kampfeinsätzen traumatisiert worden waren. Wie in ein altes, aber gut eingetragenes Gewand glitt er in die Therapeutenrolle zurück.

„Louise, alles was du jetzt vielleicht spürst, Unruhe, Angst, Hilflosigkeit … das ist völlig normal nach dem, was du erlebt hast. Es fühlt sich an, als ob ein Tsunami einen wegspült und der Boden unter den Füßen verloren geht – "

„Au vrai!" Louise sah ihn zum ersten Mal richtig an. Einige französische Sätze sprudelten aus ihr heraus, von denen John nichts verstand. Als sie seinen ratlosen Blick bemerkte, bemühte sie sich, wieder ins Englische zu wechseln. „Verzeih. Mein Kopf ist ganz *confuse*. Genau so geht es mir. So wie du es sagst, ich sehe keine *terre*

ferme. Le musée, c'est ma patrie ... eh, meine Heimat. Es ist nicht möglich, dass dort *la mort* wohnt, der Tod. Und dann, wenn ich nach Hause komme, zu Nate, sagt er, ‚Hab dich nicht so. Menschen sterben eben. Sieh lieber zu, ob du dir den Posten von dem Alten sichern kannst.'" John registrierte, dass Louise die Sprechweise ihres Ehemanns sehr treffend nachahmen konnte.

„Ich weiß gar nicht, was schlimmer ist", sprach sie wie im Fieber weiter. „Dass Nate so *sans coeur* ist oder dass er es immer noch nicht kapiert hat, dass ich Bioarchäologin bin. Verdammt, ich forsche an organischem Material! Wie sollte ich Kuratorin für einen Stein werden! *Merde!"*

Unvermittelt brach sie wieder in Tränen aus.

„*Je ne sais pas* – ich weiß nicht, wohin", schluchzte sie. „Ich halte es mit Nate nicht mehr aus und ins Museum kann ich nicht zurück. Nie mehr!"

Sie wurde so sehr von einem Weinkrampf geschüttelt, dass ihr ganzer zierlicher Körper erbebte und sie nicht mehr sprechen konnte. John griff wortlos nach ihrer Hand und sie klammerte sich an ihn, als wäre er das letzte Stück Treibholz auf weiter See, das einen kleinen Halt versprach.

Als der Tränenstrom nach langen Minuten schwächer wurde, sagte er, „Pauline und ich sind für dich da. Und wir würden uns freuen, wenn du heute Nacht erst einmal hier bleibst. Wir richten dir hier auf der Couch ein Bett her und morgen schauen wir in Ruhe weiter. Einen Schritt nach dem anderen. In Ordnung?"

„Oh, das ist so lieb von dir. Aber ich möchte euch nicht zur Last fallen ...", protestierte sie halbherzig.

„Humbug, würde meine Tante Isabel jetzt sagen. Dafür sind Freunde da." Er löste sich sanft aus ihrem Griff. „Ich muss jetzt zurück zum Dienst, aber Pauline bleibt bei dir. Und in ein paar Stunden bin ich auch wieder da."

Draußen in der Küche saß Pauline am Tisch und wrang nervös die Hände. Sie sprang auf und folgte ihm in den Flur hinaus.

„Wie soll ich mich verhalten? Ich würde ihr so gern helfen, aber ich fühle mich echt überfordert", murmelte sie, als sie John die Jacke entgegenhielt.

„Du hast schon alles richtig gemacht, indem du in den Zug gesprungen und hergekommen bist", erwiderte er leise. „Das Wichtigste ist jetzt, einfach da zu sein und auch diese zwischendurch auftretenden emotionalen Ausbrüche auszuhalten. Sicherheit geben, Geborgenheit, darum geht es. Sie wird immer wieder Flashbacks haben, die sehr beängstigend sein können. Ich werde nachher versuchen, ihr ein, zwei Techniken zu vermitteln, aus so einem Film wieder auszusteigen. Vorerst versuche einfach, mit ihr zu atmen, so wie wir es vorhin gemacht haben. Einatmen bis vier, ausatmen bis zehn. Hauptsache, die Ausatemphase ist länger als das Einatmen. Das hilft dem Körper, den Schalter auf ‚Ruhe' umzustellen."

Er gab ihr einen Abschiedskuss, dann fiel ihm noch etwas ein. „Sie wird heute Nacht erstmal hierbleiben. Vielleicht kannst du in der Zwischenzeit irgendwie organisieren, dass Nate ein paar Sachen für sie vorbeibringt."

„Das mache ich. Hah, dem werde ich Beine machen, diesem – " Sie brach ab, als sie Louise aus dem Wohnzimmer kommen hörte. „Bis nachher, mein Hase."

Kapitel 6

Als John kurz nach fünf zurück zu seiner Wohnung ging, musste Pauline schon nach ihm Ausschau gehalten haben, denn sie fing ihn noch vor der Tür ab.

„Louise hat sich im Wohnzimmer ein wenig hingelegt", sagte sie mit einem Blick über die Schulter. „Ich habe Nate angerufen, aber dieser Krötenarsch hat mich nur angeblafft, dass er nicht der Butler ist und dass Louise gefälligst nach Hause kommen soll." Sie fügte noch einige Ausdrücke hinzu, für die sie ihren Schülerinnen mit Sicherheit Strafaufsätze aufgebrummt hätte, hätten diese sie unbedachterweise in den Mund genommen.

Als ihr Repertoire an Schimpfwörtern erschöpft war, fragte sie, „Was meinst du, soll ich schnell einkaufen gehen und ihr das Notwendigste besorgen?"

John schüttelte den Kopf. „Sie sollte vertraute Dinge um sich haben. Pass auf, gib mir Nates Nummer. Ich rufe ihn an. Mir reicht es jetzt mit diesem armseligen Wurm."

Zehn Minuten später legte er auf, ein grimmiges Lächeln im Gesicht. Pauline, die unverhohlen gelauscht hatte, starrte ihn mit offenem Mund an.

„Wow", stieß sie dann aus. „Das war beeindruckend. Deine knackige Abhandlung über die Entwicklung einer Posttraumatischen Belastungsstörung hat ihn ganz schön mundtot gemacht."

John schnaubte. „Glaub mir, diese Rede habe ich schon x-mal gehalten. Ich musste in der Army oft genug mit Vorgesetzten kämpfen, die ihre Leute in null Komma nichts voll funktionsfähig wieder zurück haben und in den Dienst schicken wollten. ‚Wenn du vom Pferd fällst, musst du sofort wieder in den Sattel', war vor allem bei der alten Garde ein absoluter Glaubenssatz. In vielen Fällen ist das natürlich auch richtig, aber bei einem Trauma ist die Geschichte nicht so einfach – "

„Hmmmm", gurrte Pauline und legte die Arme um seinen Hals. „Professor Mackenzie, Ihre Passion für Ihr Fach gefällt mir. Ich würde Sie jetzt liebend gern an einen Ort zerren, wo wir ungestört sind."

Den Gedanken fand auch John sehr ansprechend und er musste einige Momente mit sich kämpfen, bevor er mit Bedauern sagte, „Heute machen uns die Umstände einen Strich durch die Rechnung. Wir müssen ein Auge auf Louise haben und einer von uns muss zu ihrer

Wohnung, um ein paar Sachen für sie einzupacken. Ich bin schon froh, dass ich zumindest das ihrem Göttergatten abtrotzen konnte."

Pauline stieß einen tiefen Seufzer aus. „Das mache wohl besser ich. Ich möchte dir nicht zumuten, dich durch eine Damenunterwäscheschublade zu wühlen."

„Bring am besten etwas für mehrere Tage mit. Ich kann mir aktuell nicht vorstellen, dass wir Louise morgen guten Gewissens zurück zu Nate schicken können."

„Noch besser wäre, sie würde überhaupt nicht mehr zu ihm zurückgehen", knurrte Pauline. „Ich habe ja immer schon gesagt, dass sie etwas Besseres verdient hätte. Aber wo soll sie hin? Es wäre doch … ein wenig merkwürdig, wenn sie hierbleibt, nachdem ich weg bin."

John musste ein Lächeln unterdrücken. Pauline war die beste aller Frauen, aber sie hatte einen unbestreitbaren Hang zur Eifersucht.

„Renies Wohnung steht die nächsten Wochen leer und sie hat auch schon früher Leute dort übernachten lassen, wenn sie und Geoff weg waren", sagte er. „So, wie ich sie kenne, hätte sie kein Problem damit, wenn wir Louise dort ein paar Tage einquartieren."

„Das ist eine gute Idee", stimmte Pauline zu und ging voraus in die Wohnung. Vorsichtig steckte sie den Kopf durch die Wohnzimmertür. Louise lag reglos unter einer leichten Decke auf der Couch. Behutsam schloss Pauline die Tür wieder.

„Dann mache ich mich gleich auf den Weg, damit ich wieder da bin, bevor du zu Maggie aufbrechen musst."

John nickte. „Es ist schade, dass du nicht mitkommen kannst, aber wir sollten Louise nicht allein lassen. Ich werde Maggie Bescheid geben, dass sie für einen weniger decken soll."

Nachdem Pauline gegangen war, rief er seine Schwester an.

„John, was gibt's?", fragte sie in gehetztem Ton. Im Hintergrund war zweierlei Bellen zu hören, eines im Bass-Ton und ein deutlich höheres.

„Pauline kann heute kurzfristig doch nicht mitkommen – ", begann er.

„Gott sei Dank", entschlüpfte es Maggie. „Oh, das kam jetzt falsch heraus. Ich hätte mich natürlich sehr gefreut, sie zu sehen, aber die Bude ist echt voll. Alan ist aus Weymouth zurückgekommen, obwohl er eigentlich vorhatte, direkt von dort aus nach Glastonbury zu fahren. Aber das Wetter ist für die nächsten Tage wieder so schlecht vorhergesagt, dass sein Segelkurs unterbrochen wurde. Und dann haben Patricia und Simon sich auch noch selbst eingeladen!"

„Wie bitte? Das ist ja unverschämt“, meinte er.

„Wem sagst du das. Heute Mittag rief sie mich an und wollte unbedingt, dass wir heute noch etwas wegen ihrer vermaledeiten Wohltätigkeitssache besprechen, weil sie morgen in den Urlaub fliegen. Unvorsichtigerweise sagte ich ihr, ich hätte keine Zeit, weil wir heute ein Familienessen haben. Und was sagt sie? Das wäre ja wunderbar, dann würden sie auch dazukommen. Dazu fegen noch den ganzen Tag diese beiden Köter durchs Haus und Joey hat zwei von Alans Tauen gefressen, mit denen er ständig Segelknoten übt. Ich sage dir, das ist ein Irrenhaus! Und wenn Mum und Dad jetzt dann kommen, geht auch noch das Hickhack mit Isabel wieder los. Halleluja. John, ich muss hier weiterwerkeln. Wir sehen uns nachher.“

„Moment noch“, sagte er schnell. „Denkst du, ich könnte Renie fragen, ob Louise Mercier – du weißt schon, Paulines Freundin – ein paar Tage in ihrer Wohnung bleiben dürfte? Es ist eine längere Geschichte, aber kurz gesagt hat sie etwas Schlimmes erlebt und bräuchte ein wenig Ruhe.“

„Das geht sicher. Du kennst ja meine Tochter, sie ist da ganz unkompliziert, und Geoff glücklicherweise auch. Ruf sie einfach an. Warte, ich gebe dir ihre aktuelle Nummer. Sie haben sich nämlich eine SIM-Karte vor Ort geholt, damit das Telefonieren kein Vermögen kostet.“ Sie diktierte John flugs eine Handynummer und verabschiedete sich dann, um sich wieder dem häuslichen Chaos zu widmen.

„John! Was ist los, es ist doch nichts passiert?“, meldete seine Nichte sich gleich darauf besorgt.

„Hallo Renie. Entschuldige, ich wollte dich nicht in Sorge versetzen. Es ist alles in Ordnung, zumindest mit der Familie. Aber ich hätte ein Anliegen: Louise Mercier – du kannst dich erinnern, du hast sie im Museum kennengelernt – also, es geht ihr gerade nicht gut und zudem braucht sie etwas Abstand von ihrem Mann. Könnte sie vielleicht ein paar Tage in eurer Wohnung bleiben?“

„Aber klar. Mum hat sowieso einen Schlüssel, den lässt du dir geben. Es ist sogar frisch aufgeräumt, weil Geoff mich dazu gedrängt hat, bevor wir losgefahren sind. Du kannst unser Bett frisch beziehen oder ihr richtet ihr die Schlafcouch im Wohnzimmer her. Auf der hat Tommy auch schon gehaust, die ist ziemlich bequem.“

„Großartig, Renie. Louise wird sehr dankbar sein, da bin ich sicher.“

„Kein Problem, echt. Ich fand sie sowieso total sympathisch. Und schließlich habe ich nur wegen ihr herausfinden können, wer die unbekannte Tote in Bletchley war."

Louise hatte den Kontakt zu einer forensischen Anthropologin des Britischen Museums hergestellt, die auf die 3D-Rekonstruktion von Gesichtern spezialisiert war.

„Ich drücke die Daumen, dass es ihr bald besser geht", sagte Renie. „Sie ist hoffentlich nicht schwer erkrankt oder so etwas?"

„Nein. Sie hat im Museum die Leiche eines ermordeten Kollegen gefunden und das hat sie aus der Bahn geworfen."

„Waaas?", rief Renie aus. „Da fahre ich einmal weg und schon gibt es einen Mordfall! Ich glaub's ja nicht!" Der journalistische Spürhund in Renie jaulte förmlich auf.

„Wer ist das Opfer?", bestürmte sie ihn. „Und wie ist er oder sie umgebracht worden? Gibt es schon Hinweise auf den Täter?"

John schlug sich an die Stirn. Wieso hatte er das Thema nur aufgebracht? Wahrscheinlich würde Renie ihn nun täglich anrufen und verlangen, auf dem Laufenden gehalten zu werden.

„Wir sollten vielleicht zum Ende kommen, sonst wird das Telefonat zu teuer", versuchte er sie abzuwimmeln. Natürlich erfolglos.

„Kein Problem. Leg auf, dann rufe ich dich sofort zurück."

Schon drang nur noch Tuten aus dem Hörer. John seufzte ergeben und wartete, dass es klingelte, was nicht einmal eine Minute dauerte.

„Ich habe ein Paket mit 500 Freiminuten", sprudelte Renie übergangslos weiter. „Und das werde ich kaum verbrauchen, weil wir meistens sowieso kostenlos übers Internet telefonieren. Aber dazu braucht der Gesprächspartner natürlich ein Smartphone und nachdem du der einzige Mensch bist, der technologisch hinterm Mond lebt, kann ich mein Guthaben ganz für dich verwenden, liebster Onkel. Also jetzt rück schon raus."

John gab sich geschlagen. „Ich weiß selbst so gut wie nichts. Das Opfer ist Dr. Coleridge, der Kurator des Rosetta-Steins – "

„Ach, dieser alte Stoffel, den wir im Museum kurz getroffen haben?", unterbrach sie ihn.

„Stimmt. Louise hat ihn gestern Nachmittag offenbar in einem Sarkophag gefunden – "

„Was? Das ist ja krass! Wollte er da drin mal Probe liegen oder was?"

„Renie! Ein bisschen mehr Pietät wäre angebracht“, mahnte er. „Und jetzt löchere mich nicht länger, ich weiß wirklich nicht mehr. Sag, ist bei euch bis jetzt alles glatt gegangen?“

„Hah, von wegen. Heute hatten wir schon das erste Abenteuer. Wir sind von San José ganz früh aufgebrochen und Richtung Norden gefahren, zu unserer ersten Forschungsstation. Es hat geregnet, das kannst du dir nicht vorstellen. Und plötzlich war vor uns die Straße einfach weg. Weggespült von einem Sturzbach, der aus dem Regenwald neben der Straße rausgeschossen ist.“

„Du liebe Güte! Ist euch etwas passiert?“

„Nein, Gott sei Dank waren wir alle – wir fahren in einem Konvoi mit fünf Geländewagen – so langsam, dass wir noch bremsen konnten. Aber dann mussten wir ein paar Stunden warten, bis ein Trupp Straßenarbeiter mit einem Bagger die Schotterpiste wieder halbwegs geflickt hat. Zum Glück war der Regen dann vorbei und wir konnten uns draußen die Beine vertreten. Und dabei ist mir schon die erste Schlange begegnet! Eine total giftige noch dazu, eine Grubenotter. Der Herpetologe in unserem Team war gleich begeistert. Er hat mir gesagt, dass wir sicher sehr viele Schlangen sehen werden, weil die in der Regenzeit oft schauen, dass sie ins Trockene kommen und dann auch gern mal in Behausungen reinkriechen. Boah, wenn er mir das vor der Abreise gesagt hätte, hätte ich nochmal überlegt, ob ich wirklich hier dabei sein will.“

„Das klingt aufregend. Ich glaube, ich erzähle das deiner Mutter nicht, wenn ich sie nachher sehe“, meinte John.

Renie lachte. „Auf keinen Fall. Sonst kriegt sie wieder die Krise. Aber ich habe ihr schon ein paar Fotos geschickt und ein Video von heute früh. Obwohl wir ganz in der Nähe vom Flughafen in einem Hostel übernachtet haben, das nur einen ganz kleinen Garten hatte, haben da im Morgengrauen die Vögel gesungen, das war der Wahnsinn. Eine total exotische Geräuschkulisse. Und beim Frühstück – in einer Regenpause konnten wir draußen sitzen – habe ich schon drei verschiedene ganz tolle Schmetterlinge gesehen. Geoff ist voll in seinem Element, das merke ich so richtig. Er scharrt quasi schon mit den Hufen, heute die erste Nachtexkursion zu starten. Oh, er ruft nach mir. John, ich muss los.“

„Dann grüße Geoff schön und passt gut auf euch auf. Und danke nochmal wegen der Wohnung.“

„Ist echt kein Ding. Alles Gute für Louise. Und ich bin gespannt, wie es mit dem neuen Fall weitergeht. Ein Mord im Britischen Museum! Was für eine Story. Ich melde mich bald wieder."

„Na, da bin ich hundertprozentig sicher", murmelte John.

„Hallo, Bruderherz", begrüßte Maggie ihn zwei Stunden später sichtlich erschöpft. „Gott sei Dank, endlich ein Gast, der weder das Sofa anknabbern will, noch vor Aufregung eine Pfütze auf meinem Parkett hinterlässt – "

John lachte auf. „Ich hoffe, du sprichst gerade von deinen *vier*beinigen Gästen."

„Ja, wobei ein paar der *zwei*beinigen Gäste in mir schon das Bedürfnis geweckt haben, selbst in den Tisch zu beißen oder sie wahlweise mit den Köpfen aneinander zu schlagen", gab Maggie zurück. „Geh doch schon mal durch ins Esszimmer. Wir tragen gleich die Suppe auf."

„Kann ich dir irgendwie behilflich sein?"

„Nein danke, Bella und Annie gehen mir zur Hand. Ich habe in meinem neuen 11 Liter Topf meine provenzalische Fischsuppe gemacht und für den Hauptgang habe ich ein schönes Roastbeef mit Beilagen von *Mercurio's* liefern lassen. Und für die Nachspeise hat Annie eine Riesenschüssel Mousse au Chocolat gezaubert, während David sich von Tante Isabel einen Hundebenimmkurs hat geben lassen. Vergeblich, wenn du mich fragst." Damit verschwand sie in die Küche.

Im Esszimmer wurde John mit großem Hallo in Empfang genommen. Seine Eltern, Tante Isabel, Alan, Tommy, David und Simon Whittington mit seiner Ehefrau Patricia saßen bereits an dem riesigen Esstisch. Draußen auf der Terrasse drückte sich Joey die Nase an der Glastür platt und ließ immer wieder ein tiefes „Wuff" ertönen. Sir Walter Scott dagegen residierte unter Isabels Stuhl und hatte für den jungen Neufundländer nur verächtliche Blicke übrig.

„Wo ist Christopher?", erkundigte sich John, als er zwischen David und seinem ungeliebten Cousin Platz nahm.

„Er liegt in Bellas Zimmer und schläft", antwortete sein Bruder. „Der war vor einer Stunde schon bratfertig. Bella hat sich den ganzen Nachmittag geopfert und mit ihm gespielt und versucht, ihn davon abzuhalten, mit Joey herumzutoben. Der Hund und ich haben heute ja ein Intensivtraining von Tante Isabel bekommen, aber ich fürchte, das war nicht so erfolgreich."

Am anderen Ende des Tisches räusperte sich Isabel vernehmlich. David zog den Kopf ein.

„Das kannst du mit Fug und Recht sagen, David“, meinte sie mit einem amüsierten Lächeln. „Diesem Tier fehlt es an den fundamentalen Grundlagen. Bei seiner Basiserziehung ist einiges versäumt worden.“

„Anders als du hat mein Sohn auch keine Hunde-Obsession“, warf Emmeline schnippisch ein. „Deine Tölen waren doch immer das Wichtigste für dich, Isabel – “

John hielt nicht als einziger in der Runde den Atem an.

„Diese Tölen, wie du sie mit bedauerlicher Ignoranz bezeichnest, haben oft genug auch mehr Charakter bewiesen als so mancher Mensch, den ich kennengelernt habe“, schoss Isabel zurück.

James Mackenzie, gefangen im Kreuzfeuer zwischen seiner Ehefrau und seiner Tante, hob geradezu überschwänglich die Hände und verkündete, „Da ist ja schon unsere Köchin. Kinder, wie freue ich mich auf Maggies wunderbare Fischsuppe. So eine hatte ich ewig nicht.“

Ein würziger Knoblauchduft durchzog den Raum, als die Teller und ein Korb mit frischem Baguette hereingebracht wurden. Nach einigen Minuten andächtigen Löffelns fand Maggie sich mit Lob aus allen Richtungen überschüttet. Sogar die beiden Streithennen waren sich einig.

„Ganz köstlich, Maggie“, befand Isabel.

„Wirklich ein Genuss, mein Kind“, stellte Emmeline fest.

„Danke. Bella und Christopher haben auch fleißig mitgeholfen“, sagte Maggie.

John bestand darauf, die leeren Teller abzutragen. Bella folgte ihm in die Küche, um eine neue Saftflasche zu holen und raunte ihm zu, „Christopher ist ja echt süß und so. Aber er ist voll anstrengend. Wenn alle Kinder so sind, dann will ich keine.“

Ein Gläserklingeln aus dem Esszimmer entband John einer Antwort.

„Liebe Familie – “, hob Patricia in geziertem Ton an. John und Bella tauschten einen augenrollenden Blick miteinander und trollten sich zurück zu den anderen.

„Erst einmal unseren wärmsten Dank für die Einladung, Maggie. Du verwöhnst uns wieder einmal kulinarisch aufs Beste“, fuhr Patricia fort. „Da wir gerade so schön beieinander sitzen, möchte ich die Gelegenheit nutzen, über eure Beiträge zu unserer Wohltätigkeitsaktion für das Kinderhospiz zu sprechen. Ihr möchtet euch doch sicher alle in den Dienst der guten Sache stellen, nicht?“

Maggie sah aus, als bereite es ihr Mühe, eine Antwort hinunterzuschlucken, die Patricia wohl schockiert hätte.
„Natürlich beteiligen wir uns gerne“, erhob Emmeline die Stimme. „Wie können wir helfen? Kuchen backen? Oder bei einem Basar mitarbeiten?“
Patricia verzog pikiert das Gesicht. „Unser Motto im Förderverein des St. Bartholomew's Hospital ist ‚Nicht kleckern, sondern klotzen‘. Es ist mir ein Anliegen, im dritten Jahr meiner Präsidentschaft alle Spendenrekorde zu brechen. Mir ist es gelungen, uns aufgrund meiner guten Kontakte die Mitwirkung des *Royal Opera House* zu sichern. Dort werden wir einen sensationellen Gala-Ball veranstalten. Und in diesem Rahmen werden wir eine Auktion auf die Beine stellen, bei der es nicht um materielle Preise geht, sondern um außergewöhnliche Erlebnisse oder spezielle Dienstleistungen.“
David stieß einen anerkennenden Pfiff aus. „Das *Royal Opera House*? Da ist dir ein ganz schöner Coup gelungen, Patricia. Eine perfekte Location für ein High-Society-Event.“
Emmeline nickte. „Sehr schön, in der Tat. Habt ihr schon an eine Junggesellenversteigerung gedacht?“, fragte sie. „Damit haben wir damals für unseren Gartenbauverein den größten Gewinn aller Zeiten gemacht. Auch dank John natürlich.“ Sie langte herüber und tätschelte John die Hand.
„2054 Pfund und 75 Pence. Ich weiß es noch wie heute“, grinste Maggie. „Was für ein Abend.“
„Oh ja“, kam es emphatisch von John.
„Nun, also, wir wollten deine Idee nicht abkupfern, Emmeline. Aber ich habe schon einige schöne Dinge in die Wege leiten können, wie zum Beispiel ein *Meet and Greet* mit zwei recht attraktiven Mitgliedern des Königshauses, eine Oldtimer-Ausfahrt mit einem Abgeordneten des Oberhauses, ein Logenplatz in Ascot in Begleitung eines der bekanntesten Rennstallbesitzer des Landes …“
„Und eine Golfpartie mit mir“, setzte Simon selbstgefällig hinzu.
„Also für so eine tolle Sache werdet ihr mit Sicherheit ein Spitzengebot erzielen“, warf David in todernstem Ton ein, während er John mit Schmackes auf den Fuß trat. Der wiederum musste sich auf die Lippen beißen, um nicht herauszuplatzen.
„Das klingt alles sehr … vielversprechend“, sagte Maggie mit einem gequälten Lächeln. „Derart exklusive Aktionen können wir dir jedoch nicht bieten, fürchte ich.“

„Aber was“, wehrte Patricia ab. „Was ich euch jetzt erzählt habe, ist unsere Premiumklasse, wo das Einstiegsgebot jeweils schon bei mehreren tausend Pfund liegen wird. Wir müssen jedoch auch für den nicht ganz so wohlgefüllten Geldbeutel etwas bieten. Zum Beispiel hatte ich daran gedacht, dass John eine Privatführung im Tower anbieten könnte, vielleicht auch in Bereiche, die der Normaltourist nicht zu sehen bekommt.“ Sie sah ihn auffordernd an.

„Das müsste ich mit Commander Mullins absprechen. Aber etwas in der Art müsste schon machbar sein“, sagte er.

„Sehr gut. Emmeline, du könntest dasselbe für die Königlichen Gärten in Kew anbieten.“

Johns Mutter nickte. „Sehr gern. Das ist auf jeden Fall zu arrangieren. Bei unseren Gewächshäusern hinter die Kulissen zu sehen, dürfte für einen Gartenfreund durchaus reizvoll sein. Und ich könnte sogar noch den einen oder anderen Ableger von unseren Pflanzen dazugeben.“

„Ausgezeichnet. David, Annie, für euren Beitrag hätte ich eine individuelle Portfoliobewertung und Investmentberatung im Auge. Was denkt ihr?“

„Natürlich, das machen wir“, erwiderte David begeistert. „Das ist eine hervorragende Werbung für uns, Annie, nicht? Wir könnten uns auf die Art neue Kunden erschließen.“

Annie sah nicht ganz so enthusiastisch drein, stimmte aber zu. Während James vorschlug, eine Führung zu seinen geliebten Dinosauriern im Naturhistorischen Museum anzubieten, neigte Simon den Kopf zu John.

„Nächste Woche, wenn wir in St. Lucia sind, will Patricia noch ein, zwei von den Musikstars, die dort Ferienhäuser haben, für kleine Privatkonzerte gewinnen. Ich bin sicher, sie wird dort ein paar Hochkaräter für die Auktion an Land ziehen.“

„Sie ist bemerkenswert zielstrebig“, gab John in neutralem Ton zurück.

„So ist es. Selbst im Urlaub setzt sie sich unermüdlich für die gute Sache ein.“ Simon griff nach seinem Weinkelch und ließ die rubinrote Flüssigkeit im Glas kreisen.

„Sie hat unseren Aufenthalt in einer Villa, die Bekannten gehört, extra so arrangiert, dass wir zeitgleich mit der Crème de la Crème der Szene dort sind. Sie ist die geborene Netzwerkerin, meine Frau.“ Er senkte die Stimme.

„Ich unterstütze sie natürlich zu 100 Prozent in ihren Vorhaben, aber jetzt gerade wäre ich unter uns gesagt lieber in London geblieben."

Erstaunt musterte John seinen Cousin.

„Wieso das?"

„Morgen wirst du es in allen Zeitungen lesen können, was aus ermittlungstaktischen Gründen heute noch unter Verschluss gehalten worden ist", raunte Simon. „Im Britischen Museum ist ein hochrangiger Mitarbeiter umgebracht worden. Und dann ist er auch noch in einem leeren Sarkophag platziert worden, so dass er schätzungsweise eine Woche später erst gefunden wurde. Mumifiziert war er zwar nicht, aber schon gut abgehangen, ist mir zugetragen worden. Was für eine Geschichte! Die hat absolut das Zeug dazu, die Schlagzeilen zu beherrschen, Referendum hin oder her." Er stellte das Glas wieder ab und zog unzufrieden eine Augenbraue nach oben.

„Ein derart exquisiter Fall – und das doch tatsächlich einmal, ohne dass jemand von dieser hochgeschätzten Familie darin verwickelt ist! Endlich hätte ich einmal wieder unter Beweis stellen können, was ich bin: der beste Ermittler der Metropolitan Police. Und nun bleibt mir das verwehrt, weil ich in die Karibik fliegen muss." Simon schüttelte konsterniert den Kopf. „Das Leben ist manchmal grausam."

Kapitel 7

Dasselbe ging auch John durch den Kopf, als er am nächsten Morgen erwachte und trübselig auf die leere Seite des Bettes blickte. Pauline hatte auf Louises Bitten mit ihr im Wohnzimmer übernachtet. Mit einem tiefen Seufzer setzte er sich auf und angelte nach seinen Hausschuhen, als ihn ein durchdringendes Schreien zusammenfahren ließ. Er stürzte hinaus. Im Wohnzimmer war niemand, die Schlafcouch war bereits zusammengeklappt und das Bettzeug lag sauber gestapelt auf dem Sessel. Er hastete weiter in die Küche. Dort stand Louise wie zur Salzsäule erstarrt und schrie unablässig. Pauline versuchte erfolglos, auf sie einzureden und sie zu beruhigen. Auf dem Boden lag ein zersprungenes Glas mit Brombeermarmelade, die Emmeline eingekocht hatte.

John griff nach Louises Händen und zog sie ohne viel Federlesen hinter sich her ins Wohnzimmer, wohin sie ihm willenlos folgte.

Er dirigierte sie zum Sofa und kniete sich vor sie hin. „Louise, sieh mich an. Louise!“ Er musste rufen, damit er ihre andauernden Entsetzenslaute übertönte. Sie schien ihn immer noch nicht wahrzunehmen.

„Pauline! Wir brauchen etwas, um sie aus dem Film herauszuholen, in dem sie sich gerade befindet. Hat sie vielleicht ein Lieblingslied?“

„Warte … ja, natürlich! *‚Je ne regrette rien‘*. Das habe ich in meiner Playlist … eine Sekunde.“ Sie reichte John ihr Handy und schon erfüllte die unverkennbare Stimme von Edith Piaf den Raum. Ausnahmsweise war John dankbar für die Segnungen der modernen Technik.

Nach wenigen Takten wurde Louises Schreien leiser, bis es ganz verstummte. Ihre Pupillen gewannen ihren Fokus zurück. Dann jedoch begann sie unkontrollierbar zu zittern.

„Qu'est-ce qui se passe?“, flüsterte sie.

„Sie fragt, was passiert ist“, brachte Pauline heraus, die selbst angesichts des Leids ihrer Freundin mit den Tränen kämpfte.

„Wir werden das ganz in Ruhe besprechen, Louise“, sagte John. „Aber zuerst einmal werden wir alle drei eine Runde zusammen atmen. Du kennst das von gestern. Ich zähle mit den Fingern hoch bis vier, während wir einatmen und mit dem Ausatmen geht es weiter bis zehn.“

Als die letzten Klänge des Chansons verhallt waren, wirkte Louise wieder deutlich gefasster.

„*Excusez-moi, mes amis*, dass ich euch so viele Umstände bereite. *Je suis gênée.*“ Sie nestelte am Ärmel ihrer Strickjacke herum.

„Das muss dir doch nicht peinlich sein!“ Pauline setzte sich neben die Französin und legte die Arme um sie. „Das wäre ja genauso, als müsste man sich schämen, wenn man sich ein Bein gebrochen hat und dann für eine Weile Krücken braucht. In diesem Moment stützt du dich einfach auf uns, bis du wieder auf die Beine kommst.“

„Oh, ihr seid wirklich so lieb. Aber … werde ich wieder auf die Beine kommen? Oder bin ich … kaputt im Kopf?“

„Das bist du nicht“, versicherte ihr John. „Was Pauline gerade gesagt hat, trifft es ganz gut. Wenn ein Knochen bricht, wird er meistens wieder voll belastbar. Aber erst einmal muss er heilen und das braucht seine Zeit. So ähnlich geht es dir gerade.“

„Ah.“ Sie nickte zögerlich. Ein kleiner Hoffnungsschimmer glomm in ihren Augen auf.

„Wie wäre es, wenn ich jetzt schnell in der Küche saubermache und dann frühstücken wir gemeinsam?“, schlug Pauline vor. „Und du ziehst dich am besten erstmal an, John.“

Da erst merkte John, dass er noch in dem etwas albernen Schlafanzug steckte, den Pauline ihm zum Valentinstag geschenkt hatte. Die Frontseite des Shirts und der für Johns Geschmack etwas knapp geschnittenen Boxershorts war jeweils mit einem Rentierkopf mit beeindruckendem Geweih bedruckt.

„Ähem. Ja, natürlich“, sagte er etwas verlegen. Um Louises Mundwinkel zuckte es. Im Gehen hörte er noch, wie die Frauen in unterdrücktem Ton einen Kommentar austauschten, der Pauline ein leises Kichern entlockte.

Beim Frühstück plauderten sie in unausgesprochenem Einverständnis über allerlei Alltägliches und John unterhielt die Frauen mit einer Schilderung des gestrigen Abends, wobei er die Unterhaltung mit seinem Cousin sorgsam aussparte.

Louises Lebensgeister schienen wieder ein wenig zu erwachen und sie nahm sich eine zweite Toastscheibe.

„Deine Familie ist lustig“, sagte sie mit einem Lächeln.

„So kann man das auch sehen“, meinte er mit leisem Zweifel. „Wenn alle beieinander sind, kann es aber schon anstrengend werden. Die arme Maggie bräuchte heute wohl einen Tag Erholung von den Strapazen. Den ganzen Tag das Mobiliar gegen einen unerzogenen Riesenhund verteidigen und dem inkontinenten Hunde-Senior hinterherwischen, dazu noch Verpflegung für die ganze Bagage auf die Beine stellen und mit diplomatischem Geschick diverse auf Krawall gebürstete Gäste bei Laune halten – da kann ich nur sagen: Hut ab."

„Maggie ist schon eine bewundernswerte Frau", stimmte Pauline zu. „Ich glaube, ich wäre irgendwann geplatzt und hätte deiner Mutter und Isabel mal ordentlich die Leviten gelesen. Kaum sind diese zwei in einem Raum, sind sie echt unausstehlich. Und dann noch Patricia! Ehrlich gesagt glaube ich nicht, dass sie sich wirklich aus reiner Uneigennützigkeit so engagiert. Dieses Geschwafel von der ‚guten Sache' – und dabei ist sie im Grunde wahrscheinlich genauso versessen aufs Rampenlicht wie Simon."

„Das sehe ich auch so. Die beiden sind das perfekte Paar", stellte John fest und verzog das Gesicht. Er köpfte sein weichgekochtes Ei und fuhr fort, „Heute Nachmittag steht Isabels Auftritt bei der Großkundgebung im Hyde Park auf dem Programm. Da muss ich auf jeden Fall hin – "

Aus dem Flur drang ein ungewohnter Klingelton.

„Oh. Das ist mein Handy", sagte Louise und schlüpfte hinaus.

Sie hörten, wie sie sich meldete. Nach einer Pause war ihre Stimme wieder zu hören, diesmal deutlich schriller. „Aber … muss das sein? *Je ne sais pas* – ich weiß nicht, ob ich das kann, wirklich … bitte, ich … in ein paar Tagen vielleicht?" Sie kam zurück in die Küche, das Handy am Ohr. *„Mais non, naturellement*, ich möchte helfen, den Mörder zu finden. Aber …" Sie brach ab und blickte zu John und Pauline, helle Panik im Blick. „Ich kann das nicht. Bitte, *Monsieur le Commissaire* …"

Innerlich fluchend stand John auf und entwand ihr sanft das Telefon.

„Komm, meine Liebe, setz dich", murmelte Pauline. „John wird sich darum kümmern."

„John Mackenzie am Apparat. Wer spricht da bitte?", meldete er sich, nachdem er sich ins Schlafzimmer verzogen hatte.

„Chief Inspector Pratt, Metropolitan Police. Darf ich fragen, in welchem Verhältnis Sie zu Madame Mercier stehen?"

„Ich bin ein Freund der Familie", antwortete John. „Ich gehe davon aus, dass Sie Madame Mercier zu einer Zeugenvernehmung bezüglich des Mordfalls im Britischen Museum einbestellen möchten?"

„Sofern Sie nicht der Anwalt der Dame sind, kann ich Ihnen hierzu keine Auskunft erteilen", kam es zurück. „Nun holen Sie sie mir an den Apparat zurück. Bitte", setzte der Polizist in seinem unverkennbar walisischen Akzent hinzu.

„Madame Mercier ist aktuell nicht in der Lage, eine Zeugenaussage abzugeben", gab John unbeirrt zurück.

„Wie kommen Sie dazu, so etwas zu sagen?"

„Weil ich bei der Army zwei Jahrzehnte lang als Psychologe unsere Soldatinnen und Soldaten im Auslandseinsatz betreut habe und dabei – leider – viel Erfahrung mit Traumata erworben habe. Sie können meinen beruflichen Hintergrund gerne prüfen. Ich bin nach meiner Dienstzeit als Yeoman Warder in den Tower gewechselt und mein Vorgesetzter Commander Mullins wird Ihnen auf Anfrage sicher meine Personalakte zur Verfügung stellen. Aber zurück zu Madame Mercier. Ich kann Ihnen aufgrund meiner Erfahrung sagen: Sie ist durch das Auffinden des Leichnams traumatisiert worden und zum jetzigen Zeitpunkt psychisch nicht stabil genug, erneut mit der auslösenden Situation konfrontiert zu werden."

Halb hatte John damit gerechnet, den üblichen Kommentar zu erhalten, „Gott bewahre, ein Seelenklempner". So vernahm er erstaunt den abrupten Tonwechsel des Chief Inspectors.

„Sir, darf ich Ihnen meinen Respekt aussprechen. Zwei meiner Brüder waren bei den ISAF-Truppen in Afghanistan. Gott sei Dank sind beide heil zurückgekommen, aber sie haben natürlich miterlebt, dass nicht alle das Glück hatten. Und sie haben mir erzählt, dass Leute wie Sie da unten viele von unseren Jungs und Mädels davor gerettet haben, durchzudrehen."

„Ich danke Ihnen", brachte John überrascht heraus.

„Verzeihen Sie meine Ungeduld in Bezug auf die Vernehmung von Madame Mercier. Aber ich stehe ziemlich unter Druck. Mir steigen etliche übergeordnete Stellen auf die Füße, diesen Fall so schnell wie möglich aufzuklären. Unsere Einsatzkräfte sind ohnehin am Limit, um die Sicherheitslage unter Kontrolle zu halten so kurz vor dem Referendum."

„Das kann ich gut nachvollziehen."

„Nun also. Ich sage es Ihnen ehrlich: Die Lage ist verzwickt. Die entscheidenden 48 Stunden nach dem Auffinden des Opfers sind bald um und wir stehen nicht nur vor einem weiten Feld an Verdächtigen, sondern auch vor einer völlig unklaren Spurenlage. Ich bin also dringend auf jede Zeugenaussage angewiesen. Da Madame Mercier am Freitag erkennbar angeschlagen war und keine Aussage von ihr aufgenommen werden konnte, wäre es hilfreich, wenn sie mir sobald wie möglich ihre Beobachtungen mitteilen könnte."

Johns Gemütslage als baff zu beschreiben, war noch untertrieben. Man konnte allmählich schon nicht mehr an zwei Händen abzählen, wie häufig er in den letzten Jahren mit der Polizei zu tun gehabt hatte. Auf einen aufgeschlossenen und respektvollen Ermittler war er dabei noch nie getroffen. Folglich wusste er nun nicht recht, wie er mit diesem ungewöhnlichen Exemplar umgehen sollte.

„Ähm. Ich werde sehen, was sich machen lässt. Heute sehe ich allerdings absolut keinen Weg. Dürfte ich Sie morgen früh anrufen?“

„Das würde ich sehr begrüßen, Sir. Ich werde mein Bestes geben, die Situation für Madame Mercier so wenig belastend wie möglich zu gestalten. Bitte sagen Sie ihr das. Und richten Sie ihr meine besten Wünsche aus.“

Sie tauschten Kontaktdaten aus und verabschiedeten sich. Nachdem er aufgelegt hatte, starrte John mit zusammengezogenen Augenbrauen das Handy an. War er gerade nach allen Regeln der Kunst eingeseift worden? Oder konnte er dem Chief Inspector vertrauen?

Wenn Simon Whittington nicht gerade im Flieger Richtung Karibik gesessen hätte, wäre John in Versuchung gewesen, sich bei seinem Cousin nach DCI Pratt zu erkundigen. Allerdings war er auch nicht erpicht darauf, sich eine weitere Tirade anzuhören, die Simon mit Sicherheit ablassen würde. Er beschloss, Maggie später zu fragen, ob sie über die Staatsanwaltschaft etwas über den verdächtig freundlichen Polizisten herausbekommen konnte.

Als er zurück in die Küche kam, sah Louise ihm ängstlich entgegen.

„Der Chief Inspector lässt dir seine besten Wünsche ausrichten“, sagte er. „Ich habe ihm die Situation erklärt und er wird uns heute nicht mehr belästigen. Erst, wenn du dich dafür bereit fühlst, werden wir etwas mit ihm arrangieren. Wir haben vereinbart, dass ich mich morgen bei ihm melde.“

Louise schnaufte erleichtert auf. „*Merci beaucoup*, John. Ich verstehe auch, dass die Polizei mich befragen muss, aber ich habe Angst, dass wieder so etwas passiert wie vorhin.“

John setzte sich und schenkte sich noch eine Tasse Tee ein. „Kannst du beschreiben, was du gefühlt hast?“

Louise schwieg einen Moment. „Ich … kann es nicht richtig in Worte fassen. Es war, als wäre irgendetwas in mir drin explodiert. Und dann … wie ein Loch. Ich dachte, ich bekomme keine Luft. Ich hatte schreckliche Angst … und irgendwie war ich auch traurig. Und allein.“ Sie schüttelte leicht den Kopf. „Wieso fühle ich mich so? Austin … Dr.

Coleridge … es ist natürlich schrecklich, dass er tot ist. Und dass ihm jemand gewaltsam sein Leben weggenommen hat, macht mir Angst. Aber er stand mir nicht nah, eigentlich. Trotzdem fühlte ich mich vorhin *abandonnée* – "

„Verlassen", murmelte Pauline.

„Ja. Als ob mir jemand entrissen wird."

Für John war es ein gutes Zeichen, dass Louise nun relativ ruhig über das sprechen konnte, was sie empfunden hatte. Dennoch fragte er sich allmählich, ob mehr hinter der ganzen Geschichte steckte.

„Louise, ich denke, ich kann dir dabei helfen, herauszufinden, woher diese Gefühle kommen und ich kann dir auch Strategien zeigen, wie du es schaffst, dich nicht von ihnen überwältigen zu lassen", sagte er.

Sie nickte eifrig. „Oh ja, bitte, John, hilf mir. Ich weiß nicht, was ich ohne euch beide gemacht hätte."

„Eines muss ich dir jedoch sagen", meinte er bedächtig. „Aus fachlicher Sicht wird zu Recht davon abgeraten, therapeutisch mit einer Person zu arbeiten, mit der man wie wir in einem freundschaftlichen Verhältnis steht. Es fehlt in dem Fall die professionelle Distanz – "

Beide Frauen stimmten gleichzeitig einen Protest an. John hob die Hand.

„Ich weiß, dass es in der Kürze der Zeit nicht möglich ist, einen Kollegen oder eine Kollegin zu finden, die sich um dich kümmern könnten. Ich werde dich nicht im Regen stehen lassen, Louise. Aber wir drei legen hier und jetzt die Regeln fest: Ich nehme meine Schweigepflicht sehr ernst, was therapeutische Themen angeht. Louise, was auch immer du mir anvertraust, bleibt unter uns. Du kannst selbstverständlich auch mit Pauline über alles sprechen, aber von mir aus wird nichts weitergegeben."

Während Pauline nickte, winkte Louise mit einem Lächeln ab. „Danke, mein Lieber. Aber das ist *pas de problème* für mich. Pauline darf gern über alles Bescheid wissen. Ich vertraue euch beiden *complètement*."

„In Ordnung." John sah auf die Uhr und schrak ein wenig zusammen. „Pauline, deinen Zug werden wir nicht mehr schaffen."

„Ich habe beschlossen, erst nachmittags zurückzufahren. Dann lege ich für meine Korrektur entweder eine Nachtschicht ein oder meine Klasse muss sich ausnahmsweise einen Tag länger gedulden", erwiderte sie. „Ich dachte mir, wir schauen gemeinsam, wie wir es Louise in

Renies Wohnung behaglich machen können und dann bleibe ich noch ein Weilchen bei ihr."

„Das ist gut. Und ich komme dann dort nochmal vorbei, wenn Isabels Auftritt zu Ende ist. Vom Hyde Park ist es ja nicht weit."

„Schön, dann lasst uns zusammenpacken und losziehen", schlug Pauline vor. „Sollen wir uns ein Taxi bestellen, Louise?"

„Bis nach Earl's Court? Das ist ziemlich teuer, nicht? Von mir aus können wir gern die U-Bahn nehmen", meinte Louise.

„Damit sind wir sicher schneller als mit dem Taxi", warf John ein. „Mit der Circle Line brauchen wir auch nicht umsteigen. Und ich kann Louises Gepäck nehmen."

Als sie eine halbe Stunde später in einen rappelvollen Waggon gequetscht standen und die Riemen von Louises Reisetasche schmerzhaft auf seine Schultern drückten – hatte Pauline ihr zum Zeitvertreib ein paar dicke Schmöker eingepackt? – während beständig eine der zahlreichen eingerollten Fahnen um ihn herum drohte, ihm ein Auge auszustechen, dachte John sehnsuchtsvoll an den geräumigen Fond eines Taxis. Er hatte nicht damit gerechnet, dass an einem Sonntagvormittag derart viele Leute in der Stadt unterwegs waren. Es hatten sich scheinbar ganze Heerscharen aufgemacht, um bei einer der beiden Großdemonstrationen des Tages dabei zu sein. Unbehaglich beobachtete er, wie zwischen den Anhängern beider Lager erste verbale Scharmützel ausbrachen und hoffte, dass die aufgeheizte Atmosphäre nicht in körperliche Attacken münden würde.

Als die Haltestelle Gloucester Road angekündigt wurde, begann er, sich mit den beiden Frauen im Schlepptau Richtung Ausgang durchzudrängen. Bis die Bahn Earl's Court erreicht hatte, hatten sie es erfolgreich bis zur Tür geschafft. Mit einem Seufzer der Erleichterung schoben sie sich hinaus.

„Wie geht es dir, Louise?", erkundigte er sich besorgt.

„*Ça va*", sagte sie und brachte ein Lächeln zustande. „Kurz hatte ich einmal das Gefühl, dass ich Panik bekomme, aber das lag an ein paar von den Leuten um uns herum. Bei manchen von denen, die so fanatisch den *Union Jack* schwenken, traue ich mich gar nicht mehr den Mund aufmachen. Ich habe immer ein bisschen Angst, dass sie auf mich losgehen, wenn sie merken, dass ich eine Ausländerin bin."

John hätte ihr gerne im Brustton der Überzeugung gesagt, dass diese Sorge unbegründet war. Aber das konnte er nicht. Gerade in den letzten Tagen hatte es vermehrt Gewalttaten sogenannter ‚Patrioten' gegeben.

„Pauline? Alles klar bei dir?“, fragte er, als sie auf der Rolltreppe standen. Sie nickte grimmig. „Es hätte mich in den Fingern gejuckt, mit ein paar von diesen Typen eine Diskussion vom Zaun zu brechen. Oh Mann, ich möchte mir am liebsten sofort so eine EU-Fahne kaufen.“

„Moi aussi!“, stieß Louise aus. „Oh, lass uns das tun und nachher mit John zu der Kundgebung gehen!“

„Meinst du wirklich? Wird dir das nicht zu … anstrengend?“, wandte Pauline ein.

„Nein, ich möchte das wirklich“, blieb Louise fest und steuerte schon einen der mobilen Verkaufsstände an, die ein reges Geschäft mit Flaggen und Ansteckbuttons für die *Remainers* wie die *Brexiteers* machten.

John und Pauline blieben ein paar Schritte zurück.

„Was denkst du? Packt sie das?“, raunte Pauline ihm zu.

John wog unentschlossen den Kopf. „Einerseits tut es ihr gut, sich mit etwas anderem zu beschäftigen, damit das, was passiert ist, mal aus ihren Gedanken verschwindet. Aber wenn es zu Ausschreitungen kommt und wir mittendrin stecken, könnte das einen erneuten Flashback verursachen.“

„Das vorhin war schon gruslig. Und es war plötzlich Knall auf Fall da“, wisperte Pauline. „Wir haben uns ganz normal unterhalten. Und dann ist mir das Marmeladenglas aus der Hand gerutscht und der ganze Schlonz ist herausgeflossen. Da hat sie angefangen, so zu schreien.“

„Wahrscheinlich hat sie der Anblick dieser klebrigen dunklen Masse getriggert“, überlegte John. „Sie hat ja gestern von Blut gesprochen, das sie an der Leiche gesehen hat. Simon hat mir erzählt, dass Dr. Coleridge offensichtlich schon seit einer Woche tot war, als Louise ihn gefunden hat. In dem Fall könnte das ausgetretene Blut durchaus Ähnlichkeit mit der Brombeermarmelade gehabt haben.“

Pauline schluckte. „Und gestern Nacht ist auch etwas Merkwürdiges passiert. Louise hat geschlafen, aber plötzlich fing sie an, zu reden. Aber gar nicht so, wie normal, sondern mit einer ganz piepsigen Stimme. Und sie hat immer wieder ‚Claudine‘ gesagt und so etwas wie ‚Nein, bitte nicht‘ auf Französisch. Dann hat sie sich herumgeworfen und war still.“

„Hm. Claudine? Hat sie den Namen früher schon mal erwähnt?“

Pauline schüttelte den Kopf. „Soll ich sie darauf ansprechen?“

„Momentan besser nicht“, entschied John. „Wir sollten alles vermeiden, was zu einer Destabilisierung führen könnte – “ Er unterbrach sich und setzte ein Lächeln auf, als Louise mit einer großen

Fahne und drei ‚*Britain stronger in Europe*'-Buttons zurückkam. John ließ sich einen davon anstecken und sagte dann, „Jetzt schauen wir uns erstmal in Ruhe deine Bleibe an, Louise. Die Wohnung ist gleich da vorn."

Sie erklommen die Stufen in den dritten Stock des hellen Backsteinbaus. Ächzend setzte John die Reisetasche ab und zog den Schlüssel heraus, den Maggie ihm gegeben hatte. In dem Dreivierteljahr, seit Renie und Geoff hier lebten, war er selbst nur ein paarmal da gewesen.

Seine Nichte und ihr Mann hatten es geschafft, mit einfachen Mitteln ein gemütliches Zuhause zu gestalten. Alan und Maggie hätten ihrer Ältesten mit Freuden ein schickes Apartment gekauft, wenn sie sie darum gebeten hätte. Aber Renie hatte immer großen Wert auf Unabhängigkeit gelegt und schon seit Ende ihrer Schulzeit viel gejobbt, um sich ihren Lebensunterhalt selbst zu finanzieren. Geoff wurde als Universitäts-Dozent nicht allzu üppig bezahlt und Renie konnte zum Einkommen des Paars aktuell nur gelegentlich etwas beisteuern, wenn sie für einen ihrer Artikel ein Honorar bekam.

„Das ist hübsch hier", meinte Louise und blieb vor einer großen Pinnwand stehen, deren eine Hälfte von bunten Notizzetteln übersät war, während die andere Seite Fotos des Paares und ihrer Familien zierten.

„Ach, wie süß", sagte Pauline, die ihr über die Schulter schaute. „Kuck mal, da ist eins von dir, John, wie du Renie als Baby auf dem Arm hältst. Ist das niedlich."

John musterte kritisch sein jüngeres Ich. Dieser schlaksige Kerl mit dem Bubengesicht und dem von der Army verordneten Bürstenschnitt, das war er einmal gewesen – er konnte es sich kaum vorstellen. Und nun war das putzige Kleinkind mit dem roten Flaum auf dem Kopf und den Kulleraugen eine verheiratete Frau. Wo war nur die Zeit hingekommen?

Bevor er sich in sentimentalen Gedanken ergehen konnte, bemerkte Louise, „Du hast dich gar nicht verändert, John", worauf Pauline in unziemliches Gelächter ausbrach. Gleich darauf meinte sie jedoch, „Damals warst du ein Bürschchen und heute bist du ein Mann. Du bist heute viel attraktiver, glaub mir", was John wieder halbwegs versöhnte.

Nachdem er Louise alles gezeigt hatte, richtete er die Schlafcouch im Wohnzimmer her und die Frauen gingen in den kleinen indischen Lebensmittelladen im Nachbarhaus, um ein paar Vorräte zu kaufen. Während er das Kopfkissen bezog, rief Maggie an.

„Die Veranstalter stellen einen kleinen Extrabereich vor der Bühne für VIPs bereit“, meldete sie. „Isabel hat denen das Versprechen abgeluchst, dass wir dort hinein dürfen. Gerade ist sie abgeholt worden und ich habe so etwas wie einen Backstage Pass bekommen, mit dem ich die ganze Familie mitnehmen kann.“

„Hervorragend. Könnte ich Pauline und Louise auch mitbringen?“

„Natürlich, wir sagen einfach, sie gehören zu uns. Sag mal, Louise arbeitet doch im Britischen Museum, nicht? Ist es der Todesfall dort, der ihr zu schaffen macht? Ich habe heute in der Sonntagszeitung darüber gelesen.“

„Ja, du hast recht. Sie ist diejenige, die das Opfer gefunden hat – “

„Brr“, entfuhr es Maggie. „Das muss ein übler Anblick gewesen sein. Die *Times* schreibt, der Mann ist mit einem Schlag auf den Kopf getötet worden, und das schon vor circa einer Woche – genau lässt es sich offenbar noch nicht sagen. Wie kam Louise denn darauf, in diesen Sarkophag hineinzuschauen?“

„Das weiß ich nicht. Sie ist noch nicht in der Lage, über den Hergang zu sprechen. Sie weist alle Anzeichen einer Traumatisierung auf. Da fällt mir ein, könntest du dich über einen Chief Inspector Pratt vom Yard erkundigen? Er leitet die Ermittlungen und wollte Louise heute schon zu einer Vernehmung einbestellen. Ich habe ihm erklärt, dass das noch nicht möglich ist, aber irgendwann wird sie eine Aussage machen müssen. Davor wüsste ich gern, wie ich den Kerl einschätzen soll.“

„Ich kann mich bei meinen Kollegen umhören. Mir selbst ist er kein Begriff.“ Plötzlich lachte sie leise. „Ich wette, unser herzallerliebster Cousin sitzt jetzt im Flugzeug und beißt sich in den Hintern, dass ihm ein Fall von diesem Kaliber durch die Lappen gegangen ist.“

„Die Wette gewinnst du“, gab John trocken zurück. „Er hat mir gestern schon anvertraut, dass er sich gefreut hätte, endlich in einem Mordfall ohne familiäre Verwicklungen zu ermitteln.“

John hörte ein klatschendes Geräusch, Maggie hatte sich wohl an die Stirn geschlagen.

„Herrjemine! Ein Mörder, der sich nicht an die Urlaubspläne des jüngsten Superintendenten der Metropolitan Police hält – das grenzt ja an Majestätsbeleidigung“, meinte sie boshaft. „Das geschieht Simon recht. Sollen er und seine werte Gattin, die Miss World der Wohltätigkeit, doch bleiben, wo der Pfeffer wächst.“

Kapitel 8

„Begrüßen Sie mit mir die Schlussrednerin des heutigen Tages! Eine lebenslange Streiterin für die Demokratie, deren Verdienste von höchster Stelle gewürdigt wurden: *Dame Commander of the British Empire* Isabel Mackenzie!"

Applaus brandete auf, als Isabel, auf ihren Stock gestützt, an das Podium trat.

„Meine lieben Freunde!", begann sie und hielt einen Moment inne, sichtlich bewegt, als sie den Blick über die riesige Menschenmasse schweifen ließ, über der Unmengen von dunkelblauen Flaggen mit gelben Sternen flatterten.

„Ich werde euch nicht langweilen, indem ich erneut den wirtschaftlichen Humbug zerpflücke, den Johnson und Konsorten absondern. Nein, ich bin heute hierhergekommen, um mit euch über den aus meiner Sicht wichtigsten Grund für unseren Verbleib in der EU zu sprechen: Wir sollten nicht das Fundament eines dauerhaften Friedens in Europa zerstören."

Wieder brandete Applaus auf.

„Die meisten von euch haben die dunkelsten Zeiten dieses Jahrhunderts nicht erlebt – schätzt euch glücklich! Ich selbst war eine junge Frau, als wir Seite an Seite mit unseren Alliierten gegen Nazideutschland gekämpft haben. Damals führte ich gemeinsam mit meiner Mutter – mein Vater war früh gestorben – unsere Schaffarm in den Highlands, während mein Bruder an die Front abkommandiert wurde. Wir hatten Glück, dass wir das Grauen der Bombardierungen nicht erleben mussten, dazu war unsere ländliche Gegend dem Gegner zu unwichtig. Aber ich habe das Leid derer, die im März 1941 den *Clydebank Blitz* überlebt haben, geteilt. Die Luftwaffe hatte innerhalb von zwei Nächten die gesamte Stadt ausradiert, weil dort Schiffe für die alliierten Streitkräfte gebaut wurden. Hunderte von Hinterbliebenen, vor allem Kinder, die ihre Familien und ihr Dach über dem Kopf verloren hatten, wurden von der Regierung auf die Farmen geschickt. Anders als in den Städten konnten sie dort wenigstens mit dem Nötigsten, mit Nahrung und einem trockenen Plätzchen zum Schlafen versorgt werden.

Auf der Mackenzie-Farm haben wir uns um zwei Dutzend Kinder und Frauen gekümmert. Wobei – was heißt gekümmert? Wir haben unser Bestes getan. Aber wir konnten nie auch nur ansatzweise das ersetzen, was diesen Menschen genommen worden war. Besonders ist mir die kleine Trish McClintock in Erinnerung geblieben. Sie war sechs Jahre alt, als eine Brandbombe auf das Haus fiel, wo sie mit ihren Eltern und zwei Geschwistern lebte. Trish überlebte als einzige. Sie sprach kein Wort, in all den Monaten, in denen sie bei uns war. Später habe ich gehört, dass sie sich als junges Mädchen umgebracht hat." Isabels Stimme zitterte ein wenig und John war sich sicher, dass er nicht der einzige in der still gewordenen Menschenmasse war, der einen Kloß im Hals hatte.

„Die Schicksale von Trish und all den anderen sind für immer in mein Gedächtnis eingebrannt", sprach sie weiter. „Wir dürfen nicht zulassen, dass Menschen so etwas noch einmal erleben müssen. Die Europäische Union hat das fast Unmögliche geschafft: Dass nach diesen entsetzlichen Zeiten aus den früheren Gegnern Partner wurden. Natürlich gibt es auch unter Partnern manchmal Spannungen und Konflikte, aber die EU hat über Jahrzehnte den Rahmen geboten, diese Konflikte friedlich auszutragen. Lasst uns diese Gemeinschaft nicht leichtherzig verlassen! Bleiben wir ein Teil dieses einzigartigen Projekts und sichern wir eine friedliche Zukunft für unsere Kinder und Kindeskinder!"

Frenetischer Jubel brandete auf.

„*Quelle femme*", sagte Louise überwältigt.

„Du hast recht. Was für eine Frau!" Auch Pauline war zutiefst ergriffen. John konnte den beiden nur zustimmen. Und dann wurden sie Zeugen von etwas ganz und gar Unerhörtem. Als Isabel von der Bühne herunterkam, drängte Emmeline Mackenzie sich energisch durch die Familie hindurch, bis sie vor ihrer Erzfeindin stand.

„Isabel. Du warst großartig", sagte sie sichtlich bewegt.

„Emmeline. Ich danke dir." Isabel öffnete die Arme und die Frauen umarmten sich.

„Oh mein Gott", flüsterte Maggie. „Wenn *das* möglich ist, besteht doch noch die Chance auf Weltfrieden."

„Du hast so eine tolle Familie", schwärmte Louise, als sie später bei einer Tasse Tee in Renies kleiner Küche saßen. Pauline hatte sich kurz zuvor verabschiedet, um mit der Piccadilly Line zum Bahnhof King's Cross zu fahren und von dort zurück nach York. Johns Angebot, sie zum Zug zu begleiten, hatte sie abgelehnt und ihn stattdessen gebeten, Louise noch ein wenig Gesellschaft zu leisten.

„Deine Großtante ist *formidable*. Unglaublich, dass sie fast 100 Jahre alt ist“, sprach Louise weiter.

John nickte. „Ich wäre schon glücklich, wenn ich auch nur einen Bruchteil ihrer Tatkraft und Energie hätte.“

„Und sie sind alle so nett. Deine *maman* ist eine ganz liebe Frau.“ John wurde hellhörig, als er einen traurigen Unterton in Louises Stimme registrierte.

„Das ist sie. Als ich im Ausland war, habe ich sie alle miteinander sehr vermisst. Für dich ist es gewiss auch nicht einfach, dass deine Verwandten alle weit weg leben“, sagte er.

„Oh, ich habe kaum noch Familie. Geschwister habe ich keine. Mein Vater ist vor etlichen Jahren gestorben und meine Mutter ...“ Sie zuckte mit den Schultern. „Ich habe sie selten gesehen. Sie ist Cellistin. In einem bekannten Kammerorchester in Frankreich. Sie ist die meiste Zeit auf Tournee.“

John beschränkte sich auf ein unverbindliches „Ah“.

„Mein Vater war ihr Professor am Konservatorium. Sie war noch ganz jung, keine 20, als sie schwanger wurde. Sicher unabsichtlich“, setzte Louise hinzu. „Sie wollte ihr Leben lang nichts anderes, als zu musizieren. Das ist ihre Berufung und darin ist sie auch *superbe*. Sie ging also auf Konzertreisen und ich blieb mit meinem Vater in Paris, wo sich in den ersten Jahren unsere Hausangestellten um mich kümmerten. Als ich alt genug war, kam ich in ein Internat.“

Für John klang das nicht gerade nach einem glücklichen Aufwachsen.

„*Maman* und *Papa* wollten natürlich, dass ich auch ein Instrument spiele. Wir hatten diesen großen schwarzen Flügel zuhause. Das ist meine erste Erinnerung, wie ich auf dem Hocker vor diesen ganzen Tasten sitze und *Papa* mir den Fingersatz beibringt.“ Ganz in ihrer Erinnerung gefangen, ließ Louise die Finger über den Tisch tanzen und summte dazu ein Kinderlied, das John vage bekannt vorkam.

„Spielst du heute noch?“, erkundigte er sich.

Sie schüttelte den Kopf. „Ich habe jahrelang Klavierunterricht gehabt, auch im Internat. Aber irgendwann war klar, dass ich das Talent meiner Eltern nicht geerbt habe. Dann durfte ich aufhören. Darüber war ich sehr froh.“

„Das verstehe ich. Mein Vater hat sich immer gewünscht, dass einer von uns dreien erlernt, den Dudelsack zu spielen. Maggie und ich haben uns erfolgreich geweigert, aber David hat sich eine Weile lang breitschlagen lassen. Er hat dann Dad zuliebe sogar mit einer Pipe Band beim großen Clantreffen in Edinburgh vor ein paar Jahren gespielt. Aber seitdem nimmt er das Ding nicht mehr in die Hand. Gott sei Dank", fügte er mit einem Zwinkern hinzu.

Louise lächelte, dann gähnte sie unvermittelt.

„Verzeih, John. Ich bin plötzlich so müde, dass ich im Sitzen einschlafen könnte."

Postwendend musste auch John herzhaft gähnen. „Ein bisschen Ruhe tut uns allen gut, denke ich. Glaubst du, du kommst allein zurecht?"

„Ja, das schaffe ich schon. Geh nach Hause, John, und erhole dich von diesem anstrengenden Wochenende. Ich habe ein ganz schlechtes Gewissen, weil ihr euch die ganze Zeit um mich kümmern musstet."

„Unsinn, Louise. Wie ich schon sagte: Dafür sind Freunde da. Du kannst mich oder Pauline jederzeit anrufen, wenn irgendetwas wäre. Und ich melde mich morgen früh bei dir, sobald ich im Rabenhaus fertig bin. Dann besprechen wir, was ich dem Chief Inspector sagen soll. In Ordnung?"

„*Oui*, so machen wir das. Danke nochmal, für alles, John."

‚Mysteriöser Tod im Britischen Museum – hat die Unglücksmumie wieder zugeschlagen?'

Diese Schlagzeile sprang John entgegen, als er zuhause das Internet nach Informationen zum Stand der Ermittlungen durchforstete. Er schüttelte den Kopf. Der Beitrag des Online-Magazins *‚London's Hottest News'* hatte mit Abstand die meisten Aufrufe aller Nachrichtenportale. Er kämpfte einen Moment mit sich, aber dann konnte auch er nicht widerstehen und klickte auf den Artikel.

‚Tod im Sarkophag: Der Hüter des größten Schatzes im Britischen Museum findet ein gewaltsames Ende. Was geschah mit Dr. Austin Coleridge (63)? Der Ägyptologe von Weltrang wurde am Freitag tot aufgefunden. Wie wir aus für gewöhnlich gut unterrichteten Kreisen erfahren haben, war sein Leichnam in einem grausigen Zustand. Welche Mächte stecken hinter diesem spektakulären Todesfall? Gibt es einen Zusammenhang mit der Unglücksmumie, die von Experten für zahllose Schreckensfälle verantwortlich gemacht wird? Nachdem sie dem Vernehmen nach ihren früheren Besitzern Tod und Verderben ins Haus zog und die Titanic 1912 zum Sinken brachte, wurde sie aus Angst vor weiteren Vorfällen dem Britischen Museum gespendet. Dort wird sie bis heute ausgestellt, obwohl sie auch hier schon Angst und Schrecken verbreitet haben soll, weil Jammern und Klagelaute aus ihr

herausdrangen. Hat der Exorzismus, der vor 100 Jahren an ihr durchgeführt wurde, den Fluch der Mumie nicht brechen können? Unsere Reporter werden bei der Museumsdirektion kritisch nachfragen, ob die Zurschaustellung eines solchen Objektes nicht ein unverantwortliches Risiko darstellt. Abonnieren Sie unseren News-Blog, dann erfahren Sie als erste, wenn wir es geschafft haben, Licht in dieses geheimnisumwitterte Dunkel zu bringen!'

„Argh", entfuhr es John. „Was für ein Bockmist."

Beschämt, dass er selbst die Klickzahlen dieses hanebüchenen Machwerks weiter in die Höhe getrieben hatte, schloss er die Webseite der *‚London's Hottest News'* und sah sich an, was der *Guardian* und die *Sunday Times* über den Mordfall geschrieben hatten.

Dort hatte der Tod von Dr. Coleridge angesichts des am kommenden Donnerstag bevorstehenden Referendums und der Wetterkapriolen, die im Süden des Landes weitere bedrohliche Regenmassen erwarten ließen, keine großen Wellen geschlagen. Beide Zeitungen vermeldeten gleichlautend, dass Austin Coleridge sein Leben ganz der Wissenschaft gewidmet hatte. Er war 30 Jahre im Museum tätig gewesen und hatte neben einer Vielzahl von Fachartikeln eine in Wissenschaftskreisen weitbeachtete Monographie über den Rosetta-Stein verfasst. Eine namentlich nicht genannte Mitarbeiterin hätte die sterblichen Überreste in einem Sarkophag entdeckt, der im zentralen Depot des Museums lagerte und ursprünglich für eine Hohepriesterin namens Anchnesneferibre geschaffen worden war. Über den genauen Todeszeitpunkt gab es noch keine Angaben. Dr. Coleridge hinterließ außer einem Bruder in Canterbury keine näheren Angehörigen.

John war gerade dabei, seinen Laptop zuzuklappen, als sein Handy klingelte. Er ahnte bereits, wer es war: Renie.

„Was gibt's Neues in unserem Fall?", wollte sie sofort wissen.

„Wenn du online die Zeitungsbeiträge liest, weißt du genauso viel wie ich", gab John zurück.

„Oh", meinte sie enttäuscht. „Von Louise hast du nichts erfahren? Sie hat doch bestimmt eine Vermutung, wer im Museum Konflikte mit Dr. Coleridge hatte? Der Kreis der Verdächtigen dürfte ja ziemlich eingeschränkt sein. Im Endeffekt kommen doch nur die Mitarbeiter in Frage, wenn ich das richtig sehe. Wer sonst hätte Zugang zum Depot?"

Darüber hatte John sich noch gar keine Gedanken gemacht. Schon spekulierte Renie munter weiter. „Ich wette, es war keine geplante Tat. Dem Mörder muss klar gewesen sein, dass die Ermittlungen sich auf das

Personal konzentrieren. Außerhalb des Museums, sagen wir bei einer nächtlichen Attacke im Park, hätte man es doch viel besser als fehlgeschlagenen Raubüberfall oder so tarnen können."

„Du solltest vielleicht mal darüber nachdenken, Thriller zu schreiben", bemerkte John. „Bei deiner kriminellen Phantasie."

Sie schnaubte. „Von wegen nachdenken. John, dir würde es auch nicht schaden, wenn du deine kleinen grauen Zellen mal ein *bisschen* in Schwung bringen würdest. Dann würdest du merken, dass meine Schlussfolgerungen einfach nur logisch sind. Sag mal, hat Louise echt noch keinen Piep über die ganze Sache gesagt?"

„Keinen Piep", bestätigte John amüsiert. Seine Nichte scharrte selbst ein paar Tausend Meilen entfernt sichtlich mit ihren investigativen Hufen. Dann wurde er wieder ernst.

„Sie braucht noch Zeit, denke ich, um die Konfrontation mit dem Vorfall aushalten zu können. Es ist gut, dass sie erstmal in eurer Wohnung bleiben und zur Ruhe kommen kann. Heute Mittag hat sie sich zumindest so gut gefühlt, dass sie zur Kundgebung mitkommen konnte. Ich glaube, das hat ihr recht gut getan."

„Hah, Tante Isabel war total beeindruckend", sagte Renie. „Tommy hat ja mitgefilmt und er hat mir das Video danach gleich geschickt. Ich glaube, wenn ich da gewesen wäre, hätte ich geheult wie ein Schlosshund vor lauter Ergriffenheit."

„Es war für uns alle sehr bewegend", stimmte John ihr zu. „Stell dir vor, deine Großmutter hat Isabel nach ihrer Rede gratuliert und die beiden haben sich sogar umarmt."

„Wow! Das ist ja schon fast mit dem Fall des Eisernen Vorhangs vergleichbar", staunte Renie. „Ein historischer Moment."

„So ist es. Und wie läuft es bei euch?", erkundigte er sich.

„Super! Ich schicke dir nachher mal ein paar Fotos durch. Wir haben heute früh schon total schöne Vögel gesehen. Der Ornithologe in unserem Team weiß gar nicht, wo er als erstes hinschauen soll. Und Geoff ist im siebten Himmel, weil er schon irgendein extrem seltenes Falter-Exemplar gesehen hat, das auf der Roten Liste steht. Ach ja, und ich hätte die Möglichkeit, den Umweltminister persönlich zu interviewen. Da kam gestern noch ganz überraschend ein Anruf aus dem Ministerium. Er verhandelt gerade mit Bauern vor Ort über die Ausweitung eines Naturschutzgebiets und dabei dürfte ich ihn ein paar Tage begleiten."

„Das klingt nach einer tollen Chance."

„Definitiv. Aber das fragliche Gebiet ist ganz unten im Süden des Landes, also quasi am anderen Ende. Ich muss jetzt erstmal schauen, ob ich mir da einen bezahlbaren Transport organisieren kann. Spesen kriege ich bei einem Uni-Projekt natürlich keine bezahlt. Und eigentlich will ich auch Geoff und die Truppe nicht für mehrere Tage allein lassen. Das muss ich mir heute noch alles genau überlegen, denn ich müsste morgen schon los."

John gefiel die Idee, dass seine Nichte ganz allein in einem mittelamerikanischen Land unterwegs war, gar nicht. Als er ihr dies sagte, lachte sie jedoch.

„John, du klingst schon fast so gluckenhaft wie Mum. Ich bin erwachsen. Und die *Ticos* sind alle total nett. Außerdem, wie wir grade am Fall von Dr. Coleridge sehen: Selbst mitten in London ist man seines Lebens nicht sicher."

Da konnte John zu seinem Leidwesen nicht widersprechen.

Am nächsten Morgen hatte er gerade die letzte der Nachtboxen im Rabenhaus gereinigt, als sein Handy klingelte. Stirnrunzelnd fischte er es aus der Tasche seiner Arbeitshose. Sieben Uhr – wer mochte so früh anrufen? Als er Paulines Namen im Display entdeckte, schlug sein Herz schneller. Hoffentlich war nichts mit ihren Eltern. Paulines Mutter hatte bereits vor einigen Jahren einen Schlaganfall erlitten.

„Sie ist wieder zurück zu diesem Vollpfosten", gellte ihre Stimme aus dem Hörer. Johns graue Zellen waren ausnahmsweise in guter Form und er schloss mühelos, dass Pauline über Louise sprach. Er legte Besen und Schaufel zur Seite.

„Hm. Ich könnte mir vorstellen, dass es Louise zu viel geworden ist, an zwei Fronten zugleich zu kämpfen", sagte er nachdenklich. „Gleichzeitig ein traumatisches Erlebnis zu verarbeiten und einen Schlussstrich unter eine langjährige Beziehung zu ziehen, würde die meisten überfordern. Nate mag nicht der ideale Partner sein, aber das Zusammenleben mit ihm ist Louise einfach vertraut. Und genau dieses Gefühl braucht sie jetzt."

„Hmpf", kam es von Pauline. „Du hast wahrscheinlich recht. Ich hatte gehofft, sie hätte den Absprung geschafft, aber der Zeitpunkt ist wohl tatsächlich gerade ungünstig. Nicht nur wegen dem Mordfall, sondern auch wegen dem Referendum. Louise hat die britische Staatsbürgerschaft nie beantragt, obwohl sie lange genug im Land lebt. Vielleicht hat sie jetzt Angst davor, was passiert, falls die *Brexiteers* am

Donnerstag gewinnen und wir die EU verlassen. Wenn sie sich wirklich von Nate scheiden lässt, könnte es möglicherweise schwieriger werden, einen britischen Pass zu bekommen."

„Das glaube ich nicht, da sie ja seit mehr als fünf Jahren hier lebt und arbeitet. Aber falls Louise sich diesbezüglich Sorgen macht, kann ich ihr einen Termin bei der Anwältin besorgen, die ehrenamtlich bei uns im Nachbarschaftszentrum arbeitet. Die hat sehr viel Erfahrung mit dem Thema Einbürgerung."

„Das ist eine gute Idee, John. Aber das mit der Trennung müssen wir wohl wirklich vorerst ad acta legen. Erstmal muss das Referendum durch sein und der Mordfall gelöst. Ach ja, Louise sagte mir noch, Nate hätte sie überzeugt, dass sie möglichst schnell ihre Aussage hinter sich bringen soll. Er nimmt sich heute sogar extra frei und geht mit ihr zum Yard." Pauline schnaubte unwillig. „Das hat Louise, das arme Schäfchen, schwer beeindruckt. Auch, dass Nate gestern Nacht direkt losgefahren ist und sie abgeholt hat, nachdem sie ihn angerufen hatte. Warum sie das gemacht hat, konnte sie mir nicht so ganz erklären. Soweit ich sie verstanden habe, war sie plötzlich wieder gefühlsmäßig in einem Tief. Warum sie dann Nate kontaktiert hat, anstatt dich oder mich – ich weiß es nicht. Tatsache ist, dass sie ihn auf einmal wieder als ihren tapferen Ritter sieht, der sie vor dem Drachen rettet." Ein würgendes Geräusch aus der Leitung machte klar, was Pauline von dieser Meinung hielt.

„Das ist nicht ungewöhnlich. Phasen der Ambivalenz gehören zu einem Entscheidungsprozess dazu – "

„Ja, ja, ist ja gut. Du musst mir nicht aus dem Psychologie-Lehrbuch zitieren, John", unterbrach sie ihn brummig.

„Gerade bei jemandem wie Louise, die in der Kindheit nach meinem Eindruck keine sichere Bindung zu ihren primären Bezugspersonen aufbauen konnte", sprach er beharrlich weiter. „Eine distanzierte Mutter, die nur für ihre Musik lebt. Ein Vater, der seinen Hausbediensteten die Sorge um seine Tochter überlässt und das Kind dann ins Internat schickt. Vor dem Hintergrund kann ich verstehen, dass selbst ein Hohlkopf wie Nate Bennett einen unverzichtbaren Stabilitätsanker darstellen kann."

„Du hast ja recht", sagte Pauline seufzend. „Louise hat mir erzählt, dass sie Nate in einem Pub kennengelernt hat, nur ein paar Wochen, nachdem sie den Job im Museum bekommen hatte und von Paris nach London gezogen war. Zu dem Zeitpunkt hatte sie gerade mal ein schäbiges Zimmer irgendwo in einem Vorort. Die zwei haben nach vier Monaten schon geheiratet und sie ist bei ihm eingezogen. Und seitdem hat es ja auch elf Jahre lang geklappt mit den beiden, mehr oder weniger. Dass sie trotz ihrer Zweifel die Beziehung nicht von jetzt auf gleich wegwirft … na okay, ich verstehe es. Oder ich bemühe mich zumindest, es zu verstehen."

„Sicher steckt bei Louise auch ein bisschen das Gefühl dahinter, uns zur Last zu fallen. Ich habe ihr zwar mehrfach versichert, dass das Unsinn ist und wir gern für sie da sind, aber …"

„Ich weiß, was du meinst", sagte Pauline. „In ihr scheint die Überzeugung zu stecken, dass sie es nicht wert ist, dass man sich um sie kümmert. Na ja, wahrscheinlich kein Wunder, wenn man bedenkt, wie sie aufgewachsen ist. Also, mein Hase, dann respektieren wir Louises Entscheidung und halten uns ab jetzt mehr im Hintergrund."

Kapitel 9

Vor Beginn seines Besucherdienstes vergönnte John sich eine zweite Tasse Darjeeling und betrachtete währenddessen staunend die Fotos, die Renie ihm geschickt hatte. Ein tiefblau schillernder Kolibri, die schwirrenden Flügel nur schemenhaft erkennbar. Ein farbenprächtiger Veilchentrogon. Ein Vogel mit dem kuriosen Namen Mot-Mot und einer ebenso kuriosen Quaste am Ende der Schwanzfedern.

Auch von Maggie war eine Nachricht eingetroffen.

Morgen, John. Hurra, ich bin in der Arbeit! Da Alan heute zuhause ist, habe ich ihn beauftragt, sich um Tante Isabel zu kümmern und mich schleunigst davongemacht. Im Vergleich zu dem Zirkus der letzten Tage ist es hier richtig erholsam. Zu deiner Frage bezüglich DCI Pratt: Für die Staatsanwaltschaft ist er ein unbeschriebenes Blatt, weil er erst vor zwei Wochen aus Cardiff her versetzt wurde. Er ist der Nachfolger von DCI Granger, an den du dich ja sicher noch erinnern kannst ;-)

Und ob John den Chief Inspector aus Leeds noch gut im Gedächtnis hatte, war er doch derjenige, der den Mackenzies mafiaähnliche Strukturen angedichtet hatte. Glücklicherweise war seine Karriere bei der Metropolitan Police nur von kurzer Dauer gewesen.

Ich wäre dir dankbar, wenn du in den nächsten Tagen gelegentlich bei Bella und Tommy nach dem Rechten schaust. Natürlich vertraue ich meinen Kids ... aber ein bisschen Kontrolle schadet nichts. Ich habe keine Lust darauf, in eine verwüstete Partybude zurückzukommen.

Danke und liebe Grüße,

Maggie

John schüttelte schmunzelnd den Kopf. Weder seiner pferdeverrückten jüngsten Nichte noch seinem Neffen, der hauptsächlich Basketball und die neuesten Errungenschaften der Medientechnik im Kopf hatte, traute er zu, heimliche Partys in ihrem gepflegten elterlichen Anwesen zu veranstalten. Aber er nahm sich vor, an einem Abend unter der Woche nach Belgravia zu fahren und mit den beiden gemeinsam zu kochen. Er schrieb eine kurze Antwort, klappte den Laptop zu und ging ins Schlafzimmer, um seine Uniformjacke auszubürsten. Kaum hatte er die Kleiderbürste zur Hand genommen, drang ein Klingeln aus dem Flur an sein Ohr. Unwillig knurrend ging er hinaus und schnappte sich sein Handy.

„Mr. Mackenzie? Verzeihen Sie die Störung. DCI Pratt am Apparat."

„Chief Inspector. Guten Morgen. Falls Sie wegen Louise Merciers Aussage anrufen – nach meinem letzten Kenntnisstand wollte sich ihr Ehemann Nathan Bennett deswegen mit Ihnen in Verbindung setzen."

„Die beiden sind bereits hier, aber es gibt ein Problem. Madame Mercier ist nicht in der Lage, eine Aussage abzugeben. Als ich sie bat, die Auffindesituation zu schildern, ist sie irgendwie hysterisch geworden."

John stöhnte unwillkürlich auf.

„Ich habe sie wirklich nicht unter Druck gesetzt oder sonst was", suchte der Polizist sich zu rechtfertigen.

„Das glaube ich Ihnen", beruhigte John ihn. „Madame Mercier ist mit Sicherheit sehr bemüht, ihre Pflicht als Zeugin zu erfüllen, aber sie ist weniger stabil, als es zeitweise den Anschein hat. Ist ihr Mann bei ihr?"

„Jetzt ja. Aber ich kann die beiden auf meinem Monitor sehen und ich weiß ehrlich gesagt nicht, ob sein Verhalten … sehr hilfreich ist."

„Das kann ich mir vorstellen", entschlüpfte es John.

„Mr. Mackenzie, ich weiß, dass es viel verlangt ist, aber könnten Sie vielleicht zum Yard kommen? Ich denke, wir brauchen die Hilfe eines Fachmanns."

„Tut mir leid, das geht nicht. Mein Dienst beginnt in 15 Minuten." John überlegte schnell. „Sagen Sie, können Sie Mr. Bennett aus dem Zimmer holen und Madame Mercier das Telefon geben?"

„Natürlich. Ich bin schon unterwegs."

Nach einer Minute hörte John erst leises Gemurmel und dann Schluchzen.

„Louise. Hier ist John. Wie geht es dir?"

Nach einem kräftigen Schniefen brachte sie heraus, „Es tut mir so leid. *Je suis désolée.* Ich … dachte, ich schaffe das, aber ich bekomme Angst. Und einen Druck auf meiner Brust. Ich habe geatmet, so wie du es mir gezeigt hast. Es hat ein bisschen geholfen, aber …"

„Louise, das ist phantastisch, dass du in der Situation daran gedacht hast", lobte er. „Und es war sehr tapfer von dir, zur Polizei zu gehen. Du hast den Mut, dich der Sache zu stellen. Damit können wir arbeiten. Aber für den Moment möchte ich, dass du mir einen Gefallen tust. Lass dich von Nate dahin bringen, wohin du möchtest. In eure Wohnung oder in Renies Wohnung oder zu mir. Ich habe die nächsten Stunden Dienst, aber ich könnte jemanden bitten, dich einzulassen. Und wenn ich um fünf Feierabend habe, dann unterhalten wir uns ganz in Ruhe. In Ordnung?"

„Aber … wird der Chief Inspector nicht böse sein?"
„Nein. DCI Pratt weiß, wie schwierig das für dich ist. Er gibt uns die Zeit, die wir brauchen." Im Stillen hoffte John, dass er damit richtig lag.
„*Alors*. Dann fahre ich jetzt mit Nate nach Hause. Er hat sich heute extra frei genommen. Und dann komme ich am Abend zu dir, wenn das für dich okay ist."
„Absolut", meinte John. „Kann ich nochmal mit dem Chief Inspector sprechen?"
„Er ist draußen, aber ich suche ihn gleich. *À bientôt*, John."
Er hörte Schritte und das Klappen einer Tür. Gleich darauf war DCI Pratt am Apparat. John erklärte ihm, was er Louise vorgeschlagen hatte. „Ich hoffe, Sie sind mit meinem Vorgehen einverstanden. Wie Sie selbst gesehen haben, ist es heute nicht möglich, eine verwertbare Aussage der Zeugin zu erhalten. Leider kann ich Ihnen auch nicht sagen, ob es mir gelingen wird, sie in nächster Zeit soweit zu stabilisieren, dass Sie sie vernehmen können."
„Ich habe befürchtet, dass Sie das sagen", seufzte Pratt. „Und ich vertraue Ihrer fachlichen Meinung. Aber wir haben die Vorschrift, in solchen Fällen ein ärztliches Gutachten fordern zu müssen, wenn sich ein Zeuge oder Verdächtiger dauerhaft aufgrund einer postulierten Krankheit einer Aussage entzieht. Madame Mercier müsste sich also einer psychiatrischen Untersuchung unterziehen, wenn sie nicht innerhalb der nächsten Tage vernehmungsfähig ist."
„Das ist nachvollziehbar. Aber bitte sagen Sie ihr das jetzt nicht. Das wäre aus meiner Sicht kontraproduktiv, weil es sie nur zusätzlich unter Druck setzen würde."
„In Ordnung. Ich versuche, meine Vorgesetzten noch einen oder zwei Tage zu vertrösten", versprach der Chief Inspector resigniert.
Nachdem John aufgelegt hatte, sandte er ein paar freundliche Gedanken an Patricia Whittington-Armsworth, die ihren werten Gatten genau zum richtigen Zeitpunkt in die Karibik abkommandiert hatte. Hätte der Superintendent die Ermittlungen geleitet, hätte Louise mit wesentlich weniger Entgegenkommen durch die Polizei rechnen dürfen. Ganz abgesehen davon, dass Johns wenn auch indirekte Verwicklung in den Mordfall mit Sicherheit einen neuerlichen familiären Zwist erheblichen Ausmaßes ausgelöst hätte. John hoffte inständig, dass sein Cousin sich so lange mit dem internationalen Jet-Set in der tropischen Sonne aalen würde, bis der Fall gelöst war.

Als Louise abends bei ihm eintraf, hielt sie ihm einen Teller frischgebackener Eclairs entgegen und dazu Renies Wohnungsschlüssel. Während er das Gebäck sehr bereitwillig entgegennahm – Louises Eclairs konnten dem Vergleich mit jeder französischen *Patisserie* standhalten – schloss er ihre Hand behutsam um den Schlüssel herum.

„Behalte ihn einstweilen. Ich möchte, dass du eine Rückzugsmöglichkeit hast."

„Meinst du wirklich?"

„Ja", sagte er fest. „Es dauert noch über zwei Wochen, bis Renie und Geoff wieder zurückkommen. Bis dahin steht dir die Wohnung zur freien Verfügung."

Louises Unterlippe begann zu bibbern. „Ihr tut so viel für mich – "

John unterband weitere Dankesbezeugungen, indem er sie auf einen Küchenstuhl dirigierte und Tee in die bereitstehenden Tassen schenkte. „Renie verfolgt die ganze Geschichte über das Internet", berichtete er und biss genussvoll in das erste Eclair. „Als Journalistin ist es für sie natürlich interessant, wie die Medien mit dem Fall umgehen – "

„Oh, *ces idiots*!", stieß Louise aus. „Was schreiben sie? ‚Die Unglücksmumie hat wieder zugeschlagen' – ah, wie kann man nur so *stupide* sein? Wir leben im 21. Jahrhundert!" Sie schlug sich an die Stirn. John freute sich, dass endlich wieder etwas von Louises altem Temperament aufblitzte.

„Gibt es diese Mumie wirklich?", erkundigte er sich.

„Es gibt nur ein Mumienbrett, um genau zu sein. So etwas wie ein Deckel, der innerhalb des Sarkophags auf die Mumie gelegt wurde und auf der die verstorbene Person bildlich dargestellt ist. Seit das Ding Mitte des 19. Jahrhunderts zum ersten Mal aufgetaucht ist, gibt es Schauergeschichten dazu – aber das sind doch alles alte Bonbons."

John sah für einen Moment verwirrt drein, dann ging ihm ein Licht auf. „Alte Kamellen", korrigierte er mit einem Grinsen.

„*Bien sûr*, das meine ich. Es war von Anfang an alles Unsinn, aber der Gipfel ist die Story, dass die angebliche ‚Mumie' beim Untergang der Titanic dabei war. Tatsächlich ist sie 1889 dem Museum gespendet worden und hat das Haus erst 1990 wieder verlassen, als wir sie für eine Ausstellung nach Australien ausgeliehen haben. Wie hätte sie also 1912 ein Schiff zum Sinken bringen sollen?" Louise schüttelte verständnislos den Kopf. Dann nahm sie einen Schluck Tee und fuhr fort, „Heute haben mich schon mehrere meiner Kollegen angerufen und mir erzählt, dass im Museum der Teufel los ist. Viele Besucher fragen schon vorne am Informationsschalter, wo sie diese ‚Mumie' finden können. Gleichzeitig sind mehrere angemeldete Führungen für Schulklassen abgesagt worden, weil offensichtlich manche von den Eltern Sorgen um die Sicherheit ihrer Kinder haben. Und zwar nicht, weil im Museum vielleicht ein Mörder arbeitet, sondern weil da die ‚Mumie' ihr Unwesen treibt! Kannst du dir das vorstellen, John? In unserem Zeitalter? Von wegen *Homo sapiens* – manchmal frage ich mich, ob die Menschheit sich hier oben", sie tippte sich an die Stirn, „in den letzten Jahrtausenden wirklich weiterentwickelt hat."

Daran hatte auch John des Öfteren seine Zweifel.

„Merde!", brach es aus Louise heraus. „Mein Platz ist im Museum! Ich will weiter forschen und ich will den Menschen Wissen weitergeben. Ich muss dorthin zurück. Und dazu muss der Mord an Dr. Coleridge aufgeklärt werden, sonst werde ich für immer Angst haben." Mit entschlossenem Blick beugte sie sich zu John. „Hilf mir, John. Wir müssen meine Festplatte reparieren." Wieder tippte sie sich an die Stirn.

John lachte leise. „Sehr gut. Ich kann dir eine Bedienungsanleitung und einen Schraubenschlüssel geben und die Reparatur übernimmst du dann selbst."

Wenig später saßen sie sich im Wohnzimmer gegenüber.

„Und … was passiert jetzt?", fragte Louise etwas unsicher.

„Passieren wird gar nichts", sagte John mit einem Lächeln. „Ich zeige dir eine Methode, mit der ich hervorragende Erfahrungen gemacht habe, wenn es um die Bewältigung von Ängsten und traumatischen Erlebnissen geht. Zum ersten Mal kennengelernt habe ich sie bei amerikanischen Kollegen, die sich im Auftrag des US-Militärs um Kriegsveteranen kümmern. Sie beruht darauf, dass Gedanken, Gefühle und Körperwahrnehmungen eng zusammenhängen. Das sieht man zum Beispiel auch an der Placebowirkung in der Medizin – allein die Erwartung, dass etwas wirkt, führt oft genug schon zu messbaren körperlichen Veränderungen."

„Oh ja. Das kenne ich umgekehrt. Wenn ich den Beipackzettel eines Medikaments lese, bekomme ich sofort sämtliche Nebenwirkungen", warf Louise ein.

John nickte schmunzelnd. „Mit der Erfahrung bist du nicht allein. Es liegt also nahe, den Körper bei der Veränderung negativer Gefühlszustände mit einzubeziehen. Speziell unser größtes Organ, die

Haut, steht in engem Kontakt mit genau dem Bereich unseres Gehirns, wo Emotionen verarbeitet werden, dem limbischen System. Hunderte von Millionen an Rezeptoren sitzen in unserer Haut, am dichtesten im Gesicht und an den Fingerkuppen. Genau diese Achse Haut-Gehirn nutzen wir, indem wir bestimmte Punkte leicht mit den Fingerspitzen beklopfen, während wir uns die belastende Situation vor Augen führen. Das machen übrigens schon Embryos im Mutterleib. Wenn die Mutter in Stress gerät, berühren sich die ungeborenen Kinder vermehrt im Gesicht, um sich selbst zu beruhigen."

„Tatsächlich? Das ist interessant", meinte Louise nachdenklich.

„Dazu kombinieren wir dann noch in Abständen bestimmte Augenbewegungen und ein wenig Summen und Zählen. Es wirkt auf den ersten Blick vielleicht alles ein bisschen lustig oder merkwürdig, aber diese Klopftechnik ist in der Tat sehr wirksam. Sie gibt uns die Möglichkeit, uns mit verstörenden oder beängstigenden Erfahrungen auseinanderzusetzen, ohne von ihnen überschwemmt zu werden."

„Das klingt sehr spannend." Louises Forschergeist war erwacht. „Ich würde mich gerne in die fachlichen Hintergründe einlesen."

„Ich habe einige Bücher hier, die ich dir mitgeben kann", sagte John. „Wir werden das Ganze jetzt einfach mal ausprobieren. Anfangen möchte ich jedoch nicht gleich mit der aktuellen Situation. Ich möchte, dass du erst einmal erlebst, wie die Methode funktioniert. Fällt dir vielleicht irgendeine Sache aus früheren Zeiten ein, etwas, was dir immer noch sozusagen im Magen liegt und unangenehme Gefühle hervorruft, wenn du daran denkst?"

„*Certainement*", sagte sie ohne zu zögern. „Da gibt es etwas, was mich bis heute verfolgt. Es steht mir jedes Mal vor Augen, wenn ich in größerer Runde etwas präsentieren soll. Mein Herz klopft dann immer wie verrückt und ich habe einen ganz trockenen Mund. Und ich renne vorher ständig auf die Toilette."

Ihr Blick wanderte in die Ferne.

„Ich war 13 und sollte bei einem Schulkonzert ein Stück auf dem Klavier spielen. Meine Eltern waren eigens dafür gekommen. Sogar *Maman*, die ich unter dem Schuljahr so gut wie nie gesehen habe. Sie saßen in der ersten Reihe, zusammen mit dem Direktor. Und dann … habe ich mich im zweiten Satz bei einem Pralltriller verspielt. Oh Gott, ich kann es heute noch hören, diese schreckliche Dissonanz." Sie schloss für einen Moment die Augen. „Ich bin so erschrocken, dass ich wie gelähmt war. Meine Finger waren ganz starr. Die Noten haben angefangen, auf den Linien herumzuhüpfen. Und meine Eltern … ich habe gesehen, wie peinlich es ihnen war.“ Eine Träne rann ihr über die Wangen.

„Du machst das sehr gut, Louise. So, wie du es beschreibst, kann ich mich richtig in die Situation hineinfühlen. Wenn du einschätzen solltest, wie belastend diese Erinnerung in diesem Moment für dich ist, sagen wir auf einer Skala von eins bis zehn, wie hoch würdest du gehen?“, fragte John sanft.

„*Huit.* Acht“, sagte sie.

„In Ordnung. Nun bleib in Gedanken in dieser Szene und bei deinen Gefühlen von damals und mache währenddessen einfach nach, was ich dir zeige.“ John begann mit einigen Fokussierungsübungen und leitete dann zu der Klopfsequenz über, beginnend mit dem Handrücken. Nachdem sie den Zyklus zweimal durchlaufen hatten, fragte er, „Wie hoch fühlt sich die Belastung jetzt an?“

Louise hielt inne. Dann sagte sie überrascht, „Höchstens zwei.“

„Ausgezeichnet. Dann gehen wir noch die Abschlussentspannung durch und verankern einen neuen Gedanken. Sprich mir nach und achte darauf, wie es sich anfühlt: Ab jetzt verzeihe ich mir, wenn ich mal einen Fehler mache.“

Anfangs noch etwas zögerlich, dann mit festerer Stimme wiederholte sie, was er gesagt hatte.

„Selbst wenn ich nicht alle Erwartungen von anderen erfülle, ist es in Ordnung“, spann John den Faden weiter. „Ich vertraue mir selbst.“

„Das gefällt mir“, kam es spontan von Louise. Sie atmete tief durch und sprach mit Bedacht, „Auch wenn ich nicht alle Erwartungen von anderen erfülle, ist es in Ordnung. Ich vertraue mir selbst.“

Ein Lächeln breitete sich auf ihrem Gesicht aus. „Oh John, so gut habe ich mich lange nicht gefühlt. Ich könnte dich küssen! Aber dann bekommen wir Ärger mit meiner lieben Pauline.“

Beide lachten. Dann stand John auf und holte von seinem Schreibtisch einige Papiere.

„Hier drauf hast du noch einmal die Kurzanleitung. Damit sich im Gehirn dauerhaft neue Verbindungen aufbauen können und der Effekt damit nachhaltig ist, empfehle ich dir, diese Übung für die nächsten Wochen regelmäßig zu wiederholen.“

„Das mache ich gern“, versicherte Louise und nahm die Blätter entgegen. Da knurrte ihr Magen vernehmlich.

„Ich konnte heute den ganzen Tag nichts essen, aber jetzt habe ich plötzlich richtig Appetit.“ Sie rieb sich über den Bauch.

„Ich habe auch noch nicht zu Abend gegessen. Komm, wir machen uns ein Omelett und einen Salat dazu, wenn du möchtest.“

„*Très bien.* Und danach bin ich bereit für das, was im Museum passiert ist.“ Schwungvoll stand Louise auf und marschierte voraus in die Küche.

Nachdem sie nicht nur ein Sechs-Eier-Omelett und eine große Schüssel Salat verputzt hatten, sondern auch noch die restlichen vier Éclairs, setzten sie sich wieder ins Wohnzimmer.

„Wir gehen die Geschichte jetzt von Anfang an durch und werden nebenher immer wieder die Klopfsequenzen durchführen. Du signalisierst mir, wenn du dich an irgendeiner Stelle unwohl fühlst. Wir haben alle Zeit der Welt. Und wenn wir es heute noch nicht schaffen, die ganze Szene nachzuerleben, ist es auch kein Problem.“

„Ich glaube, ich kriege das hin“, kündigte Louise an und begann schon, zu erzählen.

„Letzter Freitag. Mittags war ich eigentlich mit allem fertig, was ich erledigen wollte. Aber ich hatte noch keine Lust, nach Hause zu gehen. Da ist mir die Vogelmumie eingefallen, von der ich euch kürzlich erzählt hatte. Die, die Dr. Coleridge mir im Depot gezeigt hat. Ich wollte sie mir nochmal ansehen. Wir haben eine Anfrage einer amerikanischen Universität zu mumifizierten Ibissen und ich wollte – egal jetzt. Ich gehe also in unser Zentraldepot.“

Sie sah auf. „Wir haben mehrere Depots, die weiträumig verteilt sind, aber ein Teil unseres Bestands lagert direkt unter dem Museumsbau. Ein Bereich ist für nichtorganische Artefakte aus Stein, Metall, Keramik oder Glas und ein zweiter für organische Materialien, also zum Beispiel Textilgewebe, Leder und Holz. Dazu gibt es noch eine Spezialabteilung, die menschliche und tierische Relikte beherbergt.“

John nickte.

„Um dorthin zu kommen, muss ich durch die Stein-Halle, wie wir sie nennen. Du musst dir das wie ein Hochregallager vorstellen. Ich gehe also da hindurch und denke mir plötzlich, was ist das für ein Geruch? Ich kann ihn nicht beschreiben, aber er ist *répugnant* … ganz ekelhaft.“

Louise verzog angewidert das Gesicht. Dann atmete sie zweimal tief durch und sprach weiter. „Ich denke, dass irgendein Tier, vielleicht eine Ratte, einen Weg in das Depot gefunden hat – obwohl das kaum möglich scheint – und dort eingegangen ist. In der Stein-Halle wäre das noch nicht so schlimm, aber bei all unserem organischen Material könnte ein tierischer Eindringling katastrophale Schäden anrichten. Ich mache mich also auf die Suche."

John konnte förmlich sehen, wie Louise im Geiste den Weg abschritt, den sie zurückgelegt hatte.

„Ganz hinten in einem Quergang ist es am schlimmsten. Aber ich finde nichts. Alles sieht genauso aus wie immer. Es gibt auch nirgends Tierspuren – nicht dass ich das erwartet hätte, denn unser Chef-Konservator würde der Reinigungsfirma sofort kündigen, wenn irgendwo Staub, geschweige denn Mäuse-*Caca* oder so etwas herumliegen würde. Irgendwann merke ich, dass der Gestank rund um einen Sarkophag am intensivsten ist. Ich weiß, dass der Sarkophag leer ist. Er steht schon seit bald 200 Jahren im Museum. Was aus der zugehörigen Mumie, einer Hohepriesterin des Amun, geworden ist, wissen wir nicht." Sie hielt einen Moment inne, fasste sich aber gleich wieder.

„Ich muss wissen, was da ist. Ich hole einen von unseren mobilen Transportkränen und befestige den Deckel an den Seilen." Louises Stimme geriet ins Schwanken.

John legte ihr leicht die Hand auf den Arm. „Bis hierher sind wir schon hervorragend vorangekommen. Ich würde vorschlagen, dass wir eine neue Klopfrunde machen."

Louise nickte dankbar. Nachdem sie zwei Zyklen durchlaufen hatten, streckte sie sich und nahm einen Schluck von dem Wasser, das John auf den Wohnzimmertisch gestellt hatte.

„Ich glaube, es kann weitergehen", sagte sie.

„Fein. Wir waren dabei stehengeblieben, wie du den Sarkophag geöffnet hast."

„Ja. *Alors.* Ich drücke den Knopf, damit der Flaschenzug den Deckel hebt. In diesem Moment ... oh Gott, der Gestank! Ich halte das nicht aus." Louise würgte und John sah im Geiste bereits, wie sich das just verzehrte Omelett mitsamt den Eclairs über seinen Teppich ergoss. Aber nach einigen Atemzügen konnte Louise weitersprechen.

„Ich muss ein paar Schritte weggehen. Ich hole ein Taschentuch heraus und halte es mir vor die Nase. Und dann schaue ich über den Rand – "

Bevor John reagieren konnte, schien eine Woge durch Louises Körper zu laufen und ließ sie erbeben. Sie keuchte und ihr Gesicht verzog sich voller Entsetzen.

„Non! Non!“ Sie hielt sich mit beiden Händen die Augen zu. Herzzerreißendes Wimmern erfüllte den Raum.

Kapitel 10

Es gelang John zwar, Louise nach kurzer Zeit aus der sie überwältigenden Erinnerung herauszuholen, aber danach waren beide erschöpft.

Louise ließ sich sichtlich niedergeschlagen in die Kissen zurückfallen und entschuldigte sich wieder einmal unnötigerweise für das, was sie als ihr Versagen ansah.

„Es tut mir so leid. Ich glaube, ich bin ein hoffnungsloser Fall", murmelte sie.

„Ganz im Gegenteil", versicherte John ihr. „Du hast schon großartige Schritte gemacht, und das in bemerkenswert kurzer Zeit." Er hielt inne und betrachtete die Französin nachdenklich. „Du hast vorhin das Bild verwendet, dass wir deine Festplatte reparieren müssen. Ich bleibe mal in diesem Bild. Mein Gefühl ist, dass sich auf deiner Festplatte so etwas wie eine versteckte Datei befindet, deren Inhalt irgendeine Interferenz mit der aktuellen Situation auslöst und quasi als Reaktion einen Alarm-Shutdown des Systems verursacht."

Louise riss die Augen auf. „Du meinst, dass in meinem Gehirn etwas abgespeichert ist, von dem ich gar nichts weiß?"

Er nickte bedächtig. „Das gibt es. Wir nennen so etwas eine dissoziative Amnesie. Du kannst dir das so vorstellen, dass das Gehirn ein bestimmtes Erlebnis in eine Schublade gesteckt und diese zugeschlossen hat. Manchmal passiert es dann, dass durch eine neue Erfahrung die Schublade einen Spalt geöffnet wird."

„Mon Dieu." Louise starrte ihn an. „Was könnte das sein, da in der Schublade?"

„Meistens geht es um etwas, das mit intensiven negativen Gefühlen verbunden ist. Du hast gestern davon gesprochen, dass du Traurigkeit und Verlassensein gespürt hast, in einem Ausmaß, das nicht zu deinem kollegialen Verhältnis zu Dr. Coleridge gepasst hat. Hast du vielleicht als Kind einen Menschen verloren, der dir sehr wichtig war?"

Ihr Blick wanderte in die Ferne. „Lass mich überlegen. ... Nein. Drei von meinen Großeltern sind zwar im Lauf der Zeit gestorben, aber ich hatte keine engere Beziehung zu ihnen. *Grand-mère*, die Mutter von *Maman*, lebt noch. Mein Vater ist erst 2011 verstorben, daran kann ich mich noch gut crinnern. Sonst fällt mir nicmand cin."

„Sagt dir der Name Claudine etwas?", fragte John. „Du hast im Schlaf über sie gesprochen, sagte Pauline."

„Claudine?“, meinte Louise erstaunt. „Das ist ein häufiger Name bei uns. Ich kenne, warte mal … zwei. Eine war in meiner Klasse am *Lycée* und die zweite war eine Kollegin, als ich noch in Paris gearbeitet habe. Von beiden habe ich seit Jahren nichts gehört.“ Sie kaute auf ihrer Unterlippe herum und blickte ratlos drein.

„Nun, es kann natürlich sein, dass ich mich täusche“, sagte John. „Möglicherweise gibt es keine verschlossene Schublade. Zermartere dir nicht den Kopf, Louise.“ Er unterdrückte ein Gähnen und fuhr fort. „Ich denke, du schaffst es, DCI Pratt zu erläutern, wie du auf Dr. Coleridge gestoßen bist. Dazu ist es nicht nötig, dass du dir den Moment vor Augen hältst, wo du tatsächlich den Leichnam erblickt hast. Wie der aussah, hat die Polizei ohnehin dokumentiert.“

Louise nickte. „Ja, ich glaube, das bekomme ich soweit hin. Aber darf ich dich bitten, mich zum Yard zu begleiten? Dann … fühle ich mich sicherer.“

„Das lässt sich bestimmt einrichten. Morgen fängt mein Dienst erst mittags an. Ich würde vorschlagen, ich telefoniere morgen früh mit dem Chief Inspector und vereinbare nach Möglichkeit gleich für den Vormittag etwas mit ihm.“

„Tausend Dank, *mon chèr*.“ Sie stand auf. „Nun genieße deinen Feierabend, John. Wir hören uns morgen früh.“

Wider Erwarten tönte Louises Stimme John aber schon um ein Uhr morgens aus dem Telefon entgegen.

„*Bonsoir*, John. Verzeih die Störung. Hast du schon geschlafen?“

Schon?? Die Französin hatte offensichtlich einen anderen Schlafrhythmus als John, dem üblicherweise ab 22 Uhr – und nicht selten schon weit eher – die Augen zufielen.

„Hm, ja, aber das macht nichts“, sagte er und ließ sich auf einem Küchenstuhl nieder. „Ist bei dir alles in Ordnung?“

„Ich habe herausgefunden, wer Claudine war“, platzte sie heraus. „Und was in der Schublade ist.“

Nun war John vollends wach. „Erzähl.“

„Mich hat der Gedanke nicht mehr losgelassen, dass da etwas in meinem Kopf ist, *un mystère*. Wie ein Poltergeist, der im Schrank rumort, verstehst du?“ Ohne eine Antwort abzuwarten, sprach sie weiter. „Ich dachte, da *muss* etwas in meiner Kindheit gewesen sein, irgendetwas Schlimmes. Und dann habe ich mir ein Herz genommen und *Maman* angerufen – etwas, das ich so gut wie nie mache, und schon gar nicht, wenn sie auf Tournee ist wie jetzt gerade in Japan. Sie ist dann ganz in ihrer Welt und mag es nicht, wenn man sie stört."

Madame Mercier fühlte sich *gestört*, wenn ihr einziges Kind sich bei ihr meldete? John schüttelte verständnislos den Kopf.

„Ich habe nur die Mailbox erreicht, aber ich habe ihr eine Nachricht auf das Band gesprochen, die wahrscheinlich total wirr war", sprach Louise weiter. „Wegen der Zeitverschiebung hat sie sie erst nach dem Aufstehen gehört, aber sie hat mich dann gleich zurückgerufen. Und stell dir vor, was sie mir erzählt hat: Als ich noch ganz klein war, in etwa drei Jahre, hatten wir ein Au-pair Mädchen aus der Normandie bei uns, das sich um mich gekümmert hat. Claudine. Die Nichte unserer Haushälterin. *Maman* meint, Claudine wäre nur zu uns gekommen, weil sie fort vom Land wollte. Immer, wenn sie Freizeit hatte, soll sie sich in der Stadt herumgetrieben haben. Unsere Haushälterin hat sie erwischt, wie sie nachts aus dem Haus geschlichen ist, um sich mit einem Jungen zu treffen. Darauf hat mein Vater am Abend die Eingangstür versperrt und den Schlüssel abgezogen. Claudine muss dann aus ihrem Zimmerfenster geklettert sein. Das war oben im Dienstbotentrakt im zweiten Stock. Und dabei … ist sie abgestürzt."

„Um Himmels Willen", entfuhr es John.

„Alle haben geschlafen, keiner hat etwas gemerkt. Am nächsten Morgen nahm Madame Marchand, die Haushälterin, mich mit in den Küchengarten hinaus, weil ich gern frische Karotten aus dem Beet zog. Und dabei haben wir sie gefunden. Claudine lag tot da. Sie war mit dem Kopf auf unseren Granitbrunnen geprallt."

Nach einer Pause fuhr sie fort. „*Maman* sagte, sie hätten es für das Beste gehalten, danach einfach so zu tun, als wäre nichts gewesen. Ich war so klein, dass alle dachten, ich würde schnell vergessen, was ich gesehen hatte. Ich bekam eine neue Nanny und von Claudine wurde nie wieder geredet. *Maman* … hat sehr unfreundlich über Claudine gesprochen. Dass sie ein schlechtes Mädchen gewesen wäre und nur Ärger gemacht hätte. Aber ich glaube, ich habe sie sehr gern gehabt. Sonst wäre jetzt nicht so ein Gefühl von Traurigkeit hochgekommen."

„Da hast du sicher recht, Louise. Kannst du dich nach dem Gespräch mit deiner Mutter an Claudine erinnern?"

„Vielleicht bilde ich es mir nur ein, aber ich sehe ein hübsches Gesicht vor mir, mit lockigen Haaren. Und immer einem Lachen." Ihre Stimme wurde wehmütig.

„Wie geht es dir jetzt, nachdem du weißt, was passiert ist?“, fragte John.

„Ich weiß es nicht genau. Es ist alles noch … ein bisschen chaotisch. Aber hauptsächlich bin ich erleichtert. Weil meine Festplatte doch noch nicht reif zum Verschrotten ist, *n'est-ce pas*? Wir müssen vielleicht noch ein paar alte Programme ausmisten, aber dann läuft sie wieder, glaube ich. Und das habe ich nur dir zu verdanken. Du bist der beste Seelen-Doktor, den man sich vorstellen kann, John.“

Mit einem beglückten Lächeln sank John wenig später, angetan mit seinem albernen Rentier-Pyjama, in den Schlaf.

„Dr. Mercier. Mr. Mackenzie. Ich danke Ihnen beiden, dass Sie sich die Zeit nehmen“, begrüßte DCI Pratt sie am nächsten Vormittag am Portal des Britischen Museums. Er hatte darum gebeten, die Auffindesituation vor Ort zu rekonstruieren und Louise hatte zugestimmt. Während Louise sie zielstrebig zu ihrem Büro im Untergeschoss führte, musterte John den Polizisten verstohlen.

Dichtes rotblondes Haar, wache Augen in einem fülligen Gesicht, das von einem Vollbart geziert wurde. Ein kariertes Hemd unter der Regenjacke, eine ausgebeulte Hose und Schuhe, die eher für das Durchqueren eines walisischen Moores gemacht zu sein schienen als für den Asphalt der Metropole. Im Ganzen wirkte der Chief Inspector auf John eher wie ein freundlicher Landtierarzt als ein Kriminalermittler.

„Sollen wir zuerst in mein Büro gehen?“, fragte Louise, als sie ihren Mitarbeiterausweis durch das Lesegerät vor dem Personaltrakt zog.

„Das wäre mir recht. Dann können wir uns erst einmal ein paar Takte in Ruhe unterhalten“, sagte Pratt. Es dauerte eine Weile, bis sie sich zu Louises Zimmer durchgekämpft hatten, da aus vielen der offen stehenden Bürotüren Kollegen der Französin herbeieilten, um sie ausnehmend herzlich zu begrüßen und sich zu erkundigen, wie es ihr ging.

Simon Whittington hätte in einer solchen Situation sicherlich mit klaren Worten darauf hingewiesen, dass seine Ermittlungstätigkeit oberste Priorität hatte und hätte einen Untergebenen angewiesen, die Zeugin abzuschirmen. DCI Pratt jedoch hielt sich ein paar Schritte abseits und beobachtete das Treiben mit wohlwollendem Blick.

„Ich freue mich sehr, dass es Madame Mercier besser geht“, murmelte er John zu. „Denken Sie, sie wird meine Fragen beantworten können?“

„Ich glaube, ja“, äußerte John zuversichtlich. „Sie konnte sich gestern stabilisieren. Und es ist ihr ein großes Anliegen, etwas zur Aufklärung des Falls beizutragen, das weiß ich.“

„Woher kennen Sie und Madame Mercier sich?“, erkundigte der Chief Inspector sich im Plauderton.

„Meine Lebensgefährtin Pauline und ich haben Louise und ihren Mann auf einer Nilkreuzfahrt im vergangenen April kennengelernt“, erklärte John. „Seitdem ist Louise zu einer guten Freundin für uns geworden.“

„Ah. Das ist schön. Vor allem für Madame Mercier, denn jetzt hat sie nicht nur einen kompetenten Psychologen an der Seite, sondern auch noch einen findigen Hobbydetektiv.“ Er blinzelte John listig zu.

„Äh“, stotterte der. Pratt schenkte ihm ein breites Grinsen.

„Keine falsche Bescheidenheit, Mr. Mackenzie. Ihr Name taucht nicht ganz so selten in den Ermittlungsakten im Yard auf. Fast so häufig wie der Ihrer Nichte. Und natürlich sind Sie verwandt mit einer der Legenden unseres Hauses.“

„Sie sind gut informiert“, meinte John etwas unsicher. Zu seiner Erleichterung klopfte der Inspektor ihm auf die Schulter und versicherte ihm, „Keine Sorge, ich gehöre nicht zu der Sorte Polizisten, die Vorbehalte gegen die Mithilfe interessierter Bürger bei der Aufklärung von Verbrechen haben. Im Gegenteil, ich habe gute Erfahrungen damit gemacht.“ Damit setzte er sich in Bewegung, hinüber zu Louise, die sich aus dem Kreis ihrer Kollegen gelöst hatte und soeben ihre Tür aufsperrte.

„Bitte setzen Sie sich. Kann ich Ihnen etwas zu trinken anbieten? Wasser oder Kaffee? Tee?“, fragte sie, nachdem sie eingetreten waren. John kannte das Büro bereits, da er zusammen mit Pauline, Renie und Bella vor einigen Wochen hier gewesen war. DCI Pratt sah sich ungeniert um, nachdem er auf einem der Stühle vor Louises Schreibtisch Platz genommen und dankend ein Glas Wasser angenommen hatte.

„Madame Mercier, wo wir hier nun so nett beieinander sind, könnten Sie mir vielleicht zum Einstieg etwas über Ihre Arbeit hier im Museum erzählen“, bat der Chief Inspector.

„Sehr gern. Ich gehöre zum Team der Bioarchäologen. Die meisten meiner Kollegen kommen aus der Anthropologie und kümmern sich um die über 6000 menschlichen Überreste, die das Museum beherbergt. Mein Spezialgebiet ist die Archäozoologie. Wir forschen interdisziplinär zu einer Vielzahl von Themen, die sich zu einem guten Teil um die Frage drehen, welcher Art die Beziehung zwischen Tier und Mensch in einer bestimmten Epoche oder einem bestimmten Kulturraum war. Wurden die Tiere domestiziert? Wie wurden sie gegebenenfalls genutzt? Kam ihnen außer als Nahrungsquelle noch eine andere Bedeutung bei den Menschen zu? Welchen Lebensraum fand die untersuchte Art in der fraglichen Region damals vor, wie waren unter anderem die klimatischen Bedingungen? Was fällt bezüglich Krankheiten in der jeweiligen Population auf?“

John bemerkte, dass sich in Louises Ausführungen keinerlei französische Worte einschlichen, nun, da sie sich auf sicherem Terrain fühlte und darauf fokussiert war, dem Polizisten Einblick in ihr Arbeitsgebiet zu geben. Dieser lauschte ihr mit interessiertem Gesichtsausdruck.

„Warten Sie, ich gebe Ihnen ein aktuelles Beispiel“, fuhr Louise fort. „Eine Kollegin aus den USA beschäftigt sich gerade mit der Frage, ob die Millionen Ibisse, die im Lauf der Zeit als Inkarnation von Thot, dem Gott der Weisheit als Opfer dargebracht wurden, gejagt worden waren oder ob es im alten Ägypten bereits Zuchtfarmen gab. Dazu soll das Genom von möglichst vielen erhaltenen Mumien sequenziert werden. Wenn die Tiere gezüchtet wurden, ist zu erwarten, dass die genetische Vielfalt eher begrenzt ist, anders als bei Wildfängen. Also wendet sich die Kollegin an eine Reihe von Instituten, die solche Mumien im Bestand haben. Nun haben wir in unserer Ausstellung einen solchen Ibis, aber den möchte unser Kurator nicht leihweise herausgeben. Dann ist mir eingefallen, dass wir im Depot etwas haben, das zumindest auf den ersten Blick wie eine Vogelmumie aussieht und wahrscheinlich auch eine ist. Theoretisch könnte es auch eine Scheinmumie sein.“

„Eine Scheinmumie? Was ist das?“, fragte Pratt verdutzt.

„Wenn keines der gefragten Opfertiere zur Verfügung stand, kam es vor, dass zum Beispiel einem Pilger keine echte Mumie zur Opferung verkauft wurde, sondern ein Batzen Lehm, der in der Form des Tiers eingewickelt wurde“, erklärte Louise. „Das fragliche Exponat, das in unserem Keller lagert, ist bisher nicht eingehend untersucht worden. Wir haben so viele Objekte und Aufgaben, dass unsere Ressourcen nicht für alles reichen, verstehen Sie?“

DCI Pratt nickte. „Das ist wie bei unseren *Cold Cases*. Nur, wenn uns der alltägliche Wahnsinn Luft lässt, können wir uns dahinterklemmen, alte Fälle aufzurollen, bei denen neue Untersuchungsmethoden noch Fortschritte bringen könnten."

„Genau. Und diese Mumie war auch der Grund, warum ich am Freitag in das Depot gegangen bin." Louise verstummte.

„Ah. Gehen Sie oft dorthin?"

Louise schüttelte den Kopf. „Ich schätze, ich komme vielleicht alle paar Wochen hinunter. Das letzte Mal war ich mit Dr. Coleridge unten, das war vor ungefähr drei Wochen. Er war es, der mich auf die Vogelmumie aufmerksam gemacht hat."

„Tatsächlich? Wie kam das zustande?"

„Nun, er kannte sich von allen Mitarbeitern am besten dort aus. Es war wie ein Hobby für ihn, besonders interessante Objekte dort auszugraben. Er ist auch gelegentlich in die Depot-Außenstellen Blythe House und Franks House raus gefahren, aber unser Keller hier war sein Favorit. Einfach, weil da sehr viele altägyptische Exponate lagern."

„Und machte er das öfter, dass er Kollegen auf seine Funde hinwies?"

Louise überlegte ein wenig. „Hm, sagen wir es so: Dr. Coleridge war jemand, der sein wirklich riesiges Wissen immer gern geteilt hat. Das fanden viele, na ja, nervig. Etliche von uns sind ihm eher aus dem Weg gegangen."

„Aber Sie haben sich gut mit ihm verstanden." Pratt ließ den Satz in der Luft hängen.

Louise zuckte graziös mit den Schultern. „Ich mag es nicht, unhöflich zu sein. Also habe ich ihm zugehört, wenn er etwas zu erzählen hatte. Und es war auch manchmal wirklich interessant."

„Verstehe. Zu welchen von Ihren Kollegen hatte Dr. Coleridge ein eher gespanntes Verhältnis?"

Louise wand sich unbehaglich. „Ich … also, das kann ich nicht beurteilen."

„Madame, ich halte Sie für eine aufmerksame Beobachterin", sagte der Chief Inspector mit einem Lächeln. „Ich denke, das können Sie sehr wohl beurteilen. Aber Sie sind eine sehr loyale Person, nicht wahr?"

John warf dem Polizisten einen anerkennenden Blick zu. Der Waliser war wirklich nicht auf den Kopf gefallen.

Louise errötete leicht. Dann schlug sie hastig vor, „Sollen wir jetzt in das Depot gehen? Ich möchte Mr. Mackenzie nicht zu lang aufhalten. Er muss zu seinem Dienst im Tower."

„Madame – wir folgen Ihnen." Galant öffnete Pratt ihr die Tür. Als Louise hinausging, fragte er, „Möchten Sie nicht zusperren?"

Erstaunt blickte sie ihn an. „Aber nein. Außer wenn man etwas in Ruhe besprechen möchte, lassen wir hier alle unsere Türen offenstehen, solange wir im Haus sind.“

„Ein sehr vertrauensvolles Miteinander haben Sie hier“, kommentierte Pratt. „Das ist eine der Tatsachen, die unsere Ermittlungsarbeit erschweren. Es ist nicht einmal möglich, verlässlich festzustellen, wer wann im Haus war.“

Louise senkte verlegen den Blick. „Ja, das stimmt. Etliche von uns umgehen das Zeiterfassungssystem, weil es sonst Ärger von oben gibt. Wenn wir an wichtigen Projekten sitzen, arbeiten wir manchmal sogar das Wochenende durch. Wir stempeln dann am Personaleingang aus, gehen aber gar nicht nach Hause, sondern bleiben einfach. Chief Inspector, das Museum wird doch deswegen keinen Ärger bekommen?“

DCI Pratt seufzte. „Ich habe schon mit Ihrem Chef darüber geredet. So ganz in Ordnung ist das nicht, wie es hier läuft. Ich habe ja durchaus Verständnis für diese hausinterne Praxis – bei der Polizei schlagen wir uns schließlich auch mit dem endlosen Bürokratiewahn herum und versuchen konstruktive Lösungen um irgendwelche unsinnige Vorschriften herum zu finden. Aber das hier im Museum geht schon zu weit, muss ich sagen. Fatal ist zum Beispiel auch, dass es am Depot keine Zugangsüberwachung gibt.“

„Nur für den hinteren Bereich mit dem organischen Material“, bestätigte Louise und führte sie eine Treppe hinunter. „Dort lagern auch etliche menschliche Skelette. Vor allem aus Ägypten und dem Sudan, aber auch ein paar, die bei Ausgrabungen in England gefunden worden sind. Für die Aufbewahrung von jeglichem menschlichen Gewebe müssen sehr strenge Kriterien erfüllt werden. Zum einen aus Respekt vor den Verstorbenen, zum anderen, weil wir natürlich alles bestmöglich für die nächsten Generationen konservieren müssen.“

Sie waren vor einer Stahltür mit der Aufschrift ‚Zentraldepot‘ angekommen. Ein Streifenpolizist stand daneben Wache.

„Sir.“ Er legte zwei Finger grüßend an seine Mütze und öffnete ihnen die Tür. Als Louise drinnen auf den Lichtschalter drückte und die Leuchtstoffröhren aufflackerten, fühlte John sich an das Warenlager eines Möbelhauses oder Baumarktes erinnert. Auf beiden Seiten eines Mittelgangs erstreckten sich lange Reihen massiver Metallregale, die bis an die Decke reichten. Am Ende des riesigen Raumes war eine Glastür mit der Aufschrift ‚Schleuse Organik-Depot‘ zu erkennen.

„Madame, könnten Sie für uns bitte nun genau nachvollziehen, was Sie am Freitag hier gemacht haben", bat der Chief Inspector. „Und wenn es Sie nicht stört, zeichne ich alles auf. Für die Dokumentation von Zeugenaussagen hätte ich normalerweise einen Sergeant, aber der Großteil unserer Leute ist damit beschäftigt, in dieser Chaoswoche halbwegs die Ordnung in unserem Land aufrechtzuerhalten. Unter diesen Umständen behelfen wir uns mit der Handykamera."

Mit einem Mal sah Louise verunsichert aus. „Oh, eh, ich ... ich hoffe, ich mache alles richtig."

„Chief Inspector, geben Sie uns ein paar Minuten?", erhob John die Stimme.

DCI Pratt, der sein Smartphone schon herausgezogen hatte, steckte es wieder weg. „Natürlich. Ich bespreche mich schnell mit PC Williams. Die Tür lassen wir offen."

„Besten Dank." John wartete, bis der Polizist sich zurückgezogen hatte und senkte dann die Stimme. „Alles okay, Louise?"

Sie presste die Lippen zusammen.

„*Je ne sais pas*. Was, wenn ich wieder zusammenbreche und das alles auf Film ist? Alle werden denken, ich bin total – " Sie ließ den Zeigefinger vor ihrer Schläfe kreisen.

John ergriff ihre Hand und drückte sie. „Pass auf, wir fokussieren uns jetzt, machen eine Klopfrunde und dann bekommst du das hin."

Einige Minuten später hatte Louises Blick sich wieder aufgeklart.

„*On y va*. Auf geht's." Sie ging mit entschlossenem Schritt zur Tür und winkte DCI Pratt herein.

„Vielen Dank für Ihr Verständnis, Chief Inspector", sagte sie. „Wir können jetzt beginnen."

„Hervorragend, Madame. Tun Sie einfach so, als wären wir nicht da und vollziehen Sie Ihre Handlungen nach." Er aktivierte die Kamerafunktion seines Telefons und richtete es auf Louise.

Als er den Daumen hob, ging Louise los, in Richtung der Glastür am anderen Ende des Lagerraums. Dann hielt sie plötzlich inne, verzog die Nase und sah sich um. Witternd wie ein Jagdhund bewegte sie sich dann weiter bis zu einem Regal mit der Aufschrift ‚Äg 739 – Äg 758' und bog nach links ab. John erhaschte im Vorbeigehen nur wenige Blicke auf die hier verwahrten Statuen und Reliefs und wünschte sich, er hätte mehr Zeit, um sich diese Schätze anzusehen.

Louise eilte zielstrebig zu dem Objekt, das ganz hinten an der Wand stand. Ein mächtiger schwarzer Sarkophag, über und über mit

Hieroglyphen versehen. Geschickt befestigte sie die Halterungen einer Art mobilen Krans an der Deckplatte des Schreins und betätigte einen Knopf.

John hielt den Atem an, als die Steinplatte Stück für Stück nach oben schwenkte. Halb erwartete er, eine Hand würde unter schauerlichem Gestöhn herausgreifen. Er wich unwillkürlich einen Schritt zurück und zuckte prompt erschrocken zusammen, als etwas seinen Ärmel streifte. Aber es war nur der Chief Inspector, der sich mit dem Telefon im Anschlag nach vorn beugte, um Louise besser einfangen zu können.

„Madame, können Sie bitte schildern, was Sie gesehen haben, als Sie in den Sarkophag geschaut haben?“, bat er.

Louise nickte und richtete den Blick in den dunklen Schrein. Zumindest für den Moment gelang es ihr, sich erfolgreich von ihren Gefühlen zu distanzieren, wie John beim Zuhören schnell merkte. Mit der nüchternen Präzision einer Wissenschaftlerin gab sie den Zustand des zerschmetterten Schädels von Dr. Austin Coleridge zu Protokoll.

In John kam eine leichte Übelkeit auf. Auf einmal war ihm, als umwehte ihn ein grauenerregender Verwesungsgeruch. Er schluckte mühsam – Gott bewahre, dass er sich vor laufender Polizeikamera über irgendein unschätzbar wertvolles altägyptisches Fundstück übergab! Haltsuchend griff er nach dem kühlen Metall einer Regalstrebe. Plötzlich realisierte er, dass Pratt ihm eine weiße Tüte vor die Nase hielt, wie man sie für gewöhnlich in der Sitztasche eines Flugzeugs fand.

„Die hatte ich für alle Fälle für Madame Mercier mitgebracht“, bemerkte der Polizist. „Aber Sie sehen aus, als hätten Sie sie gerade nötiger.“

„John, *mon chèr*, ist alles in Ordnung?“ Louises besorgtes Gesicht tauchte vor ihm auf.

„Ja, es geht schon wieder. Mir war nur einen Moment schwummrig“, brachte er heraus.

„Pass auf, wir atmen jetzt zusammen. Einatmen bis vier, ausatmen weiter bis zehn“, kommandierte Louise. Da blubberte ein Lachen in John hoch und vertrieb in Windeseile das flaue Gefühl. „Ich sehe schon, meine Arbeit ist getan“, meinte er grinsend. „Du bist für Krisensituationen gewappnet.“ Auch Louise lachte leise auf.

„Gut, dann können wir weitermachen.“ Um Pratts Mundwinkel zuckte ein Lächeln. Louise kehrte zu dem Sarkophag zurück und fuhr fort, ihre Eindrücke zu beschreiben.

„Austins Hände waren … wie verkrampft." Sie schaute über die Schulter zu Pratt. „War er tot, als er …"

Pratt schüttelte grimmig den Kopf. „Unser Pathologe sagt, er ist vermutlich gestorben, kurz *nachdem* er in dem Sarkophag deponiert worden war. Angesichts der Schwere der Verletzungen hätte man ihn aber nicht mehr retten können, selbst wenn er auf der Stelle gefunden worden wäre und nicht erst eine Woche später."

„Oh Austin, du armer Mann …", murmelte Louise. „Er hatte seinen Freitags-Pullunder an. Das war so eine Marotte von ihm. Grün am Montag, grau am Dienstag, gelb am Freitag … Sie schloss kurz die Augen. „Warten Sie, da war etwas." Sie spähte suchend in das Dunkel des Schreins. „Es lag auf seinem Pullunder. Etwas Braunes. Wie … ein zerknülltes Papier oder so."

„Sind Sie sich da absolut sicher, Madame? Wir haben nichts dergleichen gefunden."

Als Louise entschieden nickte, schaltete er die Kamera aus und wischte auf dem Telefondisplay herum, bis er fand, was er gesucht hatte.

„Das ist die erste Aufnahme der Spurensicherung." Louise studierte das Bild mit zusammengezogenen Augenbrauen. Dann tippte sie auf den kleinen Bildschirm.

„Da. Da hat es gelegen."

„Das ist hochinteressant." Ein Funkeln trat in die Augen des Polizisten. „Madame, könnten Sie bitte berichten, was Sie getan haben, nachdem Sie Mr. Coleridge gefunden hatten?"

„Ich habe geschrien. Und dann … ist alles schwarz geworden und ich bin wohl umgekippt. Als ich zu mir gekommen bin, war Madeleine da – Dr. Wharton."

John biss sich auf die Lippen. Er war sich sicher: Würde er nach einem solchen Schock wieder zu sich kommen und als erstes in das Gesicht von Dr. Wharton blicken, würde ihm ein weiterer Schreckensschrei entfahren. Er hatte die forensische Anthropologin bei seinem Besuch im Museum zusammen mit Pauline und Renie kennengelernt. Ihr skelettähnliches Aussehen und ihr reichlich herber Charme waren ihm gut im Gedächtnis geblieben.

„Dr. Wharton. Wo kam sie plötzlich her?", wollte Pratt wissen.

„Aus dem Organik-Depot. Sie ist oft dort. Ihr Spezialgebiet sind mumifizierte Körper", erklärte Louise. „Sie war wohl gerade in der Schleuse, als sie mich schreien gehört hat. Sie hatte noch ihren Schutzanzug an. Ich habe fast kein Wort herausbekommen, aber ich habe auf den Sarkophag gedeutet und sie hat hineingeschaut und ist dann gleich hinausgelaufen, um Hilfe zu holen. Handyempfang gibt es hier unten nämlich nicht." Louise atmete tief durch. „Ich hatte solche Angst, allein zu sein. Aber aufstehen konnte ich nicht. Meine Beine waren wie … Gummi. Ich hatte das Gefühl, dass es ewig gedauert hat, bis endlich wieder jemand kam, aber wahrscheinlich waren es nur ein paar Minuten."

„Der Notruf ging um 14.53 Uhr in der Zentrale ein. Wie spät war es, als Sie hier herunterkamen, Madame?", fragte Pratt.

Louise überlegte. „Ich glaube, es war irgendwann nach halb drei."

„Aha. Nun, wenn ich das vorhin richtig gedeutet habe, sind Sie hierher zu dem Sarkophag gelangt, weil Sie etwas gerochen haben?"

Louise nickte. „Ich dachte, eine Ratte wäre hier reingekommen und verendet. Ungezieferbefall müssen wir zum Schutz unserer Sammlungen auf jeden Fall verhindern, deshalb habe ich mich auf die Suche gemacht."

„Verstehe. Was denken Sie – wie kommt es, dass außer Ihnen offenbar niemand den Geruch wahrgenommen hat?"

„Oh. Das weiß ich nicht", stotterte Louise. „Es kommen wenige Leute hier herunter. Wie ich schon sagte, Dr. Coleridge war öfter hier. Ansonsten fällt mir nur Madeleine ein. Sie ist Spezialistin für die 3D-Rekonstruktion von Gesichtern und forscht viel an mumifizierten Körpern."

„Mhm. Das Lesegerät an der Schleuse zum Organik-Depot hat Dr. Whartons Mitarbeiterausweis am Freitag um 13.43 Uhr registriert. Sie kam also rund eine Dreiviertelstunde vor Ihnen hier durch, hat aber nichts Besonderes bemerkt. Ein bisschen merkwürdig, nicht?"

Louise zuckte mit den Schultern. „Madeleine ist sehr … fokussiert. Wenn Sie mit etwas beschäftigt ist, kann es sogar passieren, dass sie Kollegen auf dem Flur übersieht. Außerdem habe ich eine besonders feine Nase. Sagt zumindest mein Mann."

„Ah. Ja, das wird die Erklärung sein", murmelte Pratt. „Sagen Sie, was wissen Sie über das Verhältnis zwischen Dr. Wharton und dem Opfer?"

Louise nestelte an ihrem Halstuch herum. „Was heißt Verhältnis … die beiden haben – oder hatten – ganz unterschiedliche Fachgebiete. Sie hatten nicht viel miteinander zu tun."

„Mir wurde gesagt, es hätte · durchaus manchmal Auseinandersetzungen zwischen den beiden gegeben“, meinte der Chief Inspector.

Louise errötete. „Ach, das kam vielleicht bei Personalversammlungen vor. Dr. Coleridge hat … sehr entschiedene Ansichten vertreten und er mochte es nicht, wenn ihm jemand widersprach.“

„Und das tat Dr. Wharton öfter? Ihm widersprechen?“, forschte Pratt nach.

„Hmm, ja, das gab es schon“, gestand Louise widerstrebend ein. „Aber sie sprach dabei meistens bloß das aus, was sich viele von uns genauso dachten“, setzte sie hinzu.

Der Polizist musterte Louise einen langen Moment lang, dann sagte er, „Madame, ich danke Ihnen für Ihre Mithilfe. Sie haben unsere Ermittlungen einen entscheidenden Schritt vorangebracht. Mr. Mackenzie, ich danke auch Ihnen. Entschuldigen Sie mich jetzt bitte. Ich muss gehen.“

Gleich darauf standen sie allein in dem riesigen Lagerraum.

Wenn John erwartet hatte, Louise würde sich nun erleichtert zeigen, nachdem sie ihre Aussage hinter sich gebracht hatte, sah er sich getäuscht. Nachdem sie den Deckel sorgsam wieder auf den Mumienschrein herabgelassen hatte, sah die Französin ihn mit einem sorgenvollen Ausdruck in ihren dunklen Augen an.

„Oh John, ich hoffe, ich habe keinen schlimmen Fehler gemacht.“

Kapitel 11

Gründlich verwirrt sah John Louise an. „Was meinst du?“
„Es klang doch so, als hätte er Madeleine in Verdacht, nicht?“
„Schon möglich“, brummte er. „Aus Sicht der Polizei liegt das auch nahe, denke ich. Sie gehört zu den wenigen Leuten, die regelmäßig hier in den Keller kommen und sie hatte häufig Konflikte mit Dr. Coleridge.“
„Das allein ist es nicht, John.“ Louises Stimme sank auf einen Flüsterton herab. „Dieses braune Papier – mir ist eingefallen, was das wohl war. Du kennst doch Peanut Butter Cups?“
„Natürlich. Mein Bruder liebt die Dinger. Du meinst die kleinen Papierhüllen, die unten an der Schokolade dran kleben?“
„Mhm. Der einzige Mensch, den ich hier im Museum kenne, der diese Süßigkeiten dutzendweise im Schreibtisch liegen hat, ist … Madeleine. Sie sagt, diese Erdnussbutterdinger erinnern sie an ihre amerikanische Heimat.“
„Oh.“
„Verstehst du, John? Wenn die Polizei ihr Büro durchsucht, werden sie die ganzen Packungen finden. Und sie werden denken, dass Madeleine eins der Papierchen verloren hat, als sie Austin in den Sarkophag gesteckt hat. Ich weiß nicht, wie lange ich ohnmächtig war. Falls Madeleine schon in den Sarkophag geschaut hat, bevor ich zu mir kam, hätte sie das Papier bemerken und schnell verschwinden lassen können. Oh Gott“, klagte sie. „Sie werden Madeleine verhaften. Und ich bin schuld. Warum habe ich nur das mit dem Papier gesagt?“
John legte den Arm um ihre Schulter. „Louise, du hast absolut nichts falsch gemacht. Du musstest ehrlich aussagen, ansonsten hättest du dich strafbar gemacht. Und wenn Dr. Wharton unschuldig ist, hat sie nichts zu befürchten.“
„Madeleine *ist* unschuldig. So etwas würde sie nie tun“, schniefte Louise. John reichte ihr ein Taschentuch. Sie schnaubte kräftig hinein und sagte dann mit plötzlicher Entschlossenheit: „Ich muss sie warnen.“
„Das halte ich für keine gute Idee …“, protestierte John, aber Louise hatte sich schon in Bewegung gesetzt. John eilte hinter ihr her, löschte noch schnell das Licht und fegte zur Tür hinaus. Der Streifenpolizist von vorhin war offensichtlich abgezogen worden, das Treppenhaus lag verlassen da. Die schwere Stahltür fiel hinter John ins Schloss und er

hastete die Stufen hinauf. Louise war ihm bereits ein halbes Stockwerk voraus.

„Warte doch“, rief er ihr nach. Vergeblich, über ihm klappte eine weitere Tür zu. Leise fluchend nahm er die letzten Stufen drei auf einmal und stürzte durch den Ausgang zum untersten Geschoss des Personaltrakts. Louises Absätze klapperten am Ende des Ganges um die Ecke. Mit großen Schritten setzte er ihr nach. Gleich darauf drangen ein paar französische Wortbrocken an sein Ohr, die sich verdächtig nach Flüchen anhörten.

„*Merde! Merde! Merde!*“, stieß Louise aus, als er schnaufend bei ihr anlangte. John folgte ihrem Blick. Weiter vorn am Gang konnte er zwei Bobbies sehen, die eine große, hagere Gestalt in einem Laborkittel flankierten. DCI Pratt führte die kleine Truppe an.

„Da siehst du es! Sie haben sie verhaftet. *Et c'est ma faute*! Ich bin schuld!“

„Das ist nicht wahr, Louise. Erstens wissen wir gar nicht, ob Dr. Wharton wirklich als tatverdächtig gilt oder nur zu einer Zeugenaussage in den Yard gebracht werden soll. Und zweitens bist du definitiv nicht schuld – “

„Doch! Oh, hätte ich mich doch nicht erinnert! Es wäre besser gewesen, wenn wir es einfach dabei belassen hätten. Ich hätte lieber ein paar Albträume, als dafür verantwortlich zu sein, dass Madeleine ins Gefängnis kommt. Man sollte nicht in Gehirn-Schubladen herumwühlen.“ Sie stemmte die Hände in die Hüften und fixierte John mit anklagendem Blick.

John sah es nicht als angezeigt, sie daran zu erinnern, dass sie ihm vor nicht einmal zwölf Stunden attestiert hatte, der ‚beste Seelen-Doktor‘ zu sein, den man sich vorstellen könne. Er gemahnte sich innerlich an die Worte eines seiner Professoren, der als unverzichtbare Eigenschaft eines Therapeuten ein gehöriges Maß an Frustrationstoleranz postuliert hatte und schaffte es, einen neutralen Ton in seine Stimme zu legen.

„Louise, kann ich momentan noch etwas für dich tun?“

Sie schüttelte stumm den Kopf.

„Du weißt, wie du mich erreichen kannst“, sagte er. „*Salut, Louise.*“

Als er sich abends nach Dienstschluss seiner patschnassen Uniform entledigte – ein neues Tief hatte wie vorhergesagt schwere Regenfälle nach Südengland gebracht – klingelte bereits sein Telefon. Er erwartete, Paulines Stimme zu hören, aber es war seine Schwester.

„Ich könnte ihn erwürgen“, fauchte sie in den Hörer. John stellte auf Lautsprecher und setzte sich auf einen Küchenstuhl, um seine Schuhe auszuziehen.

„Maggie, hallo“, brachte er heraus, während seine kalten Finger versuchten, die Schuhbänder zu lösen. „Was hat Alan diesmal angestellt?“

„Schatz, wir übernachten so richtig romantisch im Zelt – wie damals“, äffte Maggie ihren geliebten Ehemann nach. „Argh! Jetzt stehen wir hier auf dem Campingplatz schon knöcheltief im Morast! Das mag für die Jungs und Mädels hier witzig sein, die gefühlt 100 Jahre jünger sind als wir und noch dazu hackedicht, so wie es ausschaut.“

Wie aufs Stichwort war im Hintergrund grölendes Gelächter zu hören.

„Aber ich finde es kein Vergnügen, wenn ich meine alten Knochen in einen total durchfeuchteten Schlafsack betten soll, weil das schweineteure neue High-Tech Zelt nicht dicht ist! Und natürlich können wir auch nicht im Auto schlafen, denn wir mussten ja mit Alans gottverdammtem roten Geschoss herkommen“, wetterte Maggie weiter. „Hätten wir wenigstens meinen Volvo, könnten wir die Rückbank umklappen, aber nein, mein Herr Gemahl will ja mit seiner Sportkarre herumdüsen.“

John streifte die klammen Socken ab und wackelte mit den kalten Zehen, zutiefst dankbar für seine trockene und mollig warme Wohnung.

„Gibt es kein Hotelzimmer?“, fragte er.

„Hah!“, stieß sie aus. „Hast du eine Vorstellung, wie viele Leute schon hier sind, obwohl die ganze Chose erst morgen losgeht und die richtig großen Kaliber wie Adele oder Coldplay sogar erst ab Freitag auftreten? Ungefähr 100.000! Und von denen versucht wahrscheinlich gerade die Hälfte, irgendwo ein Zimmer zu ergattern. Alan telefoniert jetzt schon seit einer Dreiviertelstunde herum, aber meistens kommt sofort der Anrufbeantworter: ‚Während des Festivals sind wir leider ausgebucht.‘ Eine Scheiße ist das, sage ich dir.“

An dem für seine Schwester unüblichen Kraftausdruck konnte John erkennen, dass Maggies Nerven reichlich ramponiert waren. Nun ja, kein Wunder. Die vergangenen Wochen waren mehr als aufreibend gewesen. Alans Plan, nach dem Rückzug aus seiner Firma als Collegelehrer in Bletchley Park tätig zu werden, hatte ein schnelles und fatales Ende gefunden und es hatte lange gedauert, bis in der Familie wieder Ruhe eingekehrt war. Und nun hatte Maggie auch noch kurzfristig die Gastgeberin für *Dame Commander* Isabel Mackenzie spielen müssen.

„Das klingt wirklich nicht nach der erholsamen Auszeit, die ihr beide jetzt brauchen könntet“, sagte er. „Wie waren eigentlich die letzten Tage mit Tante Isabel? Konnte der Tierarzt ihr oder vielmehr Sir Walter helfen?“

„Er hat zumindest ein offenbar brandneues Medikament verschrieben, das sehr gut wirken soll. Und er hat so etwas wie Aquajogging empfohlen, wenn ich das richtig verstanden habe.“

„Aquajogging? Das gibt es auch für Hunde?“

„Scheint so. Isabel hat schon angekündigt, zur Not ein extra Schwimmbecken für Walter bauen zu lassen, falls es in ihrer Nähe keine Hundephysiotherapie-Praxis gibt, die so was anbietet.“

Beide gluckten einmütig, bevor Maggie fortfuhr.

„Alan hat die beiden heute Vormittag nach Heathrow gebracht. Isabel hatte einen Mordsspaß daran, mit der Sportkarosse kutschiert zu werden, hat er erzählt.“

John lachte auf. „Das kann ich mir vorstellen. Sie ist schon vogelwild, unsere Großtante.“

„Das kannst du laut sagen. Gestern hat sie sogar noch im Wartezimmer des Tierarztes ein Telefoninterview mit einem Radiosender geführt. Und die BBC wollte einen Beitrag mit ihr aufzeichnen, aber das hat sie Gott sei Dank abgelehnt. Das hätte mir gerade noch gefehlt, dass eine Medienmeute in unser Haus einfällt.“

Das konnte John nur zu gut verstehen. Er selbst nahm seit einem verunglückten Interview, bei dem er selbst nach den Worten seines guten Freundes Mike wie ein ausgestopfter Frosch gewirkt hatte, Reißaus vor jeder Kamera. Noch schwerer wog, dass die britische Presse Alan nach dem Mordfall in Bletchley Park übel mitgespielt hatte. Dass Maggie und Alan in Gestalt ihrer ältesten Tochter eine so manches Mal überambitionierte Jungjournalistin in der Familie hatten, machte die Sache nicht einfacher.

„Isabels Rede im Hyde Park hat ganz schön für Furore gesorgt. Selbst in den Abendnachrichten war ein kleiner Ausschnitt zu sehen“, sagte Maggie.

„Oh, davon habe ich gar nichts mitgekriegt“, meinte John. „Ich hatte so viel um die Ohren, dass ich den Fernseher seit Tagen nicht eingeschaltet habe.“

„Ach ja, der Mord im Britischen Museum. Geht es eurer Freundin denn mittlerweile besser? Ist sie noch in Renies Wohnung?“

„Nein, sie ist wieder zu ihrem Mann zurück. Ich habe ihr den Wohnungsschlüssel aber noch gelassen, falls sich die Situation doch noch einmal anders entwickelt. Ist das in Ordnung?“

„Aber natürlich, John. Warte mal, Alan ruft irgendwas …“ Nach einer Minute war Maggie wieder am Telefon. „Heureka, er hat etwas gefunden. Bei der Segelschule ist eins der Apartments frei, die sonst während der Kurse von den Schülern bewohnt werden. Jetzt müssen wir zwar runter nach Weymouth fahren, aber für eine warme Dusche und ein trockenes Bett bin ich zu allem bereit. Außerdem bin ich in erster Linie wegen Art Garfunkel hier und der tritt sowieso erst am Samstag auf. Wenn mein Göttergatte mich also noch lang ärgert, dann kann er von mir aus morgen allein wieder herfahren und sich seine Indie-Bands reinziehen und ich bleibe im Bett und genieße die Ruhe.“

Mit dieser Ankündigung verabschiedete Maggie sich und John schlurfte fröstelnd ins Badezimmer, wo er sich seiner restlichen Bekleidung entledigte und heißes Wasser in die Wanne laufen ließ. Wenig später ließ er sich genussvoll in die wohlige Wärme hineingleiten und griff nach dem *Amelia Peabody*-Krimi, den er aus seinem Bücherregal gefischt hatte. Er hatte die ganze Reihe zwar vor Jahren schon gelesen, aber der heutige Besuch im Museumsdepot mit seinen antiken Schätzen hatte ihn inspiriert, sich die Serie um die temperamentvolle Ägyptologin wieder einmal vorzunehmen. Kaum hatte er jedoch eine Seite umgeblättert, hörte er aus dem Flur das Schellen des Telefons.

Er überlegte kurz, ob er sich erheben sollte, entschied sich dann aber dagegen. Maggie und Alan besuchten das größte Musikfestival des Landes, Renie und Geoff waren im Regenwald unterwegs, Simon aalte sich in der karibischen Sonne und selbst Tante Isabels Hund würde bald in seinem eigenen Wellnessbad herumtollen können – da musste ihm selbst doch wenigstens einmal eine winzige Auszeit in der Badewanne vergönnt sein!

Das Rrring-Rrring schien kein Ende zu nehmen. Resolut sprang John aus der Wanne und drehte sein kleines Badradio auf. Als die ersten Takte von *‚Sweet Caroline‘* erklangen, stimmte er lauthals mit ein – finster entschlossen, jegliches lästige Geklingle zu übertönen. Dies gelang ihm auch erfolgreich. Erst nach gut einer Stunde und drei Buchkapiteln schälte John sich mit schrumpliger Haut, aber gut erholt aus der Wanne, hüllte sich in seinen im Mackenzie-Tartan gemusterten Bademantel und machte sich auf die Suche nach etwas Essbarem. Im Flur bemerkte er jedoch das hektische Blinken seines Telefons. Sieben verpasste Anrufe! Vier davon von Louise, zwei von Pauline und einer von seiner Mutter. Alle drei wünschten sich möglichst umgehend einen Rückruf von ihm.

„Juhu", brummte er vor sich hin. Während er in seinem Gefrierschrank nach der Hühner-Kasserolle suchte, die Emmeline ihm vor einiger Zeit mitgebracht hatte, überlegte er, in welcher Reihenfolge er die Frauen anrufen sollte. Pauline eroberte ohne Mühe die Spitzenposition.

„Mein armer Schatz", begrüßte sie ihn. „Da reißt du dir das Herz raus und was erntest du dafür? Nicht gerade die Dankbarkeit, die du dir verdient hast. Louise hat mich angerufen und mir alles erzählt." Sie seufzte ein wenig. „Ich mag sie wirklich von Herzen gern, aber sie ist schon ein bisschen … kapriziös. Oder neurotisch? Keine Ahnung, wie ihr Psychologen das nennt."

„So weit würde ich nicht gehen", sagte John milde. „Sie ist sicher nicht der ausgeglichenste Mensch und sie hat neben einem Hang zu überzogener Selbstkritik auch die Tendenz, sich für alles Mögliche verantwortlich zu fühlen. Dass sie mich heute ein wenig angegangen hat, kam im Grunde daher, dass sie sich selbst in völlig irrationaler Weise schuldig fühlt."

„So ähnlich hat sie mir das auch erklärt. Natürlich ist sie jetzt total zerknirscht darüber, was sie zu dir gesagt hat. Sie hat schon Angst, dass du ihr die Freundschaft aufkündigst."

Irritiert rieb John sich über die Stirn. „Was für ein Unsinn. Aber hier merkt man wieder, dass es durchaus einen Sinn hat, dass Therapeuten und Patienten nicht in einem persönlichen Verhältnis zueinander stehen sollten. Professionelle Distanz ist für beide Seiten hilfreich."

„Ja, ich weiß. Es tut mir auch leid, dass ich dich dazu gedrängt habe, Louise zu helfen – "

„Jetzt fang du nicht auch noch an, dir eine Verantwortung zuzuschreiben, die gar nicht die deine ist", unterbrach John. „Ich habe selbst entschieden, mit ihr zu arbeiten und ich halte es auch im Nachhinein noch für richtig, da wir kurzfristig niemand anderen hätten finden können. Aber wenn Louise noch weitere Baustellen in ihrem Leben bearbeiten möchte, ist es auf jeden Fall besser, sie sucht sich einen anderen Therapeuten."

„Du hast recht. Ehrlich gesagt glaube ich, sie hat da noch ein weites Feld zu beackern. Vor allem das Verhältnis zu ihrer Mutter, das ist schon eigenartig, finde ich. Allein schon diese Sache, dass die Familie den Tod von Claudine totgeschwiegen hat! Als wenn etwas, das man hartnäckig ignoriert, sich quasi von selber in Luft auflöst. Das war doch total unmöglich, vor allem gegenüber der armen Louise!"

„Geheimnisse und Tabuthemen gibt es in vielen Familien", meinte John bedächtig. „Wahrscheinlich sogar in so gut wie allen. Aber bei den Merciers hat die Strategie des Unter-den-Teppich-kehrens schon eine besondere Form angenommen. Und wie es dann häufig ist: Irgendwann wird der Haufen unter dem Teppich so groß, dass man darüber stolpert."

„Ah. Das ist ein gutes Bild, das merke ich mir für meine neue Zusatzaufgabe im nächsten Schuljahr. Davon habe ich dir noch gar nicht erzählt. Unsere Vertrauenslehrerin für die Oberstufe geht bald in Pension und ich soll das übernehmen. Ich werde also regelmäßige Sprechstunden anbieten, wo die Mädels zu mir kommen können. Dafür habe ich dann zwei Wochenstunden weniger Unterricht. Und wenn ich mit den Liebeskummerproblemen, Mobbinggeschichten und was weiß ich noch alles nicht mehr weiter weiß, habe ich ja einen hervorragenden Ansprechpartner, nicht wahr?"

Johns Freude über diese Ankündigung hielt sich in Grenzen. Er hatte wenig Lust, seine stets knappe Zeit mit Pauline mit der Diskussion der Probleme ihrer Schülerinnen zu verbringen.

„Mhm", sagte er lediglich. „Sag, hat Louise dir erzählt, ob Dr. Wharton wieder an ihren Arbeitsplatz zurückgekehrt ist? Wir haben nur gesehen, wie sie weggeführt wurde, aber es war nicht zu erkennen, ob es um eine Zeugenaussage oder um eine Vernehmung als Verdächtige ging."

„Dr. Wharton ist tatsächlich verhaftet worden. Sie hat sich beim Museumsdirektor gemeldet und gesagt, dass sie unschuldig ist, aber die Polizei sie festhält und anklagen will."

„Ach je. Ich kann förmlich schon hören, wie Louise sich wieder Vorwürfe macht", seufzte John.

„Und wie! Sie redet sich ein, Dr. Wharton irgendwie helfen zu müssen. Sie macht sich richtige Sorgen. Als ob die gute Frau in einem mittelalterlichen Kerker bei Wasser und Haferschleim darben müsste." Pauline dämpfte die Stimme. „Dabei muss ich ganz ehrlich sagen, ich könnte mir Dr. Wharton schon in der Rolle einer Mörderin vorstellen. Sie war doch irgendwie gruslig, nicht?"

„Ich fand auch, dass sie etwas Furchteinflößendes an sich hatte, als wir sie getroffen haben“, gestand John ein. „Aber das liegt vielleicht nur an ihrem Äußeren.“

Madeleine Wharton hatte mit ihrer ausgezehrten Figur und dem hohlwangigen Gesicht eine bemerkenswerte Ähnlichkeit mit dem montierten Skelett, das direkt hinter dem Schreibtisch in ihrem Büro stand.

„Nicht bloß das, sie war doch auch ziemlich barsch zu uns. Und dabei hat Louise hinterher noch gesagt, dass Dr. Wharton uns scheinbar gemocht hat, weil sie so nett war. Brr, wie ist sie dann erst, wenn sie jemanden nicht mag, wie offensichtlich den guten Dr. Coleridge? Aber Louise ist hundertprozentig davon überzeugt, dass Dr. Wharton nicht die Täterin ist.“

„Ja, Louise ist extrem loyal“, stellte John fest. „Sie wollte auch partout nichts dazu sagen, worum es bei den Konflikten zwischen den beiden ging, obwohl DCI Pratt schon aus anderer Quelle wusste, dass es um das Verhältnis der beiden nicht zum Besten bestellt war.“ Er schnaubte. „Ich sage dir, wenn Simon für den Fall zuständig wäre, wäre die Sache für Louise ganz anders ausgegangen. Er hätte sie gnadenlos in die Zange genommen und sie angesichts ihrer zögerlichen Aussagen bestimmt wegen Behinderung der Ermittlungen beschuldigt. Aber DCI Pratt ist zum Glück ein ganz umgänglicher Mann, der die Vernehmung wirklich rücksichtsvoll gestaltet hat.“

„Ja, Louise sagte, dass er nett zu ihr war. Aber sie glaubt trotzdem, dass Scotland Yard Madeleine Wharton sehr gern als Sündenbock nehmen wird. Sie hat uns doch erzählt, dass Dr. Wharton sich vor vielen Jahren mit dem Commissioner überworfen hat, weil sie ihn vor versammelter Mannschaft zusammengestaucht hat. Seitdem wird sie auch nicht mehr als Expertin herangezogen, obwohl sie wirklich gut sein muss, wenn die amerikanischen Behörden sie sogar extra einfliegen lassen.“

„Stimmt, ich kann mich daran erinnern, dass Louise darüber gesprochen hat. Vielleicht ist es auch deshalb ganz gut, dass Pratt die Ermittlungen leitet. Er ist ja erst seit Kurzem hier und hat noch nicht den Stallgeruch der Metropolitan Police angenommen. Ich traue ihm zu, unvoreingenommen an die Sache heranzugehen.“

„Ich finde auch, dass Louise überreagiert. Das ganze Schlamassel wird sich bestimmt aufklären“, meinte Pauline zuversichtlich. „Ich bin es auch irgendwie leid, wie uns – und vor allem dich – diese

Angelegenheit seit Tagen beständig auf Trab hält. Also lass uns von etwas anderem sprechen."

So plauderten sie über dies und das, den bevorstehenden Frankreichurlaub, die neuesten Streiche von Paulines Neffen und die sintflutartigen Regenfälle. Als sie sich schließlich verabschiedeten, hatte John das Hühnergericht und die letzten Haferkekse verputzt und war mehr als bereit, sich auf der Couch niederzulassen, den Fernseher einzuschalten und postwendend einzuschlummern. Aber er musste ja noch Louise und seine Mutter zurückrufen.

„Oh, John, *mon chèr*, ich freue mich, von dir zu hören! Sag, kannst du mir verzeihen? Ich war heute ein richtiges Biest zu dir und dabei hast du mir so sehr geholfen. Es tut mir so leid – "

„Es ist in Ordnung, Louise", unterbrach John ihren Wortschwall. „Es gibt keinen Grund, sich zu entschuldigen. Ich weiß, dass du dir Sorgen um deine Kollegin machst."

„Oh, ich danke dir, du bist wirklich großartig, John. Ich habe so ein schlechtes Gewissen, weil ich dir so viel Umstände bereitet habe die ganze Zeit – "

„Du hast mir keine Umstände bereitet, es ist alles gut", entgegnete John und schielte nach der Fernsehzeitung. In fünf Minuten begann eine uralte ‚Inspektor Barnaby'-Folge, von der er wusste, dass der Inspektor dort persönlich ein amüsantes Duett mit einem alternden Rockstar zum Besten gab. Erfreut griff er nach der Fernbedienung.

„Darf ich dich noch um einen letzten Gefallen bitten, John?"

„Natürlich, Louise. Was hast du auf dem Herzen?"

„Bitte, bitte ruf diesen DCI Pratt an und frag ihn, ob ich Madeleine morgen besuchen darf. Kannst du das für mich tun?"

Widerwillig erhob John sich vom Sofa, um sein Handy zu holen.

„Pass auf, ich gebe dir seine Nummer, dann kannst du ihn selbst kontaktieren."

„*Oh non.* Ich traue mich nicht, John. Ich glaube, er hält mich für, wie sagt man, eine dumme und hysterische Frau. Aber vor dir hat er Respekt, das merkt man."

John knirschte mit den Zähnen, beschloss dann aber, dass er besser einwilligte, bevor er sich Louises Flehen noch länger anhören musste.

„Nun gut. Falls ich ihn um diese Uhrzeit noch erreiche, sage ich ihm, dass du vorbeikommen willst. Ich gebe dir dann wieder Bescheid." Bevor er auflegen konnte, bat Louise noch schnell, „Und du begleitest mich, ja? Ich … hatte vor dieser Sache noch nie mit der Polizei zu tun und ich habe Angst, ich bekomme wieder Panik, wenn dort jemand mit mir sprechen will und sage irgendwelchen Blödsinn. Aber wenn du da bist, fühle ich mich sicher. Du bist wie ein Brocken in der Brandung."

„Ein Fels", korrigierte John tonlos und fuhr sich müde über die Stirn. Dann legte er auf und wählte schicksalsergeben die Nummer des Chief Inspectors.

Kapitel 12

„Dr. Mercier, Mr. Mackenzie, guten Tag. Kommen Sie doch herein“, begrüßte DCI Pratt sie am nächsten Spätnachmittag freundlich in seinem Büro. John hatte sich nach Dienstende in Windeseile umgezogen und zum Yard aufgemacht, wo Louise schon neben dem ikonischen Drehschild am Eingang auf ihn wartete.

„Danke, dass Sie uns den Besuch bei Dr. Wharton möglich machen, Chief Inspector“, erwiderte John. „Wir wissen das sehr zu schätzen.“

„Ja, tausend Dank“, stimmte Louise ein und sah sich etwas furchtsam um, als erwartete sie, Daumenschrauben und anderes Folterwerkzeug würde die Wände zieren. Dort gab es jedoch außer zerschrammten Aktenschränken und mit Reißzwecken befestigten Fahndungsaufrufen nichts zu sehen. Entweder stand DCI Pratt in der internen Hackordnung beim Yard ziemlich weit unten, ging es John durch den Kopf, oder es wurde allgemein am Zustand der Räumlichkeiten nichts mehr gemacht, da der Umzug der Metropolitan Police in die Curzon Street in Kürze über die Bühne gehen sollte.

„Keine Ursache, wirklich“, winkte der Polizist ab. „Wie geht es Ihnen heute, Madame?“

„Danke, es geht schon“, sagte Louise. „Im ersten Moment dachte ich, die Bilder würden mich ewig verfolgen und ich könnte nie wieder in das Museum zurück. Aber Mr. Mackenzie hier hat mir wahnsinnig geholfen.“

Sie lächelte zu John hinüber und sprach weiter. „Seit heute arbeite ich wieder – sofern man das als Arbeit bezeichnen kann. Eigentlich reden wir alle hauptsächlich über den Mordfall. Glauben Sie mir, Chief Inspector: Madeleine war das nicht.“ Sie beugte sich über den Schreibtisch und schüttelte nachdrücklich den Kopf. „Niemals.“

„Wir tun unser Bestes, das aufzuklären“, versicherte Pratt ihr. „Dazu wäre es allerdings essenziell, dass Dr. Wharton mit uns spricht. Und genau das tut sie nicht. Sie verweigert bis jetzt jegliche Aussage. Deshalb begrüße ich Ihren Besuch ausdrücklich. Vielleicht gelingt es Ihnen, Ihre Kollegin davon zu überzeugen, dass es in ihrem eigenen Interesse ist, etwas Konstruktives zur Aufklärung dieses Falles beizutragen.“

„Ja, das verstehe ich. Hat Madeleine einen Anwalt?“, fragte Louise.

Der Chief Inspector nickte. „Darüber brauchen Sie sich keine Sorgen zu machen, Madame. Ihr Strafverteidiger ist ein ziemliches Kaliber, sagen die Kollegen mir. Soweit ich mitbekommen habe, ist Dr. Wharton als Expertin eine große Nummer in ihrer Heimat. Sie hat offensichtlich hochrangige Freunde bei den Strafverfolgungsbehörden in den USA. Die haben nicht nur einen Riesen-Stunk beim Commissioner gemacht, sondern ihr auch noch in Windeseile diesen scharfen Hund von Anwalt zur Seite gestellt."

Louise blickte erleichtert drein. „Das ist gut."

„Hm", äußerte der Chief Inspector unverbindlich und John musste ein Grinsen unterdrücken. Strafverteidiger – und erst recht solche, die in die Kategorie ‚ziemliches Kaliber' fielen – gehörten zu den natürlichen Feinden der Kriminalpolizei. Simon Whittington liebte es, die Worte zu zitieren, die Shakespeare Henry VI. in den Mund gelegt hatte: „Als erstes lasst uns alle Anwälte töten."

„Dürfen wir sie jetzt sehen?", bat Louise.

„Natürlich. Ich lasse Dr. Wharton gleich ins Besuchszimmer bringen. Folgen Sie mir bitte."

Der fensterlose Raum, in dem sie wenig später saßen, hatte sich in den bald vier Jahren, seit John hier drin dem Ravenmaster George Campbell gegenübergesessen hatte, nicht verändert. Auch George hatte damals zum großen Verdruss des Superintendenten die Aussage verweigert. Während dem Ravenmaster damals die Verzweiflung ins Gesicht geschrieben gewesen war, wirkte Dr. Madeleine Wharton auf John jedoch eher … mürrisch? Frustriert? Verärgert? Er wusste ihren Blick nicht recht zu deuten.

„Oh Madeleine! Geht es dir gut? Behandeln sie dich hier auch gut? Brauchst du irgendetwas?", sprudelte Louise heraus, kaum dass sie vor der Plexiglasscheibe Platz genommen hatten.

„Beruhige dich, Louise. Du tust ja gerade so, als wäre ich in einem Foltergefängnis eingekerkert", gab Dr. Wharton zurück. Ihr Ton war barsch, aber John meinte, einen Hauch von Wärme in ihren Augen zu erkennen, die von einem ebenso unbestimmten Braun waren wie ihr zu einem strengen Pferdeschwanz gebundenes strähniges Haar.

Louise, offensichtlich an den rustikalen Umgangston ihrer Kollegin gewöhnt, sprach unbeirrt weiter. „Du bist auf jeden Fall unschuldig hier eingesperrt. *C'est horrible!* Und ich bin schuld daran!"

„Das ist korrekt", konstatierte Dr. Wharton nüchtern. „Du hast der Polizei von dem Buttercup-Papier erzählt, nicht?"

Als Louise mit bebenden Lippen nickte, grunzte Madeleine Wharton.

„Ich wusste es. Dieser Polizist sagte zwar nur, dass es klare Hinweise dafür gäbe, dass ich ein Beweisstück entfernt hätte, aber ich konnte es mir zusammenreimen.“

„*Oh, je suis désolée –* “, schniefte Louise.

„Bah“, winkte ihre Kollegin ab. „Das war mein eigener Fehler. Eine unüberlegte Handlung, deren Konsequenzen ich jetzt zu tragen habe.“

Louise schien für den Moment sprachlos, also ergriff John das Wort.

„Dr. Wharton, Sie möchten damit aber nicht sagen, dass Sie Dr. Coleridge getötet haben?“

Jäh fand er sich mit einem scharfen Blick gemustert.

„Jetzt fällt mir ein, wer Sie sind. Der Constable hat mir Ihren Namen genannt, aber ich konnte nichts damit anfangen. Sie sind doch der, der mit der neugierigen Rothaarigen zu mir kam? Sie hat mir ein paar Wochen nach ihrem Besuch eine Nachricht geschrieben, dass meine 3D-Rekonstruktion eine Identifikation des Knochenfundes ermöglicht hat und dass sie mich gern für ihre Studentenzeitung interviewen möchte. Seitdem habe ich nichts mehr von ihr gehört.“

In dem Moment wurde John bewusst, dass auch er seit – ja, seit wann eigentlich? Samstag? Sonntag? – keinerlei Nachricht mehr von Renie erhalten hatte. Hm. Merkwürdig … Aber darum musste er sich später kümmern.

„Sie haben Recht, Renie Tomlinson ist meine Nichte. Sie ist gerade in Costa Rica auf einer Exkursion mit der Universität Cambridge“, sagte er. „Sie wird sich gewiss bei Ihnen melden, sobald sie wieder da ist. Ich weiß, dass es ihr sehr viel bedeutet hat, mit Ihrer Hilfe der unbekannten Toten aus Bletchley Park einen Namen und ein Gesicht zu geben. Aber, wenn ich zu meiner Frage zurückkommen darf: Haben Sie Dr. Coleridge getötet?“

„Bullshit“, war die lapidare Reaktion der Amerikanerin. „Sie vergessen, dass ich Expertin bin. Wenn ich jemanden umbringen würde, dann doch nicht auf derart dilettantische Art und Weise.“

„Ach so“, brachte John schwach heraus. Er überlegte einen Moment, ob er sich nach der von Dr. Wharton bevorzugten Mordmethode erkundigen sollte, verwarf dies aber als nicht zielführend.

„Sie haben aber das Süßigkeitenpapier aus dem Sarkophag genommen, bevor Louise wieder zu sich gekommen ist?“, fragte er stattdessen.

„So ist es“, bestätigte sie mit größter Selbstverständlichkeit.

„Aber Madeleine, *pourquoi*? Warum hast du das getan?“ Louise hatte die Sprache wiedergefunden.

„Denk nach, Louise“, gebot ihre Kollegin ihr streng. „Was hätte es für Alternativen gegeben? Führ’ dir die Situation vor Augen: Ich höre dich schreien und als ich um die Ecke komme, liegst du da auf dem Boden. Du bist offensichtlich nicht in Lebensgefahr, also werfe ich einen Blick auf den Inhalt des Sarkophags, der vermutlich der Auslöser deiner Ohnmacht war. Und was springt mir ins Auge? Mitten auf dieser Leiche, die sich in fortgeschrittenem postmortalen Zustand befindet, liegt ein braunes Papierchen, dessen Herkunft leicht zu erkennen ist. Unzählige davon liegen in meinem Abfalleimer im Büro. Das Risiko, dass die Polizei falsche Schlüsse aus diesem offensichtlich in der Absicht, mich diskreditieren zu wollen, platzierten Indiz zieht, lag nach meiner Einschätzung sehr hoch. Also habe ich es in meinem Ärmel verschwinden lassen. Es bestand keine Gefahr, Spuren zu hinterlassen, da ich noch meinen Schutzanzug und Handschuhe trug. Die Wahrscheinlichkeit, dass du das Papier wahrgenommen haben könntest, erschien mir zu vernachlässigen. Ich habe unter Zeitdruck gehandelt, basierend auf meinem Misstrauen in die hiesigen Ermittlungsbehörden. Das sich als gerechtfertigt herausgestellt hat, wie man jetzt sieht.“

Madeleine Wharton verschränkte die Arme und lehnte sich in ihrem Plastikstuhl zurück, als sei alles gesagt.

„Habe ich das richtig verstanden? Sie gehen davon aus, dass der Täter mithilfe des Buttercup-Papiers den Verdacht auf Sie lenken wollte?“, fragte John.

„Das sagte ich doch gerade“, kam es unwirsch zurück.

„Warum sagen Sie das den Ermittlern nicht?“, bohrte John weiter.

Dr. Wharton verzog spöttisch ihre dünnen Lippen. „Sie haben wohl noch keine Erfahrung mit der Metropolitan Police gemacht. Das sind samt und sonders Hohlköpfe.“

Zu seinem eigenen Erstaunen fand John sich drauf und dran, Superintendent Whittington als Gegenbeispiel ins Feld zu führen – man konnte ihm sicherlich vieles vorwerfen, aber definitiv war er kein Hohlkopf – aber Louise kam ihm zuvor.

„Dieser Chief Inspector Pratt wirkt auf mich nicht wie ein Dummkopf, Madeleine“, widersprach sie. „Ich finde, er ist ein netter Mann und sehr aufmerksam.“

„Ach, Mädchen.“ Dr. Wharton verdrehte die Augen. „Du bist naiv. Das ist alles nur Show. Sie wollen dich aushorchen und dafür wenden sie die erfolgversprechendste Taktik an. Und er hatte ja auch Erfolg damit. Pratt hat dir genau die Information entlockt, die ihm einen Grund verschafft hat, mich zu verhaften."

Als Louise augenblicklich wieder damit begann, sich zu entschuldigen, beugte sich Madeleine Wharton nach vorn und kam nahe an die trennende Plexiglasscheibe heran.

„Louise, hör endlich auf damit. Ich habe nichts zu gewinnen, wenn ich die Wahrheit sage, glaub mir. Das sagt auch mein Anwalt – der Kerl ist zwar ein besonders abscheuliches Exemplar seiner Zunft, aber er versteht sein Geschäft, sonst hätten meine Freunde in den Staaten ihn nicht empfohlen. Entweder wird es als Schutzbehauptung gewertet werden, wenn ich sage, warum ich das Papier entwendet habe. Oder ich werde strafrechtlich verfolgt wegen Beweismittelunterschlagung und Manipulation eines Tatorts – wobei der Fundort höchstwahrscheinlich nicht der Tatort ist, denn Coleridge hätte sich wohl kaum in einen zufällig offenstehenden Schrein gelegt, um sich darin erschlagen zu lassen. Aber lassen wir das. Das freiwillige Eingeständnis würde zu einer rechtskräftigen Verurteilung führen und damit könnte ich nie mehr für die Behörden arbeiten. Aber das ist für mich ein essenzieller Teil meiner Arbeit, den ich nicht verlieren will."

Louise nickte langsam.

„Das verstehe ich. Aber wie soll es dann jetzt weitergehen?"

„Ted Marston, mein Anwalt, sagt, dass die Polizei sich auf dünnem Eis bewegt. Das Argument, dass ich häufig Auseinandersetzungen mit Coleridge hatte – geschenkt. Das gilt für einen Haufen Kollegen. Dass ich oft unten im Depot bin, spielt keine Rolle, denn so gut wie jeder im Haus wusste, dass Coleridge sich beständig dort herumgetrieben hat und hätte ihm folgen können. Das Einzige, woran die sich festhalten können, ist deine Aussage, dass da dieses Papier war. Ted meint, das Einfachste wäre, die Glaubwürdigkeit deiner Zeugenaussage in Zweifel zu ziehen. Er war schon drauf und dran, Privatdetektive auf dich anzusetzen, um etwas auszugraben, womit man dich unter Druck setzen könnte." Sie hob die Hand, als Louise einen Schreckenslaut von sich gab.

„Nur die Ruhe, ich habe ihn sofort zurückgepfiffen. So ein Vorgehen kommt überhaupt nicht in Frage. Ich werde nicht zulassen, dass dein Name in den Dreck gezogen wird, nur um meine Haut zu retten."

Johns Achtung vor der bärbeißigen Amerikanerin stieg erheblich.

„Ich habe vor, das hier auszusitzen und darauf zu vertrauen, dass Ted den Blindgängern von der Polizei klarmachen kann, dass sie eine amerikanische Staatsbürgerin nicht auf einer derart dürren Indizienbasis dauerhaft festhalten können", verkündete sie.

Louise schien die Zuversicht ihrer Kollegin nicht zu teilen. „Aber Madeleine … wir können doch nicht einfach abwarten und hoffen. Die Polizei hat alle Hände voll zu tun mit dem ganzen Drumherum um das Referendum morgen. Solange die davon ausgehen, dass der Fall schon gelöst ist, machen die bestimmt nichts mehr. *Zéro! Rien!"* Louise schüttelte heftig den Kopf. „*C'est intolérable*! Wir müssen selbst etwas unternehmen." Sie wandte sich jäh zu John um.

„John wird uns helfen, nicht wahr, John? Du hast doch schon oft geholfen, Mordfälle zu lösen."

Madeleine Whartons Augenbrauen wanderten ungläubig nach oben. „Was? Der possierliche Plüschbär da?"

Während John vor Empörung der Mund offen stehen blieb, musterte Madeleine Wharton ihn skeptisch und stellte dann fest: „So intelligent schaut er gar nicht aus."

„Was für eine alte Bissgurke! Unverschämt!", erregte Pauline sich, als er später mit ihr telefonierte. Dann jedoch brach sie unversehens in Kichern aus. „Aber auch irgendwie witzig. Mein possierlicher Plüschbär, du!", gluckste sie.

John konnte den Humor an der Situation nicht erkennen. Was waren das früher für Zeiten gewesen! Einmal war eine Schauspielschülerin bei seinem Anblick fast in Ohnmacht gefallen, weil sie ihn mit Colin Firth verwechselt hatte. Und heute? Erinnerte er statt an einen Oscar-Preisträger an ein niedliches Stofftier! Traurig, traurig.

„Um Dr. Wharton braucht man sich meiner Ansicht nach keine Sorgen zu machen", sagte er steif. „Sie ist keine Frau, die sich unterkriegen lässt."

„Den Eindruck habe ich auch", stimmte Pauline ihm zu. „Und sie hat ja auch noch diesen Anwalt an ihrer Seite. Wir sollten uns jetzt wirklich ausklinken aus dieser Sache, John. Wenn Louise sich da weiter hineinverbeißen will, dann bitte. Aber sie muss aufhören, ständig zu dir gerannt zu kommen und dich um Hilfe anzubetteln. Alles hat irgendwo seine Grenzen."

„Das sehe ich genauso. Die Geschichte mit Alan hängt mir immer noch nach, und ich denke, dem Rest der Familie geht es ähnlich. Wie hat Simon kürzlich noch gesagt? ‚Allmählich wird es ermüdend mit all diesen Mordfällen.' Ausnahmsweise muss ich ihm recht geben."

„Uh, den Tag streiche ich mir rot im Kalender an“, meinte Pauline trocken. „Aber im Ernst, als Alan verdächtigt wurde, war es wirklich eine harte Zeit für euch alle. Ihr habt euch so reingehängt, um ihm zu helfen, das war unglaublich. Aber da ging es schließlich um ein Familienmitglied und jetzt geht es um eine offensichtlich bestens vernetzte Wissenschaftlerin, mit der uns eigentlich nichts verbindet. Louise kann nicht erwarten, dass wir für ihre Kollegin alles stehen und liegen lassen. Gerade dein Alltag ist auch so schon anstrengend genug. Du bräuchtest mal eine Auszeit, mein Lieber. Sag, möchtest du nicht am Wochenende zu mir herauf kommen?“, schlug sie spontan vor.

„Aber du wolltest doch zu deinen Eltern fahren?“, erwiderte er überrascht.

„Das verschiebe ich einfach um eine Woche“, sagte Pauline entschieden. „Wir brauchen jetzt mal etwas Zeit nur für uns. Ich könnte auch zu dir kommen, aber ich glaube, hier haben wir mehr Ruhe.“

Die Idee sagte John sehr zu. „Wunderbar. Am Freitag habe ich Dienst bis 17 Uhr und danach springe ich gleich in den Zug. Zurück sein muss ich erst am Sonntagabend für die Nachtschicht.“

„Oh, ich freue mich! Wir können uns die aktuelle Ausstellung im Stadtmuseum anschauen, und es gibt da dieses neue thailändische Lokal, das ich ausprobieren wollte … oder ich kaufe am Freitag einen Haufen Vorräte ein und wir gehen gar nicht aus dem Haus“, gurrte sie.

John wurde es heiß unter dem Kragen. „Ich entscheide mich für die zweite Variante“, brachte er etwas heiser heraus.

Von der Aussicht auf ein romantisches Wochenende in York befeuert, machte er sich nach dem Abendessen gut gelaunt daran, seine Wohnung sauber zu machen. Schwungvoll tänzelte er mit dem Staubsauger durchs Schlafzimmer, als er vage ein Klingeln vernahm. Grummelnd schaltete er den Staubsauger aus und eilte in den Flur, in der Hoffnung, es möge nicht Louise sein. Dieser Wunsch wurde ihm auch zuteil, allerdings überfiel ihn beim Anblick der Nummer im Display ein schlechtes Gewissen: Emmeline. Er hatte gestern völlig vergessen, sie zurückzurufen.

„John! Gott sei Dank erreiche ich dich. Ich hoffe, ich störe nicht, aber ich hatte mir schon Sorgen gemacht, weil ich gar nichts von dir gehört habe“, begrüßte sie ihn mit ihrem über Jahrzehnte perfektionierten und patentierten Märtyrerton.

„Natürlich störst du nicht, Mum. Es tut mir leid, dass ich mich nicht gemeldet habe“, sagte er. „Die letzten Tage waren ziemlich hektisch.“

„Hmpf. Also, wenn du es einrichten kannst, würden wir uns freuen, wenn du am Sonntag zum Essen kommst, Junge. Du könntest die Kinder mitbringen, dann würden die auch einmal etwas Ordentliches in den Magen bekommen. Maggie und Alan kommen ja erst am Montag zurück – wobei ich mich frage, ob sie bei diesem grausigen Wetter nicht eher zurückfahren sollten. Es regnet ja Hunde und Katzen und das soll noch ein paar Tage so weitergehen. Im Fernsehen kam vorhin schon ein Bericht über Glastonbury und die Veranstalter haben heute sogar eine Warnung herausgegeben, dass sie ein Anreisechaos erwarten und dass die Leute sich unbedingt warme und regendichte Sachen und sogar Gummistiefel mitbringen sollen. Ich weiß gar nicht, was die beiden dort wollen, die Jüngsten sind sie ja auch nicht mehr – “

Als seine Mutter Luft holen musste, konnte John sich endlich Gehör verschaffen. „Sorry, Mum, ich würde gern kommen, aber ich bin übers Wochenende in York bei Pauline.“

„Ach so? Na, das ist ja schön für euch, aber dann sind die Kinder sich in London ja gänzlich selbst überlassen. Alle sind irgendwo in der Weltgeschichte unterwegs – “

„Na, so dramatisch ist es jetzt auch wieder nicht, Mum“, unterbrach John. „Morgen Abend koche ich mit den beiden und schaue ein bisschen nach dem Rechten. Ansonsten sind Bella und Tommy wirklich alt genug, um ein paar Tage allein auszukommen. Und sie haben eine Menge Freunde, bei denen sie übernachten können, wenn sie das möchten.“

„Hmpf. Mir gefällt das nicht. Vielleicht sollten wir sie am Freitag nach der Schule zu uns holen und bis Sonntag hierbehalten“, überlegte Emmeline.

John konnte sich lebhaft vorstellen, was sein ältester Neffe von einem Wochenende bei den Großeltern halten würde, aber er hielt es für besser, sich nicht einzumischen.

„Dann ruf doch einfach bei den beiden an und frag, was sie vorhaben“, schlug er vor. „Ich müsste jetzt mit meinem Hausputz weitermachen – “

„Hast du schon mitbekommen, was Patricia und Simon da unten in der Karibik für schillernde Bekanntschaften gemacht haben?“, fuhr Emmeline unbeeindruckt fort. „Ach nein, du weißt natürlich wieder von nichts. Du verweigerst ja immer noch, dich in die Familiengruppe einzubringen, was ich absolut nicht verstehe. Alan hatte dich doch für unsere Ermittlungen mit einem Smartphone ausgestattet, da musst du doch gemerkt haben, was das für eine schöne Sache ist."

„Mum! Diese Diskussion hatten wir schon hundertmal, die möchte ich nicht mehr führen. Ich kann diese Wischdinger nicht ausstehen und fertig. Und ich muss auch nicht ständig auf dem Laufenden sein, wer gerade was zu Mittag gegessen hat."

„Bitte, wie du willst. Aber Annie hat gestern zum Beispiel ein sehr schönes Lammragout gepostet, mitsamt Rezept. Das wollte ich am Sonntag eigentlich für dich machen, aber du hast ja keine Zeit", schoss sie zurück.

John knirschte mit den Zähnen.

„Außerdem verpasst du die herrlichen Tieraufnahmen, die Renie immer wieder in unsere Familiengruppe einstellt. Das ist ja wirklich ein Garten Eden dort unten in Costa Rica. Und die Pflanzenwelt, die die da haben, einfach wunderbar – "

„Es ist also alles in Ordnung bei Renie?", unterbrach John Emmelines Schwärmerei. „Ich hatte mich gewundert, weil ich schon ein paar Tage nichts von ihr gehört habe."

„Man merkt, dass du nicht auf dem Laufenden bist, Junge", stellte Emmeline in spitzem Ton fest. „Sie ist doch am Montag wieder Richtung Süden gefahren, um sich mit dem Umweltminister zu treffen. Offenbar ist das eine ziemliche Odyssee mit dem Bus. Gestern hat sie ein Strandfoto mit einer Menge Surfern aus irgendeinem Küstenort gepostet. Von da sollte es heute ins Landesinnere gehen. Dort scheint es streckenweise kein Netz zu geben, also sollen wir uns nicht wundern, wenn es jetzt ein, zwei Tage keine Nachrichten von ihr gibt. So, und nun entschuldige mich, John, ich werde jetzt meine armen, verlassenen Enkel anrufen und ihnen eine Zuflucht für das Wochenende anbieten."

„Tu das, Mum – ", begann John, aber Emmeline hatte bereits aufgelegt.

Voller Vorfreude auf das Wochenende an *seinem* persönlichen Zufluchtsort in York war John in tiefen Schlummer gesunken, aus dem er jedoch kurz nach Mitternacht rüde herausgerissen wurde. In seiner Hast, zu dem schrillenden Handy zu gelangen, stieß er sich den großen Zeh an einer Kommode und jaulte auf. Im Display erblickte er eine unbekannte Nummer. Die Vorwahl jedoch kam ihm vage bekannt vor –

506 … Renies neue Nummer begann mit denselben Ziffern. Beunruhigt meldete er sich.

„John! Hilfe! Sie ist hier!“, hörte er ein drängendes Wispern aus dem Hörer, kaum zu entziffern vor einer lärmenden, fremdartigen Geräuschkulisse.

„Geoff? Bist du das? Was ist los? Ist Renie wieder da?“, rief er ins Telefon.

„Pssst! Nicht so laut! Sonst hört sie uns noch!“

„Wer um Himmels Willen?“ John winkelte ein Bein an und rieb seinen wütend pochenden Zeh.

„Lucía! Sie ist hier im Camp!“

„Ach du Sch…“ John verlor einbeinig den Halt und krachte mit dem Kopf seitlich gegen den Garderobenschrank. Nun an beiden Enden seines Körpers lädiert, ließ er sich auf den Flurteppich sinken.

„Nochmal ganz langsam, Geoff. Lucía ist mitten in der Nacht in euer Camp eingedrungen? Was hat sie da zu suchen?“

„Einmal darfst du raten“, kam es bissig von Geoff. „Mich natürlich! Außerdem ist es bei uns erst kurz nach sieben. Es ist allerdings stockdunkel, Gott sei Dank. Deswegen hat sie mich noch nicht entdeckt. Ich habe ihre Stimme gehört und bin aus dem Zelt geflüchtet – “

„Geoffrey? Donde estas? Aqui está tu prometida!“ Eine durchdringende Frauenstimme ertönte.

„Oh mein Gott! Sie ist komplett übergeschnappt!“, zischte Geoff. „Wie kann sie vor meiner ganzen Mannschaft herumschreien und sich als meine Verlobte bezeichnen?“

Ein Krachen und Knacksen war zu hören, als würde Geoff auf der Flucht durchs Unterholz brechen.

„Geoff? Bist du sicher, dass es klug ist, dich vor ihr zu verstecken? Ist es nicht gefährlich, wenn du da im Wald herumläufst?“

„Scheiße, ja, aber vor Lucía habe ich mehr Angst als vor den Vipern hier“, gab Geoff hechelnd zurück. „So abgedreht, wie die ist, ist sie vielleicht mit einer Knarre angerückt.“

„Übertreibst du nicht? Vielleicht will sie nur mit dir reden? Sie wird doch kaum vor dem versammelten Exkursionsteam auf dich losgehen“, meinte John skeptisch.

„Hast du eine Ahnung, John! Sie ist genau der Typ: ‚Was ich nicht haben kann, soll auch kein anderer haben‘. Und ich hatte dir ja erzählt, was ihre Familie hier für einen immensen Status hat. Mit dem Background kommt sie dann bestimmt auch noch damit durch, wenn sie auf Notwehr plädiert. Verdammt, wieso habe ich das Risiko nicht gesehen? Wir hätten nicht hierherkommen sollen.“ Aus der Stimme des sonst so besonnenen Wissenschaftlers klang Panik heraus.

Plötzlich erscholl eine zweite Frauenstimme, heller, aber genauso furchteinflößend.

„Wo ist sie, diese fleischgewordene Giftnatter? Ich schwöre, ich bringe sie um, wenn sie sich an meinem Ehemann vergriffen hat!“

Dann riss die Verbindung ab.

Kapitel 13

John kniete auf dem Boden vor der Garderobe und fragte sich, ob er gerade in einem besonders intensiven Traum steckte. Aber die Beule, die sich bereits an seinem Kopf zu formen begann, sowie die Schmerzen in seinem Zeh überzeugten ihn, dass die letzten Minuten nicht einer surrealen Phantasie entsprungen waren. Etwas benommen tippte er auf seinem Handy herum, bis er ganz oben in der Liste eingegangener Anrufe Geoffs Nummer fand und drückte die Wähltaste.

„La conexión no está disponible temporalmente."

Er stöhnte auf und versuchte es unter Renies aktueller Handynummer. Auch hier meldete sich nur die automatische Ansage. Was jetzt? Sollte er die Polizei alarmieren? Aber was sollte er sagen? Irgendwo im mittelamerikanischen Dschungel ist eine Irre unterwegs, die ihren Ex-Verlobten stalkt?

Ächzend rappelte er sich auf und wankte in die Küche, wo er unschlüssig in den still daliegenden Tower-Innenhof stierte. Sollte er Maggie anrufen? Aber was sollte das bringen? Ein paar tausend Meilen vom Ort des Geschehens entfernt konnte sie genauso wenig tun wie er selbst. Aber die Sorge um ihre Älteste würde sie verrückt machen. Wie kam Renie überhaupt so plötzlich wieder zurück ins Forschercamp? Sollte sie nicht am anderen Ende des Landes sein? John wagte nicht, sich vorzustellen, was passieren mochte, wenn sie Geoffs besitzergreifender Ex-Verlobter gegenüberstand.

Mit Schaudern erinnerte John sich daran, dass Lucía Hidalgo-Ferrer im letzten Jahr vor nichts zurückgeschreckt hatte, um Geoff an sich zu binden. Da sie sich an der Universität in San José ein Büro geteilt hatten, hatte sie Zugang zu seinem Computer gehabt. Von dort hatte sie nicht nur Nachrichten von Renie abgefangen, sondern auch von Geoffs Postfach aus gefälschte E-Mails verschickt. Als verwöhnte und attraktive Tochter eines höchst einflussreichen Fabrik- und Landbesitzers sah Lucía es als selbstverständlich an, alles zu bekommen, wonach ihr der Sinn stand. Es hatte dramatische Szenen gegeben, als Geoff durch John die Wahrheit herausgefunden und die Verlobung gelöst hatte – er schrak zusammen, als das Telefon, das er immer noch umklammert hielt, klingelte. Mit wild klopfendem Herzen nahm er ab.

„John! Ich hoffe, du hast Mum noch nicht angerufen!“ Unverkennbar die Stimme seiner Nichte. Ihm wurden vor Erleichterung die Knie schwach und er ließ sich auf einen Küchenstuhl fallen.

„Renie, Gott sei Dank!“, rief er aus. „Geht es euch gut? Ist jemand verletzt? Was ist mit Lucía – “

„Es war für ein paar Momente dramatisch, aber bevor sie mir mit ihrer Machete den Hals abschneiden konnte – damit hat sie mir in höchsten Tönen gedroht – hat mich Geoff zusammen mit unserem fabelhaften Blasrohrschützen Miguel gerettet. Mit einer doppelten Brüllaffen-Dosis! Passt ja irgendwie!“ Renie brach in hysterisches Kichern aus.

„Machete?“, stammelte John. „Sie ist mit einer Machete auf dich losgegangen?“

„Volle Kanne! Kannst du dich an diesen Film mit Glenn Close erinnern? Wo sie das Kaninchen in den Topf wirft und kocht, um ihren Ex-Liebhaber zu terrorisieren? Wo du merkst, die ist komplett abgedreht? Mit demselben Blick hat Lucía mich ins Visier genommen. Aber ich sage dir, ich hatte überhaupt keine Angst, ich war so dermaßen angepisst – “

„Dafür wäre *mir* fast das Herz stehen geblieben“, war Geoffs Stimme zu vernehmen. „Ich sehe, wie diese Furie auf dich zustürmt und was machst du? Du rennst nicht weg, nein, du stellst dich hin und schreist ihr wüste Beleidigungen entgegen – “

„Aber du hast mich gerade noch weggezerrt, mein Held! Gott, war ich froh, dich zu sehen. Ich dachte schon, sie hat dich verhackstückt.“

„Oh, du – “ Nun drang nur noch unverständliches Gemurmel aus dem Hörer, dazu schmatzende Laute. John hatte vollstes Verständnis für leidenschaftliche Gefühlsaufwallungen, gerade nach so einer lebensbedrohlichen Konfrontation. Nach einer Weile räusperte er sich dennoch.

„Ähem? Verstehe ich das richtig, dass die Situation wieder unter Kontrolle ist? Was ist jetzt mit Lucía?“

„Oh, John, sorry, ich hatte dich für einen Moment vergessen“, schnaufte Renie. „Jaja, es ist alles wieder im grünen Bereich. Was wir mit Lucía machen, müssen wir uns noch überlegen. Momentan ist sie durch den Betäubungspfeil ausgeknockt, aber das wird nicht lange herhalten.“

„Wir kontaktieren den nächsten Polizeiposten“, entschied Geoff. „Hier ist ein Dutzend Leute, die die Attacke auf dich bezeugen können. Das muss erstmal für eine Verhaftung reichen. Falls Lucía dann aber wieder auf freien Fuß kommt – was gut sein kann – reisen wir ab. Ich werde dich nicht nochmal in solche Gefahr bringen. Ich mache mir solche Vorwürfe. Ich hätte es vorher wissen müssen, dass sie zu so etwas fähig ist."

„Papperlapapp", war Renies Kommentar. „Das hätte doch keiner ahnen können, dass sie *so* verrückt und auch noch hinterhältig ist. John, du musst dir vorstellen, *sie* war es, die die ganze Sache mit meinem Interview geplant hat! Sie hatte über die Uni Wind davon bekommen, dass wir zu dieser Exkursion herkommen. Dann hat sie eiskalt eingefädelt, dass ich weit weg bin, wenn sie hier auf der Matte steht. Ich glaube, sie wollte erst schauen, ob sie Geoff nicht vielleicht doch herumkriegen kann. Für den Fall, dass das nicht klappt, hat sie ihre Machete mitgebracht. Die ist doch einfach krank im Hirn, diese Frau."

„Aber wie hast du das jetzt gemacht, gerade noch rechtzeitig zurückzukommen?", wollte John wissen.

„Das war total der Zufall! Oder Schicksal, keine Ahnung. Heute früh habe ich mit Jorge telefoniert – du weißt schon, Mikes alter Freund an der Uni hier – und der erzählt mir ganz arglos, dass er von meinem geplanten Treffen mit dem Minister erfahren hat und dass er sich wundert, dass der gnädige Herr sich zu einem Interview mit einer ausländischen Studentin herbeilässt. Und dass es doch sehr nett von der Frau Doktor aus der entomologischen Abteilung wäre, dass sie das arrangiert hätte. Hah! Ich habe den Braten natürlich sofort gerochen, dass Lucía da dahintersteckt. Und dass sie mir nichts Gutes tun wollte, war ja wohl klar wie Kloßbrühe. Ich also an der nächsten Haltestelle nichts wie raus aus dem Bus und geschaut, wie ich wieder zurückkomme. Und die ganze Zeit habe ich versucht, Geoff zu erreichen, aber – "

„Wir waren bis zum Einbruch der Dunkelheit draußen im Gelände unterwegs, wo es kein Netz gibt. Wir haben dort nur Funkgeräte, damit wir uns verständigen können", übernahm Geoff. „Es ist echt ein Wunder, Schnuckelmäuschen, dass du es innerhalb eines Tages hierher geschafft hast."

„Ich habe auch meine kompletten Geldvorräte für die Reise verbraucht", gab Renie munter zurück. „Ich bin einem Melonenbauern quasi vor seinen Pick-up gesprungen, habe ihm meine ganzen Dollars in die Hand gedrückt und ihn beschworen, mich hierher zu bringen. Und zack, bin ich da."

„Du bist zu einem Wildfremden ins Auto gestiegen?! Bist du völlig verrückt?“, rief Geoff aus. Damit hatte er John die Worte aus dem Mund genommen, der der folgenden hitzigen Diskussion mit einem Lächeln auf den Lippen lauschte. Was waren diese beiden für ein Paar!

Als wieder schmatzende Geräusche zu hören waren, meinte er laut, „Ich freue mich, dass es euch gut geht, Kinder. Ihr haltet mich über die weitere Entwicklung auf dem Laufenden, okay? Jetzt gehe ich erstmal ins Bett. Gute Nacht.“

„Guten Morgen, Tiger.“ Pauline legte von hinten die Arme um John und schmiegte sich an ihn. „Das riecht phänomenal.“

Er wendete die Speckscheiben in der Pfanne noch einmal, warf einen prüfenden Blick ins Backrohr und wandte sich dann zu ihr um.

„Hmm, Tiger gefällt mir wesentlich besser als Plüschbär“, murmelte er in ihr seidiges rotes Haar und drückte sie an sich.

„Ich finde beide toll“, erwiderte sie. „Je nach Situation.“

„Ach ja? Und wonach steht Ihnen jetzt gerade der Sinn, Ms. Murray?“

„Erstmal nach Frühstück“, schnurrte sie. „Dann schauen wir weiter.“

„Ihr Wunsch ist mir Befehl, Ma’am“, gab John zurück und tischte hurtig Rührei mit Speck, gegrillten Tomaten und Pilzen auf.

Pauline hatte die Samstagszeitung hereingeholt, sie aber nach einem kurzen Blick auf die Schlagzeilen wieder zusammengefaltet und mit einem Seufzen beiseitegeschoben. John konnte es ihr gut nachfühlen.

Als er gestern früh gleich nach dem Aufstehen um 4.40 Uhr die historische Nachricht in der BBC gehört hatte, „52 zu 48 – die Entscheidung ist gefallen. Eine knappe Mehrheit beendet Großbritanniens Mitgliedschaft in der EU“, hatte auch er nur fassungslos den Kopf schütteln können. Wenige Stunden später war David Cameron als Premierminister zurückgetreten. Im Lager der Brexit-Befürworter herrschte eine schier überbordende Triumphstimmung, es wurde bereits ein neues goldenes Zeitalter für das Land prophezeit. Auf der anderen Seite spürte John bei vielen Menschen, die ihm begegneten, nach diesem schicksalshaften Tag eine Mischung aus Trauer, Wut, Desorientiertheit und vor allem Sorge um die Zukunft. Gerade in seinem Wahlbezirk ‚City‘ hatten drei Viertel aller Wahlberechtigten für den Verbleib in der EU gestimmt. Aber schlussendlich hatte das genauso wenig gebracht wie das deutlich pro-europäische Votum der Schotten.

Wie Johns Mutter ihm gestern Mittag am Telefon geschildert hatte, hatte das Ergebnis des Referendums Tante Isabel sehr mitgenommen. James Mackenzie hatte beschlossen, sich sofort auf den Weg in die Highlands zu machen, um bei ihr zu sein. Selbst Emmeline hatte die Notwendigkeit dieser Reise eingesehen, eilends seinen Koffer gepackt und ihn nach King's Cross gebracht, von wo der Zug seine gut achtstündige Fahrt in den hohen Norden antrat.

„Ach Jungchen, irgendwie ist die ganze Welt aus den Fugen“, klagte Emmeline. „Marjories Sohn – du weißt schon, unsere Nachbarn aus Hausnummer 38 – ist Banker und Marjorie sagt, er befürchtet das Schlimmste. Unser Geld ist bald nicht mehr viel wert, wenn das so weiter geht. Und die netten Kowalczyks, die Marjories Einliegerwohnung gemietet haben, wollen zurück nach Polen. Er arbeitet bei uns in den Königlichen Gärten und sie ist Arzthelferin bei unserem Hausarzt. Solche guten Leute werden jetzt vergrault! Mein Junge, wo soll das noch alles hinführen?“

Darauf wusste auch John keine Antwort.

„Ich habe ein schlechtes Gewissen, aber ich möchte für dieses eine Wochenende von dem ganzen Mist da draußen einfach mal nichts mitkriegen“, sagte Pauline und spießte eine halbe Grilltomate auf. „Kein Fernsehen, keine Zeitung, keine Nachrichten, schlicht gar nichts – “ Sie fuhr zusammen, als ein Handyklingeln ertönte. „Verdammt. Ich muss schauen, wer das ist.“ Grummelnd erhob sie sich und verschwand im Flur. Bangend blickte John ihr nach. Er hoffte inständig, dass kein wie auch immer gearteter Notfall ihrer wunderbaren Zweisamkeit ein jähes Ende bereiten würde.

Gleich darauf war Pauline jedoch zurück. Das immer noch klingelnde Handy hatte sie draußen liegenlassen.

„Die Nummer kenne ich nicht. Also kann es niemand Wichtiges sein. Das ignorieren wir jetzt mal.“ Sie hauchte John einen Kuss auf die Wange und machte sich über ihr Rührei her. Mächtig erleichtert griff er nach einer Scheibe Toast. Erst, als er diese mit Butter und Orangenmarmelade bestrichen hatte, verstummte das lästige Schrillen. Allerdings nur, um keine Minute später von Neuem zu beginnen.

Es kostete John einige Überwindung, aber er legte den Toast zur Seite und stand auf. „Ich hole dir das Handy. Vielleicht ist es doch etwas Dringendes.“ Pauline nickte widerstrebend.

Auf dem Display sah er gleich darauf den Namen ‚Louise Mercier‘.

„Das ist Louise", rief er in die Küche. „Möchtest du rangehen?"

„Ach je, sie hat gestern schon versucht, mich zu erreichen, aber ich war so im Stress – ja, gib mir das Telefon lieber. Ich sage ihr nur schnell, dass ich sie am Montag anrufe."

Pauline kam allerdings gar nicht dazu, auch nur ein Wort zu sagen.

„Nein, hier ist nicht deine liebe Freundin Louise", drang eine hörbar aufgewühlte Stimme aus dem Hörer. „Louise liegt nämlich im Koma."

Paulines Augen weiteten sich in ungläubigem Entsetzen. „Nate? Bist du das? Was … was ist passiert?"

„Sie ist gestern Nacht mitten auf der Straße attackiert worden. Und warum? Weil ihr sie auf die Schnapsidee gebracht habt, auf eigene Faust nach einem Mörder zu suchen! So, wie ihr Louise auch alle möglichen anderen Flöhe ins Ohr gesetzt habt! Seit sie dich kennt, hat sie sich total verändert! Gott, ich schwöre dir, wenn sie wegen dir stirbt, dann – " Er brach unvermittelt ab.

Im Hintergrund war gleich darauf eine weibliche Stimme zu hören. „Mr. Bennett, wir müssen Sie bitten, uns zu begleiten. Sie werden des versuchten Mordes an Ihrer Ehefrau Dr. Louise Mercier verdächtigt. Sergeant, lesen Sie dem Mann seine Rechte vor – " In diesem Moment wurde die Verbindung unterbrochen.

Sprachlos blickten John und Pauline sich an.

„Ich … was … was war das?", brach es dann aus ihr heraus. „Meine arme Louise! Im Koma! Wir müssen … wir müssen … keine Ahnung. Was können wir nur tun?"

John griff nach ihrer Hand. „Als Erstes müssen wir herausbekommen, was genau passiert ist und wie es Louise tatsächlich geht. Pass auf, ich rufe DCI Pratt an. Er kann uns bestimmt weiterhelfen."

Pauline nickte benommen.

Eilends holte John sein Mobiltelefon und suchte nach Pratts Nummer. Es läutete … und läutete. John befürchtete schon, der Chief Inspector würde an einem Samstagvormittag keine Anrufe entgegennehmen. Er hätte es ihm nicht einmal verübeln können, schließlich hatten Pauline und er im Grunde dasselbe vorgehabt. Dann jedoch meldete sich der Polizist etwas atemlos.

„Chief Inspector, Gott sei Dank erreiche ich Sie", sprudelte John heraus. „Hier spricht John Mackenzie. Wir hatten gerade einen Anruf von Nathan Bennett – "

„Genau diese Sache ist auch der Grund dafür, dass ich gerade auf dem Weg zum Yard bin", schnaufte Pratt. „Die zuständige Kollegin ist darauf gekommen, dass unsere Fälle vielleicht in Verbindung stehen und hat mich gebeten, so schnell wie möglich zum Ermittlerteam zu stoßen."

„Können Sie mir sagen, wie es Madame Mercier geht? Mr. Bennett sagte, sie würde im Koma liegen?"

„Sie wissen, dass ich Ihnen eigentlich keinerlei Auskunft geben darf. Aber da ich weiß, dass Sie in enger Verbindung zum Opfer stehen, will ich mal Fünfe gerade sein lassen. Madame Mercier hat durch eine Messerattacke mehrere Stichverletzungen erlitten. Soweit ich weiß, ist sie bereits notoperiert worden und wurde dann von den Ärzten in ein künstliches Koma versetzt."

John schnürte es die Kehle zu. „Aber sie wird … sich wieder erholen?", würgte er heraus.

„Das lässt sich momentan noch nicht sagen. Mr. Mackenzie, ich kann Ihnen keine weiteren Informationen geben – "

„Wo ist sie?", zischte Pauline mit wildem Blick. „Ich will zu ihr."

„Chief Inspector, nur noch eine Bitte: Könnten Sie mir sagen, in welchem Krankenhaus sie liegt?", beschwor John den Polizisten.

„Ob ich Ihnen das mitteilen darf, kann ich nicht entscheiden. Die Leitung der Ermittlung liegt bei DCI Soames – "

„Bitte klären Sie das, sobald Sie im Yard sind. Sie wissen, dass meine Lebensgefährtin Pauline eine enge Freundin von Louise ist. Sie möchte ihr natürlich zur Seite stehen."

„Ist gut, ist gut. Ich gebe Ihnen Bescheid, wenn ich etwas weiß."

„Ich danke Ihnen – ", begann John, realisierte dann aber, dass Pratt bereits aufgelegt hatte.

Pauline sprang auf. „Komm, John. Wir müssen uns beeilen. Den Zug um 9.43 Uhr können wir noch schaffen."

John folgte ihr ins Schlafzimmer, wo sie ziellos herumwirbelte und in fieberhafter Hast ein paar Sachen in die kleine Übernachtungstasche stopfte, die sie für ihre Wochenendbesuche in London verwendete.

„Dir ist bewusst, dass wir möglicherweise nicht erfahren werden, wo Louise behandelt wird? Und selbst wenn, ist die Chance groß, dass niemand zu ihr gelassen wird", sagte er behutsam.

Pauline richtete sich auf, einen dicken Pullover in der Hand, und funkelte ihn an. „John! Du willst doch nicht, dass wir so tun, als wäre nichts gewesen und weiter unsere Auszeit genießen?"

„Natürlich nicht – "

„Na, Gott sei Dank! Das kann ich nämlich nicht.“ Unvermittelt brach ein Schluchzen aus ihr heraus. „Warum habe ich sie gestern nicht zurückgerufen? Louise wollte mit mir sprechen und ich habe sie einfach im Regen stehen lassen! Und warum? Weil ich zu beschäftigt war mit Einkäufen für unser romantisches Wochenende!“

John ging zu ihr hinüber, entwand ihr sanft den Wollpullover – nach dem stürmischen Regen der letzten Tage sah es heute ausnahmsweise nach einem Sommertag aus – und legte die Arme um sie. Pauline vergrub das Gesicht an seiner Schulter. „Ich bin eine beschissene Freundin“, klagte sie.

„Das ist nicht wahr“, murmelte er. „Du bist eine großartige Freundin für Louise. Und wenn du zu ihr willst, dann klappern wir von mir aus falls nötig alle hundert Krankenhäuser in London ab.“

„Versprochen?“, schniefte Pauline.

„Versprochen“, gab er feierlich zurück.

„Aber wahrscheinlich steht sie ja wirklich unter Polizeischutz und ich darf gar nicht zu ihr“, zweifelte sie auf einmal.

„Dann leihen wir uns von Doc Hunter einen seiner Arztkittel und schmuggeln dich als Krankenhausmitarbeiterin ein.“ John angelte nach einem Taschentuch auf dem Nachttisch und reichte es Pauline.

Sie hob den Kopf und er war froh, ein winziges Zucken um ihre Mundwinkel zu sehen.

„Das ist süß von dir, dass du das sagst, mein Hase. Auch, wenn ich weiß, dass du so etwas Vorschriftswidriges niemals tun würdest.“ Sie schnäuzte sich und gab ihm dann einen Kuss. „Komm, lass uns zusammenpacken. Was wollte ich jetzt eigentlich mit diesem Winterpullover?“

Kurz nach halb eins langten John und Pauline mit Sack und Pack bei Scotland Yard an. Pauline hatte darauf bestanden, vom Bahnhof aus sofort hierher zu fahren, ohne einen Zwischenstopp in Johns Wohnung einzulegen. DCI Pratt hatte ihnen mitgeteilt, dass die leitende Ermittlerin auf einer Zeugenaussage von ihnen beiden bestand. Erst danach wollte DCI Soames entscheiden, ob sie Zugang zu Louise bekamen.

Der Beamte hinter dem rundum verglasten Empfangstresen blickte ihnen missmutig entgegen.

„Guten Tag. John Mackenzie und Pauline Murray – wir sind hier, um mit DCI Soames und DCI Pratt zu sprechen“, sagte John.

„Erstmal gehen Sie bitte durch die Einlasskontrolle. Körperscan und Gepäckdurchleuchtung“, kam eine knappe Anweisung zurück.

Verdutzt schaute John in die Richtung, die der Uniformierte ihm wies. Tatsächlich, am hinteren Ende des Foyers war eine Kontrollstelle ähnlich wie am Flughafen aufgebaut.

„Ist das neu?“, fragte er. „Ich war schon häufiger hier im Haus und musste bisher noch nie eine Kontrolle durchlaufen.“

„Anordnung des Commissioners“, war die lakonische Erwiderung. „Nach dem Umzug wird das Standard, um die Ordnungskräfte besser zu schützen. Das neue Sicherheitsprotokoll muss bis dahin stehen, deshalb testen wir das Prozedere ab sofort.“

„Ist doch jetzt egal“, platzte Pauline heraus. „Los, wir haben keine Zeit zu verlieren.“ Nicht gerade sanft schob sie John vor sich her. Wohl wissend, dass Paulines Nervenkostüm zum Zerreißen gespannt war, ließ John es unter den amüsierten Blicken der beiden Constables, die an der Kontrolle bereitstanden, geschehen.

Die junge Beamtin streckte Pauline eilfertig eine Plastikbox entgegen.

„Ma'am – Handy, Laptop und andere Elektronik bitte hier herein. Tasche und Rucksack auf das Laufband und dann gehen Sie durch diese Schleuse. Sir, Sie warten bitte hinter dieser Linie.“

Pauline begann, fahrig in ihrem Rucksack herumzukramen. „Verdammt, wo ist mein Handy jetzt hin?“

„Ich glaube, du hast es in die vordere Tasche gesteckt“, meinte John.

„Scheiße, da ist es aber nicht!“ Auf Paulines hellem Teint breiteten sich hektische rote Flecken aus.

„Lass mich nachsehen.“ Mit einem Griff zog John das Telefon heraus und ließ es in die bereitgestellte Schale gleiten.

„Haben Sie sonst noch etwas Elektronisches dabei?“, erkundigte sich die Beamtin und bedeutete John, wieder hinter die gelbe Linie zu treten.

„Nein“, presste Pauline genervt heraus und marschierte mit flottem Schritt durch den Scanner.

Prompt leuchtete ein rotes Licht auf und ein „Mööp“ ertönte.

„Ma'am, bitte treten Sie noch einmal zurück. Sie dürfen sich nicht so schnell bewegen“, ermahnte der zweite Constable Pauline streng.

Sie biss sich auf die Lippen, kehrte um und ging betont langsam noch einmal durch die Schleuse.

„Mööp“

„Ma'am, ich denke, Sie müssen die Schuhe ausziehen.“

Zähneknirschend zog Pauline ihre leichten Stoffschuhe aus und legte sie auf das Gepäckband.

„Jetzt kommen Sie nochmal durch. Und zwar langsam."

„Ja, ist gut, ich hab's verstanden", murmelte Pauline nicht ganz unhörbar.

„Mööp"

„Was!", entfuhr es ihr. „Was soll ich jetzt noch machen? Mich nackt ausziehen oder was?!"

„Ma'am, es ist nicht nötig, ausfallend zu werden", beschied ihr der Constable.

„Das Ding hier funktioniert einfach nicht, sehen Sie das nicht? Und Sie halten mich hier völlig sinnlos fest, während meine Freundin im Krankenhaus um ihr Leben kämpft", erregte sich Pauline. John machte einen Schritt auf sie zu, wurde aber sofort zurückgepfiffen.

„Sir, treten Sie zurück. Die Personenkontrolle muss zwingend einzeln erfolgen. Und Ma'am, Sie bewegen sich nicht von der Stelle."

„Hey, Briggs, was heißt das nochmal, wenn das Ding ‚Code 57' anzeigt?", rief die Beamtin auf einmal. Sie betrachtete stirnrunzelnd eine Anzeige auf der Rückseite des Scanners.

„Was weiß ich, schau doch ins Handbuch", kam die knurrige Antwort ihres Kollegen, der Pauline mit einer Hand am Pistolenholster finster fixierte.

Augenrollend zog die Polizistin ein in Plastik eingefasstes umfangreiches Werk aus einem Ablagefach und begann, darin zu blättern.

„Tu irgendwas, John. Ich drehe jetzt gleich durch", presste Pauline zwischen zusammengebissenen Zähnen hervor.

Vielleicht konnte DCI Pratt herauskommen und die Lage irgendwie entschärfen, ging es John durch den Kopf. Er langte in seine Jackentasche, um sein Telefon herauszuholen.

„Keine Bewegung! Nehmen Sie die Hand aus der Jacke", herrschte der Polizist ihn an.

„PC Briggs – bitte. Ich möchte lediglich Chief Inspector Pratt kontaktieren, der uns erwartet." John bemühte sich um einen höflichen Ton.

„Bei Personenkontrollen darf weder gefilmt noch telefoniert werden", wurde ihm beschieden.

Nun konnte auch John einen unwilligen Seufzer nicht unterdrücken. „Ich glaube, es ist das Beste, wenn wir wieder gehen. Dann werde ich von draußen mit Ihren Vorgesetzten telefonieren."

„Halt, halt. So einfach ist das nicht. Bei Ihrer Begleiterin hier besteht ein Anfangsverdacht. Bevor das Gefährdungspotenzial, das von ihr ausgeht, nicht abschließend geklärt ist, bleiben Sie beide hier."

„Also jetzt wird's aber hinten höher als vorn", rief Pauline wutentbrannt aus. „Gefährdungspotenzial!! Sie haben sie doch nicht alle – "

„Scheiße! Code 57 ist Sprengstoff", kam ein erschrockener Ausruf der Beamtin. Augenblicklich zogen beide Polizisten ihre Waffen und richteten sie auf John und Pauline.

Kapitel 14

Wenig später fand John sich allein und mit Handschellen an den Stuhl gefesselt in einem fensterlosen Raum wieder. Benommen schüttelte er ein ums andere Mal den Kopf. Er konnte nicht begreifen, was da gerade passiert war. Gerade noch waren sie auf dem Weg gewesen, um eine Zeugenaussage abzugeben und vor allem etwas über Louises Verbleib zu erfahren. Nur Augenblicke später waren sie aus heiterem Himmel selbst ins Visier geraten – gerade so, als wären sie Terroristen!

Nach dem Alarmruf der Beamtin war ein unfassbares Chaos ausgebrochen. Wie aus dem Nichts war eine schwer bewaffnete Phalanx von Uniformierten aufgetaucht und Pauline, die in Schockstarre dagestanden hatte, war brutal zu Boden gerissen worden. John hatte sich ungeachtet der Waffen, die auf ihn gerichtet waren, mit einem wilden Aufschrei blindlings ins Getümmel gestürzt und versucht, Pauline beizustehen. Im Handumdrehen hatte er jedoch selbst auf dem Boden gelegen. Während ein kantiger Stiefel seinen Nacken nach unten presste, konnte er nur hilflos aus den Augenwinkeln verfolgen, wie seine Herzensdame davongeschleppt wurde.

Als er jetzt an diesen entsetzlichen Moment zurückdachte, war ihm, als hätte er in der ganzen Kakophonie aus Gebrüll und Sirenengeheul eine Stimme gehört, die „Go, Plüschbär!“ gerufen hatte. Wieder schüttelte er den Kopf. Offensichtlich produzierte sein armes, rüde durchgeschütteltes Hirn schon Halluzinationen.

Plötzlich spannte sich sein ganzer Körper an. Hatte er nicht eben eine weibliche Stimme verzweifelt aufschreien gehört? Was mochten die Bullen – auch wenn ihm dieser despektierliche Ausdruck noch nie im Leben über die Lippen gekommen war, konnte er die Mitglieder der martialischen Truppe, die über sie hergefallen war, in diesem Moment nicht als Polizeikräfte bezeichnen – Pauline antun? John wusste aus seinen Jahren im Auslandsdienst der Britischen Armee nur zu gut, wie weit der Rahmen war, den der Staat im Umgang mit Terrorverdächtigen setzte. Unvermittelt erfüllte ein hohes Pfeifen den Raum. John blickte sich alarmiert um, bis er begriff, dass das Geräusch nicht von außen kam.

Sein Tinnitus, der seit Jahren besiegt schien, war wieder zum Leben erwacht. Er stöhnte auf. Dann rief er ergrimmt in Richtung der Kamera, die aus der Ecke auf ihn gerichtet war, „Mittlerweile dürften Sie meinen Truppenausweis in meinen Sachen gefunden haben. Ich bin als Yeoman

Warder im Tower Mitglied einer Sondereinheit der Metropolitan Police. Ich stelle genauso wenig wie meine Begleiterin Pauline Murray eine Gefahr für irgendjemanden dar. Sie halten uns hier unter grober Missachtung unserer Rechte fest. Ich bestehe darauf, mit meinem Anwalt sprechen zu dürfen!“

Seine Worte verhallten ohne jegliche Reaktion. John sank in sich zusammen. Er konnte sich nicht erinnern, sich in seinem Leben schon einmal so ohnmächtig gefühlt zu haben. Nun konnte er erst wirklich nachfühlen, wie es dem Ravenmaster gegangen haben musste, als er vor einigen Jahren zu Unrecht verdächtigt und inhaftiert worden war. Damals hatten aber wenigstens Commander Mullins und John selbst für Georges Freilassung gekämpft und er hatte mit Sir Fitzgerald Walters einen der besten Anwälte der Stadt an seiner Seite gehabt.

Verdammt, es musste doch einen Weg geben, hier heraus zu kommen! Oder zumindest irgendjemanden zu kontaktieren, der ihnen helfen konnte. Allerdings nicht Superintendent Whittington, soviel stand schon mal fest. Anstatt ein gutes Wort für sie einzulegen, würde der gute Simon wahrscheinlich einen Tobsuchtsanfall bekommen und seine geheiligte Reputation wieder einmal in Gefahr sehen. Maggie dagegen – John war sicher, dass seine Schwester selbst von Glastonbury aus Himmel und Hölle in Bewegung setzen würde, um Pauline und ihn hier herauszuholen.

„Hallo! Hört mich jemand?“, rief er verzweifelt. „Holen Sie DCI Pratt! Er kennt mich und weiß, warum wir heute hergekommen sind. DCI Soames hat uns wegen der Attacke auf Louise Mercier um eine Aussage gebeten. Das ist alles, was wir wollten. Eigentlich wollten wir gar nicht hierher, sondern ins Krankenhaus zu Madame Mercier, aber DCI Soames wollte uns erst vernehmen. … Ms. Murray ist stellvertretende Schulleiterin – Sie glauben doch nicht, dass so jemand mit Sprengstoff bewaffnet in den Yard eindringt? … Hallo?“

Das rote Auge der Kamera war unverwandt auf ihn gerichtet, aber entweder war niemand da, der die Monitore überwachte oder man wollte ihn hier weiter isoliert vor sich hin schmoren lassen.

Es gab keine Uhr in dem Zimmer und Johns Armbanduhr war ihm abgenommen worden. Er hatte keine Ahnung, wie lange er schon hier drin war, aber es kam ihm wie eine quälende Ewigkeit vor. Vielleicht sollte er so tun, als bräuchte er dringend einen Arzt? Dann musste doch jemand kommen, oder nicht? John überlegte, was er vortäuschen könnte. Während er noch zwischen einem Herzanfall und Unterzuckerung schwankte, ging auf einmal die Tür auf.

„Guten Tag, Mr. Mackenzie."

Vor John stand eine untersetzte Frau, deren dunkle mandelförmige Augen ihn streng musterten.

„DCI Chandrika Soames", stellte sie sich knapp vor. „Die Metropolitan Police ist bereit, auf eine Anzeige wegen Widerstandes gegen die Staatsgewalt und tätlichen Angriffs auf Vollstreckungsbeamte zu verzichten, wenn Sie sich jetzt kooperativ verhalten."

John blieb der Mund offen stehen. Bevor er zu einer Erwiderung ansetzen konnte, ertönte eine schneidende Stimme aus dem Flur.

„Mr. Mackenzie behält sich vor, seinerseits Anzeige gegen die Metropolitan Police zu erstatten. Der völlig ungerechtfertigte und in seiner Härte maßlos überzogene Einsatz Ihrer Leute gibt ihm jeden Grund dazu."

Ein hochgewachsener, schlanker Mann mit Bürstenschnitt und einem Maßanzug, der selbst Simon Whittington vor Neid hätte erblassen lassen, schob sich energisch in den kleinen Raum.

„Gestatten, Ted Marston. Anwalt." Er nickte John zu und wandte sich dann wieder an die Kripobeamtin.

„DCI Soames, wenn Sie diesen Mann und natürlich auch Ms. Murray nicht augenblicklich auf freien Fuß setzen, dürfen Sie sich nicht nur auf eine Dienstaufsichtsbeschwerde freuen, sondern auch auf den Besuch einer ganzen Reihe von Medienvertretern. Das kostet mich genau einen Anruf." Um seinen Worten Nachdruck zu verleihen, zog der Anwalt sein Handy aus dem Jackett.

DCI Soames' Nasenflügel bebten und sie warf Marston einen mörderischen Blick zu.

„Sie …", zischte sie. Aber dann winkte sie einen Sergeant herein, der Johns Handschellen löste.

„So, und jetzt auf zu Ms. Murray", kommandierte der Anwalt.

„Kollege Pratt ist schon auf dem Weg zu ihr", knurrte DCI Soames.

Da hörte John eine Stimme draußen auf dem Gang.

„John? John! Wo bist du?"

Er flog förmlich zur Tür hinaus und warf Pauline fast um, die barfuß angerannt kam, gefolgt von DCI Pratt, der ihrer beider Siebensachen schleppte.

Für einen Moment, als sie einander in die Arme fielen und umklammerten, trat alles andere in den Hintergrund und John war einfach nur von Dankbarkeit erfüllt, dass er Pauline wiederhatte. Dann jedoch bemerkte er die rot-blauen Flecken, die sich unter den kurzen Ärmeln ihrer Bluse abzeichneten und die Spuren der Tränen, die über ihr verquollenes Gesicht geronnen waren.

„Was haben sie dir getan?", stieß er aus.

„Das sieht schlimmer aus, als es ist." Pauline brachte ein winziges Lächeln zustande. „Mir geht's schon wieder besser, jetzt wo du bei mir bist. Und DCI Pratt hat gesagt, die Sache wird für uns keine rechtlichen Konsequenzen haben. Ich will nur noch weg hier und zu Louise."

„Einen Moment, Ma'am", mischte sich Ted Marston ein. „Von wegen rechtliche Konsequenzen! *Sie beide* sind es, die definitiv Ansprüche gegenüber der Metropolitan Police geltend machen können für diese gewalttätige und widerrechtliche Behandlung. Ich werde Ihnen sehr gern dabei behilflich sein."

Pauline warf ihm einen verwirrten Blick zu.

„Das ist mein Anwalt und ihr könnt von Glück sagen, dass wir gerade angekommen sind, als diese ganze Farce losging."

Madeleine Wharton stand plötzlich vor ihnen und hielt ein Smartphone in die Höhe.

„Wir haben alles gefilmt. Eine erschütternde Dokumentation, wie hierzulande mit unbescholtenen Bürgern umgegangen wird. Nur, weil völlig unzureichend eingearbeitete Beamte Bedienfehler machen und dann die Situation zulasten besagter Bürger eskalieren lassen, anstatt erstmal ihr Hirn einzuschalten."

„Wie bitte?", röchelte John. „Ihre Leute haben den Scanner falsch bedient??"

„Falsch. Es war ein Softwarefehler", blaffte DCI Soames. „Die Verantwortung liegt beim Hersteller, nicht bei uns. Die Beamten haben sich absolut korrekt verhalten."

„Natürlich", höhnte Dr. Wharton. „Die Metropolitan Police macht nie Fehler. Deswegen musste ich auch völlig ungerechtfertigt tagelang in einer Zelle sitzen, während der Mörder meines geschätzten Kollegen Dr. Coleridge unbehelligt die ganze Zeit da draußen rumläuft und jetzt auch noch um ein Haar Louise getötet hat."

DCI Soames stemmte die Hände in die Hüften. „Wieder falsch. Louise Mercier ist von ihrem Ehemann angegriffen worden. Dieser ist nach derzeitigem Ermittlungsstand im Fall von Dr. Coleridge als Täter auszuschließen."

„Ich … ich blicke nicht mehr durch." Pauline rieb sich über die Stirn. „Und ehrlich gesagt kann ich auch nicht mehr. Mir ist das gerade alles … zu viel." Ihre Augenlider flatterten und sie sackte zusammen. John konnte sie gerade noch festhalten. Ted Marston kam ihm zu Hilfe und gemeinsam legten sie Pauline behutsam auf dem Boden ab. Johns Erste-Hilfe-Training, das er bei der Army jährlich durchlaufen hatte müssen, ließ ihn die richtigen Handgriffe für eine stabile Seitenlage finden.

„Einen Arzt, schnell", brüllte er. Dann riss er sich kurzerhand sein Hemd vom Körper und schob es unter ihren Kopf, damit ihre Wange nicht direkt auf dem nicht allzu sauberen Boden liegen musste.

„Unser Polizeiarzt hat am Wochenende dienstfrei, aber wir haben mehrere ausgebildete Ersthelfer. Sergeant, bringen Sie schnellstmöglich jemanden her!", wies DCI Soames an.

Marston schüttelte den Kopf. „Das ist unzumutbar. Ms. Murray wird auf der Stelle in ein Krankenhaus gebracht. St. Thomas' ist das nächstgelegene, denke ich."

Der Anwalt wartete Johns Zustimmung gar nicht ab, sondern griff zum Telefon. Madeleine Wharton kniete sich neben John auf den Boden und tastete nach Paulines Puls.

„Machen Sie sich keine Sorgen um Ihre Freundin", raunte sie dann mit einem Seitenblick zu den beiden Kripoermittlern, die einige Schritte entfernt eine zwar leise, aber offenbar hitzige Diskussion führten. „Mein Spezialgebiet sind zwar weniger lebendige als tote Körper, aber ich bin relativ sicher, dass sie nur einen Kreislaufkollaps erlitten hat."

John nickte stumm, nicht in der Lage, auch nur ein Wort herauszubringen.

Der Notarzt, der nach erstaunlich kurzer Zeit eintraf, bestätigte glücklicherweise Dr. Whartons Diagnose.

„Akute Kreislaufschwäche durch ein Zusammenwirken von Dehydrierung, Unterzuckerung und zu viel Aufregung", konstatierte er und setzte routiniert eine Infusionsnadel. „Wir werden die Patientin trotzdem mitnehmen und gründlich durchchecken, um nichts zu übersehen."

„Wir haben hier noch etwas zu erledigen, aber wir werden nach Möglichkeit später zu Ihnen stoßen." Ted Marston drückte John eine Visitenkarte in die Hand, klopfte ihm auf die Schulter und blickte dann mit kaum verhohlener Abscheu auf die zwei Köpfe kleinere Polizistin hinunter. „DCI Soames. Wenn Sie nach dieser unglückseligen Aktion bereit sind, zum Tagesgeschäft zurückzukehren, könnten Sie jetzt die von Ihnen gewünschte Aussage meiner Mandantin aufnehmen."

DCI Pratt klaubte Johns zerknülltes Hemd vom Boden auf und reichte es ihm, lud sich die Taschen wieder auf und folgte John und dem Sanitätstrupp hinaus zu dem wartenden Krankentransporter.

„Werten Sie das als persönliche und nicht als offizielle Aussage, Mr. Mackenzie: Es tut mir von Herzen leid, was heute passiert ist. Glauben Sie mir, es wird eine sehr kritische interne Aufarbeitung der Geschehnisse geben. Wenn ich darf, rufe ich Sie später an und erkundige mich, wie es Ms. Murray geht."

John bestieg mit Sack und Pack den Wagen und nickte dem Waliser nur noch müde zu, bevor die Türen ins Schloss fielen.

Auch wenn die nächsten Stunden nervenaufreibend waren, da Pauline in der Notaufnahme als ‚minder dringender Fall' eingestuft wurde und die nötigen Untersuchungen mit viel Wartezeit verbunden waren, wich Johns Anspannung zunehmend. Auch der schrille Pfeifton in seinem Kopf flaute allmählich ab. Pauline hatte beim Eintreffen im Krankenhaus die Augen wieder aufgeschlagen und nachdem er sie mit dem Segen der Ärzte mit Getränken und Snacks aus den Automaten im Wartebereich versorgt hatte, waren auch ihre Lebensgeister zunehmend erwacht. Nun, da sie noch auf die abschließende Einschätzung des Arztes warten mussten, scharrte sie in ihrem Krankenhausbett förmlich schon mit den Hufen.

„Wir müssen wieder zurück zum Yard", forderte sie. „Wenn die nicht bereit sind, Auskünfte über Louise rauszurücken, drohen wir ihnen damit, an die Presse zu gehen."

„Bravo, Ma'am, das ist die richtige Einstellung." Ted Marston kam schwungvollen Schritts heran, gefolgt von Madeleine Wharton. „Aber ich denke, ich kann Ihnen diesen Weg ersparen. Die wesentlichen Informationen haben wir unter sanftem Druck aus diesen Holzköpfen herausquetschen können und da ich von Dr. Wharton weiß, dass Sie eine interessierte Partei sind, lasse ich Sie gern an unseren Erkenntnissen teilhaben. Und dann überlegen wir gemeinsam, was ich für Sie beide als Opfer von skandalöser Polizeiwillkür aus dieser heutigen Aktion herausschlagen kann." Er rieb sich unternehmungslustig die Hände.

„Ted, bitte", stöhnte Dr. Wharton auf. „Vergiss mal für den Moment den Profit, den du doch in erster Linie für *dich* herausholen willst und lass uns auf das Wesentliche konzentrieren. Nämlich herauszufinden, wer Louise das angetan hat."

Marston zog die Augenbrauen missbilligend nach oben. „Soll das heißen, dass es bei den Herrschaften kein Interesse gibt, Rechtsansprüche gegen die Metropolitan Police anzumelden?"

John wechselte einen Blick mit Pauline, dann schüttelte er den Kopf. „Es ist sicherlich von Vorteil, dass das Vorgehen der Polizei dank Ihnen dokumentiert ist und ich würde dieses Ass im Ärmel zur Not auch hervorholen. Aber ich möchte mich nicht auf gerichtlichem Weg mit Scotland Yard anlegen. Allein schon deshalb, weil ich als Mitglied der Yeoman Warders formell dem Commissioner unterstellt bin."

John sah keinen Grund, diesen ihm völlig fremden Anwalt darüber aufzuklären, dass er nicht nur eine berufliche, sondern darüber hinaus auch eine familiäre – und noch dazu sehr zwiespältige! – Verbindung zur Kriminalpolizei hatte.

„Wie Sie wünschen", meinte der Anwalt etwas steif. „Falls Sie Ihre Meinung noch ändern – Sie haben ja meine Karte. Dann darf ich mich verabschieden. Ma'am, gute Besserung. Madeleine, du meldest dich, wenn die Cops dich wieder belästigen."

„Ja, ja, ist gut, Ted. Geh zum Golfen oder was auch immer ihr exorbitant bezahlten Rechtsverdreher samstags macht." Die Amerikanerin wedelte mit der Hand, als wollte sie ein Insekt verscheuchen. Sie wartete einen Moment, bis Marston den Rückzug angetreten hatte, dann streckte sie John unvermittelt die Hand hin. „Lasst uns einen neuen Anfang machen. Ich bin Madeleine."

„Ich bin der Plüschbär", konnte er sich nicht zurückhalten, zu sagen.

„Hah", lachte sie kurz auf. „Der Bär ist gar nicht so plüschig, wie ich gedacht hatte. Hat mir gefallen, wie du dich ohne Rücksicht auf Verluste in die Meute gestürzt hast, um deine Lady zu verteidigen."

„John ist und bleibt mein Held", sagte Pauline und schüttelte ihrerseits Madeleines Hand.

„Also, lasst uns keine weitere Zeit verlieren. Wann kommst du hier heraus, Pauline?", wollte die Amerikanerin wissen.

„Das würde ich auch gern wissen", grollte Pauline. „Ich will endlich zu Louise. Habt ihr herausbekommen, in welchem Krankenhaus sie behandelt wird?"

„Charing Cross Hospital", sagte Madeleine. „Weil das dem Tatort am nächsten lag."

Beim Wort ‚Tatort' musste Pauline erst einmal schlucken. „Hat die Polizei gesagt, wie es ihr jetzt geht?", brachte sie dann heraus.

„Kritisch, aber stabil", erwiderte Madeleine. „Die Ärzte sind wohl zuversichtlich, dass sie sie durchbringen, aber für die nächsten Tage muss sie noch im künstlichen Koma bleiben."

„Darf ich zu ihr?"

„Das musst du mit unserer hochgeschätzten Chefinspektorin klären. Ich habe sie nicht danach gefragt, denn für mich ist es Zeitverschwendung, am Bett einer Person zu sitzen, die gar nichts davon mitkriegt", gab Madeleine zurück. „Ich würde sagen, Louise ist am besten gedient, wenn der Täter gefunden wird. Und da ich überzeugt bin, dass das den Schwachköpfen vom Yard nicht gelingen wird, sehe ich das als meine Aufgabe an – oder unsere, wenn ihr dabei helfen wollt."

„Ich will beides", erklärte Pauline entschieden. „Ich will zu Louise. Und ich will alles tun, was ich kann, um das Scheusal zu finden, das sie umbringen wollte."

„Ich werde nachher mit DCI Pratt telefonieren und versuchen, eine Besuchserlaubnis für dich zu bekommen", sagte John und drückte Paulines Hand. Dann wandte er sich an Madeleine. „Du glaubst also nicht, dass Louises Ehemann der Schuldige ist?"

„Bah", winkte sie ab. „Nate hat den Verstand eines Einzellers, aber dass er sich blindwütig auf Louise stürzen und sie mit einem Messer attackieren würde – nein, das halte ich für ausgeschlossen. Im Gegenteil, ich glaube sogar, dass er ihr das Leben gerettet hat."

„Was? Louise das Leben gerettet? Nate??" Pauline blickte ungläubig drein.

„Vielleicht erzähle ich mal von vorn." Madeleine ließ sich häuslich auf dem Bett nieder und schien gar nicht zur Kenntnis zu nehmen, dass Pauline mit einem kleinen Schmerzenslaut ihren Fuß wegzog, auf dem Madeleines wenig gepolsterte Kehrseite Platz genommen hatte.

„Gestern Nachmittag hatte Ted die Hornochsen von der Met endlich so weit, dass sie eingesehen haben, mich nicht länger festhalten zu können. Die Indizien gegen mich waren einfach lächerlich."

John konnte diese Meinung nicht ganz teilen, verzichtete aber darauf, dies kundzutun.

„Ich habe sofort Louise angerufen, sobald ich draußen war", sprach sie weiter. „Das dumme Ding hatte sich ja richtig Sorgen um mich gemacht. Sie war auch gleich ganz euphorisch und hat darauf bestanden, dass wir uns am selben Abend treffen und auf meine Freilassung anstoßen."

Selbst Madeleines stachelige Art konnte nicht verbergen, dass sie von Louises Anteilnahme durchaus gerührt war.

„Sie muss auf dem Weg in den Pub gewesen sein, als es passiert ist. Wir hatten uns auf das ‚Queen's Head' in der Nähe vom Normand Park geeinigt – "

„Das ist ein ganz schönes Stück entfernt von ihrer Wohnung oben in Clerkenwell", warf John ein.

Madeleine warf ihm einen ungnädigen Blick zu. „Erstens ist das dafür in der Nähe *meiner* Wohnung und zweitens sagte Louise, sie käme sowieso von Earl's Court, also hatte sie nicht weit."

„Earl's Court?" Pauline richtete sich auf. „John, sie hatte doch noch Renies Schlüssel?"

John nickte. „Hat Louise in den letzten Tagen irgendetwas zu dir gesagt, dass sie weg von Nate wollte?"

„Als wir am Mittwoch zuletzt telefoniert haben, war davon nicht die Rede. Vielleicht wollte sie mir gestern davon erzählen, aber … daraus ist dann nichts geworden." Pauline ließ den Kopf hängen.

„Zu mir hat sie auch nichts dergleichen gesagt. Als sie mich in der Haft besucht hat, ist es naturgemäß um meine Situation gegangen", kam es von Madeleine. „Aber da könnte schon etwas dran sein. Es würde erklären, warum Nate ihr gefolgt ist. Die dicke Polizeischnepfe hat durchblicken lassen, dass Louises Nachbarn gestern am späten Nachmittag einen Streit aus der Wohnung gehört haben. Jemand hat dann Louise mit einer Tasche weggehen sehen. Nate soll etwas später mit dem Auto losgefahren sein. Er selbst hat wohl ausgesagt, dass er auf Louise ‚aufpassen' wollte, da sie in letzter Zeit nicht sehr stabil gewesen wäre – na, da kann ich ihm nicht mal widersprechen", schob Madeleine ein. „Unsere Louise hat schon eine Tendenz, sich in Sachen hineinzusteigern – "

Obwohl Pauline Louise noch vor wenigen Tagen mit fast denselben Worten beschrieben hatte, sah sie sich genötigt, ihre Freundin zu verteidigen.

„Sie ist eben ein sehr warmherziger und einfühlsamer Mensch und kein … emotionsloser Holzklotz." Sie funkelte Madeleine an, was an dieser jedoch gänzlich vorbeiging.

„Ja, ja. Weiter im Text. So, wie die Schnepfe es dargestellt hat, geht sie davon aus, dass Nate Louise nach dem Streit gestalkt hat, aus Angst, sie würde ihn verlassen. Und dann hat er sie angegriffen – meint *sie* zumindest. Tatsache ist, dass es Nate war, der den Rettungsdienst und die Polizei gerufen hat. Das hat selbst die Schnepfe eingeräumt. Aber sie hat sich das so erklärt, dass Nate nach seiner Attacke plötzlich wieder zur Besinnung gekommen ist und seine Tat quasi ungeschehen machen wollte." Madeleine verdrehte die Augen. „Ich bitte euch, was ist das für eine hanebüchene Theorie. Aber wisst ihr, was noch lächerlicher ist: Der allererste Verdacht ist natürlich auf wen gefallen? Auf die bedauernswerte Ausländerin, die die Met sowieso auf dem Kieker hat – auf mich!"

„Häh? Wie kam die Schn – , also DCI Soames dazu, *dich* für die Täterin zu halten?"

Madeleine Wharton nahm Johns entgeisterte Reaktion mit einem zufriedenen Nicken zur Kenntnis.

„Ja, nicht wahr, das ist unvorstellbar. Ich finde das eine nachgerade beleidigende Unterschätzung meiner Kompetenzen. Wie ich schon im Fall von Dr. Coleridge sagte: Wenn ich jemand umbringen will, dann gehe ich das durchdacht und effizient an. Bei mir hätte Louise definitiv nicht überlebt. Schließlich weiß ich durch das Studium von Körpern aus allen Epochen der Menschheitsgeschichte genau, wo man einen Stich setzen muss, der zum unmittelbaren Tod führt. Seht mal, das ist genau hier – "

Sie piekste John mit ihrem knochigen Zeigefinger zwischen die Rippen. Dieser quiekte etwas würdelos auf und bewegte sich hurtig außer Reichweite.

Pauline biss sich auf die Lippen. „Danke für diesen lehrreichen Exkurs, Madeleine. Was ich immer noch nicht verstehe: Wie kam DCI Soames auf die Idee, dass du Louise etwas antun wolltest?"

„Wie immer durch völlig oberflächliche Indizien." Madeleine machte eine abfällige Handbewegung. „Sie haben noch in der Nacht Louises Handydaten ausgewertet und festgestellt, dass ich die letzte war, die mit ihr telefoniert hat. Und ich wohne nur ein paar Minuten vom Tatort entfernt. Fertig, das hat schon gereicht. Gott sei Dank habe ich aber ein unumstößliches Alibi: Ich war schon eine Viertelstunde vor der abgemachten Zeit im Pub und bin von mindestens einem Dutzend Leuten gesehen worden."

„Was wollte die Polizei dann heute von dir?", wollte Pauline wissen.

„Sie wollten, dass ich Nate in die Pfanne haue", kam es prompt von der Amerikanerin. „Sie wollten mir eine Aussage entlocken, dass ich ihn für gewalttätig halte. Dabei habe ich den Kerl über die Jahre vielleicht fünfmal bei Weihnachtsfeiern oder Ähnlichem gesehen. Wenn ich mich gelegentlich mal mit Louise privat getroffen habe, war er nicht dabei – das wäre ja auch noch schöner gewesen! Wer will schon Zeit mit so einer Dumpfbacke verbringen?“

Pauline schnaubte. „Ich bin vollkommen deiner Meinung, Madeleine. Nate ist ein Volltrottel, wie er im Buche steht. Aber irgendwie tue ich mich auch schwer damit, ihn als Mörder zu sehen. Als er mich heute früh angerufen hat, klang er so … aufgewühlt. Richtig in Panik.“ Sie dachte zurück an jenes schicksalhafte Telefonat. „Er hat mich beschuldigt, Louise zum Detektivspielen animiert und sie dadurch in Gefahr gebracht zu haben.“ Sie schluckte mühsam und ihre Augen füllten sich mit Tränen.

John reichte ihr ein Taschentuch. „Das haben wir beide definitiv nicht getan. Louise selbst war wie besessen davon, dich irgendwie zu entlasten, Madeleine. Sie war zutiefst davon überzeugt, dass du trotz der Geschichte mit dem Buttercup-Papierchen nichts mit dem Tod von Dr. Coleridge zu tun hast. Also – es ist in der Tat nicht unwahrscheinlich, dass sie die letzten Tage damit verbracht hat, im Museum herumzuschnüffeln. Und vielleicht ist sie dabei … dem Täter zu nah auf die Pelle gerückt.“

„Zu diesem Schluss bin ich längst gelangt“, stellte Madeleine Wharton rundheraus fest. „Am Telefon sagte Louise mir nämlich, dass sie glaubte, etwas entdeckt zu haben. Sie war sich nicht ganz sicher, was es bedeutete und wollte gestern Abend mit mir darüber sprechen. Aber leider hatte sie keine Gelegenheit mehr, das zu tun.“

Kapitel 15

„Waaas?!?“, kreischte Renies Stimme aus dem Handy. „Louise ist fast getötet worden? Das ist ja grauenhaft! Sag mal, bist du zuhause? Dann lass uns per Video telefonieren. Du musst mir alles erzählen – “

John hatte gerade erst mit einem tiefen Aufatmen seine Wohnungstür hinter sich geschlossen, als Renie angerufen hatte. Pauline und er waren sich einig, dass sie nach diesem Tag nur noch das Bedürfnis hatten, irgendeinen Blödsinn im Fernsehen anzuschauen und dann in Schlaf zu versinken. Schon hob er an, seine Nichte abzuwimmeln. Pauline aber, die selbst aus der Küche Renies Aufschrei gehört hatte, griff schon nach seinem Laptop und klappte ihn auf.

„Okay“, sagte John resigniert. „Wir sehen uns gleich, Renie.“ Er legte das Handy weg und trat ebenfalls in die Küche.

„Puh. Das wird sicher eine längere Geschichte“, brummte er.

„Ach John. Sei nicht grummelig“, gab Pauline zurück und rief das Videotelefonprogramm auf. „Erstens freue ich mich, Renie endlich mal wieder zu sehen und zweitens hat sie als alte Spürnase bestimmt ein paar gute Ideen, wie wir unsere Nachforschungen angehen sollen.“

„Das stimmt.“ John machte sich daran, Tee zu kochen. „Ideen können wir gut brauchen. Von mir sind auf jeden Fall keine zu erwarten. Meine letzten paar grauen Zellen sind heute in den Ruhestand gegangen.“

„Ach, mein Hase. Nun stell dein Licht mal nicht unter den Scheffel – sag mal, was machst du da?“

John hielt inne. „Oh.“ Er war dabei gewesen, den Wasserkocher in den Kühlschrank zu stellen.

Pauline lachte auf. „Du hattest recht mit dem, was du mir mal gesagt hast: Stress verblödet einen Menschen wirklich.“

„So ist es“, bestätigte John grimmig, freute sich aber, dass Pauline nach der heutigen Tortur ihren Humor wiedergefunden hatte. Gleich darauf hörte er die Stimme seiner Nichte aus seinen Computerlautsprechern scheppern.

„Hallo, Pauline – oh mein Gott, wie siehst du denn aus? Scheiße, bist du auch angegriffen worden?“

„Kann man so sagen. Aber in meinem Fall von der Polizei“, erwiderte Pauline.

„Waas?! Geoff, komm mal her!“, rief Renie. „Mensch, Pauline, geht’s dir gut?“

„Gut würde ich nicht sagen, aber ich habe immerhin nur ein paar Blessuren davongetragen. Der Arzt im Krankenhaus hat gesagt, ich muss es ein paar Tage langsam angehen lassen – “

„Du musstest ins Krankenhaus?“, unterbrach Renie alarmiert.

„Ja, aber das lag daran, dass mir der Kreislauf weggekippt ist. Das ist erst passiert, als der vermeintliche Anti-Terror-Einsatz der Polizei vorbei war – “

Renie schlug sich an die Stirn.

„Pauline, ich kriege jetzt gleich einen Anfall. Kannst du mir mal bitte ganz langsam und nacheinander erzählen, was bei euch los ist? Und wo ist eigentlich John?“

„Dein Onkel … hat gerade den Wasserkocher in den Kühlschrank gestellt.“ Unvermittelt brach Pauline in hysterisches Kichern aus. John stellte eilig die beiden Tassen ab, die er aus dem Schrank gefischt hatte, und setzte sich neben Pauline vor den Bildschirm.

„Hallo, Renie. Ah, und hallo Geoff.“ John blickte in zwei besorgte Gesichter.

„John! Bitte! Ich mache mir hier echt Sorgen! Erklär uns mal, was bei euch abgeht.“

Während Paulines haltloses Glucksen allmählich nachließ, bemühte John sich, einen halbwegs nachvollziehbaren Bericht über die heutigen Geschehnisse zu geben. Da er durch zahllose Ausrufe und Nachfragen unterbrochen wurde, dauerte dies eine ganze Weile.

„Morgen früh dürfen wir Louise sehen“, endete er schließlich. „Der Chief Inspector wird sich mit uns im Krankenhaus treffen und dann auch noch unsere Aussage aufnehmen, zu der es heute nicht mehr kam.“

„Das … ist alles gar nicht zu glauben.“ Renie schüttelte den Kopf. „Kaum kehre ich England einmal den Rücken, passieren lauter furchtbare Sachen. Da ist es ja selbst mitten im Dschungel geruhsam dagegen.“

„Na, so geruhsam auch wieder nicht“, widersprach John. „Eure Konfrontation mit Lucía war schon sehr dramatisch.“

Geoff nickte nachdrücklich. „Oh ja. Ich glaube, das war so ziemlich das Dramatischste, was ich je erlebt habe.“

Renie schien zu überlegen. „Ich weiß nicht. Ich bin ja schon ein paarmal in richtig bedrohlichen Situationen gesteckt, da reicht es für den Showdown mit Lucía allenfalls für die Top Drei. Aber diese Stunden, wo ich durch das Land gehetzt bin und nicht wusste, was mit dir ist,

Geoff – das war *richtig* übel." Renies Augen wurden feucht, aber sie fasste sich gleich wieder, als Geoff sie an sich drückte.

„Lucía ist mittlerweile wieder auf freiem Fuß", berichtete Geoff. „Die Polizei hat unsere Anzeige zwar höflich aufgenommen, aber ich glaube nicht, dass sie groß weiterverfolgt wird. Wir haben uns über die Uni hier ein verlässliches Security-Team besorgen können, das jetzt 24 Stunden am Tag in unserer Nähe ist. Deswegen gehe ich davon aus, dass wir vor weiteren Angriffen sicher sind."

„Aber ich weiche Geoff nicht mehr von der Seite", übernahm Renie. „Ich habe mein Reportage-Projekt eingestampft und bin lieber Geoffs persönlicher Bodyguard, so lange wir hier sind. Aber jetzt wieder zu euch – "

Aus dem Hintergrund drang ein Rufen. Geoff wandte den Kopf, grunzte und erhob sich. „Bin hoffentlich gleich wieder da."

Renie schnaubte. „Es ist mal wieder eine von den Vogelspinnen aus ihrem Terrarium entkommen. Aber das braucht uns nicht weiter zu interessieren. War wohl nur eine von unseren *Aphonopelmas*, die sind relativ harmlos."

Pauline erschauerte. „Fangt ihr die Tiere ein und nehmt sie mit?"

„Aber nein. Es gibt keine Entnahmen aus der freien Wildbahn. Sie werden studiert und wieder freigelassen. Und mittlerweile erschüttert mich so eine fluffige Spinne nicht mehr. Am Anfang habe ich jedes Mal einen Schreikrampf bekommen, aber jetzt, wo ich sie für die Wissenschaftler fotografieren und dokumentieren darf, finde ich sie hauptsächlich faszinierend. So, jetzt aber echt zurück zu euch. Ihr werdet doch versuchen, etwas über den Angriff auf Louise herauszufinden, nicht?"

„Auf jeden Fall", versicherte ihr Pauline. „Ich war vollkommen bereit, der Polizei das Feld zu überlassen, als es um den Mord an Dr. Coleridge ging. Aber jetzt ist es was Persönliches."

„Genau." Renie ballte die Faust. „Und außerdem solltet ihr diesen Vollhonks vom Yard zeigen, wo der Hammer hängt. Mann, das wäre mir eine seelische Brotzeit, wenn ich dann einen Artikel schreiben könnte, ‚Was der Metropolitan Police misslang: Beefeater und Lehrerin machen Mörder – sogar einen Fast-Zweifachmörder! – dingfest' Hah, das wär was! Also, wie schaut euer Plan aus?"

„Ehrlich gesagt, haben wir bis jetzt keinen richtigen Plan", gestand Pauline. „Wir sind beide … nicht ganz auf der Höhe."

„Okay." Renie schnappte sich einen Block und hielt einen Stift im Anschlag. „Dann machen wir mal ein Brainstorming. Eure Arbeitshypothese ist doch, dass es *einen* Täter gibt, nicht? Nämlich den, der Dr. Coleridge umgebracht hat und dem Louise irgendwie zu nah gekommen ist."

John und Pauline nickten.

„Und ihren dämlichen Ehemann schließt ihr als Täter aus?"

„Nicht hundertprozentig, aber sagen wir mal zu 99 Prozent", meinte Pauline.

„Hm. Behalten wir ihn mal auf der Verdächtigenliste, aber ganz unten", murmelte Renie und notierte etwas. „Ich sehe mehrere Ermittlungsansätze. Zum einen müsst ihr Louises Schritte der letzten Tage nachverfolgen. Mit wem hat sie gesprochen, was hat sie recherchiert? Hat sie vielleicht Aufzeichnungen gemacht über das, was sie herausgefunden hat?"

John zuckte mit den Schultern. „Wenn etwas bei ihr gefunden wurde, hat die Polizei zumindest nichts darüber gesagt."

„Hm. Aber wenn ich so darüber nachdenke, *muss* es irgendetwas geben", beharrte Renie. „Louise ist Wissenschaftlerin. So jemand dokumentiert doch wichtige Informationen oder Erkenntnisse auf irgendeine Weise. Sei es digital oder ganz altmodisch auf Papier."

Pauline nickte aufgeregt. „Da hast du sicher recht. Louise ist ein sehr methodischer Mensch. Wenn sie etwas gefunden hat, was auf den Täter hinweist, würde sie auf jeden Fall Belege darüber sammeln. Schon, weil sie niemals jemanden von ihren eigenen Kollegen ohne fundierte Beweise verdächtigen würde."

„Okay, aber wo würde sie das Material aufbewahren?", grübelte Renie. „Sicher nicht in ihrem Büro im Museum, das wäre dumm. Sagt, gibt es eine Möglichkeit, in ihre Wohnung zu gelangen? Ihr solltet euch da dringend umsehen."

„Ich könnte DCI Pratt sagen, ich möchte Louise ein paar persönliche Sachen ins Krankenhaus bringen", fiel es Pauline ein. „Aber besser wäre sogar, wir könnten in deine Wohnung, Renie. Louise war wohl dort, bevor sie zum Pub gegangen ist. Sonst hätte sie ja die Tasche bei sich gehabt, mit der sie von Zuhause weg ist."

„Ja, natürlich! Falls sie es diesmal ernst gemeint hat mit der Trennung, hätte sie mit Sicherheit alle wichtigen Dokumente mitgenommen."

„Aber wir haben keinen Schlüssel“, gab John zu bedenken. „Den hatte Louise sicher bei sich, also dürfte die Polizei ihn jetzt haben – falls der Täter ihn nicht mitgehen hat lassen.“

„Das klären wir morgen gleich“, entschied Pauline. „DCI Pratt macht einen umgänglichen Eindruck. Vielleicht kann er uns den Schlüssel geben, falls die Polizei ihn in Verwahrung hat.“

John schaute skeptisch drein. „Das kann ich mir nicht vorstellen. Wenn, dann will er wahrscheinlich mitkommen und das mögliche Beweismaterial selbst in Augenschein nehmen.“

„Hah!“, stieß Renie aus. „Ich bin mir nicht sicher, ob es mir recht ist, wenn irgendwelche Idioten von der Met unsere Wohnung durchwühlen. Am Ende stolpern sie über unsere hübschen Plüsch-Handschellen und stellen uns auch gleich unter Terror-Verdacht.“

Als sie Johns entgeisterten Blick bemerkte, kicherte sie. „War ‘n Scherz, Onkelchen. Nee, aber ernsthaft: Nach den Erfahrungen, die wir dieses Jahr machen mussten, möchte ich echt keinen Polizisten in meinem Privatbereich herumkramen lassen. Ich traue denen keinen Meter mehr.“

Pauline nickte lebhaft. „Und ich schon gar nicht! Ich werde einen Teufel tun, denen möglicherweise entscheidende Indizien auch noch auf dem Silbertablett zu servieren.“

„Wartet mal. Wir haben noch einen Schlüssel bei Geoffs Eltern deponiert, für Notfälle. Den könntet ihr euch holen.“ Renies Augen leuchteten auf.

„Tolle Idee! Das machen wir“, beschloss Pauline. „Weiter, Renie. Was hast du noch für Ideen?“

„An eurer Stelle würde ich auch versuchen, mit Nate zu reden. Vielleicht hat Louise ihm etwas anvertraut, bevor sie sich gestritten haben.“

Pauline verzog das Gesicht. „Nate sieht mich als die Wurzel allen Übels, also glaube ich nicht, dass er mit mir sprechen möchte. Außerdem will ich ehrlich gesagt keinen Fuß mehr in das Gebäude von Scotland Yard hineinsetzen.“

„Das verstehe ich“, gestand Renie zu. „Heben wir uns die Möglichkeit mal für später auf, falls wir sonst nicht weiterkommen. Die wichtigste Anlaufstelle dürfte sowieso das Museum sein. Ihr solltet einen Weg finden, euch dort umzuhören.“

„Das übernimmt Madeleine Wharton“, sagte John. „Sie scheint ein echtes Interesse daran zu haben, etwas zur Aufklärung des Falls beizutragen und sie hat als Museumsmitarbeiterin die besten Möglichkeiten. Sie will sich nach ihrer Haftentlassung gleich morgen in die Arbeit stürzen."

„Ah, die ehrfurchtgebietende Dr. Wharton", bemerkte Renie anerkennend. „Da habt ihr eine gute Mitstreiterin."

Pauline schüttelte etwas zweifelnd den Kopf. „Die Frau ist ein Bulldozer. Auf ihrem Gebiet ist sie bestimmt eine Koryphäe, aber ihre sozialen Kompetenzen sind doch eher … begrenzt."

„Oh ja", kam es von John.

Pauline beugte sich nach vorn zum Bildschirm und raunte Renie zu, „Sie hat deinen Onkel als possierlichen Plüschbär bezeichnet. Deswegen ist er immer noch ein bisschen beleidigt."

Renie entfuhr ein belustigtes Schnauben, aber sie enthielt sich nach einem Blick in Johns finsteres Gesicht jeglichen Kommentars.

„Überlegen wir weiter. Motiv, Mittel, Gelegenheit. Das Motiv für die Attacke an Louise scheint klar, aber was könnte der Hintergrund für den Mord an Dr. Coleridge gewesen sein? Dazu müssen wir mehr über den Mann wissen. Lasst euch mal von Dr. Wharton etwas über ihn erzählen. Und ihr solltet auch mit seinen Nachbarn sprechen."

John stöhnte leise auf. „Ich weiß nicht, wie wir das alles bewerkstelligen sollen. Pauline bleibt zwar noch zwei Tage, weil der Arzt sie für Montag noch krankgeschrieben hat. Aber sie soll es schließlich ruhig angehen lassen und nicht kreuz und quer in London herumlaufen. Und ich kann mich auch nicht einfach vom Dienst freistellen lassen, nachdem ich im nächsten Monat ohnehin zwei Wochen Urlaub habe."

„Ja, unsere Ressourcen sind natürlich viel begrenzter als bei der Sache mit Dad", stimmte Renie ihm zu. „Bei dem Bletchley Park-Mord haben wir ja die ganze Familie eingespannt. Momentan sind dagegen die meisten nicht mal in der Stadt. Mann, es ärgert mich echt, dass ich ein paar tausend Meilen entfernt bin. Das Einzige, was ich tun kann, ist im Netz recherchieren und schauen, was ich über Dr. Coleridge und die anderen Beteiligten herausfinden kann. So kann ich euch wenigstens ein bisschen unterstützen."

„Das wäre toll, Renie. Auf so etwas verstehst du dich viel besser als wir", sagte Pauline.

„Da gehört auch nicht viel dazu", entschlüpfte es Renie. „Apropos Motiv: Wir gehen doch davon aus, dass dieses Peanut Buttercup-Papier im Sarkophag platziert wurde, um den Verdacht auf Dr. Wharton zu lenken? Dann können wir annehmen, dass der Täter nicht nur etwas gegen Dr. Coleridge hatte, sondern auch gegen sie. Fragt sie doch mal, wer von ihren Kollegen nicht das beste Verhältnis zu ihr hat."

„Das könnten angesichts ihrer gewinnenden Persönlichkeit durchaus einige sein", stellte John fest. „Die Frage ist nur, ob sie das überhaupt groß registriert. Zwischenmenschliche Schwingungen aufzuschnappen, ist nicht gerade ihr Talent."

Renie nickte nachdenklich. „Du könntest recht haben. Dieser Ansatz bringt uns vermutlich nicht viel weiter."

„Auch die Frage nach der Tatwaffe wird uns wenig weiterhelfen", stellte John fest. „Was auch immer Dr. Coleridge die Kopfwunde beigebracht hat, ist nicht gefunden worden. Ob der Täter die Stichwaffe nach dem Angriff auf Louise auf der Straße liegengelassen hat, wissen wir nicht. Vielleicht verrät DCI Pratt es uns, aber selbst das dürfte kaum etwas aussagen. Gegenstände, mit denen sich jemand erstechen lässt, gibt es überall. Küchenmesser, Scheren, Brieföffner …"

Pauline verzog schmerzlich das Gesicht und John beeilte sich, das Thema zu wechseln. „Und auch die Frage, wer Gelegenheit hatte, die Attacken zu begehen, wird schwierig zu klären sein. Klar, es muss sich um einen Mitarbeiter des Museums handeln, aber das sind Hunderte. Der Polizei ist es offenbar nicht gelungen, zweifelsfrei festzustellen, wer von denen zum Zeitpunkt des Mordes im Haus war. Die Museumsleitung scheint sehr viel Vertrauen in die Mitarbeiter zu setzen, so dass es kaum Überwachungseinrichtungen gibt. Auch die einzelnen Bürotüren stehen meistens offen – "

„Von wegen Zeitpunkt des Mordes", unterbrach Renie. „Weiß man mittlerweile, wann genau Dr. Coleridge getötet wurde? In den Nachrichten hieß es bisher immer nur, dass er ungefähr eine Woche vor dem Auffinden gestorben ist. Und wieso ist er eigentlich in der ganzen Zeit von niemandem vermisst worden?"

John und Pauline sahen sich ratlos an.

„Keine Ahnung", sagte Pauline dann. „Die Frage hatten wir uns noch gar nicht gestellt."

„Macht ja nichts. Es kann ja nicht jeder ein Sherlock sein, manche eignen sich eben besser als Watson", meinte Renie großmütig.

„Was redest du da von Sherlock und Watson, Honigtörtchen?" Geoff ließ sich auf seinen Campingstuhl plumpsen.

„Ich gebe gerade Nachhilfe in ‚Mordermittlung für Anfänger' für diese beiden Senior-Studenten", kicherte sie. „Habt ihr das Spinnchen gefunden?"

„Nein, die ist weg. Der Deckel des Terrariums war wohl nicht ganz zu. Gut, dass es kein seltenes Exemplar war, sonst hätte Erin sich auf etwas gefasst machen können."

„Ah, die Kinder haben noch viel zu lernen." Renie nickte mit der ganzen Weisheit ihrer 24 Jahre. „Sag mal, Schatz, ist es in Ordnung, wenn John und Pauline sich unseren Ersatzschlüssel von deinen Eltern holen? Der, den Louise hatte, liegt jetzt wahrscheinlich in der Asservatenkammer."

„Wahrscheinlich ist es einfacher, ich bitte Dad, er soll den Schlüssel am Towereingang für John hinterlegen. Dann müsst ihr nicht extra zu mir nach Hause fahren. Ihr habt bestimmt auch so genug zu tun", wandte Geoff sich an die beiden Senior-Studenten.

„Das wäre großartig, Geoff. Bis wir mit unseren Rollatoren nach Clapham hinüberkommen, wäre der Tag wahrscheinlich schon halb um", erwiderte John trocken.

Kapitel 16

Im Morgengrauen des Sonntags schoss John aus den Federn hoch, als das Telefon klingelte. Pauline murmelte etwas Unverständliches, als er nach einem Blick auf den Wecker – noch nicht einmal fünf Uhr! – aus dem Bett sprang und hinaus hastete. Angesichts der Turbulenzen der letzten Tage schwante ihm Übles. Dieses Gefühl sollte ihn nicht täuschen, denn gleich darauf tönte die ölige Stimme seines Cousins aus dem Hörer.

„John, mein Bester! Du bist sicherlich schon auf?“

„Jetzt ja“, knurrte John. Er musste seinen Neffen Tommy, das Technikgenie, wirklich einmal damit beauftragen, seinem Handy unterschiedliche Klingeltöne beizubringen, je nach Anrufer. Hätte er geahnt, wer da in der Leitung war, wäre er niemals aufgestanden. Für einen Moment überlegte er, welche Melodie er für Superintendent Whittington auswählen würde. *Hell's bells*? Oder Filmmusik aus *Jurassic Park*, die das Auftreten des unfreundlich gesonnenen Tyrannosaurus Rex ankündigte?

„Ich habe extra lange mit meinem Anruf gewartet, damit ich dich nicht aus dem Bett reiße“, salbaderte Simon weiter. „Wir sind hier gerade auf der Party eines Musikproduzenten. Es ist schon spannend zu sehen, wie diese Leute leben, sage ich dir. Allerdings muss man auch feststellen, dass sich hier so einige Dinge zutragen, die man als Polizist lieber nicht gesehen hätte – “

„Simon“, unterbrach John unwirsch. „Hast du mir noch etwas anderes mitzuteilen als deine zweifellos faszinierenden Urlaubserlebnisse? Ansonsten lege ich mich wieder hin. Glaub mir, ich habe meinen Schlaf bitter nötig.“

„Nun hör sich einer diesen alten Grummler an! So ein bisschen karibische Leichtigkeit würde dir auch einmal guttun. Sei doch mal locker – “

Statt karibischer Leichtigkeit braute sich eine durch und durch angelsächsische Gewitterwolke über Johns Kopf zusammen.

„Locker!“, rief er erzürnt aus. „Du rufst mich um fünf Uhr morgens an, um mir *das* zu sagen? Besten Dank für diese wertvollen Ratschläge, Superintendent. Gute Nacht.“ Er war im Begriff, aufzulegen, als aufgeregtes Gequäke aus dem Hörer drang.

„Was ist denn noch?“, grollte er.

„Eigentlich wollte ich mich erkundigen, wie es Pauline geht", sagte Simon verschnupft. „Ich habe gehört, dass ihr ein unglückliches Erlebnis im Yard hattet."

„Unglückliches Erlebnis", echote John. „So kann man es auch sagen. Wenn du willst, kann Pauline dir sicher ein paar Fotos ihrer Hämatome schicken, die sie von der Behandlung durch deine Kollegen davongetragen hat."

„Das … tut mir wirklich leid."

Johns schlaftrunkene Augen weiteten sich augenblicklich. Diese Worte hatte er zeit seines Lebens noch nie von seinem Cousin gehört. Augenblicklich regte sich Misstrauen in ihm.

„Ich werde es ihr ausrichten", sagte er zurückhaltend. „Das ist sehr zuvorkommend von dir, dass du extra deswegen anrufst. Und nun möchte ich dich nicht länger vom Feiern mit den Stars abhalten."

„Ach was. Die Chose hier dauert sicher noch ein paar Stunden. Sag, du und Pauline … ihr schnüffelt doch sicher in der Museumssache herum? Jetzt, wo Paulines Freundin dem Täter ebenfalls zum Opfer gefallen ist?"

„Du bist ja bemerkenswert gut informiert", meinte John.

„Natürlich. Immer am Puls der Zeit. Gerade jetzt, wo uns große Umstrukturierungen bevorstehen, ist es unabdingbar, sich über die Vorgänge im Yard auf dem Laufenden zu halten."

Aha! Daher wehte der Wind. Simon hatte Angst, hinter seinem Rücken ausgebootet zu werden.

„Deine Kollegin DCI Soames scheint nicht der Meinung zu sein, dass der Museumsmörder auch für die Attacke auf Louise verantwortlich ist – "

„Pah! Chandrika Soames, die kleine Qualle", spie Simon aus. „Die ist doch nur auf ihren Posten gekommen, weil sie als Frau mit Migrationshintergrund gleich zweimal bei der ach so geheiligten Diversitätsquote zu Buche schlägt. Als DCI ist sie völlig unqualifiziert – und jetzt ist mir noch zu Ohren gekommen, dass sie für die nächste Beförderungsrunde im Gespräch ist. Unsäglich!"

„Grundgütiger! Dann wäre sie ja auf deiner Ebene, Simon."

Sein Cousin nahm Johns kaum verhohlenen Spott nicht zur Kenntnis.

„In der Tat! Das wäre ein echtes Armutszeugnis für die Metropolitan Police. Aber wenn sie sich jetzt noch ein paar erfolgreich aufgeklärte Fälle ans Revers heften kann, dann dürfte das kaum noch aufzuhalten sein."

Simons Ton war so düster, als prophezeite er den bevorstehenden Untergang des Abendlands. Was wiederum Johns Laune steigen ließ, der einen Anflug kindlicher Schadenfreude nicht verhehlen konnte.

„Ja, du bist wirklich zu einem ungünstigen Zeitpunkt in den Urlaub gefahren", streute er noch ein wenig Salz in die Wunde. „Deine umtriebigen Kollegen haben jetzt die Chance, in die Lücke zu stoßen und sich zu beweisen. DCI Pratt scheint mir ein sehr guter Ermittler zu sein."

„Pratt? Dieses Landei?" Simon schnaubte abfällig. „Der hat ja wirklich nicht das nötige Format für die Hauptstadt. Aber … du würdest ihm zutrauen, den Fall aufzuklären?", fragte er mit plötzlicher Besorgnis.

„Er wirkt auf mich intelligent und hartnäckig. Und er ist ein aufmerksamer Zuhörer. Also, ja, ich glaube, er ist in der Lage, der Sache auf den Grund zu gehen."

„Hmmm." Es war förmlich zu spüren, dass Simon Whittington einen neuen Rivalen in seinem Revier witterte. „Aber bei seiner ersten Verhaftung hat er gleich einen Bock geschossen, oder nicht? Diese amerikanische Amazone ist doch wieder auf freiem Fuß?"

„Wenn du Dr. Madeleine Wharton meinst, ja, die ist gestern wieder aus der Haft entlassen worden. Es gab einige Indizien gegen sie, aber nach meiner Einschätzung ist sie unschuldig. Sie ist nicht gut auf die Metropolitan Police zu sprechen, wie du dir vorstellen kannst. Und sie ist überzeugt, dass DCI Soames mit Louises Ehemann den Falschen verhaftet hat. Deswegen will sie unbedingt selbst ermitteln. Genauso wie Pauline."

„John – macht das. Meinen Segen habt ihr, denn in meiner Abwesenheit scheint das Kompetenzlevel im Yard bedauerlich gesunken zu sein – " Auf einmal war ein Wummern zu hören.

„Simon! Komm raus da! Ich habe eine Migräneattacke. Du musst mich nach Hause bringen." Die Ehrenwerte Patricia Whittington-Armsworth klang mehr als ein wenig panisch.

„*Honky Tonk Woman!* Komm, holde Patricia, wir machen ein schönes Spielchen."

Johns Kinnlade klappte nach unten. Das war doch nicht die Stimme von …?"

„Mick, bitte", war Patricia wieder zu hören. „Ich habe wirklich rasende Kopfschmerzen. Aber ich wünsche euch viel Vergnügen beim Strip Poker. Simon!!"

„Ich muss los, John. Ich melde mich wieder“, zischte Simon, dann drang nur noch Tuten aus der Leitung.

John gluckste erheitert angesichts der Vorstellung, wie sein Cousin und seine hochwohlgeborene Angetraute Reißaus nahmen, um nicht die Hüllen fallen lassen zu müssen. Offenbar hatte selbst Patricias Passion, für den ‚guten Zweck‘ alles zu geben, letztlich eine Grenze gefunden.

Ein grün bekittelter Arzt verabschiedete sich gerade von DCI Pratt, als sie kurz vor acht den Flur zur Intensivstation des Charing Cross Hospitals entlangkamen.

„Guten Morgen! Mr. Mackenzie, Ms. Murray. Wie geht es Ihnen?“, begrüßte der Polizist sie freundlich.

Wie sich vorhin nach Johns Rückkehr ins Schlafzimmer herausgestellt hatte, war Pauline durchaus wieder hergestellt, dennoch setzte sie eine leidende Miene auf.

„Nun ja. Ich werde mich eine Weile langärmelig kleiden müssen, um die Leute nicht zu verschrecken“, antwortete sie kühl. Dann streifte sie für einen Moment ihre Strickjacke ab.

Beim Anblick ihrer beeindruckend blau-grün verfärbten Oberarme schluckte Pratt beschämt. „Ich kann Ihnen nur nochmals versichern, wie leid es mir tut, was Sie gestern durchmachen mussten. Wir haben das Kontrollsystem bis auf Weiteres abgebaut und es wurden bereits Fachleute des Herstellers angefordert, die die Hard- und Software durchchecken sollen.“

„Mhm. Eigentlich sollte man denken, eine derartige Überprüfung wird durchgeführt, *bevor* so ein System in Dienst gestellt wird. Ansonsten kann es passieren, dass das Vertrauen der Bürgerschaft in unsere Sicherheitsorgane nachhaltig erschüttert wird.“

Pratt schien unter Paulines missbilligendem Blick förmlich zu schrumpfen. Seine dicken Finger nestelten an seiner abgewetzten Aktentasche herum.

„Sie haben vollkommen recht, Ma’am. Wirklich. Unsere Sicherheitsprotokolle werden zügig optimiert werden. Wir tun unser Bestes, damit sich ein Vorfall wie gestern nicht wiederholen kann.“

„Mhm.“ Paulines Gesichtsausdruck blieb unversöhnlich.

John bekam Mitleid mit dem unglückseligen Polizisten.

„Können Sie uns sagen, wie es Madame Mercier heute geht?“

Dankbar für den Themenwechsel nickte der Waliser eifrig. „Ich habe gerade mit dem Arzt gesprochen. Ihr Zustand ist von ‚kritisch‘ auf

‚stabil‘ hochgestuft worden. Die künstliche Beatmung muss noch einige Tage fortgesetzt werden, aber dann soll sie vorsichtig aufgeweckt werden.“

Pauline atmete tief durch. „Ich will zu ihr“, sagte sie dann in einem Ton, der keinen Widerspruch duldete.

„Selbstverständlich, Ma'am. Sofort. Ich werde das arrangieren. Bitte nehmen Sie doch solange Platz.“ Pratt deutete auf eine kleine Sitzgruppe, die einige Schritte weiter in einer Ausbuchtung des Flurs platziert war.

Pauline nickte knapp und ließ sich von John zu den hellgrünen Stühlen führen.

„Du bist richtig furchterregend“, wisperte John ihr zu.

„Ich habe das Seminar ‚Überlebenstraining für Lehrer‘ mit gutem Erfolg abgeschlossen“, gab sie beinahe unhörbar zurück. „Kann man auch im Alltag manchmal gut brauchen.“ Mit dem Rücken zu dem Chief Inspector, der in sein Handy sprach, gestattete sie sich ein kleines Lächeln. „Ich hoffe, ich habe ihn genügend demoralisiert, dass du ihm einige Informationen entlocken kannst, während ich bei Louise bin.“

„Du bist ein richtig durchtriebenes Stück“, murmelte John bewundernd. „Ich wusste gar nicht, dass wir hier guter Bulle/böser Bulle spielen.“

„Ms. Murray?“, rief der Polizist halblaut. „Es darf leider nur eine Person hinein und nur für maximal 15 Minuten. Ist das in Ordnung?“

Pauline stand auf. „Ich muss die Regeln so oder so akzeptieren, nicht wahr, DCI Pratt? Es spielt keine Rolle, ob ich sie in Ordnung finde oder nicht. Kann ich jetzt hinein?“

„Constable Judd kommt sofort und holt Sie ab, Ma'am. Ich habe ihn für Madame Merciers Sicherheit hier stationiert.“

„Ah.“ Paulines Miene wurde geringfügig freundlicher. Gleich darauf schwang die Tür auf und sie trat mit einem letzten Augenzwinkern zu John hindurch.

Pratt wischte sich über die Stirn und näherte sich dann zögernd John. „Vielleicht könnten Sie in der Zwischenzeit einige Fragen beantworten, Sir?“

„Natürlich. Zu diesem Zweck waren wir ja gestern schon eigens in den Yard gekommen“, konnte John sich seinerseits eine Spitze nicht verkneifen. „Aus der Tatsache, dass Sie Louise bewachen lassen, leite ich ab, dass Sie Nathan Bennett nicht für den Täter halten?“

Pratt ließ sich auf einen Stuhl sinken und wand sich ein wenig. „Offiziell ist er der einzige Tatverdächtige. Deshalb habe ich meinen Antrag auf Personenschutz so begründet, dass Madame Mercier eine wichtige Zeugin im Mordfall Dr. Coleridge ist."

John zog anerkennend eine Augenbraue nach oben. „Clever gemacht. So gehen Sie einem Konflikt mit DCI Soames aus dem Weg."

„Äh. Ja." Pratt legte seine Aktentasche ab, faltete die Hände und beugte sich vertraulich nach vorn.

„Mr. Mackenzie, darf ich ganz offen sein? Ich halte es für falsch, sich jetzt schon auf Mr. Bennett als Täter festzulegen und andere Ermittlungsansätze außer Acht zu lassen. Aber es steht mir nicht zu, mich in die Arbeit meiner Kollegin einzumischen, das ist mir bereits eindringlich klargemacht worden."

John nickte mit einem leichten Lächeln. „Die Met ist ein sehr hierarchisch gegliedertes System."

„Sie sagen es. Und ich bin sowieso der Neue, der von Glück reden darf, überhaupt einen Fall übertragen zu bekommen. Meine Meinung gilt ehrlich gesagt nicht besonders viel im Yard. Das ist eine richtige Ellbogengesellschaft da, kann ich Ihnen sagen. Zuhause in Cardiff war das ganz anders, wir waren ein richtiges Team. Da hat keiner darauf geschielt, wer den meisten Ruhm abbekommt. Wir wollten einfach für Gerechtigkeit sorgen und fertig." Pratt seufzte. „Ich weiß nicht, ob es eine gute Idee war, nach London zu kommen."

John wusste, dass es seine Aufgabe war, dem Polizisten Informationen über den Fortgang der Ermittlungen zu entlocken, aber nun war seine Neugierde geweckt.

„Was hat Sie dazu gebracht, sich für die Versetzung zu bewerben?", erkundigte er sich. Gleich darauf fiel ihm auf, dass dies eine ziemlich persönliche Frage war und er erwartete halb, der Waliser würde nicht darauf eingehen. Jedoch erschien DCI Pratt geradezu begierig darauf, jemandem seine Geschichte zu erzählen.

„Das kam so. Glynis, meine Frau, oder eigentlich Ex-Frau, wissen Sie …"

Und so lauschte John eine gute Viertelstunde später, als Pauline wieder zu ihnen stieß, immer noch der wechselvollen Familiensaga des Chief Inspectors. Ende des Lieds war, dass DCI Pratt einen neuen Anfang gesucht hatte, als Glynis nach 20 Ehejahren mit dem Chef des Marionettentheaters, das an der Strandpromenade von Llandudno die ‚*Punch and Judy*'-Show aufführte, durchgebrannt war.

Verlegen blickte Pratt auf, als Pauline sich neben ihn setzte.

„Oh. Ms. Murray. Ich hoffe, Sie müssen nicht gleich fort, denn nun bin ich meine Fragen noch gar nicht losgeworden."

Pauline winkte ab. „Ist schon gut. Ich weiß es zu schätzen, dass ich Louise besuchen durfte. Und jetzt bin ich erstmal erleichtert, dass ich sie hier gut versorgt weiß. Sie ist übel zugerichtet, aber man kümmert sich sehr gut um sie. Ich konnte auch mit einer Krankenschwester sprechen und sie hat mir versichert, dass Louise wieder völlig gesund werden kann, auch wenn das ein längerer Weg werden wird."

John ergriff ihre Hand und drückte sie. Dann wandte er sich an den Polizisten.

„Ich danke Ihnen, dass Sie mir das alles erzählt haben. Wir beantworten Ihnen nun gern die Fragen, die Sie haben."

„Sehr schön. DCI Soames hat mich beauftragt, mir Ihre Eindrücke von Nathan Bennett schildern zu lassen. Gab es Konflikte zwischen ihm und Dr. Mercier? Hatte er Ihnen je das Gefühl vermittelt, dass er gewalttätig sein könnte?"

Pauline ergriff das Wort. „Vorab muss ich Ihnen sagen, dass meine Einschätzung natürlich subjektiv ist. Klipp und klar gesagt: Ich kann Nate nicht ausstehen. In meinen Augen ist er ein dussliger Ignorant, der viel zu sehr von sich selbst überzeugt ist. Er weiß es überhaupt nicht zu schätzen, was er für eine fabelhafte Frau hat. Und ja, es gab Konflikte. Louise wollte sich vor Kurzem schon von ihm trennen, ist dann aber recht schnell wieder zu ihm zurück – "

„Sie wollte ihn verlassen?", unterbrach Pratt. „Ist das Fakt?"

Verärgert zog Pauline eine Augenbraue nach oben. „Chief Inspector, bitte. Ich erzähle Ihnen doch keine Lügen."

„Verzeihen Sie, so habe ich es nicht gemeint. Aber dies ist ein sehr wichtiger Punkt. Können Sie beide bezeugen, dass Madame Mercier sich von ihrem Ehemann trennen wollte?"

„Wenn ich Louise zitieren darf: ‚Ich halte es nicht mehr mit Nate aus', hat sie zu uns beiden gesagt, vor ziemlich genau einer Woche", warf John ein. „Sie schien zu dem Zeitpunkt jedoch noch hin- und hergerissen. Wir hatten ihr übergangsweise eine Unterkunft besorgt. Aber nachdem wir Louise dort einquartiert hatten, ist sie schon am nächsten Tag wieder zu Nate zurück."

„Das ist interessant. Ihr Mann hat bisher keinen Ton darüber gesagt. Aber wir haben sein Handy ausgelesen und konnten anhand der Nachrichten, die er ihr geschickt hat, schon schließen, dass sie sich von ihm lösen wollte und er das ganz und gar nicht gut fand." Nachdenklich massierte Pratt seinen Nasenrücken. „In Bezug auf den Freitagabend hat Mr. Bennett ausgesagt, dass er seiner Frau gefolgt sei, weil er sich wegen ihres angegriffenen Zustands Sorgen um sie gemacht hätte. Aber die Tatsache, dass Nachbarn zuvor einen lautstarken Streit aus der Wohnung des Paars gehört haben und Madame Mercier gesehen wurde, wie sie mit einer großen Tasche die Wohnung verließ, lässt doch vermuten, dass sie wieder einen Versuch gestartet hat, von ihm wegzukommen." Pratt klopfte mit dem Kugelschreiber auf das Notizbuch, das er aus der Tasche gefischt hatte.

„Ich muss Kollegin Soames recht geben, wenn sie sagt, dass in solchen Fällen der verlassene Partner in aller Regel der Täter ist. Noch dazu, da Mr. Bennetts Fingerabdrücke auf der Waffe waren."

„Was?!", fuhr Pauline auf.

„Das muss per se noch nichts heißen", meinte der Polizist. „Mr. Bennett hat angegeben, das Messer – es war ein Küchenmesser in der Art, wie es sie wahrscheinlich in fast jedem Haushalt gibt – unwillkürlich in die Hand genommen zu haben. Es hätte auf Madame Merciers Oberkörper gelegen und er hätte es entfernen wollen."

„So eine Reaktion wäre durchaus nachvollziehbar", bemerkte John. „Was ich aber nicht verstehe: Er ist doch mit dem Auto weggefahren, oder? Während Louise zu Fuß weg ist, also wahrscheinlich dann die U-Bahn genommen hat. Die Attacke fand hier in der Nähe statt. Wie konnte Nate ihr auf diese Weise denn bis hierher folgen?"

„Er hat ausgesagt, dass seine Frau angegeben hätte, zu einer Freundin gehen zu wollen. Und er wäre auf gut Glück nach Earl's Court gefahren, weil er sie da schon einmal abgeholt hätte. Dort wäre er hin- und hergefahren und hätte sie schließlich auf dem Bürgersteig entdeckt. Er hat dann sein Auto abgestellt und ist ihr zu Fuß nach. Am Freitagabend hat es ja in Strömen geregnet und man hat kaum die Hand vor Augen gesehen. Angeblich ist er ihr nachgelaufen und als er um eine Ecke kam, lag sie bereits da. Er behauptet, er hätte gehört, wie jemand weglief."

„Klingt bescheuert. Aber, wie ich Nate kenne, könnte sich das Ganze tatsächlich so zugetragen haben", sagte Pauline widerstrebend.

„Mr. Mackenzie, Sie als Psychologe: Würden Sie Mr. Bennett eine Gewalttat zutrauen?" Erwartungsvoll blickte Pratt John an.

Der nahm sich einige Momente Zeit, um nachzudenken.

„Ausschließen lässt sich so etwas nie", meinte er dann vorsichtig. „Dürfen Sie uns sagen, welche Nachrichten er an Louise geschrieben hat?"

Nach kurzem Zögern öffnete Pratt sein Notizbuch.

„Warten Sie, ich habe mir einige notiert. ‚Du kommst ja doch wieder zurück. Ohne mich bist du doch nichts. Willst du das schöne Leben kaputtmachen, das wir uns zusammen aufgebaut haben? Deine neuen ‚Freunde' haben dir komplett den Kopf verdreht, aber du gehörst zu mir. Du brauchst mich doch.' Und noch eine Litanei ähnlicher Sprüche."

Während Pauline so tat, als müsse sie sich übergeben, kommentierte John, „Abwertend. Besitzergreifend. Aber es ist keine aktive Bedrohung erkennbar. Und, was noch dazu kommt: Es führt wohl kaum jemand ein Küchenmesser einfach so mit sich. Also war es keine Affekttat, sondern eine geplante Attacke. Damit wäre Nate von Zuhause bereits losgefahren mit der Absicht, Louise umzubringen." John schüttelte leicht den Kopf. „Das kann ich mir nicht vorstellen."

„Oh, aber vielleicht wollte er sie nur verletzen, um sie dann ‚retten' zu können? Gibt es nicht sogar einen Spezialausdruck für sowas?", kam es plötzlich von Pauline.

„Du meinst so etwas wie das Münchhausen-Stellvertretersyndrom … ja, das gibt es. Aber das würde ich in diesem Fall für ziemlich weit hergeholt halten. Schon deswegen, weil für Nate das Risiko zu groß gewesen wäre, dass Louise ihn erkannte."

„Du hast wahrscheinlich recht", gestand Pauline ihm zu. „Also sieht es doch so aus, als wäre der Museumsmörder für den Angriff auf Louise verantwortlich?"

„Das ist momentan meine Hypothese", räumte DCI Pratt ein.

„Was haben Ihre Ermittlungen zum Tod von Dr. Coleridge bisher ergeben?", fragte Pauline. „Warum ist er zum Beispiel nicht vermisst worden, obwohl er so lang in dem Sarkophag lag? Und wann ist er überhaupt gestorben?"

John hielt den Atem an. Üblicherweise gab die Polizei nur höchst ungern Informationen über laufende Ermittlungen heraus und nun sprachen sie über DCI Pratts eigenen Fall, nicht mehr über den seiner offenbar ungeliebten Kollegin. Zu seinem Erstaunen gab Pratt ihnen bereitwillig Auskunft.

„Da der Pathologe den Todeszeitpunkt nicht hinreichend genau bestimmen konnte, mussten wir uns an Zeugenaussagen orientieren. Zuletzt gesehen wurde er an dem Donnerstagabend, als die neue

Sonderausstellung, ‚Versunkene Städte', im Museum eröffnet wurde. Also müssen wir davon ausgehen, dass er das Gebäude danach nicht mehr lebend verlassen hat."

„Aber fällt es nicht auf, wenn ein Mitarbeiter im Haus bleibt?", meinte Pauline verwundert. „Da muss es doch Aufzeichnungen geben."

Pratt schnaubte. „Ms. Murray, Sie sprechen mir aus der Seele. Aber das Museum hatte bisher eine mehr als laxe Handhabung, was die Überwachung von Personal und Arbeitszeiten angeht. Es gibt offenbar eine sehr strenge Vorgabe des zuständigen Ministeriums, was Überstunden betrifft. Diese ist umgangen worden, indem systematisch von Mitarbeitern ausgestempelt und dann weitergearbeitet wurde. Am Tag der Ausstellungseröffnung war es genauso. Nach umfangreichen Recherchen haben wir festgestellt, dass rund 200 von den Mitarbeitern bei der Eröffnungsveranstaltung waren, aber sie hatten samt und sonders vorher ausgestempelt. Gut, für die meisten gehörte der Besuch dieses Events ja auch nicht zur Arbeitszeit, insofern war das korrekt. Aber auch Dr. Coleridge hatte es genauso gemacht, obwohl er sogar einen Vortrag hielt. Da er einer der engagiertesten Mitarbeiter war und wohl einen guten Teil seiner Freizeit im Museum verbracht hat, hatte er offenbar früher schon Probleme wegen seiner Arbeitszeiten. Also hatte er sich angewöhnt, nach Erreichen der zulässigen Zeit zuverlässig auszustempeln."

„Hm. Ich habe Verständnis dafür, denn auch an meiner Schule arbeiten nicht wenige deutlich mehr als vorgesehen, ohne dafür Überstunden geltend zu machen. Wir schaffen unser Pensum sonst einfach nicht", gab Pauline zu. „Aber Ihre Ermittlungen werden dadurch natürlich erschwert."

„Sie sagen es. Die Tat wäre relativ einfach aufzuklären gewesen, wenn es im Personaltrakt wenigstens ein Minimum an Kameraüberwachung und automatischer Zugangserfassung gegeben hätte", seufzte Pratt. „Der Direktor hat mir versprochen, umgehend für Verbesserung zu sorgen, aber für uns kommt das jetzt zu spät. Nun ja, und vermisst wurde Dr. Coleridge nicht, weil er nach Beginn der Sonderausstellung für zwei Wochen in den Urlaub gehen wollte. Er lebte allein und hatte kaum Kontakt zu seinem Bruder, genauso wie zu seinen Nachbarn. Und schon ist es möglich, dass jemand spurlos verschwindet, ohne dass es auch nur einer Seele auffällt. Traurig, wenn man so darüber nachdenkt."

Kapitel 17

„Was meinst du? Hätten wir DCI Pratt darüber informieren müssen, dass wir in Louises Sachen nach Hinweisen suchen wollen?“, meinte Pauline halblaut, als sie etwas später vor Renies Wohnung standen.

Auch John konnte einen Anflug von schlechtem Gewissen nicht unterdrücken. Dennoch sperrte er die Tür auf und schob Pauline hinein.

„Wir hatten Glück, dass er weggerufen wurde, bevor er auf die Idee kam, weiter über die Wohnung nachzudenken, in die Louise ja offensichtlich geflüchtet war. Wenn er uns gefragt hätte, wo sie ist, hätten wir die Wahrheit sagen müssen“, meinte er und ging voraus ins Wohnzimmer.

„Ob er in dieser Situation die richterliche Erlaubnis bekommen würde, die Wohnung einer unbeteiligten Partei zu durchsuchen, kann ich nicht einschätzen. Aber ich möchte das vermeiden. Renie hat ja mehr als deutlich gemacht, dass sie keine Polizei hier haben will.“

„Du könntest dich bei Maggie erkundigen, wie sich diese Frage aus Sicht der Staatsanwaltschaft darstellt“, schlug Pauline vor. „Oder wir liefern Louises Sachen nachher direkt bei der Polizei ab, *nachdem* wir alles durchgesehen haben. Dann kann uns keiner den Vorwurf machen, wir hätten vielleicht Beweise unterschlagen.“

John erblickte eine Reisetasche neben der Couch, hielt jedoch inne.

„Das sollten wir tatsächlich tun. Dann hat Louise auch etwas von ihren eigenen Sachen da, sobald sie aufwacht. Wenn wir uns die Tasche näher anschauen, sollten wir versuchen, keine Spuren zu hinterlassen.“

„Als wir letztes Mal hier waren, habe ich im Vorratsschrank eine Packung Einweghandschuhe gesehen“, fiel es Pauline ein.

Gleich darauf öffnete sie, angetan mit den Gummihandschuhen, vorsichtig den Reißverschluss der Ledertasche. John überließ es ihr, Louises Habseligkeiten auf der Couch auszubreiten. Er fühlte sich ganz und gar nicht wohl dabei, auf diese Weise in Louises Privatsphäre einzudringen.

„Wäsche, ein Rock, zwei Hosen, jede Menge Oberteile …“, murmelte Pauline und faltete alles wieder sorgfältig. „Alles wie immer *très chic*. Louise hat einfach einen tollen Modegeschmack.“

Während sie den Kulturbeutel durchsuchte, blätterte John ein paar französische Bücher durch, dazu ein Fachjournal. Leider fanden sich nirgends handschriftliche Anmerkungen und auch kein Notizzettel fiel heraus.

„Nichts“, sagte Pauline schließlich entmutigt. „Falls Louise wirklich etwas gefunden und irgendwie dokumentiert hat, muss es sich in ihrer Handtasche befunden haben. Oder vielleicht in ihrem Handy. Aber das hat alles die Polizei, schätze ich.“

„Zumindest hat DCI Pratt nichts davon gesagt, dass ihr etwas gestohlen worden ist“, überlegte John. „Ach ja, Nate hat dich doch von Louises Telefon aus angerufen, also muss es nach dem Angriff noch da gewesen sein. Wahrscheinlich sind ihm in der Nacht ihre persönlichen Sachen erstmal mitgegeben worden.“

„Aber als er verhaftet wurde, hat DCI Soames bestimmt alles einkassiert“, mutmaßte Pauline. „Ob sich unser walisischer Freund die Sachen angesehen hat?“

„Wir sollten ihn fragen“, sagte John. „Ich rufe ihn gleich mal an und erkundige mich auch, ob es in Ordnung ist, wenn wir Louises Sachen ins Krankenhaus bringen.“

Pauline nickte. „Und frag ihn doch auch gleich, ob du einen Besuch bei Nate machen dürftest. Vielleicht weiß er etwas Genaueres darüber, was Louise in den letzten Tagen gemacht hat. Und wenn du seine Erlaubnis bekommst, teilen wir uns auf. Ich gehe zu Louise und du in den Yard.“

John schaute wenig begeistert drein, sah aber ein, dass Paulines Idee Sinn machte. Gleich darauf hatte er einen gehetzt klingenden DCI Pratt am Telefon, der John ohne weitere Umstände die Genehmigung gab, mit Nathan Bennett zu sprechen.

„Ich sage gleich im Yard Bescheid, dass man Sie vorlassen soll“, schnaufte Pratt. „Ich selbst bin gerade unterwegs. Neben meinem Mordfall habe ich jetzt auch noch einen Raubüberfall in der Marylebone Road aufzuklären. Weiß der Himmel, wie ich das bewerkstelligen soll. Wir hören uns, Mr. Mackenzie.“

„John, bitte“, sagte John spontan.

„Oh – sehr gern.“ Der Chief Inspector klang ehrlich erfreut. „Bei uns auf dem Land haben wir nie Wert auf Formalitäten gelegt, aber hier in der Stadt … also, ich bin Owain. Ja. Also dann bis bald, John.“

„Bis bald, Owain.“

Pauline musterte John amüsiert. „Du hast einem Chief Inspector der Metropolitan Police mir nichts, dir nichts das Du angeboten? Stell dir vor, irgendein Zeuge aus dem gemeinen Volk würde das bei Simon wagen. Der würde das höchstens mit einem Rümpfen seiner aristokratischen Nase quittieren und sich mit Schaudern abwenden."

John grinste. „Er würde es definitiv als Fall von Majestätsbeleidigung sehen. Aber unser DCI – Owain – ist ja Gott sei Dank ein ganz anderes Kaliber. Ich mag ihn."

„Er wirkt wie ein grundanständiger Kerl", stimmte Pauline ihm zu. „Und irgendwie ein bisschen verloren."

„Jetzt ist ihm auch noch ein zusätzlicher Fall aufs Auge gedrückt worden", berichtete John, während Pauline die Reisetasche wieder verschloss und die Handschuhe abstreifte. „Das finde ich merkwürdig, da er eigentlich die Aufgabe hat, den aufsehenerregendsten Mordfall der Stadt aufzuklären."

Pauline sah auf. „Könnte Simon dahinterstecken?"

John stutzte, dann nickte er langsam. „Da könntest du recht haben. Intrigant genug ist er auf jeden Fall, dass er alles tun würde, einen Rivalen auszubremsen."

„Ohne Rücksicht auf Verluste. Pfeif' auf die Gerechtigkeit, Hauptsache, Superintendent Whittington bleibt der größte Fisch im Teich." Pauline verdrehte angewidert die Augen. Da fiel John ein, welche Klingelsequenz in Zukunft Anrufe seines Cousins ankündigen sollte: *Der weiße Hai.*

Eine Stunde später saß er einem äußerst griesgrämig wirkenden Nate Bennett gegenüber. Eingedenk seiner eigenen gestrigen Erfahrungen mit der Polizei bemühte John sich, Mitgefühl für Louises geplagten Ehemann zu empfinden. Aber es gelang ihm nicht. Als John ihm die Nachricht überbrachte, dass Louises Zustand sich etwas gebessert hatte und die Ärzte davon ausgingen, dass sie sich wieder vollkommen erholen würde, quittierte Nate dies mit einem jämmerlichen Versuch der Selbstbeweihräucherung.

„Und wem hat sie das zu verdanken? Mir! Mir und niemand anderem. Wenn ich nicht bei Nacht und Nebel hinter ihr hergejagt wäre, um sie zu beschützen, wäre sie jetzt tot! Aber nimmt das irgendjemand zur Kenntnis? Irgendjemand? Fehlanzeige! Ganz im Gegenteil. Statt als Held gefeiert zu werden, werde ich in eine Zelle gesteckt! Und diese Schlitzaugen-Kuh behandelt mich wie einen gemeinen Verbrecher – "

Schnepfe, Qualle und jetzt Schlitzaugen-Kuh? In John wallte unvermutet Mitgefühl mit DCI Chandrika Soames hoch. Dass sich ein Mensch, der sich im Alltag beständig mit einer so abwertenden Haltung konfrontiert sah, eine stachelige Schutzschicht aneignete, war kein Wunder. Er nahm sich vor, ihr mit besonderem Respekt zu begegnen, sollten ihre Wege sich noch einmal kreuzen. Allerdings musste er sich eingestehen, dass er das Treffen mit Nate Bennett just der Abwesenheit der leitenden Ermittlerin verdankte. Owain Pratt hatte ihm anvertraut, dass er die Besuchserlaubnis nur erwirken hatte können, da DCI Soames heute ihren freien Tag hatte.

Nachdem Nate sich noch über die unzumutbare Qualität des Essens und die Kärglichkeit seiner Zelle ausgelassen hatte, kam er schließlich auf die Idee, John nach dem Grund seines Kommens zu fragen.

„Was willst du eigentlich hier? Dich an meinen Qualen ergötzen?" Feindselig stierte er durch die zerkratzte Plexiglasscheibe zwischen ihnen.

John mahnte sich innerlich zur Geduld. „Ich wusste nicht, ob die Polizei dich über Louises Zustand auf dem Laufenden hält und da ich dachte, du machst dir sicher Sorgen um deine Frau, wollte ich dich beruhigen. Und ich wollte dir versichern, dass wir an deine Unschuld glauben, auch wenn die Polizei das momentan anders zu sehen scheint."

„Lächerlich ist das", stieß Nate aus. „Komplett lächerlich. Nie hätte ich Louise etwas getan. Sie ist doch meine Frau. Auch wenn du und deine Freundin alles tut, um sie mir zu entfremden. Ihr meint doch, dass ich nicht gut genug für sie bin, oder? Gib's doch zu."

„Ganz genau, du Volltrottel. Louise hat wirklich was Besseres verdient als dich" – hätte John ihm am liebsten entgegengeschleudert. Aber er hielt seine Zunge im Zaum.

„Pauline und ich sind überzeugt, dass du Louise nichts angetan hast", wiederholte er. „Wir gehen davon aus, dass sie im Bemühen, ihre Kollegin Madeleine Wharton zu entlasten, auf eigene Faust Nachforschungen angestellt hat und dem Museumsmörder dabei zu nahe gekommen ist."

„Madeleine hier und Madeleine da", zischte Nate. „Die ganze Woche durfte ich mir das anhören. Als ob die eine Jungfrau wäre, die man vor dem Drachen retten müsste. Hah! Da lachen ja die Hühner! Ein Mannweib ist das! Und fingert immer an alten Leichen rum! Krank ist das! Ich hab' das schon spitzgekriegt: Die will bestimmt ihre gierigen Griffel nach einer hübschen Puppe wie Louise ausstrecken! Bah! Ekelhaft!"

Argh! Nun war John endgültig davon überzeugt, dass Nathan Bennett eines der engstirnigsten, unterbelichtetsten, kleinkariertesten, primitivsten ... schlicht unerträglichsten Individuen war, die ihm je gegenübergesessen hatten. Er war froh, dass Pauline nicht dabei war, denn diese hätte möglicherweise die Trennscheibe aus der Verankerung gerissen und Nate über die hohle Rübe gezogen.

John gab sich einen Moment diesem höchst befriedigenden inneren Bild hin, dann fragte er, „Hat Louise dir in den vergangenen Tagen irgendetwas erzählt, was sie unternommen hat? Hat sie einen Verdacht geäußert, wer hinter dem Mord an Dr. Coleridge stecken könnte?“

Nate schüttelte finster den Kopf. „Sie hat einen Haufen geredet, wie immer. Schnatter, schnatter, wie Frauen das halt so machen. Wenn man da immer zuhören würde, würde einem der Kopf platzen. Ich werde schon den ganzen Tag von unseren Kunden zugemüllt, einer dämlicher als der andere. Kaum bist du mit einem fertig, ist schon der nächste am Rohr. Also heißt es für mich wieder ‚British Telecom – wir danken für Ihren Anruf. Was kann ich für Sie tun?‘ Und wehe, du flötest mal nicht in den höchsten Tönen und schmierst dem Kunden Honig ums Maul, dann kriegst du gleich einen Rüffel von oben – “

„Versuch, dich zu erinnern“, unterbrach John kurzerhand das Wehklagen. „Es ist wichtig. Wenn du nicht auf Dauer hier drin verrotten willst, muss der wahre Täter gefunden werden. Genau das versuchen Pauline und ich. Hast du also irgendwelche verwertbaren Informationen für mich oder nicht?“

Nach einem Augenblick verstockten Schweigens dämmerte es Nathan Bennett scheinbar, dass es um die Rettung seiner eigenen Haut ging. „Sie hat wohl mit einem Haufen ihrer Kollegen geredet“, raunzte er. „Was Genaueres habe ich mir nicht gemerkt. Und sie war in einem der Außendepots des Museums. Blythe House, glaube ich. Das war am Donnerstag.“

„Aha. Sonst noch etwas?“

Bennett schüttelte den Kopf.

„Wenn dir noch etwas einfällt, melde dich. Ich wünsche dir noch einen schönen Sonntag“, flötete John zum Abschied boshaft und verließ den Raum.

Bei einem späten Mittagessen in seiner Küche schilderte er Pauline das Treffen. Nachdem ihr Toben abgeflaut und ihr Repertoire an Schimpfwörtern erschöpft war, schickte sie John zu Bett. Da ihm eine Nachtschicht bevorstand, brauchte er wenigstens ein paar Stunden

Auszeit. Für den Abend hatte sich Madeleine Wharton angesagt, um gemeinsam Kriegsrat zu halten.

„Ich laufe einstweilen zu Mr. Shrinagar und hole die Zutaten für meine Mulligatawny-Suppe“, kündigte Pauline an. „Dann kann ich in Ruhe alles vorbereiten und ich wecke dich dann, bevor Madeleine kommt.“

„Soll ich dir nicht helfen? Die Suppe ist doch ziemlich aufwändig“, wandte John ein.

„Nichts da. Ich mache das schon. Und jetzt Abmarsch.“

„Jawohl, Ms. Murray“, erwiderte John folgsam.

Als er erwachte, zog ein verlockender Duft durch die Wohnung. Ein Blick auf die Uhr sagte ihm, dass Madeleine Wharton in einer halben Stunde hier sein würde. Er schwang die Beine aus dem Bett. Da klingelte es an der Haustür. Gleich darauf wurde die Schlafzimmertür aufgerissen.

„Madeleine ist schon da“, zischte Pauline und zog sich ihr T-Shirt über den Kopf, das mehrere orange Spritzer zierten. John tippte darauf, dass sich die Mango für die Suppe als widerspenstig erwiesen hatte.

„Oh Mann“, schnaufte Pauline. „Ich bin überhaupt noch nicht fertig. Und ich müsste mich erstmal restaurieren, so wie ich aussehe.“

„Damit muss sie leben, wenn sie viel zu früh auf der Matte steht“, meinte John gleichmütig. „Oder ich könnte ihr die Raben zeigen, dann könntest du in Ruhe in der Küche weitermachen.“

„Das wäre gut“, sagte sie erleichtert. „Ich mache ihr auf.“ Sie griff sich eine Bluse und streifte sie im Gehen hastig über. John verschwand im Bad und versuchte, seinen verwuschelten Schopf zu bändigen, bevor er nach den nächstbesten Klamotten griff.

Als er in die Küche kam, hatte Madeleine Wharton sich bereits häuslich auf seiner Eckbank niedergelassen und beobachtete, wie Pauline am Herd herumwirbelte.

„Aha, der Herr des Hauses erhebt sich rechtzeitig zum Abendessen“, begrüßte die Amerikanerin John in sarkastischem Ton. Bevor John etwas sagen konnte, fuhr Pauline herum, den Pürierstab im Anschlag.

„Madeleine! Nur zu deiner Information: John hat später Nachtwache, deswegen musste er sich ein paar Stunden hinlegen. Und er ist ein begabterer und erfahrenerer Koch als ich. Unterstell’ ihm also nicht irgendeine platte Chauvi-Attitüde! Und schon gar nicht, nachdem du ihn noch vor Kurzem in die Schublade ‚possierlicher Plüschbär' gesteckt hast", schoss sie hinterher.

Madeleines Mundwinkel zuckten. Gleich darauf stieß sie ein etwas befremdliches Keckern aus. „Loyal ist sie und nicht auf den Mund gefallen", stellte sie fest.

„Unbedingt", kommentierte John, trat zum Herd und drückte Pauline einen Kuss auf die Wange. Dann wandte er sich an ihre Besucherin. „Guten Abend, Madeleine. Hättest du Interesse an einer kleinen Führung zu den Tower-Raben, bevor wir essen?"

„Nein", erwiderte sie rundheraus. „Das Einzige, was in diesem alten Schuppen von Interesse für mich gewesen wäre, waren die Gebeine, die letztes Jahr hier gefunden worden sind. Aber da war ich gerade zu einem großen Symposium in den Staaten drüben."

„A…ha", sagte John schwach. Angesichts der ihm entgegenschlagenden blanken Ignoranz fiel ihm zu seinem Bedauern keine intelligentere Entgegnung ein.

„Im Endeffekt hat sich ja herausgestellt, dass die Entdeckung nicht so sensationell war, wie manche gehofft hatten", meinte er schließlich. Und war damit ungewollt schon wieder ins Fettnäpfchen gestiegen.

„Wer sagt, dass nur ‚königliche' Gebeine von wissenschaftlichem Interesse sind?" Madeleines Augen fixierten ihn durch ihre Brillengläser hindurch abschätzig.

„Für den Erkenntnisgewinn ist es unerheblich, welcher gesellschaftlichen Schicht menschliche Reste entstammen", dozierte sie. „Denk nur an unseren Gebelein-Mann im Museum. Nichts weist darauf hin, dass er von hohem Status war, dennoch konnten und können wir vieles aus der Erforschung seiner Mumie lernen – sag mal, Pauline", sie erhob die Stimme über das hohe Sirren des Pürierstabs. „Können wir den ganzen Prozess hier beschleunigen? Ich bin sehr gut im Umgang mit Messern, falls es noch etwas zu schneiden gibt."

Pauline sah auf und stellte das sirrende Gerät ab. „Tatsächlich hätte ich noch das Hühnerfilet, das vor dem Anbraten in mundgerechte Stücke zu zerteilen wäre – "

„Dann gib her", kommandierte Madeleine. Nachdem sie sich die Hände gewaschen hatte, machte sie sich daran, mit chirurgischer Präzision das Biohuhn in exakte Würfel zu schneiden. Währenddessen zerstückelte John die restliche Ananas und lauschte zwangsweise Madeleines Vortrag über die bahnbrechenden Erkenntnisse, die eine CT-Untersuchung der gut 5000 Jahre alten ägyptischen Mumie erbracht hatte. Unvermittelt schwang Madeleine ihr Messer – es war Johns bestes Schneidwerkzeug mit Kullenschliff und höllisch scharf – in seine Richtung.

„Da, genau unter dem linken Schulterblatt, ist die Klinge seines Mörders eingedrungen“, sagte sie. „Der Dolch wurde mit so großer Kraft geführt, dass er eine Rippe zerbarst und die Lunge penetrierte. Exitus“, resümierte sie mit grimmiger Befriedigung.

Aus Furcht um Leib und Leben zog John sich mitsamt der Ananas etwas zurück, um aus Madeleines Reichweite zu kommen. Bis die Suppe fertig war, hatte die Amerikanerin noch mit sichtlichem Vergnügen über die tödlichen Verletzungen des Lindow-Mannes, der berühmtesten Moorleiche des Landes, referiert sowie über die aktuellen Hypothesen zur Todesursache des Gletschermannes Ötzi, den sie zusammen mit einer Handvoll ausgewählter Wissenschaftler hatte untersuchen dürfen.

„Die Täter waren in allen Fällen klar effizienter als Louises Angreifer, obwohl sie mit wesentlich primitiveren Tatwerkzeugen agieren mussten“, schloss sie.

„Und was für ein Segen, dass wir es mit einem stümperhaften Messerstecher zu tun haben“, bemerkte Pauline in scharfem Ton. „Sonst wäre Louise jetzt tot.“ Sie knallte die Suppenkelle mit unnötiger Wucht auf den Tisch.

„Allerdings hätte man dann bei einer Autopsie genauere Aussagen zu den Stichkanälen machen können, als dies bei einem überlebenden Opfer der Fall ist. Daraus hätte man höchstwahrscheinlich Erkenntnisse über physische Merkmale des Täters ableiten können“, gab Madeleine zu bedenken.

Paulines Nasenflügel blähten sich und sie krallte die Finger um ihr Wasserglas. Da John die Befürchtung hegte, der Inhalt desselbigen würde sich gleich in Madeleines Gesicht wiederfinden, erhob er die Stimme.

„Bei allem Respekt vor deiner wissenschaftlichen Distanziertheit, Madeleine, aber ich denke, wir sind uns einig, dass wir auf die Erkenntnisse einer Autopsie lieber zugunsten des Überlebens unserer Freundin verzichten.“ Damit machte er sich daran, die Teller zu füllen.

„Guten Appetit“, wünschte Pauline. „Ich habe die Suppe nach dem Rezept meiner Mutter gemacht. Ich hoffe, sie schmeckt euch.“

„Hmm“, ließ John nach dem ersten Löffel hören. „Hervorragend, wirklich. Fruchtig und pikant, wie eine Mulligatawny-Suppe sein sollte.“

Madeleine bequemte sich zu einem „Nicht übel“, um gleich darauf zu fragen, „Was habt ihr heute eruieren können?“

„Bedauerlich wenig“, sagte John. „Wir konnten bei Louises Sachen, die sie in Renies Wohnung deponiert hatte, keinerlei Aufzeichnungen über das finden, was sie in den letzten Tagen gemacht hat. Und Nate Bennett konnte mir nur sagen, dass Louise am Donnerstag raus ins Blythe House gefahren ist. Gut möglich, dass sie dort etwas recherchieren wollte.“

„Pah! Nate, dieser hirn- und rückgratlose Wurm“, höhnte Madeleine.

In dieser Einschätzung waren sich zumindest alle drei einig.

„Aber wenn wir nur diese eine Spur haben, gehe ich der Sache morgen gleich nach“, kündigte Madeleine an. „Ich bin seit Jahren nicht in Blythe House gewesen, weil keine unserer menschlichen Überreste da gelagert sind. Aber ich werde von den Archivaren sicher erfahren, was Louise dort genau gemacht hat.“

„Und was hast du heute im Museum herausbekommen können?“, wollte Pauline wissen.

„Auch nicht viel“, raunzte Madeleine unzufrieden. „Sonntags sind nicht viele Forschungsmitarbeiter im Haus und die paar, die ich befragt habe, haben von Louises Aktivitäten angeblich nichts mitbekommen.“

John seufzte innerlich. Dass eine ‚Befragung‘ durch Madeleine Wharton keine tiefergehenden Erkenntnisse ergeben würde, war fast zu erwarten gewesen. Wahrscheinlich hatten die meisten ihrer Kollegen schleunigst das Weite gesucht, als sie ihren stechenden Blick auf sich gespürt hatten.

„Konzentrieren wir uns auf Dr. Coleridge. Ihr habt doch beide seit etlichen Jahren Seite an Seite im Museum gearbeitet. Was denkst du, wen er sich zum Feind gemacht haben könnte?“, fragte er.

„Seite an Seite würde ich das nicht bezeichnen“, gab Madeleine zurück. „Unsere Arbeitsgebiete hatten eigentlich keine Berührungspunkte. Er ist sich als Kurator des Rosetta-Steins vorgekommen wie der Hüter des Heiligen Grals. Abgesehen von seinem ollen Stein war er auch sonst der Meinung, die Weisheit mit dem Löffel gefressen zu haben. Meine Güte, wenn er auf unseren Personalversammlungen – die ohnehin schon auf einer Stufe mit der

Vorhölle stehen – angefangen hat, zu reden, dann Halleluja! Da konnte man nur noch einschlafen oder gehen."

„Ging es bei seinen Beiträgen auch um kontroverse Themen?", bohrte John geduldig weiter.

„Kontrovers? Logisch. Wir haben zum Beispiel ständig Auseinandersetzungen, ob und welche Ausstellungsstücke an ihre Ursprungsländer zurückgegeben werden sollen. Coleridge war neben unserer Museumsleitung der glühendste Verfechter der Fraktion, die gegen jegliche Rückgabe ist."

Pauline sah interessiert auf. „Was ist deine Sichtweise in dieser Diskussion, Madeleine?"

Die Amerikanerin zuckte mit den Schultern. „In meinem Fachbereich ist das kein so großes Thema wie bei den Kulturgütern. Eure Regierung hat das ja 2004 im Gesetz zum Umgang mit menschlichem Gewebe geregelt. Demnach dürfen Überreste, die weniger als 1000 Jahre alt und nicht von überragendem wissenschaftlichem Interesse sind, in ihre Herkunftsgesellschaften zurückgegeben werden. Zumindest, wenn diese Ansprüche darauf anmelden. In meiner Zeit sind vom Museum schon menschliche Überreste an australische Aboriginees und an Neuseeland zurückgegeben worden. In beiden Fällen war ich in den Komitees, die das befürwortet haben."

„Hatte Dr. Coleridge vielleicht besondere Konflikte mit jemandem, der die gegenteilige Meinung in dieser Sache vertrat?", fragte John.

Wieder zuckte Madeleine mit den Schultern. „Keine Ahnung. Alles, was über eine sachliche Auseinandersetzung hinausgeht, ist für mich Kindergartenkram und steht der Arbeit nur im Weg."

„In Ordnung", sagte John resigniert. „Gibt es noch andere Konfliktfelder innerhalb des Personals?"

„In den letzten Monaten ging es immer wieder um das Sponsoring", erwiderte Madeleine prompt. „Die neue Sonderausstellung zu den versunkenen ägyptischen Städten ist ja zu einem guten Teil von *British Petrol* finanziert worden. Das hat etliche auf die Barrikaden gebracht. Coleridge allerdings nicht. Und mich auch nicht. Ich sehe das Problem nicht, wenn ein Konzern zumindest einen Bruchteil seiner Gewinne für etwas Gesellschaftsdienliches einsetzt. Warum sollte man also das Geld eines Öl-Multis nicht nehmen?" Sie schüttelte verständnislos den Kopf, dann hielt sie ihren leergegessenen Teller hoch. „Mehr Diskussionsthemen gab es in letzter Zeit nicht. Könnte ich jetzt noch einen Nachschlag haben?"

Kapitel 18

Bin bei Louise, mittags wieder da!

Gähnend beäugte John den Zettel, den Pauline auf dem Nachttisch an seinem Bett hinterlassen hatte. Als er um sechs Uhr morgens nach der Nachtwache ins Bett gewankt war, hatte nicht einmal Paulines Anwesenheit seine Lebensgeister erwecken können. Er war auf der Stelle so tief eingeschlafen, dass er nicht einmal mitbekommen hatte, wie sie die Wohnung verlassen hatte.

Als er sich ins Bad schleppte, hörte er die Eingangstür aufgehen.

„John? Bist du wach?", rief Pauline mit gedämpfter Stimme.

„Mehr oder weniger", gab er zurück und schlurfte in den Flur hinaus. „Wie geht es Louise?", erkundigte er sich.

„Unverändert. Aber ich war dann noch im Museum. Ich erzähle dir gleich alles. Während du dich anziehst, bereite ich uns schnell ein Omelett zu, einverstanden? Ich möchte den Zug um 13.28 Uhr nehmen."

„Oh", kam es enttäuscht von John. „Du bleibst nicht bis abends?" Er hatte nach der Nachtschicht den Rest des Tages frei.

Sie schüttelte den Kopf. „Nach unserem überstürzten Aufbruch am Samstag muss ich erstmal das Chaos zuhause beseitigen und einiges für die Schule vorbereiten. Aber ich habe fest vor, am Freitag wieder herzukommen."

Einigermaßen getröstet verschwand John im Bad. Während er sich die Zähne putzte, hörte er Pauline sprechen, offenbar telefonierte sie. Als er wenig später in die Küche kam, hatte sie nicht nur ein luftiges Omelett gezaubert, sondern auch eine Kanne aromatischen Earl Grey-Tees aufgebrüht. Beides zusammen belebte John soweit, dass er Paulines lebhafter Schilderung ihrer Neuigkeiten folgen konnte.

„Von Madeleine können wir ja offensichtlich nichts Verwertbares über die menschlichen Dynamiken hinter den Kulissen des Museums erwarten", begann sie. „Deshalb hatte ich überlegt, welche anderen Quellen wir anzapfen könnten. Und stell dir vor, ich hatte im Krankenhaus plötzlich eine richtig clevere Idee, wie ich mit einem von Dr. Coleridges Kollegen ins Gespräch kommen könnte." Sie lächelte stolz. „Ich bin *stante pede* ins Museum und habe mich an einem der Informationsschalter erkundigt, ob ich wegen eines Schulprojekts mit einem Experten für den Rosetta-Stein sprechen kann. Und prompt kam Dr. Coleridges Stellvertreter angewieselt." Pauline präsentierte eine

Visitenkarte, auf der das Emblem des Britischen Museums eingeprägt war.

„Dr. Gene Fosdyke-Patterson, Ägyptologie“, las John.

„Ein recht charmanter Mann, muss ich sagen, ungefähr in unserem Alter, und sehr kenntnisreich“, erklärte Pauline. „Ich habe ihm erzählt, dass wir an der Schule ein großes Geschichtsprojekt planen, wo es um das Leben im Alten Ägypten geht und im Besonderen um die Entzifferung der Hieroglyphen durch Champollion. Und ich habe rotzfrech behauptet, ich hätte darüber bereits mit Dr. Coleridge gesprochen und er hätte mir versprochen, einige Materialien und Literaturempfehlungen zusammenzustellen.“ Sie kicherte, als John eine Augenbraue nach oben zog.

„Ganz schön durchtrieben. Die Idee hätte von Renie sein können“, kommentierte er.

„Ja, nicht wahr? Der gute Dr. Fosdyke-Patterson war dann ganz unangenehm berührt, weil er leider, leider nicht in Coleridges Büro nachschauen konnte, ob dort schon die versprochenen Unterlagen bereitliegen. Die Polizei hält den Raum nämlich immer noch unter Verschluss.“

„Aha. Und konntest du von ihm irgendetwas Interessantes über Dr. Coleridge erfahren?“

„Nun ja. Bis jetzt hat er nur erzählt, dass Coleridge sein Mentor war und er ungeheuer stolz war, mit ihm arbeiten zu dürfen. Und dass er vollkommen schockiert über seinen Tod wäre. Am Abend der Ausstellungseröffnung hat er noch mit ihm geredet und ihm einen schönen Urlaub gewünscht. Offenbar wollte Coleridge auf eine Kreuzfahrt durchs östliche Mittelmeer.“

„Schönes Reiseziel“, nickte John. „Aber ehrlich gesagt sehe ich noch nicht, wie uns das bei der Suche nach seinem Mörder weiterbringt.“

Paulines Augen verengten sich. „Nun sei doch mal geduldig. Ich muss mir diesen Kontakt ja erst noch kultivieren, oder wie nennt man das unter Spionen? Erstmal muss ich sein Vertrauen gewinnen, damit er dann hoffentlich auch Interna ausplaudert. Wir haben vereinbart, dass wir unter der Woche noch einmal telefonieren und am Samstag treffen wir uns im Museum. Er hat versprochen, sich Gedanken über mein Projekt zu machen und mir auch ein paar Artikel herauszusuchen. Er selbst hat auch schon einiges veröffentlicht.“

„Das klingt doch … vielversprechend“, merkte John sparsam an. Der Ton, in dem Pauline über diesen ach so charmanten und kenntnisreichen Herrn sprach, gefiel ihm nicht recht.

„Du bist heute ein wenig brummbärig, was?“ Pauline betrachtete ihn kritisch. „Aber vielleicht wird dich das interessieren: Gerade eben hat Madeleine angerufen. Sie war in Blythe House und hat herausgefunden, dass nicht nur Louise einen Tag vor dem Angriff dort war. Auch Dr. Coleridge war dort, und zwar ebenfalls einen Tag vor seinem Tod.“

Johns Augen weiteten sich. „Donnerwetter. Dann ist Louise tatsächlich seinen Spuren gefolgt.“

„Genau. Einer der Archivare dort hat Madeleine gesagt, dass Louise am Donnerstag da war und sich erkundigt hat, was Dr. Coleridge dort gemacht hat.“

„Und?“, fragte John ungeduldig nach. Er hatte das Gefühl, dass Pauline ihn unnötig auf die Folter spannte.

„Er hat ein Objekt aus dem Depot entnommen“, sagte sie prompt. „Ein Stück eines Wandreliefs aus dem Sudan.“

„Oh. Und hat er gesagt, was er damit vorhatte?“

Pauline schüttelte den Kopf. „Der Archivar wusste es nicht. Es wurde lediglich die Inventarnummer des Objekts und der Name des Entleihers in die Liste eingetragen. Es war wohl auch nicht ungewöhnlich, dass Dr. Coleridge im Depot aufgetaucht ist und etwas mitnahm, wahrscheinlich, um es näher zu untersuchen.“

„Hm. Hat das Ganze also etwas zu bedeuten oder nicht?“

Ratlos sahen beide sich an.

„Außerdem frage ich mich, ob wir Madeleines Entdeckung der Polizei mitteilen sollten. Die hätten bessere Möglichkeiten als wir, dem Verbleib dieses Reliefs nachzugehen“, überlegte John.

„Pff“, schnaubte Pauline. „Selbst dein werter Cousin hat dir doch geraten, dass wir auf eigene Faust recherchieren sollen – auch wenn er das nur gesagt hat, weil er seinen eigenen Kollegen nicht vergönnt, einen Fall zu lösen. Und Madeleine wird fuchsteufelswild, wenn sie mitkriegt, dass wir ihre Erkenntnisse brühwarm an ihre Erzfeinde vom Yard weitergegeben haben.“

John nickte, allerdings zögernd. Dem Zorn von Dr. Madeleine Wharton wollte er sich keinesfalls aussetzen, aber ihn plagte doch das schlechte Gewissen, wenn er Informationen gezielt zurückhielt.

Wie sich am Nachmittag zeigte, war seine Sorge überflüssig.

„John! Ich hoffe, ich störe nicht“, begrüßte Owain Pratt ihn am Telefon, als John die Rolltreppe hinunter zur U-Bahn-Station King's Cross fuhr.

„Nein, kein Problem. Pauline hat sich gerade auf den Heimweg nach York gemacht und ich habe den Rest des Tages dienstfrei“, antwortete er.

„Wunderbar! Wäre es unverschämt von mir, dich zu bitten, zum Museum zu kommen? Ich könnte deine Hilfe gebrauchen.“

So stieg John statt in die Circle Line in die Piccadilly Line ein und fuhr das kurze Stück zum Russell Square.

„Wie schön, dass du kommen konntest!“ Überschwänglich schüttelte Pratt seine Hand. „Ich danke dir von Herzen.“

„Kein Problem, wirklich“, erwiderte John. „Wir wollen doch alle, dass der Museumsmörder möglichst schnell gefunden wird. Wenn ich bei den Ermittlungen helfen kann, bin ich gerne dabei.“

Owain Pratt zog John ein Stück weg vom Eingang des Museums, wo sie sich getroffen hatten.

„John, ich glaube, dir vertrauen zu können. Deswegen sage ich dir ehrlich: Ich bekomme im Yard so gut wie keine personelle Unterstützung für meine Arbeit. Und ich soll zwei Fälle gleichzeitig aufklären. Keine Ahnung, ob es wirklich an dem liegt, dass etliche Kollegen im Urlaub sind und andere die Sommergrippe erwischt haben, oder ob da eine Art Bewährungsprobe für mich veranstaltet wird. So nach dem Motto: Schauen wir mal, ob das Landei das gebacken kriegt.“ Frustriert fuhr der Chief Inspector sich mit seinen dicken Fingern durch seinen Haarschopf.

John war überzeugt, dass es sein Cousin war, der von seinem karibischen Eiland aus gegen Owain Pratt intrigierte und versuchte, ihm Steine in den Weg zu legen. So fühlte er sich hin- und hergerissen zwischen Mitgefühl für den sympathischen Waliser und einer Familienloyalität, die er zum eigenen Erstaunen immer noch gegenüber Simon verspürte.

„Sag mir einfach, was ich tun kann“, meinte er schließlich.

„Ich brauche ein zusätzliches Paar Augen und Ohren. Bis jetzt wissen wir viel zu wenig, was auf der menschlichen Ebene dort drinnen abgeht. Du bist schließlich dafür ausgebildet, Menschen zu analysieren, nicht? Und du bist Mitglied einer Sondereinheit der Met. Damit muss ich mich nicht mal groß verrenken, wenn ich dich vorstelle.“

John grinste und zog seinen Truppenausweis heraus, auf dem er in seiner Beefeateruniform abgebildet war. „Hoffentlich möchte niemand, dass ich mich ausweise. Das könnte sonst für Verwirrung sorgen."

„Ah, das wird kein Problem sein. Mich kennt man mittlerweile da drin und ich sage einfach, du bist mein Mitarbeiter. Dann fragt sicher keiner nach."

Damit setzte Pratt sich in Bewegung. „Lass uns erstmal in Dr. Coleridges Büro gehen. Dann setze ich dich über den Ermittlungsstand in Kenntnis und wir planen, wie wir die Befragungen angehen wollen."

Das Büro des Kurators befand sich ebenfalls im Untergeschoss, aber in einem anderen Flur als das von Louise. DCI Pratt löste das polizeiliche Siegel, sperrte die Tür auf und bat John hinein. Schon an der Größe des Raums war zu erkennen, welch herausgehobene Position Dr. Coleridge am Britischen Museum besetzt hatte.

Neben einem wuchtigen Schreibtisch war Platz für eine kleine Sitzgruppe und mehrere Regale voller Bücher. John entdeckte auch Dr. Coleridges Namen auf einigen davon. Eine gerahmte Aufnahme zeigte den Kurator, wie er vor einem großen Banner mit der Aufschrift ‚75. Jahrestagung der Internationalen Gesellschaft für Altertumsforschung' eine Statuette in Empfang nahm.

„Setz dich." Owain Pratt hatte sich im Schreibtischsessel niedergelassen und wies auf den Besucherstuhl, der gegenüber stand.

„Also. Was wissen wir bisher?", hob er an. „Dr. Austin Coleridge wurde am Abend der Ausstellungseröffnung ‚Versunkene Städte' getötet. Der Zeitpunkt lässt sich nicht ganz genau einengen. Nach den vorliegenden Zeugenaussagen wurde er zuletzt gegen 23 Uhr gesehen. Im Haus waren da vermutlich – hundertprozentig können wir es wegen der fehlenden Kontrollmechanismen nicht sagen – noch so um die 50 Personen, davon 25 externe Besucher. Letztere hielten sich auch nach dem offiziellen Ende der Veranstaltung noch beim Stehempfang des Direktors in der *Enlightenment Gallery* auf, ebenso wie mehrere Mitarbeiter. Trotzdem hat niemand gesehen, wie das Opfer ins Depot hinunterging und auch sonst wurde niemand beobachtet, der dorthin unterwegs war."

„Das erinnert mich an den Mordfall im Naturhistorischen Museum vor drei Jahren", fiel es John ein. „Auch da ist nach einer Ausstellungseröffnung jemand umgebracht worden. Da war aber der Personenkreis, der für die Tat in Frage kam, wesentlich kleiner."

„Ah." Owain Pratt nickte. „Die Fallakte habe ich gelesen. Sie gehört zu denen, die aufploppt, wenn man als Suchbegriff ‚Mackenzie' in unsere EDV eingibt. Das war ja ein echtes Husarenstück von Superintendent Whittington, wie er den Täter geschnappt hat, nicht wahr?" Er zwinkerte John zu. „Irgendwann würde ich mich über eine Schilderung der ganzen Geschichte aus deiner Sicht freuen, aber das muss warten. Zurück zu Dr. Coleridge. Klar ist, dass es sich um keine Impulstat gehandelt hat. Der Täter ist sehr sorgfältig vorgegangen. Er hat keine eigenen Spuren hinterlassen und sogar noch ein gefälschtes Indiz platziert, das den Verdacht auf Dr. Wharton lenken sollte. Dennoch nehme ich an, dass er unter Zeitdruck stand. Außerhalb des Hauses wäre es wesentlich leichter gewesen, Dr. Coleridge zu töten. Und der Kreis der möglichen Verdächtigen wäre noch einmal unendlich größer gewesen."

John nickte langsam. „Was könnte dazu geführt haben, dass plötzlich so große Eile bestand? Coleridge wäre doch nach diesem Abend ohnehin für zwei Wochen weggewesen. Wenn ich der Täter gewesen wäre, hätte ich dafür gesorgt, dass er von seiner Kreuzfahrt nicht mehr zurückkommt. Über die Reling gegangen, oder während eines Landausflugs irgendwo in Griechenland oder der Türkei verunglückt … da wäre kaum ein Zusammenhang zum Museum herzustellen gewesen."

Pratt musterte ihn erstaunt. „Kreuzfahrt? Er war auf einen Flug nach Thailand gebucht, mit einer Unterkunft in einem einschlägigen Viertel von Pattaya. Dort war er nach seinen Passdaten jedes Jahr einmal."

„Pattaya? Aber ich dachte, dorthin fährt man nur …" John verstummte und errötete ein wenig.

„Genau. Um seine niederen Triebe gegen Bares auszuleben", vollendete Pratt grimmig.

„Oh. Das … hätte ich nicht erwartet", brachte John heraus. Im Nachhinein wurde ihm übel, wenn er daran dachte, wie der Alte bei ihrer Begegnung im Museum Paulines Hand getätschelt hatte.

„Ja, er war wohl nicht ganz der vertrocknete Wissenschaftler, als der er sich nach außen gab", bemerkte der Chief Inspector. „Ich gebe dir recht: Wenn man Coleridge während seines Urlaubs hätte verschwinden lassen – erst recht an einem Ort wie Pattaya – hätten die Behörden vor Ort wohl kaum an eine Verbindung zu seinem Arbeitsplatz gedacht. Also: Es muss für unseren zweifelsohne intelligenten Täter von oberster Wichtigkeit gewesen sein, Dr. Coleridge genau an dem Abend zum Schweigen zu bringen. Dafür hat er in Kauf genommen, dass der

Täterkreis von Haus aus auf das Personal des Museums eingeengt sein würde. Die Besucher der Ausstellung können wir ausschließen, denn um diesen Mord zu inszenieren, inklusive der falschen Spur zu Dr. Wharton, musste man über beste interne Kenntnisse verfügen."

„Was also wollte der Täter verhindern?", überlegte John laut. „Was hatte Dr. Coleridge noch vor, bevor er in den Urlaub ging?"

„Ich hätte eine These", begann der Chief Inspector.

„Ja?" Erwartungsvoll blickte John ihn an.

Statt einer Antwort stand Pratt auf. „Sieh dir das mal an."

John folgte ihm zu einem Schrank mit zwei Flügeltüren. Pratt schwang sie auf und drinnen ging ein Licht an. John erblickte eine ungefähr fünf Zentimeter hohe quadratische Schachtel, etwas größer als ein Aktenordner. Der Chief Inspector hob den Deckel von der Schachtel und faltete vorsichtig eine Noppenfolie auf. Vor ihnen lag ein Ausschnitt eines Steinreliefs, auf dem eine Art Prozession dargestellt war.

„Das hat Coleridge am Tag vor seinem Tod aus dem Außendepot in Blythe House geholt. Und Dr. Mercier war am Donnerstag ebenfalls dort draußen, wie ihre Handynetzdaten gezeigt haben. Nach Aussage des Archivars hat sie versucht, Dr. Coleridges letzte Aktivitäten nachzuvollziehen – aber darüber weißt du natürlich Bescheid."

Owain Pratt grinste John an, der verlegen errötete.

„Weißt du, ich habe den Archivar gebeten, mir jede weitere Person zu melden, die dort herumschnüffelt, wenn ich es so nennen darf. Und heute Mittag bekam ich einen Anruf bezüglich einer gewissen amerikanischen Anthropologin, die dort war und Fragen gestellt hat. Und da ihr bestimmt eng in Kontakt steht, hat Dr. Wharton euch doch sicher sofort informiert."

„Ähm … ja", brachte John heraus.

„Und natürlich habt ihr gestern das Gepäck von Dr. Mercier durchsucht, bevor ihr es ins Krankenhaus gebracht habt."

„Ja", gestand John. „Aber wir haben nichts herausgenommen, ehrlich."

„Weil nichts Verwertbares drin war", bemerkte Pratt amüsiert. „Ebenso wenig wie in ihrer Handtasche, die wir nach der Attacke sichergestellt haben. Kein USB-Stick, keine handschriftlichen Notizen, nichts. Und ich habe genauso intensiv gesucht wie ihr, glaub mir."

Er klopfte John auf die Schulter. „Mach dir keine Sorgen, ich werde dir nicht den Kopf abreißen. Ich habe dir ganz am Anfang schon gesagt, dass ich die Mithilfe engagierter Bürger bei der Aufklärung von Verbrechen begrüße. Selbst wenn die Mithilfe hinter meinem Rücken vor sich geht."

Mittlerweile fühlte John sich mindestens so peinlich berührt wie bei jenem unrühmlichen Vorfall, als er sich in der Mittelstufe ausnahmsweise völlig unvorbereitet mit einer überraschenden Probearbeit über den Zitronensäurezyklus konfrontiert gesehen hatte. In seiner Not hatte er das einzige Mal in seiner gesamten Schullaufbahn bei seinem Sitznachbarn abgeschrieben und ebenso prompt wie unverdient eine gute Note bekommen. Das beschämte ihn bis heute.

Er räusperte sich, die Kehle war ihm trocken geworden.

„Es tut mir leid, Owain. Du hast völlig recht. Wir haben gemeinschaftlich versucht, Detektiv zu spielen. Ich war gestern auch bei Nathan Bennett, weil wir gehofft hatten, er wüsste irgendetwas darüber, was Louise herausgefunden hat. Von ihm stammt der Hinweis auf Blythe House. Aber wie man sieht, wusstest du ohnehin schon davon."

„Immerhin hast du ihm überhaupt eine Information entlocken können", meinte Pratt tröstend. „DCI Soames hat bei ihm komplett auf Granit gebissen."

„Kein Wunder", entschlüpfte es John.

Owain Pratt seufzte leise. „Es steht mir nicht zu, Kollegen zu kritisieren, aber ich verstehe schon, dass dein Vertrauen in die Polizei genauso wie das deiner Mitstreiterinnen gerade nicht sehr groß ist. Trotzdem kommen wir am schnellsten weiter, wenn wir gemeinsam an einem Strang ziehen. Also möchte ich euch bitten: Ab jetzt sollten wir es als Team versuchen. Keine Alleingänge mehr."

„Ähm, Owain, ich glaube, du überschätzt meinen Einfluss auf die Damen, insbesondere auf Dr. Wharton", sagte John. „Ich kann dir nicht versprechen, dass sie der Polizei gegenüber mit offenen Karten spielen wird. Neben der aktuellen Geschichte gibt es da wohl schon jahrelange tiefsitzende Ressentiments."

„Ich habe davon gehört. Da ist in der Vergangenheit schon viel Porzellan zerschlagen worden. Ich hatte das Gefühl, dass es meinen Vorgesetzten eine richtige Freude war, mir die Anweisung zu ihrer sofortigen Verhaftung zu geben. Ich fand die Aktion überhastet, aber wie gesagt – die Meinung des Landeis zählt nicht viel im Yard."

Owain Pratt kratzte sich geistesabwesend an der Nase. „Wirklich schade. Eine Koryphäe wie Dr. Wharton quasi vor der Haustür zu haben und sie aus verletzter Eitelkeit über Jahre hinweg nicht als Expertin heranzuziehen, war nicht der klügste Schachzug des Commissioners. Und spätestens jetzt ist das Tischtuch wohl endgültig zerschnitten."

Er seufzte wieder. „Aber das lässt sich jetzt nicht mehr ändern. Kommen wir zurück zu unserem Fall. Pass auf: Dieses Relief stammt laut Inventar aus dem Königreich Kusch im heutigen Sudan und soll rund 2200 Jahre alt sein. Natürlich ist es nicht die Nase der Sphinx oder die Büste von Nofretete, aber dennoch müssen wir davon ausgehen, dass es einen ziemlichen Wert hat."

Ehrfürchtig betrachtete John die in den hellen Stein gemeißelten Figuren, die prächtig gewandet schienen und eine Art Palmwedel vor sich her trugen.

„Ich habe Dr. Coleridges Aufzeichnungen und E-Mails durchforstet und kann keinen Hinweis finden, warum er dieses Stück aus dem Depot geholt hat", sprach der Chief Inspector weiter. „Ursprünglich bin ich auch nicht davon ausgegangen, dass es irgendeine Bedeutung für seinen Tod hat. Aber nachdem Madame Mercier nun auch attackiert wurde, kurz nachdem sie in Blythe House war ..."

„Was könnte es mit diesem Ding auf sich haben, dass es deswegen zu solchen Gewalttaten kommt?", grübelte John.

„Meine Idee ist, dass es um Diebstahl geht. Ich weiß, das klingt weit hergeholt", setzte Pratt hinzu, als er Johns erstaunten Blick bemerkte. „Aber es vergeht kaum ein Jahr, ohne dass Museen überall auf der Welt unersetzliche Stücke auf diese Weise verlieren. Wir haben natürlich vor allem die spektakulären Diebstähle in Erinnerung wie der der Mona Lisa vor gut 100 Jahren oder der von Munchs ‚Schrei'. Aber auch der Handel mit weniger bekannten Kunstwerken oder natürlich auch mit Antiquitäten oder archäologischen Fundstücken kann sehr lukrativ sein."

„Das glaube ich dir, aber wo könnte da ein Zusammenhang zu unserem Fall bestehen? Du glaubst doch nicht, Dr. Coleridge wollte dieses Relief entwenden und verkaufen? Das würde doch auffallen, wenn es nicht mehr auftaucht. Und sein Name steht im Ausleihregister."

„So dumm wäre er nicht gewesen, da hast du recht. Aber was, wenn eine gute Fälschung angefertigt und das Original verkauft wird? Das Risiko, dass so etwas entdeckt wird, dürfte sich sehr in Grenzen halten. Vor allem, wenn es um ein Stück geht wie dieses, das seit seiner Ankunft im Museum 1923 nicht ein einziges Mal öffentlich gezeigt wurde."

„Aber … der Kurator des Rosetta-Steins? Jemand, der sein Leben der Erhaltung von Kulturgütern gewidmet hat? Der würde doch nicht das Museum, für das er seit Jahrzehnten gearbeitet hat, bestehlen?“ John schüttelte ungläubig den Kopf.

Pratt lachte kurz auf. „John, es ist schön, dass du dir noch ein Grundvertrauen in die Menschen bewahrt hast. Aber du hast noch nicht so viele Saubermänner kennengelernt wie ich, die sich dann als ganz üble Gesellen entpuppt haben. Denk auch daran, dass Coleridge dafür bekannt war, sich in den Depots herumzutreiben. Wie Madame Mercier schon sagte: Keiner kannte sich dort so gut aus wie er.“

Das musste John zugestehen.

„Hm. Gehen wir davon aus, du hast recht. Wer hatte dann ein Interesse daran, ihn umzubringen?“

„Einer seiner Kompagnons“, antwortete der Chief Inspector wie aus der Pistole geschossen. „Streit innerhalb der Diebesbande. Vielleicht wollte er einen höheren Anteil am Gewinn und das gefiel dem oder den anderen nicht.“

„Aber warum ihn dann hier im Haus ermorden?“, wandte John ein. „Und damit das Risiko eingehen, dass durch die Ermittlungen der ganze Diebesring auffliegt? Das passt für mich nicht zusammen.“

Einen Moment lang schwiegen beide.

„Aber was, wenn – “

„Und wenn es genau andersherum – “

Beide hatten gleichzeitig gesprochen.

„Stellen wir uns vor, Dr. Coleridge ist bei seinen Streifzügen durchs Museum auf eine Fälschung gestoßen, oder vielleicht sogar auf mehrere. Und ihm kam der Verdacht, dass jemand aus dem Personal systematisch die Originale aus dem Museum schmuggelt und verkauft“, meinte John zusehends aufgeregt.

„Und er hat sogar eine Ahnung, wer dahintersteckt“, spann der Chief Inspector den Gedanken weiter. „Er konfrontiert denjenigen und sagt, er wird ihn anzeigen. Der Dieb weiß, er muss schnell reagieren, sonst ist es vorbei für ihn. Er bringt Coleridge irgendwie dazu, mit ihm ins Depot hinunterzugehen und – zack – bringt er ihn um.“

„Aber er weiß nicht, dass das Beweisstück hier bei Dr. Coleridge im Büro liegt, oder er hat keine Gelegenheit mehr, es wegzubringen, nachdem er ihn getötet hat“, mutmaßte John. Beide Männer starrten das Relief an.

„Wir müssen herausfinden, ob das Ding echt ist. Aber wir können niemanden von den Mitarbeitern hier darauf ansetzen, da wir nicht wissen, wer an der Sache beteiligt ist“, überlegte Pratt.

„Die Metropolitan Police hat doch eine eigene Abteilung, die auf so etwas spezialisiert ist – du könntest einen von deren Experten heranziehen“, meinte John.

Der Chief Inspector schüttelte den Kopf. „Das würde ich gern vermeiden, wenn es irgendwie geht. Wenn wir falsch liegen, kann ich mir das im Yard bis in alle Ewigkeit anhören.“

Unvermittelt hatte John einen Einfall. Er fischte sein Handy heraus.

„Ich weiß, wer uns weiterhelfen kann.“

Kapitel 19

Zehn Minuten später legte er auf, ein Lächeln auf dem Gesicht.

„Dr. Mohani vom ‚Museum of London‘ hat in ungefähr zwei Stunden Zeit für uns“, sagte er. „Wir sollen das Relief zu ihr bringen.“

Owain Pratt rieb sich unternehmungslustig die Hände. „Großartig, John. Ganz großartig. Dann lass uns in der Zwischenzeit einigen von den Herrschaften hier auf den Zahn fühlen.“ Er kramte in den ausgebeulten Taschen seiner Tweedjacke herum und zog eine zusammengefaltete Liste heraus.

„Das sind die ungefähr zwei Dutzend Museumsmitarbeiter, die an dem Abend nach bisherigen Erkenntnissen noch im Haus waren. Zumindest den Direktor können wir ausschließen, denn dieser war nach einhelligen Zeugenaussagen zu keinem Zeitpunkt an diesem Abend allein. Madame Mercier und ihr Ehemann waren schon relativ früh gegangen. Dr. Wharton war da, allerdings hat sie nach eigener Aussage in ihrem Labor gearbeitet, weil sie sich nicht für diese – Zitat: ‚alten Steinhaufen‘ – interessiert. Sie hat angegeben, ab 19 Uhr niemandem mehr begegnet zu sein. Um 23.20 Uhr hat sie ausgestempelt und das Gebäude verlassen. Rein vom zeitlichen Ablauf her könnte sie also die Täterin sein, aber angesichts der Attacke auf Madame Mercier bin ich der Meinung, wir können Madeleine Wharton als Verdächtige streichen.“

John nickte und lugte auf den Zettel. Sofort sprang ihm der Name ‚Dr. Gene Fosdyke-Patterson‘ ins Auge. Hah. Den Herrn wollte er sehr gern unter die Lupe nehmen. „Sollen wir uns erstmal auf das Personal aus der ägyptologischen Abteilung konzentrieren?“, schlug er vor. „Wir könnten mit Coleridges Stellvertreter beginnen.“

„In Ordnung. Der Mann sitzt zwei Zimmer weiter. Sehen wir nach, ob er da ist. Pass auf, ich gebe dir mein Notizbuch und du übernimmst die Dokumentation. Wir führen ja im Augenblick keine förmlichen Vernehmungen, also verwenden wir kein Aufnahmegerät.“

Pratt führte John hinaus, versperrte Dr. Coleridges Raum sorgfältig und klopfte ein paar Schritte weiter an eine Tür, die anders als die meisten in diesem Flur geschlossen war. Es dauerte wohl eine halbe Minute, dann stand ein Mann vor ihnen, gegen den John auf der Stelle eine spontane Abneigung entwickelte.

Dr. Fosdyke-Patterson mochte nicht der klassische Adonis sein, aber irgendetwas an ihm vermittelte den Eindruck, er würde sich bestens für die Hauptrolle einer Neuverfilmung von ‚Indiana Jones' eignen. Definitiv ein Typ, dem die Frauenherzen in Scharen zuflogen. Und mit diesem Kerl wollte Pauline sich treffen? Wäre John ein Hirsch gewesen, hätte man ihn an dieser Stelle inbrünstig röhren gehört.

„Dr. Fosdyke-Patterson, verzeihen Sie die Störung. DCI Pratt – wir kennen uns ja bereits. Mein Mitarbeiter, Mr. Mackenzie. Dürften wir Ihnen noch einige Fragen stellen?"

„Ah, ja, natürlich. Francesca, wir unterhalten uns später weiter."

Eine junge, ausnehmend hübsche Schwarzhaarige kam aus dem Büro und schob sich mit gesenktem Blick an den beiden vorbei.

„Eine unserer Doktorandinnen", erklärte der Ägyptologe ungefragt. „Von der Universität Padua. Wir haben Austauschprogramme mit vielen renommierten Hochschulen – zumindest bis jetzt. Weiß der Himmel, wie das in Zukunft weitergehen wird. Aber Sie sind nicht gekommen, um mit mir über die Folgen des Brexits für die Forschungslandschaft zu sprechen, nicht wahr? Bitte nehmen Sie doch Platz, meine Herren."

Dem stellvertretenden Kurator des Rosetta-Steins hatte die Museumsverwaltung ein wesentlich kleineres Zimmer zugeteilt, so dass John und der Chief Inspector fast mit den Knien aneinanderstießen, als sie sich auf zwei Klappstühlen vor dem Schreibtisch des Wissenschaftlers zusammendrängten. Stapel von Büchern türmten sich um sie herum auf dem Boden.

„Sie müssen meine Unordnung entschuldigen. Ich muss wirklich einmal wieder aufräumen, aber es ist so viel zu tun, dass ich solch lästige Arbeiten immer nach hinten verschiebe", sagte Fosdyke-Patterson mit einem gewinnenden Lächeln. „Gerade in den letzten Tagen laufen bei mir so viele Anfragen auf, dass ich gar nicht mehr hinterherkomme. Aber irgendjemand muss sich ja weiter um die Projekte kümmern, die unser guter Dr. Coleridge verantwortet hat. Wissen Sie jetzt schon Genaueres über die Umstände seines Todes?"

‚Plappermaul – nervös?', notierte John in Pratts Büchlein.

„Wir gehen einer Reihe von Ermittlungsansätzen nach", gab Owain Pratt unverbindlich zurück. „Ich möchte gerne noch einmal Ihre Erinnerungen an den Abend vor Dr. Coleridges Tod durchgehen. Manchmal fällt einem im Nachhinein doch noch das eine oder andere Detail ein."

„Ich glaube zwar, dass ich Ihnen alles gesagt habe, aber gut. Austin – Dr. Coleridge – hielt den Festvortrag, nachdem unser Direktor Gott und die Welt begrüßt und eine Million Dankesworte ausgesprochen hatte. Wie immer war es sehr inspirierend, Austin zuzuhören. Obwohl ich die Funde der Sonderausstellung natürlich kenne wie meine Westentasche, denn ich war Teil des Unterwasser-Archäologenteams, das die versunkenen Städte, Canopus und Thonis-Heracleion vom Grund des Nils geborgen hat."

Dr. Fosdyke-Patterson hielt einen Moment inne, als erwarte er faszinierte Nachfragen zu seiner wissenschaftlichen Heldentat. Als diese ausblieben, presste er für einen Moment die vollen Lippen zusammen, bevor er weitersprach.

„Nach dem Vortrag übernahm unser Direktor nochmal kurz das Mikrofon, dann wurde das Buffet eröffnet und wir gingen zum geselligen Teil über. Ich bin den Rest des Abends von einer Gruppe zur anderen, habe alte Bekannte begrüßt und fachliche Gespräche geführt. Gegen halb zwölf bin ich nach Hause. Das war's."

„Haben Sie mit Dr. Coleridge gesprochen?", wollte der Chief Inspector wissen.

„Ich habe ihm zu seinem gelungenen Festvortrag gratuliert und ihm eine schöne Schiffsreise gewünscht. Er wollte zu einigen interessanten Ausgrabungsstätten – "

„Und sonst?", unterbrach Pratt. „Haben Sie noch über etwas anderes gesprochen?"

Fosdyke-Patterson ließ den Blick in die Ferne schweifen. „Nicht, soweit ich mich erinnern kann."

„An dem Abend fand vor der Tür eine Demonstration von Umweltaktivisten statt", ergriff John das Wort. „Es wurde gegen das Sponsoring von BP protestiert. Soweit wir wissen, gibt es auch im Museum unterschiedliche Meinungen dazu. Wo stehen Sie in dieser Kontroverse?"

„Ich sehe das genauso, wie Dr. Coleridge es getan hat: Warum sollten wir kein Geld von einem Erdöl-Konzern annehmen, wenn wir dadurch einige der bedeutendsten Kulturgüter der Welt unserer Bevölkerung zugänglich machen können? So eine Ausstellung kostet Unsummen, müssen Sie wissen, allein schon die Versicherung – "

„Ein weiteres Konfliktfeld ist die Rückgabe von Ausstellungsstücken an ihre Herkunftsländer", fiel John ihm ins Wort, bevor Fosdyke-Patterson zu einem längeren Exkurs ansetzen konnte. „Wie sehen Sie diese Diskussion?"

„Auch hier war ich mit Dr. Coleridge vollkommen einer Meinung: Was wir zeigen, sind Kulturgüter der Menschheit. Sie gehören nicht einer bestimmten Nation. Wir haben hier die besten Möglichkeiten, diese unersetzlichen Stücke für die nächsten Generationen zu erhalten, ganz anders, als das oft in den Ursprungsländern der Fall ist. Außerdem sind unsere Stücke in der ägyptologischen Abteilung keinesfalls geraubt worden, sondern vollkommen legitim in unseren Besitz übergegangen. Das sehe ich im Übrigen auch für das Parthenon-Fries so, auch wenn die griechische Regierung nicht müde wird, uns mit Restitutionsforderungen unter Druck zu setzen – "

„Sie waren sich also in jeder Hinsicht bemerkenswert einig mit Dr. Coleridge", kommentierte John.

„Absolut. Er war ein Wissenschaftler von Weltrang und es war ein immenses Privileg, mit ihm zusammenzuarbeiten. Er wird uns allen – und mir im Besonderen – fehlen."

John fügte seinen Aufzeichnungen noch ‚aalglatt' hinzu und klappte das Notizbuch zu. Owain Pratt jedoch hatte noch eine letzte Frage.

„Und Sie waren an dem fraglichen Abend zu keinem Zeitpunkt hier im Personaltrakt?"

„Nein. Ach, oder doch, ganz kurz. Ich habe meinen Mantel geholt, den ich hier abgelegt hatte."

„Sind Sie auf dem Weg irgendjemandem begegnet?"

„Ich ... glaube nicht. Vielleicht habe ich es auch nicht wahrgenommen. Wir hatten einen ganz brauchbaren Champagner da und ich hatte ein paar Gläser getrunken. Natürlich bin ich mit der U-Bahn nach Hause gefahren, Chief Inspector", setzte er eilig hinzu. „Ich würde niemals unter Alkohol fahren – "

„Wir sind nicht von der Verkehrspolizei", beschied Pratt ihm und stand auf. „Danke Ihnen. Wir werden bei weiteren Fragen auf Sie zurückkommen."

„Selbstverständlich. Immer gern. Einen schönen Tag noch, die Herren."

Auf dem Gang schritt der Chief Inspector nach einem Blick auf seine Gästeliste zielstrebig aus, John folgte ihm stumm. Einen Quergang weiter blieb Pratt vor einer offenen Tür stehen, aus der mehrsprachiges Stimmengewirr klang. Er klopfte auf den Türrahmen, um sich bemerkbar zu machen.

„Signora Ricci? Könnten wir Sie einen Moment sprechen?"

Die junge Frau, die aus Dr. Fosdyke-Pattersons Zimmer gekommen war, sah auf. Sie murmelte etwas und kam zögernd heraus.

„Ja?"

„Pratt und Mackenzie von der Metropolitan Police. Wir sind uns ja vorhin kurz begegnet. Begleiten Sie uns bitte."

Ohne ein weiteres Wort ging Pratt voraus zu Dr. Coleridges Büro. John überließ der Italienerin dort den Besucherstuhl und postierte sich auf der Couch.

„Signora Ricci, ich habe nur einige Routinefragen. Sie sind vergangene Woche schon kurz von einem Constable vernommen worden, nicht wahr?"

Francesca Ricci nickte. John sah, dass sie die Hände im Schoß ineinander verschlungen hatte.

„Sie waren wie die meisten Ihrer Kollegen bei der Ausstellungseröffnung?"

Wieder Nicken.

„Wie hat Ihnen Dr. Coleridges Vortrag gefallen?"

„Er … hat gut gesprochen. Er war ein großer Experte."

„Das war er", sagte Pratt freundlich. „Und nach dem Vortrag sind Sie noch geblieben? Das Buffet muss sehr gut gewesen sein, ist mir gesagt worden."

Unwillkürlich verzog die junge Frau das Gesicht, aber gleich darauf sagte sie, „Ja. Es gab gute Sachen."

Pratt lachte leise. „Ich kann mir vorstellen, dass Sie zuhause besseres Essen gewöhnt sind. Aber London ist eine sehr teure Stadt und für junge Wissenschaftler werden keine Spitzenlöhne bezahlt. Da ist man froh um jede kostenlose Mahlzeit, nicht wahr?"

Die Italienerin brachte ein scheues Lächeln zustande.

„Wie lange sind Sie schon hier am Museum?"

„Sieben Monate."

„Und würden Sie nach Abschluss Ihrer Doktorarbeit gern hierbleiben?"

„*Si.* Es gibt kein besseres Museum in Europa. Gerade als Archäologin ist es ein Traum, hier zu arbeiten."

„Und Dr. Fosdyke-Patterson hat Sie unter seine Fittiche genommen. Das ist ein Glück für Sie. Schließlich könnte er der nächste Kurator des Rosetta-Steins werden."

Francesca Riccis momentane Redseligkeit versiegte schlagartig. Sie schlug die Augen nieder.

„Sie waren an dem Abend nach dem Vortrag mit ihm zusammen, nicht wahr? In seinem Zimmer? Wie lange waren Sie dort?“

Die junge Wissenschaftlerin schnappte nach Luft.

Pratt schenkte ihr ein väterliches Lächeln. „Sie brauchen keine Angst zu haben. Sie stecken in keinerlei Schwierigkeiten. Aber Sie müssen mir die Wahrheit sagen.“

„Eh … *era un quarto d'ora.* Eine Viertelstunde“, brachte die Italienerin mit bibbernder Unterlippe heraus.

„So. Und können Sie sich an die Uhrzeit erinnern?“

„*Possibilmente* … halb elf?“

„Und sind Sie beide gemeinsam hier in den Personaltrakt heruntergekommen und auch gemeinsam wieder zurück zum Empfang gegangen?“

Kopfschütteln. „Gene ist ein paar Minuten vor mir nach unten gegangen. Es sollte nicht auffallen, dass … Und dann … danach … hat er gesagt, ich soll nach Hause gehen. Er wollte noch bleiben.“

„Habe ich Sie richtig verstanden – als Sie gegen viertel vor elf aus seinem Zimmer gegangen sind, ist Dr. Fosdyke-Patterson noch dort gewesen?“

Als die junge Frau nickte, stand der Chief Inspector auf.

„*Grazie, Signora.* Sie dürfen jetzt gehen.“ Galant öffnete er ihr die Tür. Nachdem er sie wieder geschlossen hatte, lehnte er sich dagegen und verschränkte die Arme.

„Meine Güte. Der Kurator macht vor aller Welt einen auf Bildungsbürger und fährt heimlich nach Thailand zum Sexurlaub. Der stellvertretende Kurator zwingt sich den hoffnungsvollen Doktorandinnen auf. Ein ganz schönes Sündenbabel ist das hier.“

John schnaubte, dann fragte er neugierig, „Wie bist du darauf gekommen? Dass unser Frauenheld und die schöne Francesca an dem Abend hier unten waren?“

„Das war ein Schuss ins Blaue“, gab Owain Pratt achselzuckend zurück. „Dass die beiden etwas miteinander haben, dachte ich sofort, als ich das Mädchen vorhin aus seinem Büro kommen sah. Und die Couch in seinem Zimmer war der einzige Platz, der nicht vollgerümpelt war. Das Ding erfährt offenbar rege Nutzung.“

Johns Respekt vor der Beobachtungsgabe des Walisers wuchs weiter.

„Was machen wir jetzt? Willst du ihn mit ihrer Aussage konfrontieren?“, wollte er wissen.

„Noch nicht. Wir behalten im Hinterkopf, dass Dr. Fosdyke-Patterson direkt vor Ort war und die Gelegenheit gehabt hätte, seinen Vorgesetzten zu töten."

„Und vielleicht auch ein Motiv", setzte John hinzu. „Für meinen Geschmack betont er zu häufig, dass er und Dr. Coleridge ein hervorragendes Verhältnis hatten und zwischen ihnen stets vollkommene Einigkeit geherrscht hat. Ich könnte mir vorstellen, dass da sehr wohl Rivalität war zwischen den beiden. Gerade an dem Abend – Fosdyke-Patterson musste mit anhören, wie Coleridge wieder mal im Rampenlicht stand und auf der großen Bühne dozieren durfte. Und dabei war es Fosdyke-Patterson gewesen, der unter den Entdeckern dieser ganzen Schätze war."

„Exzellenter Gedanke, John! Zu so einem frustrierten Wissenschaftler aus der zweiten Reihe würde auch passen, dass er seinen Arbeitgeber bestiehlt. Quasi als Kompensation für die mangelnde Wertschätzung. Unsere Theorie mit der Diebesbande könnte also auf ihn passen."

Owain Pratt strahlte John an. „Ich glaube, wir sind ein gutes Team. Einen brauchbaren Verdächtigen hätten wir schon gefunden. Mal sehen, wen nehmen wir denn als nächstes?" Wieder fischte er den zerknitterten Zettel aus der Tasche.

„Allein aus der Ägyptologie haben wir noch sieben Personen auf der Liste. Nehmen wir einfach die Dame aus dem Nachbarzimmer, eine Dr. Serena Hobbs."

Aber ihr Klopfen an der Bürotür blieb unbeantwortet, genauso bei Randall Ellis und Saif Qadeer.

„Kann ich Ihnen weiterhelfen?" Ein Mann in einem weißen Laborkittel kam vorbei und blieb stehen.

„Das ist sehr freundlich. Wissen Sie zufällig, wo die Kollegen Hobbs, Ellis und Qadeer zu finden wären?"

„Hm. Ich glaube, die gehören zu der Abordnung, die gestern nach Kairo geflogen ist. Sie sind Teil einer internationalen Arbeitsgruppe, die beim Konzept für das geplante neue Museum in Kairo berät."

„Ah, ja. Das soll 2018 eröffnen, nicht wahr?", ließ John sich vernehmen. Pauline hatte ihm bereits angekündigt, dass sie noch einmal nach Ägypten reisen wollte, sobald dieses riesige neue Museum eröffnet sein würde.

Der Mann im Kittel winkte ab. „Mittlerweile ist von 2020 als Eröffnungsdatum die Rede. Im Nahen Osten haben sie von strukturierter

Projektplanung noch nicht so viel gehört. Bei uns in Europa läuft so etwas schon anders ab.“

Nun ja … John erinnerte sich zurück, dass in seiner Armeezeit in Deutschland an einem Flughafen in der Hauptstadt gebaut worden war, der selbst heute, etliche Jahre später, noch nicht eröffnet worden war. Im Vergleich dazu hatten die alten Ägypter es schon vor fast 5000 Jahren geschafft, in dem vom Pharao gesteckten Zeitrahmen die Pyramiden zu erbauen. Er behielt diesen Gedanken jedoch für sich.

„Sie gehören auch zu den Ägyptologen?“, fragte der Chief Inspector.

„Nein. Gestatten: Rupert Ainsworth, Konservator, Abteilung für Erhaltung und Erforschung. Und Sie sind …?“

„Oh, verzeihen Sie, wir haben uns gar nicht vorgestellt. DCI Pratt von der Metropolitan Police. Mein Mitarbeiter John Mackenzie.“

„Oh. Sie sind wegen Dr. Coleridge hier.“

„Ganz recht.“ Pratt lugte auf seine Liste. „Dr. Ainsworth. Sie waren auch bei der Ausstellungseröffnung, wenn ich das richtig sehe?“

„Die ‚Versunkenen Städte‘? Ja. Ich hatte das Vergnügen, an einigen der Funde zu arbeiten, damit sie nach über 1000 Jahren in den Wassern des Nils in einer Ausstellung gezeigt werden können.“

„Sehr interessant. Hätten Sie einige Minuten Zeit für uns?“

„Ich habe gleich eine Telefonkonferenz mit einem Kollegen vom Smithsonian, aber wenn Sie mir einen Moment geben, sage ich ihm Bescheid, dass es etwas später wird.“

„Sehr gut. Kommen Sie dann bitte in Dr. Coleridges Zimmer, sobald Sie es sich einrichten können.“

Kaum hatten die Männer sich in ihr inoffizielles Hauptquartier zurückgezogen, klingelte Johns Handy.

„Oh, verzeih. Ich hätte es ausmachen sollen“, meinte er verlegen.

„Kein Problem. Ich nutze die Wartezeit, um meine Nachrichten abzufragen, also kannst du ruhig telefonieren.“

„Maggie!“, begrüßte John gleich darauf seine Schwester. „Seid ihr gut nach Hause gekommen?“

„Ja, und was noch erstaunlicher ist: Das Haus steht noch und es ist sogar aufgeräumt“, gab sie gutgelaunt zurück. „Ich wollte fragen, ob du Lust hast, zum Abendessen zu kommen. Ich bestelle uns was beim Italiener. Wir müssen dir unbedingt unsere Videos vorführen, die wir in Glastonbury gemacht haben. Allein schon der Auftritt von Art Garfunkel – ich sage dir, es war grandios. Wie er ‚Bridge over troubled water‘ gesungen hat – mir sind echt die Tränen gekommen. Einfach hinreißend – “

Ein Knurren des Chief Inspectors ließ John aufhorchen. Hastig versicherte er seiner Schwester, dass er ihre Einladung gern annahm und verabschiedete sich.

„Unerfreuliche Nachrichten?“, erkundigte er sich.

„Ach, nichts Wichtiges. Nur mein Vermieter. Der Herd in der Einbauküche funktioniert nicht und er vertröstet mich seit einer Woche. Heute ist angeblich der Handwerker wieder nicht aufgetaucht. Manchmal denke ich mir wirklich, die ganze verdammte Stadt hat sich gegen mich verschworen.“ Er sah auf. „Entschuldige. Ich wollte dir nicht die Ohren volljammern. Aber ich habe es satt, von Fertiggerichten aus der Mikrowelle zu leben. Und mich allein in ein Lokal zu setzen, gefällt mir auch nicht, abgesehen davon, dass das auf Dauer auch zu sehr ins Geld geht.“

„Entschuldige mich nochmal einen ganz kurzen Moment“, meinte John schnell entschlossen. Dann ging er hinaus und rief Maggie noch einmal an. Nachdem er sein Anliegen mit wenigen Worten geschildert hatte, sagte sie sofort, „Sehr gern, John. Bring den einsamen Inspektor mit. Ich freue mich, mal zur Abwechslung ein nettes Exemplar Polizist kennenzulernen.“

Gleich darauf hatte John die Freude, ein glückliches Leuchten auf Owain Pratts Gesicht zu sehen.

„Wirklich? Deine Schwester lädt mich einfach zu einem Familienessen ein? Aber sie kennt mich doch gar nicht“, brachte der Waliser sichtlich überwältigt heraus. „Das ist wirklich sehr freundlich – “ Weitere Dankesbekundungen wurden durch ein Klopfen an der Tür unterbrochen. John ging, um zu öffnen.

„Dr. Ainsworth. Bitte kommen Sie herein. Danke, dass Sie sich die Zeit nehmen“, sagte der Chief Inspector. „Nehmen Sie Platz.“

Wie zuvor zog John sich auf das Sofa zurück, Notizheft und Stift im Anschlag.

„Ich leite die Ermittlungen im Mordfall Dr. Coleridge, der durch die Attacke auf Madame Mercier natürlich weiter an Brisanz gewonnen hat“, begann Pratt.

Dr. Ainsworth blickte verwirrt drein. „Dann ist es ein Gerücht, dass ihr Mann deswegen verhaftet wurde? Ich habe gehört, er wäre der Täter.“

„Wir gehen derzeit verschiedenen Ermittlungsansätzen nach", gab der Chief Inspector zurück. „Sie sind bisher nur kurz von einem der Constables vernommen worden, soweit ich das sehe?"

„So ist es. Ein P.C. Briggs, soweit ich mich erinnern kann. Nachdem ich ihm gesagt hatte, dass ich gegen viertel nach zehn zusammen mit zwei Kollegen vom Empfang des Direktors weg bin, schien er keine weiteren Fragen mehr zu haben."

„Ah, so. Nun, wir versuchen, die Schritte von Dr. Coleridge – und auch die von Dr. Mercier in den Tagen vor dem Angriff auf sie – genauer zu rekonstruieren. Haben Sie mit Dr. Coleridge an dem Abend gesprochen?"

„Aber ja", kam es von Dr. Ainsworth. „Wir haben häufig gemeinsam an Projekten gearbeitet und hatten dadurch viel miteinander zu tun. Zum Beispiel waren wir beide federführend an den sechs Jahre dauernden Konservationsarbeiten der Wandmalereien aus dem Nebamun-Grab beteiligt. Wir haben auch einige Fachartikel darüber verfasst."

„Ah. Sehr interessant. Worüber haben Sie an dem Abend gesprochen?"

„Natürlich über die Ausstellung. Und über seinen Festvortrag, den ich sehr gelungen fand. Über seinen bevorstehenden Urlaub. Ah, und später am Abend kam er dann nochmal – wir hatten uns eigentlich schon verabschiedet – und sagte mir, dass er mir nach seiner Rückkehr etwas zeigen wollte, das er in unserem Außendepot in Blythe House gefunden hätte."

„In Blythe House? Hat er gesagt, um was es sich dabei handelte?" Der Chief Inspector versuchte augenscheinlich, sich seine Aufregung nicht anmerken zu lassen, aber dies gelang ihm nicht ganz.

„Nein, aber ich ging davon aus, dass er ein mögliches neues Projekt für uns aufgetan hatte. Er entdeckte ja nicht selten Schätze in unseren Archiven, die es verdient haben, gezeigt zu werden. Ich und mein Team holen die Objekte dann aus ihrem konservationstechnischen Tiefschlaf. Sie sollten einmal sehen, was wir allein aus der Analyse des Staubs alles ablesen können, der unfehlbar auf den Stücken zu finden ist. Wir nehmen eine Probe und legen sie unters Rasterelektronenmikroskop und bei Bedarf auch unters Röntgenspektroskop und – "

„Das ist zweifelsohne faszinierend, Dr. Ainsworth. Aber versuchen Sie bitte, sich genau zu erinnern, was Dr. Coleridge über seinen Fund sagte", beharrte Pratt.

Ainsworth überlegte einen Moment. „Ich würde Ihnen gern noch mehr sagen, Chief Inspector. Aber ich weiß es wirklich nicht. Sie können das Objekt aber identifizieren, indem Sie in Blythe House nachfragen, was er dort aus der Sammlung entnommen hat. Das habe ich Louise auch vorgeschlagen."

Ruckartig setzte Pratt sich aufrecht hin. „Dr. Mercier? Sie haben vor der Attacke mit ihr gesprochen?"

„Ja. Sie hat überall herumgefragt, was Austin in den letzten Tagen vor seinem Tod gemacht hat. Da habe ich ihr erzählt, dass er draußen in Blythe House war." Dr. Ainsworth hob erschrocken die Hand vor den Mund.

„Du lieber Himmel – ich habe sie doch dadurch nicht etwa direkt in die Arme des Mörders geschickt?"

Kapitel 20

John fühlte sich wie ein Dieb, als er die Schachtel mit dem Relief verborgen in einer größeren Kiste, die sie in Dr. Coleridges Büro gefunden hatten, und bedeckt mit ein paar Fachzeitschriften, die Artikel des Kurators enthielten, aus dem Museum schleppte. Zudem hatte er eine Heidenangst, dass er das wertvolle Paket fallen ließ und ein Relikt des sagenumwobenen Königreichs Kusch, das über zwei Jahrtausende überdauert hatte, zu seinen Füßen in unzählige Teile zerbarst.

Zutiefst erleichtert deponierte er seine Fracht auf dem Rücksitz des Taxis, das Owain Pratt herangewinkt hatte. Der Verkehr auf der zweieinhalb Meilen langen Strecke floss um diese Tageszeit zügig dahin, so dass sie eine gute Viertelstunde später am Eingang des ‚Museum of London' standen.

„John, mein Lieber! Wie schön, dich endlich einmal wieder zu sehen."

Auf Johns Gesicht breitete sich ein Lächeln aus, als er die hochgewachsene, grazile Frau mit der ebenholzschwarzen Haut erblickte.

„Claire!", rief er, stellte das Paket auf den Boden und umarmte sie.

Es war Monate her, dass er Claire Mohani zuletzt getroffen hatte. Er hatte die bekannte Themseforscherin vor einigen Jahren bei einem gemeinsamen Aktionstag des Towers mit dem Museum kennengelernt. Seither gehörte er zu ihrer Truppe der ‚Mudlarkers', einer Gruppe Freiwilliger, die sich mit der Erforschung der Schätze beschäftigte, die auf dem Grund der Themse lagerten. Die ungeheuren Gezeitenströmungen, die das Flussbett beständig umwälzten, brachten immer wieder faszinierende Relikte aus früheren Zeiten hervor. Claire bot einmal im Monat Exkursionen zu verschiedenen Abschnitten des Flusslaufs an. In diesem Jahr war John jedoch noch bei keiner einzigen dabei gewesen, wie ihm in diesem Moment bewusst wurde.

„Ich hoffe, du bist im Juli bei unserem Ausflug nach Rotherhithe dabei?", sagte sie soeben, als hätte sie seine Gedanken gelesen.

„Das wäre ich sehr gern, aber da bin ich mit Pauline in Frankreich", antwortete er. „Bei der nächsten Exkursion bin ich dabei, versprochen."

„Ah, Pauline. Wie geht es ihr?"

DCI Pratt, dem passionierten Beobachter, entging der Ausdruck der Enttäuschung nicht, der über das Gesicht von Dr. Mohani huschte. Amüsiert nahm er auch zur Kenntnis, dass sein neuer ehrenamtlicher

Kollege für den Moment vergessen zu haben schien, warum sie hier waren. Aber das war auch kein Wunder angesichts dieser wunderschönen Frau, die immer noch ihre Arme um John gelegt hatte. Schließlich räusperte der Chief Inspector sich leise.

„Oh“, entfuhr es John und er löste sich nicht ohne Bedauern von Claire. „Wo bleiben meine Manieren? Darf ich vorstellen, Claire: Das ist Detective Chief Inspector Pratt von der Metropolitan Police. Er leitet die Ermittlungen im Museumsmord. Owain, das ist Dr. Claire Mohani, eine der herausragendsten Archäologinnen des Landes.“

„Sehr erfreut, Ma’am. Ich weiß es wirklich sehr zu schätzen, dass Sie sich die Zeit nehmen, uns mit Ihrer Expertise zu unterstützen.“

„Immer gern, Chief Inspector. Gehen wir in mein Büro, dann sehen wir uns mal Ihr Objekt an.“

Nachdem Claire das Relief vorsichtig aus der Schachtel genommen hatte – sie trug die weichen weißen Handschuhe, die John schon oft an ihr gesehen hatte, wenn sie Fundstücke untersuchte – betrachtete sie es eine Weile schweigend. Dann griff sie zu einem starken Vergrößerungsglas und bewegte es Zentimeter um Zentimeter über die Fläche.

John wurde schon ganz kribbelig, während er ihr zusah und auch der Chief Inspector wippte unruhig mit einem Fuß auf und ab. Endlich legte Claire die Lupe weg.

„Auf den ersten Blick kann ich nichts entdecken, was dieses Relief nach einer Fälschung aussehen lässt – “ Claire bemerkte die Enttäuschung in den Gesichtern ihrer Besucher und setzte hinzu, „Aber das ist nur eine allererste Einschätzung und natürlich bin ich absolut keine Expertin für altägyptische Kunst. Du weißt ja, John, meine Spezialgebiete sind Keramik, Glas und Münzen. Ich habe jedoch vorhin ein wenig in ein paar einschlägigen Datenbanken recherchiert, nachdem du angerufen hast. Das Material stimmt nach meinem Eindruck schon mal. Im Königreich Kusch wurde Sandstein verwendet und dieses hier sieht mir ganz danach aus. Die Skulpturtechnik weist nicht darauf hin, dass das Relief erst in jüngster Zeit entstanden wäre. Allerdings muss ich dazu sagen, dass gerade in Stein gehauene Skulpturen mit am leichtesten zu fälschen sind. Denkt nur an den Skandal um die berühmte Amarna-Prinzessin.“

„Amarna-Prinzessin?“, wiederholte John. Auch der Chief Inspector schaute ahnungslos drein.

Claire tippte etwas auf ihrem Laptop ein, dann drehte sie den Monitor zu ihnen herum. Auf dem Bildschirm war der in weißen Stein gemeißelte kopflose Torso einer Frau zu sehen, deren gefälteltes Gewand ihre üppigen Formen nicht verbarg.

„Das soll eine der Töchter des großen Pharaos Echnaton sein, verewigt in feinstem Alabaster ungefähr im Jahr 1350 vor Christus. Das Museum in Bolton dachte, es hätte einen tollen Coup gelandet, als es die Statuette – sie ist ungefähr einen halben Meter hoch – 2003 kaufte. Sowohl die Kollegen vom Britischen Museum als auch das Auktionshaus Christie's stellten nach umfangreichen Untersuchungen Echtheitszertifikate aus. Tatsächlich ist das Ding keine 20 Jahre alt und stammt aus der Werkstatt einer zugegeben begabten Kunstfälscherfamilie aus Lancashire. Ein Bad aus Lehm und Tee hat ihm ein hübsch gealtertes Aussehen verliehen – und schon wurden drei Wochen Steinmetzarbeiten mit 440 000 Pfund belohnt."

Owain Pratt nickte. „Jetzt kann ich mich erinnern. Das war doch die ‚Gartenschuppenbande', wie man sie genannt hat. Wurden alle zu ein paar Jahren Haft verurteilt, sind aber mittlerweile wieder auf freiem Fuß, nicht?"

„Genau. Die Geschichte war ziemlich peinlich fürs Britische Museum, das in unserem Land ja eigentlich zu den führenden Institutionen gehört, wenn es um die Authentifizierung von Kulturgütern geht. Dort gibt es phantastische Ressourcen für die drei Dinge, die man für das Erkennen einer Fälschung braucht: ein fundiertes Wissen über die Stilistik einer bestimmten Epoche oder eines bestimmten Künstlers, dazu Experten für die Provenienzforschung, also das lückenlose Nachvollziehen des Weges, den ein Objekt von seiner Entstehung oder seinem Auffinden bis zum heutigen Besitzer geht und schließlich die technische Ausstattung, die physikalisch-chemische Analysen des Objekts erlaubt. Aber letzten Endes sind die Kollegen mit ihrer Fehleinschätzung in guter Gesellschaft, denn Täuschung gehört beim Handel mit Kunst und antiken Funden zum Tagesgeschäft. Man geht davon aus, dass mindestens die Hälfte aller Kunstwerke, die im Umlauf sind, gefälscht sind."

John fiel die Kinnlade nach unten. „Die Hälfte?! Das ist ja erschreckend."

„Die Summen, um die es geht, sind eben sehr verführerisch", bemerkte der Chief Inspector. „Bis man den Fälschern auf die Spur kommt, haben sie nicht selten zweistellige Millionensummen erlöst.

Das ist richtiges *Big Business*. Genauso wie der Kunstraub. Der floriert international. Paris, Amsterdam, Oslo, Wien … die Liste der betroffenen Museen und Galerien ließe sich beliebig fortsetzen. Es gibt nun mal genügend Leute, die extrem viel Geld haben und es darauf anlegen, ein bestimmtes Kunstwerk zu besitzen, selbst wenn sie es dann unter Verschluss halten müssen. Auch das organisierte Verbrechen hat gern ein paar hochkarätige alte Meister auf Lager, um damit zum Beispiel Drogendeals abzusichern."

Owain Pratt beugte sich nach vorn.

„Dr. Mohani – unabhängig davon, ob dieses Relief gefälscht ist oder nicht – was halten Sie von der Theorie, dass es am Britischen Museum eine Person oder Gruppe gibt, die Kulturgüter stiehlt und verkauft?"

Claire Mohani lehnte sich in ihrem Stuhl zurück und starrte einen Moment an die Zimmerdecke.

„Aus dem hohlen Bauch heraus würde ich sagen, das ist ausgeschlossen. Ich kenne etliche der Mitarbeiter dort durch gemeinsame Projekte und, na ja, es ist das *Britische Museum*! Eine Ikone der Stadt und des ganzen Landes, ein Leuchtturm unter den Museen auf der ganzen Welt. … Aber – " Sie schob ein Papier über den Schreibtisch.

„Das habe ich gerade für euch ausgedruckt. Bei einem vom Parlament angeordneten Audit, dessen Ergebnisse bisher nur intern bekannt sind, kam heraus, dass seit 2010 Ausstellungsstücke im Wert von über einer Million Pfund allein aus den größten Museen des Vereinigten Königreichs verschwunden sind. Nicht alle sind wohl gestohlen worden, etliche sind vermutlich einfach in den Archiven verschollen."

John konnte nur den Kopf schütteln. Dr. Whyte, der Chefhistoriker des Towers, mochte eine aufgeblasene Nervensäge sein, aber es war unvorstellbar, dass unter seiner Ägide auch nur ein einzelnes Blatt Papier oder ein rostiges Kettenglied aus den Gewölben der Festung verschwand.

„Das spektakulärste fehlende Exponat ist ein Diamantring für 750 000 Pfund, der just dem Britischen Museum abhandengekommen ist", fuhr Claire fort. „Und zwar schon 2011. Bis heute ist er nicht wieder aufgetaucht, auch wenn die Verantwortlichen haben verlauten lassen, dass er sich bestimmt noch im Haus befindet und nur verlegt wurde", fuhr Claire fort.

DCI Pratt runzelte die Stirn. „Darüber habe ich in unseren Dateien gar nichts gefunden. Ich bin nur auf Diebstähle aus früheren Zeiten gestoßen. Notorisch war wohl ein gewisser Robert Dighton, der massenweise Kunstdrucke aus dem Britischen Museum entwendet und in seinem Geschäft verkauft hat, aber das war vor über 200 Jahren."

„Das liegt daran, weil so ein Verlust erst offiziell angezeigt werden muss, sobald fünf Jahre vergangen sind, nachdem das Fehlen des Objekts erstmals aufgefallen ist. Dieser Zeitpunkt dürfte im Herbst erreicht sein", sagte Claire. „Ich weiß darüber nur über eine Kollegin Bescheid, die mit mir in einem Arbeitskreis sitzt und mir das Ergebnis des Audits vorab zur Verfügung gestellt hat. Was hier bei dieser Auflistung im Übrigen gar nicht enthalten ist, sind die Verluste aus dem ‚British Empire and Commonwealth Museum' in Bristol, das 2008 geschlossen wurde. Es hat sich herausgestellt, dass fast 150 von deren Gemälden, die dort als Leihgaben waren, einfach fort sind. Viele davon konnte man mittlerweile zu Auktionshäusern nachverfolgen. Sie sind verkauft worden, obwohl die Eigentümer darüber gar nicht Bescheid wussten."

„Hm." Versonnen klopfte sich der Chief Inspector mit dem Zeigefinger gegen die Nase. „Wenn wir auch nur den Hauch eines Beweises hätten, dass es im Museum wirklich einen Dieb oder einen ganzen Diebesring gibt, würde ich sofort meine Kollegen aus der Spezialabteilung einbeziehen. Denn das wäre ja eine richtig große Sache und auch ein hochsensibles Thema. Wie Sie schon sagten, Dr. Mohani, es geht um das Britische Museum. Das würde internationale Schlagzeilen machen, wenn von dort Kulturgüter verschwinden würden."

Im Gegensatz zu Superintendent Whittington, der auf möglichst aufsehenerregende Fälle so scharf war wie der Teufel auf die arme Seele, wirkte Owain Pratt eher unglücklich.

„Ich weiß, was davon abhängt", sagte Claire. „Ich werde alle meine Ressourcen nutzen und Ihnen so schnell wie möglich eine Analyse der Echtheit des Reliefs liefern. Und ich behandle die Sache streng vertraulich", versprach sie.

Als die beiden Männer sich vor dem Museum voneinander verabschiedeten, war ihre vorhergehende, fast fiebrige Erregung einer gewissen Ernüchterung gewichen.

„Es wäre auch zu schön gewesen, wenn wir das Motiv hinter dem Mord an Dr. Coleridge heute hätten aufdecken können", seufzte Owain Pratt. „Aber wir haben mit Dr. Fosdyke-Patterson zumindest einen vielversprechenden Verdächtigen aufgetan. Ich danke dir sehr für deine große Hilfe, John."

„Es war mir ein Vergnügen, Owain." Vor allem, weil John sich bereits darauf freute, Pauline alles, was sie über den ach so charmanten stellvertretenden Kurator erfahren hatten, brühwarm unter die Nase zu reiben. Er gab dem Chief Inspector Maggies Adresse und verabschiedete sich. „Wir sehen uns um sieben, Owain. Cheerio."

Randvoll mit Antipasti und den berühmten ‚Cannelloni Sensazione' von Maggies Lieblingsitaliener lehnte John sich einige Stunden später in seinem Stuhl zurück und klopfte sich auf den Bauch.

„Das war vorzüglich. Mein Kompliment an die Essensbestellerin." Er grinste seine Schwester an, die sein Lob mit einem huldvollen Lächeln quittierte.

„Ja, wirklich, da kann ich mich nur anschließen, Mrs. Hughes. Ich habe schon lange nicht mehr so gut gegessen", meldete sich Owain Pratt zu Wort. „Und diese kulinarischen Genüsse auch noch in so angenehmer Gesellschaft – wunderbar."

Der Chief Inspector hatte sich nicht nur mit dem herrlichen Rosenstrauß gut eingeführt, den er Maggie mitgebracht hatte. Er hatte sich auch eigens in ein Sakko geworfen und seinen etwas zotteligen Bart akkurat gestutzt. Während des Essens hatte sich herausgestellt, dass auch er in seinen jüngeren Jahren einige Male beim Festival in Glastonbury gewesen war und amüsante Anekdoten über seine Erlebnisse zu erzählen wusste. Maggie erheiterte die Runde mit einer lebhaften Schilderung der selbst nach Aussage der Veranstalter größten Schlammschlacht seit dem Jahr 1947, die das chaotische Wetter dem Festival beschert hatte. Trotz der widrigen äußeren Umstände hatte sie aber nicht nur Art Garfunkels Auftritt genossen.

„Ich sage euch, wenn du alten Kämpen wie Ralph McTell oder Jeff Lynne lauschst, fühlst du dich wieder richtig jung", schwärmte sie. „Zumindest so lange, bis du merkst, dass dir gleich die Füße abfallen und du für deinen alten Rücken schnellstmöglich eine Physiotherapiesitzung brauchst."

Alan dagegen hatte einige Newcomer entdeckt, die ihn begeisterten, darunter eine ganz junge Frau namens Dua Lipa. „Die hat eine große Zukunft vor sich, das verspreche ich euch", meinte er.

„Ah, das Pop-Zeug überlasse ich den Teenies", kommentierte Owain Pratt. „Mein Lieblingsfestival war 1986 – da habe ich The Cure und die Pogues dort gesehen – "

Alan fuhr hoch. „Oh wow, da war ich auch. Das war phantastisch."

Spätestens zu diesem Zeitpunkt hatte Alan, der nach seinen noch frischen Erfahrungen mit der Polizei dem Besuch eines Scotland Yard-Mannes in seinem Heim anfänglich etwas reserviert entgegengesehen hatte, Owain Pratt ins Herz geschlossen.

Tommy, der nicht nur seine eigene Pizza ‚Quattro stagioni', sondern auch noch die Hälfte von Bellas Calzone vertilgt hatte, stand auf und räumte ungefragt die leeren Teller ab. Dann steckte er den Kopf noch einmal ins Esszimmer.

„Ich bin dann oben. Ich muss noch was für meine Präsentation im Medien-Kurs morgen machen."

„Kann ich Penny anrufen?", bat Bella. „Wir müssen noch was wegen der Reitstunde morgen ausmachen."

„Natürlich, Spatz. Nimm aber unser Telefon. Deine Handynutzungszeit ist für heute abgelaufen, das weißt du ja."

Bella zog eine kleine Schnute. „Na gut."

„Wir gehen schon mal ins Wohnzimmer und ich richte den Beamer für unsere Filmvorführung her", verkündete Alan. „Dann kann ich Owain auch gleich meine Schallplattensammlung zeigen."

„Ist gut. Ich mache uns Tee. Während wir die Videos gucken, können wir das Tiramisu essen."

John und seine Schwester gingen in die Küche.

„Der Chief Inspector ist ja wirklich ganz herzig", bemerkte Maggie, während sie eine Teedose aus dem Schrank holte. „Alan scheint ihn auch zu mögen – dass er anbietet, jemandem seine geheiligte Schallplattensammlung zu zeigen, ist eine seltene Ehre."

„Ich finde Owain auch sehr sympathisch. Er ist ganz anders als die meisten Polizisten, die wir bis jetzt kennengelernt haben." John fischte Löffel und Kuchengabeln aus der Besteckschublade.

„Einschließlich unseres familieneigenen Superintendenten." Maggie gab ein gespieltes Würgen von sich. In dem Moment hörten sie in der Diele das Telefon klingeln und gleich darauf Bellas Stimme, „Oh, hallo Simon. … John? Ja, der ist hier. Mit einem ganz netten Kollegen von dir. Warte, ich gebe ihn dir."

John seufzte unhörbar, als seine Nichte ihm den Hörer reichte und ihn streng mahnte, „Mach aber nicht so lang. Penny wartet auf meinen Anruf.“

„Ich tue mein Bestes“, wisperte er, dann sagte er laut, „Simon? Guten Abend. Oder guten Tag, keine Ahnung, was bei euch gerade ist.“

„Wer ist da mit dir bei Maggie?“, wollte Simon wissen.

„DCI Pratt, wieso?“, gab John zurück.

„Wieso wird dieser Provinzheini eingeladen?“

„Er kennt noch nicht viele Leute in der Stadt und ich dachte, ich mache ihm eine Freude.“

„Ach.“

John konnte förmlich vor sich sehen, wie sein Cousin verächtlich die Nase rümpfte. Aber er meinte, auch einen Hauch von Eifersucht herauszuhören.

„Veranstaltet ihr etwa ein konspiratives Treffen?“, bohrte der Superintendent weiter.

Maggie, die Kopf an Kopf mit John stand und lauschte, schlug sich an die Stirn.

„Nein, wir sitzen einfach nett zusammen und plaudern“, brummte John. „Warum rufst du eigentlich an?“

„Weil ich dich weder zuhause noch auf dem Handy erreichen konnte. Dann habe ich mit dem mir eigenen rasiermesserscharfen Verstand geschlossen, wo du bist.“

„Heureka, jetzt hast du mich gefunden. Also worum geht es?“

„Na, ich wollte mich nach dem Ermittlungsstand erkundigen, was sonst?“

„Und dazu rufst du mich an und nicht deine Kollegen im Yard?“

„Herrje, ich will meinen geschätzten Mitarbeitern aus den unteren Rängen nicht das Gefühl geben, dass ihr Vorgesetzter ihnen über die Schulter schaut. Das musst du doch verstehen. Motivationspsychologisch und so wäre das doch völlig verkehrt – “ Er brach jäh ab.

„Nein, Schatz, ich führe kein berufliches Telefonat. Wirklich. Ich wollte mich nur bei John erkundigen, wie es der Familie geht – na also gut, dann fahre ich jetzt mit Keith eine Runde Wasserski.“ In gestelztem Ton setzte er hinzu, „Beste Grüße von Patricia an alle. Auf Wiedersehen.“

John überreichte Bella das Telefon, die quasi Hufe scharrend in der Küchentür stand. Dann brachen er und Maggie in Gelächter aus.

„Der arme Simon! Da sitzt er auf seiner Karibikinsel, umgeben von den oberen Zehntausend, und kann es gar nicht genießen“, kicherte Maggie.

„Aus lauter Angst, dass ihm in der Zwischenzeit die Show gestohlen wird und er bald nicht mehr der Star der Metropolitan Police ist. Grundgütiger, vielleicht muss er am Ende doch noch in einem Großraumbüro versauern“, schniefte John theatralisch. Dann wurde er ernst.

„Simon ist nicht der erste, dem es im Moment nicht gefällt, dass ich mit der Polizei zusammenarbeite“, berichtete er. „Pauline ist darüber auch nicht gerade erbaut und wenn Madeleine Wharton erst davon Wind bekommt, dann Gnade mir Gott. Sie hat wirklich einen ausgemachten Hass auf die Metropolitan Police.“

„Und mein armes Bruderherz sitzt wieder mal zwischen allen Stühlen“, bemitleidete Maggie ihn. „Und was hat Pauline dazu gesagt, dass du Claire als Expertin mit einbezogen hast?“

Als Antwort verzog John ein wenig leidend das Gesicht.

„Das wird schon wieder“, tröstete Maggie ihn. „Zumindest ist an der Familienfront momentan alles soweit ruhig. Die Kinder haben die Tage allein wirklich bestens gemeistert. Mum war zwar nicht begeistert, dass die beiden sich geweigert haben, zu ihr nach Kew hinauszukommen, aber damit muss sie leben. Zumindest kommt Dad morgen wieder aus den Highlands zurück.“

„Hat Isabel sich vom Schock des Referendums einigermaßen erholt?“

„Sie ist offenbar schon wieder in kämpferischer Laune und will sich jetzt für eine zweite Volksabstimmung zur Unabhängigkeit Schottlands einsetzen. Ich glaube zwar, dass das illusorisch ist, aber wenn Tante Isabel einen Sinn darin sieht, sich dafür einzusetzen – warum nicht?“

„Das sehe ich auch so. Mit wehenden Fahnen auf in die Schlacht – das ist Isabel. Hast du in den letzten Tagen von Renie gehört?“, erkundigte John sich.

„Wir haben heute telefoniert. Sie hat viel um die Ohren. Eine Studentin ist von einer Schlange gebissen worden und obwohl sie das Gegengift schnell parat hatten, war das natürlich eine große Aufregung. Dazu leiden mehrere im Team unter Verdauungsbeschwerden, so dass Renie neben ihren ganzen anderen Aufgaben auch noch als Krankenschwester im Dienst ist.“ Maggie holte eine große Schale Tiramisu aus dem Kühlschrank. „Sie klingt aber trotzdem putzmunter.

Das Kind ist einfach erst richtig in seinem Element, wenn es an allen Ecken brennt."

„Dann läuft sie zu großer Form auf", stimmte John seiner Schwester zu. „Ganz im Gegensatz zu mir. Manchmal wünsche ich mir, ich wäre ein Murmeltier. Dann könnte ich monatelang einfach schlafen."

Kapitel 21

Der Gedanke an ein Murmeltier-Dasein erschien John in den nächsten Tagen immer erstrebenswerter. Die Sommergrippewelle hatte auch in den Reihen der Yeoman Warders zugeschlagen und so musste er drei Tage am Stück jeweils Doppelschichten schieben. Dem Personalengpass fiel selbst der halbe freie Tag, den er regelmäßig als ehrenamtlicher Mitarbeiter im Nachbarschaftszentrum in Shoreditch verbrachte, zum Opfer. Wenn er vom Dienst kam, wollte er sich nur noch die Decke über den Kopf ziehen und schlafen. Als er am Mittwochmittag schnell die Nachrichten auf seinem Anrufbeantworter abhörte, erklang die hörbar betrübte Stimme des Chief Inspectors.

„John, Owain Pratt hier. Dr. Mohani hat mir Bescheid gegeben: Sie ist sich zu 95 Prozent sicher, dass unser Relief echt ist. Verteufelte Sache. Es schaut also so aus, dass wir unsere tolle Idee mit den Dieben und Fälschern im Museum in die Tonne kloppen können. Gott sei Dank habe ich im Yard nicht einen Haufen Wind darum gemacht, sonst würde ich jetzt komplett als Idiot dastehen. Na, sei's drum. Ich muss mich jetzt erstmal um diesen Raubüberfall kümmern und nebenher werde ich ein paar Background-Checks für die Leute auf unserer Liste laufen lassen. Wenn du Zeit hast, würde ich mich über einen Anruf freuen."

Da war er nicht der Einzige. Renie, David, Emmeline, Simon, Grace Evans vom Nachbarschaftszentrum, Claire Mohani, Madeleine Wharton und zuletzt auch noch ein alter Studienkollege von John – sie alle hatten in den letzten 24 Stunden mehr oder weniger gleichlautende Aufforderungen auf seiner Mailbox hinterlassen. John konnte sich nicht erinnern, je als Gesprächspartner so begehrt gewesen zu sein. Da keiner der Anrufe sich sonderlich dringlich angehört hatte, beschloss John kurzerhand, per E-Mail ein paar freundliche, aber nichtsdestotrotz deutliche Zeilen an alle zu schicken, dass er bis über beide Ohren in Arbeit steckte und sich frühestens am Freitag melden würde.

Als er sein elektronisches Postfach öffnete, fand er dort ein Dutzend ungelesene Nachrichten, darunter eine von Mike. Da kam ihm plötzlich der Gedanke, dass sein amerikanischer Freund möglicherweise eine weitere Informationsquelle war, die sie anzapfen konnten. Er verfügte über eine Vielzahl von Kontakten zum Britischen Museum.

„Hey, cool, logisch bin ich dabei", versprach Mike umgehend, nachdem John ihm am Telefon die Sachlage erklärt hatte. „Ich bin ohnehin morgen dort, um mich mit meiner Ansprechpartnerin für die

Federkronen, Melanie Parr, zu treffen. Ich höre mich um, John, und gebe dir dann Bescheid."

Und tatsächlich fand John am Donnerstagmittag Mikes Bericht unter seinen E-Mails.

‚Howdy Kumpel, Undercover-Agent M.N. meldet sich zurück vom Fronteinsatz (ich fühle mich wie Felix Leiter, wenn er James Bond bei einer Mission helfen darf ;-)

Melanie (Konservatorin für organische Materialien) hat mir anvertraut, dass ein gewisser Dr. Saif Qadeer scharfe Auseinandersetzungen mit Dr. Coleridge hatte. Dabei ging es vor allem um die Debatte zur Rückführung von Kulturgütern in die Herkunftsländer. Die Diskussion ist über die sachliche Ebene hinaus ausgeartet, es muss auch persönliche Beleidigungen gegeben haben. Über andere Feinde im Personal wusste sie nichts. Und wenn Melanie mir gegenüber ehrlich war, könnt ihr alle Konservatoren von der Verdächtigenliste streichen, denn die sechs Leute aus der Abteilung, die bei der Ausstellungseröffnung da waren, waren durchgehend zusammen, bis die drei Männer irgendwann gegangen sind. Melanie und ihre zwei Kolleginnen sind noch ein bisschen geblieben, waren aber kurz vor 23 Uhr ebenfalls weg. Ich hoffe, das hilft euch ein bisschen weiter. Sobald du mal wieder etwas Luft hast, musst du mit Pauline zu uns zum Essen kommen. Over and out, Mike'

John war gerade am Überlegen, ob er Owain Pratt anrufen und ihm die frohe Kunde eines neuen Verdächtigen überbringen oder ihm der Einfachheit halber die wesentlichen Auszüge aus Mikes Nachricht weiterleiten sollte. Da klingelte das Telefon und der Chief Inspector selbst war am Apparat.

„John! Mensch, bin ich froh, dass ich dich erreiche. Großartige Neuigkeiten: Dr. Mercier ist wieder wach!"

„Oh Gott, das ist ja phantastisch! Ich muss sofort Pauline anrufen", rief John aus.

„Lieber nicht, John. Wir wollen das Ganze noch unter der Decke halten, damit unser Täter nicht auf die Idee kommt, es nochmal zu probieren", bremste Pratt ihn.

„Das verstehe ich natürlich. Aber es wäre grausam, es Pauline nicht zu sagen", wandte John ein.

„Nun gut. Ich weiß ja, dass ich mich auf euch verlassen kann. Aber sonst soll niemand Wind davon bekommen. Auch das Krankenhauspersonal ist zum Stillschweigen verpflichtet worden.“

„Gut. Denkst du, Pauline darf Louise morgen besuchen, wenn sie kommt?“

„Das wird sich einrichten lassen. Aber, John, ich bräuchte heute noch deine Hilfe – “

„Ich habe Dienst bis acht Uhr abends, sorry“, unterbrach John. „Wir haben gerade genauso einen Personalnotstand wie ihr bei der Met. Ich komme hier nicht weg.“

„John – es ist wirklich wichtig! Ich muss Madame Mercier so schnell wie möglich vernehmen. Aber die Ärzte sagen, sie braucht noch Zeit, bis sie eine belastbare Aussage machen kann. Außerdem ist sie offensichtlich sehr, wie hat der Doktor es genannt … ‚agitiert‘. Sie braucht irgendeine vertraute Person um sich, sonst bekomme ich wahrscheinlich überhaupt nichts Vernünftiges aus ihr heraus. Wenn es sein muss, stelle ich eine offizielle Anfrage an deinen Kommandanten, dass du vom Dienst freigestellt wirst.“

„Ich kann mir nicht vorstellen, dass du damit Erfolg hast“, gab John skeptisch zurück. „Bei uns fehlt ungefähr ein Drittel aller Leute und der Rest arbeitet wie verrückt, um den Betrieb aufrechtzuerhalten. Außerdem muss ich den Abenddienst bei den Raben auf jeden Fall selbst übernehmen, weil sonst niemand da ist, dem ich das anvertrauen kann.“

„Ich versuche es trotzdem. Ich melde mich gleich wieder.“

John gab sich geschlagen und diktierte dem Chief Inspector die Durchwahl für Mullins’ Vorzimmer. Dann richtete er sich hastig ein Sandwich her. Noch bevor er den ersten Bissen nehmen konnte, klingelte es erneut.

„Dein Commander ist ein Pfundskerl“, platzte Owain heraus. „Er springt selbst ein und übernimmt zwei Führungen. Damit haben wir zwei Stunden. Ich schicke dir auf der Stelle einen Wagen, der dich zum Krankenhaus bringt. Wir sehen uns dort. Und danke dir“, fügte er noch schnell hinzu, bevor er auflegte.

„Gern geschehen“, seufzte John und begann schon, sich seiner Uniform zu entledigen.

Eine Viertelstunde später stieg er in einen Streifenwagen, der ihn mit Blaulicht nach Charing Cross brachte. Eigentlich hatte John vorgehabt, während der Fahrt mit Pauline zu telefonieren, aber die Geräuschkulisse machte das unmöglich. So sprach er nur ganz kurz mit ihr, während er durch die Krankenhausgänge Richtung Intensivstation spurtete. Dort sah er bereits Owain Pratt auf und ab tigern.

„Ich melde mich abends nochmal“, hechelte John noch in den Hörer, dann legte er ohne weitere Umstände auf.

„John. Danke. Ich weiß, ich stehe mittlerweile richtig tief in deiner Schuld – “

„Unsinn“, schnitt John dem Chief Inspector das Wort ab. „Wir müssen uns jetzt auf Louise konzentrieren. Nutzen wir die Zeit.“

Wenige Minuten später standen beide an einem von einer Vielzahl von Monitoren umgebenen Bett. John erschrak mächtig, als er Louise erblickte. Er erkannte sie kaum wieder, diese schmale Gestalt mit der fahlen Haut und dem strähnigen Schopf, deren Blicke ziellos im Zimmer umherirrten.

Er griff nach ihrer Hand. „Louise, meine Liebe. Wie geht es dir?“

Ihre Augen fixierten sich auf ihn. „John“, krächzte sie nach einem Moment. Sie fuhr sich mit der Zunge über ihre aufgesprungenen Lippen. Dann folgte ein Schwall französischer Worte, von denen er nichts verstand.

„Es ist alles gut“, murmelte er beruhigend. „Du bist hier in Sicherheit. Und du wirst wieder ganz gesund werden. Das ist alles, was zählt.“

Er entdeckte ein Wasserglas mit Strohhalm auf dem Beistelltisch und schenkte aus einer bereitstehenden Flasche etwas hinein.

„Möchtest du etwas trinken?“

Louise nickte kaum wahrnehmbar und nahm mit zittrigen Händen das Glas entgegen. Das Schlucken schien ihr Schwierigkeiten zu bereiten und sie verzog schmerzlich das Gesicht.

„Pauline wird morgen hier sein. Sie freut sich sehr darauf, dich zu besuchen“, sagte John.

„Pauline. Ja.“ Louises Blick wurde ein wenig klarer. „John … was ist passiert?“

John warf einen ratsuchenden Blick zu Owain Pratt, der sich im Hintergrund gehalten hatte. Der Polizist trat näher heran und sprach Louise behutsam an.

„Madame Mercier. Ich weiß nicht, ob Sie sich an mich erinnern können – “

„DCI … Pratt?“, hauchte Louise.

Auf dem Gesicht des Chief Inspectors erschien ein breites Lächeln. „Wie schön, Madame. Dass Sie mich nach all dem, was Sie durchgemacht haben, im Gedächtnis behalten haben, ehrt mich sehr."

„Was … habe ich durchgemacht?" Sie blickte zwischen den beiden Männern hin und her.

„Sie sind am Freitagabend angegriffen worden. In der Nähe des ‚Queen's Head'. Haben Sie noch irgendeine Erinnerung daran?"

„Bei dem Pub? Was wollte ich da?" Einen Augenblick schaute Louise verwirrt drein, dann riss sie die Augen auf. „*Mon Dieu!* Ich wollte Madeleine treffen! Geht es ihr gut?"

„Mit Madeleine ist alles in Ordnung", sagte John. Zumindest ging er davon aus. Da er in den letzten Tagen quasi auf Tauchstation gegangen war, hatte er nichts mehr von der Amerikanerin gehört.

„Madame, wenn es Ihnen möglich ist, könnten Sie bitte versuchen, sich den Moment vor Augen zu halten, als Sie attackiert wurden?", bat Owain Pratt.

Louise schauderte unwillkürlich. John ergriff wieder ihre Hand und drückte sie sanft.

„Es … hat geregnet", begann sie. „Richtig heftig. Ich hatte einen Schirm, aber ich war trotzdem ganz nass. Und es war dunkel. Ich bin schnell gegangen. Und dann … bin ich gefallen?"

„Sie sind zu Boden gegangen, ja. Jemand hat Sie mit einem Messer angegriffen – "

„Ein Messer!", keuchte Louise. Einer der Monitore schrillte einen Alarmton. Sofort rauschte ein Arzt herein, der die beiden Besucher gebieterisch zur Seite schob.

„Sie gehen jetzt besser. Die Patientin ist noch nicht soweit stabil – "

„*Non!* Bitte – ich … lassen Sie sie bei mir bleiben. Ich habe Angst!", flehte Louise.

„Ich gebe Ihnen etwas, damit Sie schlafen", sagte der Arzt. „Bei uns sind Sie sicher, keine Sorge."

„Nein!" Louise entwand ihm ihren Arm, in dem die Infusionsnadel steckte. „Bitte – ich muss mit diesen Männern sprechen. Bitte!"

John konnte auf dem Monitor sehen, dass Louises Blutdruck rapide gestiegen war. Er warf einen Blick auf das Namensschild des Mediziners und räusperte sich.

„Dr. Majinski, dürfte ich Sie um eine Minute Ihrer Zeit bitten?"

Misstrauisch beäugte der Arzt ihn für einen Moment, dann nickte er. „Gehen wir in das Dienstzimmer."

Nachdem John mit wenigen Worten seinen beruflichen Hintergrund und Louises Vorgeschichte erklärt hatte, zeigte Dr. Majinski sich damit einverstanden, vor der Entscheidung über das weitere Vorgehen noch einige Minuten abzuwarten, wie der Zustand der Patientin sich entwickeln würde. John dankte ihm und ging wieder in den Überwachungsraum.

DCI Pratt hatte sich in der Zwischenzeit ans Fußende von Louises Bett gesetzt und Louise schien sich wieder beruhigt zu haben. Bei Johns Eintreten sah Pratt auf.

„Wegen der schlechten Sichtverhältnisse und weil alles so schnell ging, hat Madame Mercier ihren Angreifer nicht bewusst wahrgenommen."

„Das tut mir leid, dass ich nicht helfen kann." Louise nagte an ihrer Unterlippe. „Ich habe wirklich nichts gehört oder gesehen. Nate war es sicher nicht. Er ist nicht gewalttätig. Aber er ist kein guter Ehemann, das weiß ich jetzt. Oder ich weiß es schon lange, aber ich … war nicht stark genug."

„Madame, so etwas dürfen Sie nicht sagen", erhob Pratt die Stimme. „Sie sind eine sehr starke Frau. Und klug. Und loyal. Und – " Unvermittelt brach der Chief Inspector ab und lief rot an.

„Verzeihen Sie meine Worte. Das war unpassend. Ähem. Konzentrieren wir uns auf die Tage vor der Attacke. Ich bin ganz Ihrer Meinung, Madame Mercier, dass Ihr Ehemann unschuldig ist. Der Gedanke liegt nahe, dass Sie in Ihren Bemühungen, Dr. Wharton zu helfen, dem wahren Museumsmörder zu nahe gekommen sind."

Louise zog die Augenbrauen zusammen. „Ich? Ich weiß aber gar nichts darüber, wer Austin … umgebracht hat."

„Aber Sie hatten etwas herausgefunden. Sie hatten Dr. Wharton kontaktiert und ihr gesagt, dass Sie ihr etwas erzählen müssten", blieb DCI Pratt beharrlich.

„Ja … das stimmt. Oh, jetzt weiß ich es." Louise versuchte, sich aufzurichten. John erspähte ein kleines Kästchen, das an einem Kabel vom Bett herabhing und drückte den Knopf für das Kopfteil. Dieses fuhr ein Stück nach oben. Louise nickte dankbar, bevor sie fortfuhr.

„Ich habe etwas in unserem Depot gefunden, das komisch aussieht. Ich bin mir nicht sicher, aber es könnte eine Fälschung sein."

John und Owain Pratt starrten sich wie vom Donner gerührt an.

„Aber …", John verstummte, als Pratt ihm einen Wink gab.

„Madame, können Sie uns das Objekt beschreiben, um das es geht?"

„Natürlich. Es ist eine altägyptische Schminkpalette.“

Pratt holte sein Notizbuch heraus. „Eine Schminkpalette? Können Sie erklären, was das ist?“

„Sehr gern.“ Louises Stimme wurde zusehends kräftiger.

„Bei Kulthandlungen wurde von den Priestern zeremonielle Schminke verwendet. Dazu wurden die Zutaten gemörsert und auf kleinen Steinplatten zusammengerührt, so wie ein Maler seine Farbe auf einer Palette anmischt. Diese Steinplatten waren meistens oval mit einer kreisrunden Vertiefung in der Mitte für die Schminke. Außenherum sind sie oft wunderschön verziert. In der vordynastischen Zeit – das war vor über 5000 Jahren – sind diese Paletten eine Zeitlang sehr beliebt als Grabbeigaben gewesen.“

Owain Pratt hatte eifrig mitgeschrieben. „Und welchen Wert hat so ein Objekt heutzutage wohl?“

„Nun ja. Die aus dem Depot ist keine so berühmte wie die Schlachtfeld- oder die Jägerpalette, die wir ausstellen. Nicht so schön gearbeitet. Aber dafür ist sie nicht nur ein Fragment wie die beiden anderen, sondern sie ist vollständig erhalten. Und wir können ihre Provenienz bis zurück zum Fundort in Abydos verfolgen. Wir müssten einen Experten fragen, aber ich schätze zwischen 10.000 und 20.000 Pfund.“

„Kein unermesslicher Wert also, aber durchaus ein netter Verkaufserlös, wenn man einen Interessenten dafür findet“, stellte der Chief Inspector fest. „Wie aber sind Sie darauf gekommen, dass dieses Stück nicht echt ist, Madame?“

„Ich hatte es mir mit Dr. Coleridge zusammen vor ein paar Monaten angesehen.“ Louise lächelte traurig. „Ich weiß noch, dass er mich abgepasst hat, als ich aus dem Organik-Depot kam. Er sagte, er hätte wieder einen reizenden kleinen Schatz gefunden und der hätte ihn auf die Idee einer Sonderausstellung zum Thema Schönheit im Alten Ägypten gebracht. Eigentlich wollte ich gar nicht, aber ich konnte mich nicht loseisen und er hat mir einen seiner Vorträge gehalten. Und dabei haben wir uns das Löwenrelief auf der Palette genau angesehen. Ich fand den Gesichtsausdruck eines der Tiere sehr beeindruckend. Das ist mir aufgefallen, als ich mir die Palette nochmal angesehen habe. Dass der Löwe irgendwie … anders gekuckt hat.“

„Das war sehr aufmerksam von Ihnen“, bemerkte Owain Pratt anerkennend. „Und warum haben Sie sich ausgerechnet dieses Stück angeschaut?“

„Das kann ich gar nicht genau sagen. Ich habe versucht, nachzuvollziehen, was Austin in seinen letzten Tagen gemacht hat. Ich war auch draußen im Depot in Blythe House. Aber nirgends schien irgendetwas … Auffälliges. Ich war sehr traurig, weil ich nicht helfen konnte, Austins Mörder zu finden. Dann bin ich am Freitag hinunter in den Keller. Es klingt wahrscheinlich dumm, aber ich dachte, wenn ich an den Ort gehe, wo Austin als letztes war, kann ich … etwas spüren. Was ihn bewegt hat, dahin zu gehen. Was dort passiert ist. Irgendetwas … Ich stand also in dem Gang, wo der Sarkophag ist. Anchnesneferibres Schrein. Und da … ist mir die Schminkpalette irgendwie ins Auge gesprungen."

Mit den letzten Worten war Louises Stimme schwächer geworden und ihre Lider begannen, zu flattern. Dr. Majinski, der sie durch die Glastür im Auge behalten hatte, trat ein.

„So, nun ist es genug. Meine Herren, die Patientin braucht Ruhe. Sie verabschieden sich jetzt", sagte er entschieden.

Draußen auf dem Flur schüttelte Owain Pratt verblüfft den Kopf. „Dann waren wir mit unserer Fälscheridee doch auf der richtigen Fährte? Nur, dass wir das falsche Exponat im Fokus hatten? Das ist ja ein Ding."

„Was wirst du jetzt tun? Schaltest du die Spezialabteilung ein?"

„Noch nicht. Bei allem Respekt vor Dr. Merciers fachlicher Meinung, aber ich möchte auf Nummer Sicher gehen, bevor ich die Pferde scheu mache. Also werde ich Dr. Mohani nochmal bemühen. Am besten stelle ich das Objekt jetzt gleich sicher und bringe es ihr vorbei."

„Moment noch", bremste John. „Ich habe noch einen weiteren potenziellen Verdächtigen aufgetan." Schnell erzählte er, was Mike über Dr. Saif Qadeer und dessen Auseinandersetzungen mit dem Mordopfer erfahren hatte.

Der Chief Inspector machte sich eifrig Notizen in sein Büchlein. Dann klappte er es zu und klopfte John auf die Schulter. „Du bist wirklich ein Quell an Informationen. Ich kann dir gar nicht genug danken, John. Ich melde mich sofort bei dir, sobald ich eine Rückmeldung von Dr. Mohani bekommen habe."

Beschwingt ging Owain voraus in Richtung Ausgang. John, über den sich nach der ganzen Aufregung nun bleierne Müdigkeit senkte, schlurfte langsamer hinterher. Auf dem Rückweg in den Tower schlief er im Streifenwagen prompt ein. Einzig eine große Tasse des berüchtigt starken Kaffeegebräus aus der Kantine und der Gedanke an das

Wochenende mit Pauline ließen ihn den Rest des Tages halbwegs überleben.

Die Sterne für die ersehnte romantische Zweisamkeit standen jedoch nicht allzu günstig. Als John am Freitag kurz nach vier voller Vorfreude auf zwei freie Tage zurück in seine Wohnung kam und sich mit einem Aufatmen den hohen Beefeaterhut vom Kopf zog, war Pauline bereits eingetroffen. Sie warf ihm jedoch nur eine angedeutete Kusshand zu und sprach weiter in ihr Handy.

„Sehr schön. Dann bin ich morgen um elf Uhr im Museum. … Mittagessen hinterher? Ja, warum nicht? Das klingt gut, Gene. Ja, ich freue mich. Also bis morgen.“ Sie legte das Telefon auf den Küchentisch, trat zu John und umarmte ihn.

„Hallo, mein Lieber.“

John erwiderte ihre Umarmung nicht ganz mit der üblichen Begeisterung. „Sag mal, du willst dich doch nicht wirklich mit diesem Fosdyke-Patterson treffen?“, wollte er wissen.

Pauline machte einen Schritt zurück und blickte ihn erstaunt an. „Aber über meinen Plan hatten wir doch gesprochen. Ich freue mich schon auf meinen ersten Undercover-Einsatz bei einer Mordermittlung.“

„Aber der Mann gehört zum Kreis der Verdächtigen“, protestierte John.

„Ja, eben. Das ist doch der Sinn der Sache – ihn genauer unter die Lupe zu nehmen.“

„Aber das … ist Sache der Polizei“, beharrte John.

„Sag mal, was ist eigentlich dein Problem?“ Pauline stemmte die Hände in die Hüften. „Ausgerechnet du kommst jetzt daher und sagst, Scotland Yard wird die Sache schon richten? Und ich soll mich heraushalten? Herrgott, quasi jedes Mitglied deiner Familie war schon in private Ermittlungen involviert, mit Renie an vorderster Front. Und mir traust du sowas etwa nicht zu, oder was?“

„Das … ist doch Unsinn“, entgegnete John lahm.

Pauline presste die Lippen zusammen und fixierte ihn mit ihrem patentierten bohrenden Lehrerinnenblick.

„Dieser Kerl ist ein übler Schürzenjäger“, brach es aus ihm heraus. „Dem kann man nicht über den Weg trauen. Wenn du dich mit ihm triffst, dann komme ich mit.“

„Auf keinen Fall“, schleuderte Pauline ihm entgegen. „Dann bekomme ich bestimmt nichts aus ihm heraus.“

John verspürte das Bedürfnis, sich die Haare zu raufen. „Also gut, dann triff dich von mir aus mit ihm im Museum. Aber wozu noch hinterher mit ihm zum Essen gehen?“

Plötzlich stieß Pauline ein undamenhaftes Schnauben aus. „Hah, jetzt verstehe ich, woher der Wind weht: Du bist eifersüchtig! Oh Mann. Du traust mir nicht! Nur, weil ich mit einem halbwegs präsentablen Typen zum Essen gehe! Das ist traurig – “

Weitere Tiraden wurden durch das Klingeln von Johns Handy unterbrochen. Er zog es ohne hinzusehen aus seiner Uniformjacke, die er immer noch trug.

„John! Schön, dass ich dich erreiche“, begrüßte ihn eine melodiöse Frauenstimme. „Ich wollte dir gleich als erstes Bescheid geben: Euer neues Fundstück ist tatsächlich gefälscht.“

„Wow“, stieß er aus. „Claire, das könnte der Durchbruch für unseren Fall sein. Meine Güte. Ich weiß gar nicht, was ich sagen soll. Tausend Dank für deine großartige Unterstützung!“

Claire lachte leise auf.

„Immer gern, John. Für dich sowieso, das weißt du. Vielleicht können wir ja in nächster Zeit mal zum Essen gehen. Sofern Pauline dich nicht mit Beschlag belegt.“

John wurde bewusst, dass die soeben angesprochene ihn aus zwei Schritt Entfernung finster anstarrte. Er straffte die Schultern, erwiderte Paulines Blick entschlossen und sagte, „Das machen wir, Claire. Ich rufe dich in den nächsten Tagen an. Und nochmals: Danke.“

„Sehr gern. Ich rufe gleich noch DCI Pratt an. Und dann toi, toi, toi für eure Mörderjagd.“

Als John auflegte, griff Pauline nach ihrer Jacke. „Ich gehe zu Louise ins Krankenhaus“, sagte sie kühl. Dann warf sie die Wohnungstür hinter sich zu.

Kapitel 22

John hielt es für klüger, ihr nicht zu folgen. Er legte seine Uniform ab und war gerade auf dem Weg in die Dusche, als sein Telefon abermals klingelte. In der Hoffnung, es wäre Pauline, machte er kehrt. Und hatte gleich darauf Owain Pratts aufgeregte Stimme ihm Ohr.

„John! Wir sind endlich auf der richtigen Spur“, sprudelte der Chief Inspector los. „Dank deiner Dr. Mohani. Die Frau ist wirklich eine Wucht. Kompetent, schnell, diskret. Und sie hat nicht einmal nach einem Honorar gefragt. Ich bin ihr wirklich etwas schuldig. Und dir natürlich erst recht – “

John, dem im Adamskostüm ein wenig frisch wurde, unterbrach die Dankesbekundungen des Walisers.

„Schon gut, schon gut. Du kannst uns ja zum Essen einladen, sobald der Fall gelöst ist“, sagte er. „Wie geht es jetzt weiter?“

„Ich werde sofort die Kollegen der ‚Kunst und Antiquitäten‘-Abteilung informieren. Dr. Mohani hat mir ihren Bericht bereits per E-Mail geschickt und das Objekt selbst wird gerade von einer Streife hergebracht. Glücklicherweise habe ich gestern das Zentraldepot des Museums wieder absperren lassen, als ich die Schminkpalette abgeholt habe. Ich habe einen Zettel an der Tür anbringen lassen, dass rund um den Sarkophag noch einmal eine Tatortuntersuchung durchgeführt werden muss. Ich hoffe, dass niemand dort einen Zusammenhang zu den möglichen Fälschungsfällen herstellt. Ich will keinesfalls, dass der oder die Täter Wind davon bekommen, dass wir ihnen auf der Spur sind. Schon gar nicht, während ein Teil der Mitarbeiter mitsamt Dr. Qadeer noch in Ägypten weilt. Man stelle sich vor, einer von denen ist an der Sache beteiligt und schöpft Verdacht. Dann wäre es ein Leichtes, von dort aus irgendwohin zu verschwinden. Das können wir nicht riskieren.“

„Du hast recht. Hast du das Entnahmebuch geprüft? War die Schminkpalette mal ausgeliehen?“

„Es gibt leider keinerlei Einträge unter der Inventarnummer. Der Täter muss also die gefälschte Palette direkt vor Ort gegen das Original ausgetauscht haben. Gut, das Ding ist natürlich nicht besonders groß, das könnte man wahrscheinlich schon unter einem Laborkittel herumtragen, ohne dass es auffällt. Und jetzt muss ich los, John – “

„Einen Moment noch“, warf John hastig ein. „Pauline ist wieder in der Stadt. Gerade ist sie zu Louise gegangen. Und morgen will sie sich partout unter einem Vorwand mit diesem Dr. Fosdyke-Patterson treffen und ihn aushorchen. Owain, mir gefällt das gar nicht. Könntest du ihr das nicht offiziell untersagen?“

„Ob ich dazu die Befugnis habe, müsste ich erst prüfen“, schmunzelte Pratt. „Außerdem ist es vielleicht gar keine schlechte Idee, eine schöne Frau auf unseren Casanova anzusetzen. Allerdings sollten wir uns bei einer solchen Aktion vorher absprechen“, setzte er hinzu. „John, lass mich darüber nachdenken. Ich melde mich im Laufe des Abends wieder bei dir, okay?“

Damit musste John sich zufriedengeben. Als Friedensangebot nahm er sich vor, Pauline eines ihrer Lieblingsgerichte zu kochen, ein indisches Butter Chicken. Eine gute Stunde später war er gerade dabei, das Huhn in seine selbstgemachte Marinade einzulegen, als die Haustür aufging. Sichtlich übelgelaunt kam Pauline in die Küche gestampft.

„Dieses verdammte Biest!“, stieß sie aus und schleuderte ihre Handtasche auf die Eckbank. John hielt inne. Nun ging Pauline mit ihrer Eifersucht wirklich zu weit. Dass sie in diesem Ton über Claire Mohani sprach! Gleich darauf stellte sich jedoch heraus, dass das Ziel von Paulines Zorn jemand anderes war.

„Wie eine derart ungehobelte und beschränkte Person es bei der Met so weit gebracht hat, versteht echt kein Mensch“, raste sie. „Da steht sie bei Louise auf der Matte und traktiert sie mit Fragen, bis die Arme fast zusammenbricht! Und was passiert: Der Arzt muss Louise ein Beruhigungsmittel geben und keiner darf heute mehr zu ihr!“

John drehte den Wasserhahn auf und wusch sich die Hände. „Jetzt setz dich erstmal. Ich koche uns einen Tee und dann erzählst du mir in Ruhe, was passiert ist.“

Pauline ließ sich auf einen Stuhl fallen. „Als ich in die Intensivstation kam, musste ich mich als Erstes ausweisen und dann wurde geprüft, ob ich zu Louise darf. Die passen da wirklich gut auf sie auf, muss ich sagen. Also, schließlich bekomme ich das Okay und stehe schon vor der Glastür und winke ihr zu – da kommt DCI Soames, dieser Drachen, von hinten angeschossen und schiebt mich einfach zur Seite“, sagte sie empört. „Sie müsste jetzt eine Vernehmung durchführen. Auf der Stelle. Und ich sollte gefälligst draußen warten. Also stehe ich mir auf dem Flur die Beine in den Bauch und nach einer Weile kommt sie raus und rauscht an mir vorbei. Mit einem Gesichtsausdruck, als wäre sie kurz vor dem Platzen. Ich läute wieder bei der Station und was sagt mir die Krankenschwester? Der Arzt musste die Furie rauswerfen, weil sie Louise zu sehr aufgeregt hat und die Überwachungsgeräte alle Alarm geschlagen haben. Ende vom Lied: Besuchsverbot. Oh, ich könnte diese Frau erwürgen!“

John stellte eine Tasse Melissentee vor Pauline – er hielt etwas Beruhigendes für angezeigt – und setzte sich zu ihr.

„DCI Soames ist wirklich eine Zumutung“, stimmte er ihr zu. „Mit solchen Beamten setzt Scotland Yard seinen Ruf in der Bevölkerung aufs Spiel. Im Vergleich zu ihr erscheint selbst Simon noch human, und das heißt schon etwas.“

Pauline schnaubte, dann griff sie nach dem dampfenden Gebräu und nahm einen Schluck. Mit einem Blick auf die Küchenanrichte sagte sie, „Du machst mir ein Butter Chicken?“

John nickte mit einem Lächeln. „Mit dem Essen musst du dich aber noch gedulden. Ich will das Huhn mindestens eine Stunde in der Marinade lassen und danach geht es für rund eine halbe Stunde in den Ofen.“

Sie griff nach seiner Hand. „Es tut mir leid, dass ich vorhin so aufgegangen bin. Meine Nerven sind in letzter Zeit nicht die besten.“

„Das ist völlig verständlich“, gab John zurück. „Ich glaube, wir kommen beide gerade ziemlich auf dem Zahnfleisch daher. Und natürlich kannst du dich morgen mit Dr. Fosdyke-Patterson treffen. Ich … habe mir nur Sorgen um deine Sicherheit gemacht. Aber wie wir schon erlebt haben, ist der Personaltrakt des Museums auch am Wochenende gut besetzt. Du solltest also sicher sein, solange du dich nicht von ihm in ein menschenleeres Depot locken lässt.“

„Das mache ich nicht, versprochen. Und ich könnte auch Madeleine vorwarnen, dass ich komme. Wenn sie in der Nähe ist, passiert mir sicher nichts. Warte, ich rufe sie gleich an.“ Pauline schnappte sich ihr Handy und ging ins Wohnzimmer hinüber.

Froh, dass zwischen ihnen wieder gutes Einvernehmen herrschte, machte John sich daran, seine Küchenutensilien zu reinigen und wegzuräumen. Danach deckte er den Tisch und zupfte einige Blätter von seinem Korianderbusch, der auf dem Fensterbrett residierte. Gedankenverloren kaute er auf dem frischen Grün herum, als Owain Pratt sich wie versprochen wieder meldete. Im Gegensatz zu seinem vorherigen Anruf klang er nun reichlich entnervt.

„John, hier ist echt die Kacke am Dampfen. Die Kollegen fühlen sich ziemlich auf den Schlips getreten. Die waren gar nicht erbaut über meine Eigeninitiative und vor allem, dass ich Dr. Mohani in die Ermittlungen einbezogen habe. Meine Güte, was wir zuhause in Wales alles auf dem kleinen Dienstweg regeln konnten! Hier in London wächst sich alles gleich zu einer Monstersache aus. Jeder Schritt muss koordiniert und abgesegnet sein und keiner darf um Gottes Willen seinen ‚Kompetenzbereich' auch nur um einen Millimeter überschreiten. Die Hierarchie steht über allem. Jetzt haben wir hier also zwei streitende Abteilungen, ‚Kapitalverbrechen' gegen ‚Kunst und Antiquitäten'. Momentan geht es nur darum, wer jetzt die Führung der Ermittlungen übertragen bekommt. Eigentlich sticht Mord definitiv Kunstfälschung oder –diebstahl, aber da es hier um *die* Museumsikone des Landes geht, beansprucht mein lieber Kollege DCI Douglas das Kommando für sich. Wir warten jetzt noch auf das Eintreffen von DCI Soames. Und dann geht das Feuerwerk erst recht los, fürchte ich. Dass ich Frischling gegen Douglas keine Chance habe, ist klar, aber die gute Chandrika wird sich nicht die Butter vom Brot nehmen lassen wollen."

John schlug sich an die Stirn. Wenn die bedeutendste Kriminalbehörde des Vereinigten Königreichs sich damit aufhielt, sich mit Rangkämpfen und individuellen Befindlichkeiten ihrer eigenen Beamten herumzuschlagen, dann lag Madeleine Wharton mit ihrem vernichtenden Urteil über Scotland Yard doch nicht daneben.

„DCI Soames war vorhin bei Louise", berichtete er. „Und sie hat sie so sehr aufgeregt, dass der Arzt sie hinauskomplimentiert hat und Paulines Besuch bei Louise für heute gestrichen werden musste. Pauline ist auf 180, das kann ich dir sagen."

Pratt stöhnte auf und stieß ein Wort aus, das John nicht verstand. Er ging davon aus, dass es sich um ein walisisches Schimpfwort handelte. Dann änderte sich sein Ton jäh.

„Ah, da ist ja die verehrte Kollegin. John, wir hören uns morgen. Und Pauline … soll gut auf sich aufpassen."

Von wegen, dachte John, nachdem er aufgelegt hatte. *Ich* werde auf Pauline aufpassen. Und zwar heimlich, damit sie nicht wieder allergisch reagiert.

Nach einem äußerst angenehmen Vormittag, an dem beide es genossen, nicht aus den Federn zu müssen, strebte Pauline um viertel nach zehn am Samstag den Tower Hill hinauf zur U-Bahn. John winkte ihr vor den Festungsmauern nach. Kaum war sie außer Sichtweite, setzte er sich eilig in Bewegung und trabte am Fluss entlang die halbe Meile zur Haltestelle ‚Monument', wo er in einen Bus der Linie 521 sprang.

Nach einem energischen Schlussspurt langte er fast gleichzeitig mit Pauline beim Museum an.

Vorsichtig hielt er sich in einiger Entfernung, bis er sie durch den Eingang verschwinden sah. Dann huschte er hinein und erspähte sie gerade noch, wie sie mit dem gutaussehenden Archäologen ins Untergeschoss verschwand, sichtlich angeregt ins Gespräch vertieft.

John schnaufte tief durch. Madeleine hatte versprochen, ein Auge auf Fosdyke-Pattersons Büro zu haben. Ohnehin wären heute eine Menge ihrer Kollegen im Haus, da an diesem Wochenende Vorbereitungen für die nächste Sonderausstellung liefen, hatte sie erzählt. Im Personaltrakt wähnte John Pauline daher einigermaßen sicher. Nun hieß es, die Zeit totzuschlagen, bis sie mit dem Indiana-Jones-Verschnitt das Gebäude verließ. Er griff nach einem der Flyer am Informationsschalter und wanderte, ein Auge stets wachsam auf den Zugang zum Untergeschoss gerichtet, in der gigantischen Eingangshalle herum.

‚Sir Norman Fosters ikonisches Glasdach macht unseren Großen Hof zum weitläufigsten überdachten Platz Europas', las er in seiner Broschüre. Amüsiert betrachtete er einige Fotos der Premierenfeier des letzten Bond-Streifens, ‚Spectre', zu der hier eigens mehrere der überdimensionalen Skelette aus der Eingangssequenz des Blockbusters aufgebaut worden waren. Dann jedoch erlosch sein Lächeln, als er daran dachte, dass auch Dr. Coleridge nun zu den *Muertos* gehörte, deren Gedenktag im Film so berauschend gefeiert worden war.

Er konnte nur inständig hoffen, dass Pauline nicht gerade mit dem Mann zusammensaß, der für Coleridges Tod verantwortlich war. Unvermittelt fiel ihm ein, dass Claire Mohani den stellvertretenden Kurator vielleicht persönlich kannte. Ihr Spezialgebiet war schließlich die Unterwasserarchäologie und Dr. Fosdyke-Patterson hatte erzählt, dass er bei der Tauchexpedition im Nil dabei gewesen war. Er verließ schnurstracks das Museum und wählte ihre Nummer.

„John? Wie schön, so schnell schon wieder von dir zu hören. Habt ihr wieder ein Untersuchungsobjekt für mich?"

„Hallo, Claire. Verzeih die Störung. Nein, heute geht es um etwas anderes. Sag, kennst du Dr. Gene Fosdyke-Patterson?"

Ein abschätziges Schnauben drang an Johns Ohr. „Kann man wohl sagen. Sooo groß ist die Archäologen-Gemeinde in London nicht. Also läuft man sich immer wieder mal bei Fachtagungen oder gemeinsamen Projektplanungen über den Weg. Warum fragst du?"

„Er … ist eine Person von Interesse bei den laufenden polizeilichen Ermittlungen.“

„Oh. Natürlich, er ist ja der Stellvertreter von Dr. Coleridge gewesen. Und schon lange scharf auf dessen Posten, soweit ich das mitgekriegt habe – “

„Tatsächlich? Uns gegenüber hat er durchwegs so getan, als wären er und Coleridge ein Herz und eine Seele gewesen“, warf John ein.

„Pfff“, kommentierte Claire. „Der liebe Gene ist mit allen Wassern gewaschen. Der Typ, der dir vorneherum schmeichelt und dir dann ein Messer in den Rücken stößt.“

Angesichts dessen, was Louise angetan worden war, sträubten sich Johns Nackenhaare bei diesen Worten.

„Fachlich ist er durchaus brauchbar, aber menschlich …“, sprach Claire weiter. „Er ist einer von den Typen, der den akademischen Unterbau die ganze Arbeit machen lässt und dann mit deren Resultaten einen Fachartikel veröffentlicht, auf dem nur sein Name erscheint. Immer auf seinen Vorteil bedacht. Und hinter jedem Rock her. Wenn du eine Frau wärst, würde ich sagen, du musst dich vor ihm hüten, John.“ Sie lachte. John war jedoch ganz und gar nicht nach Heiterkeit zumute.

Kaum hatte er aufgelegt, bezog er wieder seinen Beobachtungsposten in der Eingangshalle. Als er in der Auslage des Souvenirshops ein hübsches Seidentuch mit Hieroglyphenmotiv entdeckte, war er in Versuchung, es für Pauline zu erstehen. Aber er befürchtete, just dann an der Kasse zu stehen, wenn Pauline und Fosdyke-Patterson das Gebäude verließen. Er wusste zwar, in welches Restaurant die beiden gehen wollten – es lag nur zwei Straßen weiter – aber er wollte sie keinesfalls aus den Augen verlieren.

Endlich, nach weiteren 20 Minuten, kamen die beiden die Treppe herauf. John verdrückte sich eilig hinter eine Informationstafel. Gerade, als er zur Eingangstür hinaus wollte, legte ihm jemand die Hand auf die Schulter. Er fuhr heftig zusammen.

„Aha. Unser Überläufer lässt sich auch wieder mal sehen“, erklang eine barsche Stimme.

„Madeleine! Ich – pass auf, lass uns später sprechen. Ich möchte Pauline und Fosdyke-Patterson auf den Fersen bleiben.“

„Ich passe schon auf sie auf“, belehrte Madeleine ihn. „Auf euch Männer ist doch im Ernstfall kein Verlass.“

John starrte die Amerikanerin sprachlos an. Abgesehen von dieser himmelschreienden Diskriminierung der Hälfte der Menschheit – dachte Madeleine ernsthaft, der weiße Laborkittel, den sie trug, war für eine unauffällige Beschattungsaktion geeignet?

Schon strebte Madeleine Wharton energisch hinter Paulines rotem Schopf her, den sie in einiger Entfernung ausmachen konnten. John blieb nichts anderes übrig, als ihr zu folgen. Als Pauline und ihr Begleiter kurze Zeit später in dem italienischen Lokal verschwanden, bezogen ihre Verfolger Stellung an der Bushaltestelle schräg gegenüber. Hier ergossen sich im Minutentakt Touristenhorden aus den roten Doppeldeckern wie auch aus einer schier unendlichen Kolonne von Reisebussen.

Madeleine ignorierte John und fixierte durch das Menschengewühl hindurch unverwandt die Fenster des ‚Venezia'.

John seufzte unhörbar. Dann regte er an, „Vielleicht möchtest du den Kittel ausziehen? Ich finde, er ist doch ein wenig auffällig."

Die Amerikanerin grunzte unwillig etwas – es hörte sich für John verdächtig nach ‚Korinthenkacker' an – streifte aber den Laborkittel ab und stopfte ihn in ihre unförmige Umhängetasche.

„*Scusi*, äh, Verzeihung, können Sie uns sagen, wo es zum Britischen Museum geht?"

Kaum hatte John dem jungen italienischen Paar die Richtung gewiesen, wurde er von einer Schülergruppe angesprochen, die auf der Suche nach einer McDonald's-Filiale war. Hier musste er passen, dafür konnte er einer älteren Dame den Weg zum Kaufhaus Liberty's zeigen.

„Herrje! John! Willst du Fremdenführer spielen oder über Paulines Sicherheit wachen?", raunzte Madeleine Wharton ihn an.

„Was soll ich deiner Ansicht nach machen, wenn jemand mich um eine Auskunft bittet?", gab John zurück.

„Du musst an deinem Auftreten arbeiten", sagte sie entschieden. „Du scheinst irgendetwas an dir zu haben, dass die Leute alle angetrappelt kommen und dich als Erklär-Bär sehen. Nimm dir ein Beispiel an mir – mich belästigt auch keiner."

Und wen wundert's, dachte John ungnädig.

Eine halbe Stunde und ein Dutzend ratsuchender Touristen später klingelte sein Telefon. ‚DCI Pratt' zeigte das Display an.

„John! Neuigkeiten!", rief Owain. Madeleines Augenbrauen zogen sich finster zusammen, offenbar hatte sie die Stimme des verhassten

Polizisten erkannt, der sie verhaftet hatte. Dennoch trat sie näher, um unverblümt zu lauschen.

„Madame Mercier hat mir einen entscheidenden Hinweis geben können – "

„Was?! Louise ist aus dem Koma erwacht? Und mir sagt kein Mensch etwas darüber?", explodierte Madeleine augenblicklich.

„Grüne Neune! Ist das Dr. Wharton da bei dir?", fragte der Chief Inspector, während die Amerikanerin weiter zeterte.

„Eine Minute", sagte John in den Hörer, dann wandte er sich an Madeleine.

„Wenn du dich hier so aufführst, werden die Leute auf uns aufmerksam", zischte er. „Ja, Louise ist wach, aber die Polizei hat uns zum Stillschweigen verpflichtet. Sie versuchen, ihr Leben zu schützen, verstehst du das? Schließlich läuft der Täter noch frei herum. Also sei jetzt bitte einfach still."

Zu seinem Erstaunen verstummte Madeleine Wharton tatsächlich. Aber sie blieb unbewegt nur eine Handbreit von ihm entfernt stehen, die Arme verschränkt, den Kopf zu seinem geneigt. Resigniert sprach John wieder ins Telefon.

„Owain, Dr. Wharton steht direkt neben mir und hört zu. Was gibt es also Neues?"

„Madame Mercier hat sich erinnert, dass sie auf der Treppe einen Kollegen gesehen hat, als sie am Freitag nach ihrer Entdeckung der gefälschten Schminkpalette aus dem Depot nach oben kam. In dem Moment hat sie es gar nicht wirklich registriert, weil sie sehr erregt war, aber im Nachhinein hat sie das Gefühl, dass er sie beobachtet hat."

John zog scharf die Luft ein. „Wer war es?"

„Dieser Konservator, Dr. Ainsworth!"

John versuchte, sich ein Bild des Mannes vor Augen zu rufen. „Dieser recht freundliche Typ, der uns auf dem Flur über den Weg gelaufen ist? Der, der Louise von Dr. Coleridges Ausflug ins Blythe House erzählt hat?"

„Genau! Wir hatten ihn als Täter ausgeschlossen, weil er ein von mehreren Leuten bezeugtes Alibi für den Abend der Ausstellungseröffnung hat. Er hat das Haus definitiv verlassen, bevor Coleridge getötet wurde."

„Oh", machte John enttäuscht. „Aber dann – "

„Dann machen wir uns auf die Suche nach einem Komplizen", sprudelte der Chief Inspector weiter. „Wir haben die Telefondaten aller

Mitarbeiter abgefragt, die bei der Veranstaltung im Museum waren. Soweit wir es rekonstruieren konnten, hat Ainsworth gegen 22.10 Uhr mit Dr. Coleridge gesprochen. Und hinterher hat er eine Nachricht an eine Handynummer geschrieben, die zu einem Prepaid-Handy gehört. Und der Clou: An dem Tag der Attacke auf Madame Mercier hat er um 16.04 Uhr an dieselbe Nummer eine Nachricht geschickt."

„Und wem gehört diese Nummer?", platzte Madeleine heraus.

„Wir wissen es nicht. Wie gesagt, Prepaid. Und jetzt ist es abgeschaltet, wir können es also nicht orten. Aber was wir wissen, ist: Beide Male, als die Nachrichten von Dr. Ainsworth kamen, war das Empfängerhandy in derselben Funkzelle eingeloggt wie Ainsworth, also im Museum. Und wer war beide Male zu der Zeit dort und zum Zeitpunkt des Mordes sogar im Untergeschoss? Dr. Fosdyke-Patterson!"

Wie von einem Magneten angezogen, richteten sich Johns und Madeleines Blicke auf das italienische Lokal. Plötzlich schlug Madeleine sich die Hand vor den Mund.

„Da vorn! Das sind sie doch!" Sie zeigte auf ein Taxi, das soeben vom Fahrbahnrand losfuhr. Durch die Heckscheibe war ein roter Haarschopf zu erkennen.

Kapitel 23

Blindlings raste John über die vielbefahrene Straße, riss die Tür des Lokals auf und suchte unter den Gästen verzweifelt Paulines Gesicht. Umsonst.

„Die rothaarige Frau und ihr Begleiter – haben sie gesagt, wo sie hinwollen?“, plärrte er in den Raum. Alle Augen wandten sich ihm zu.

„Sir, ich muss Sie bitten, zu gehen.“ Ein junger Mann, der mit einer Espressomaschine hantiert hatte, kam hinter der Theke hervor.

„Bitte helfen Sie mir! Es ist sehr wichtig“, flehte John.

„Wenn Sie weiterhin unsere Gäste stören, muss ich die Polizei verständigen.“ Der Barista mit seiner langen dunkelbraunen Schürze baute sich vor John auf.

„Aber ich bin der Lebensgefährte der Dame – “

„Ihre privaten Probleme müssen Sie woanders lösen“, kam die unbewegte Entgegnung. John kapitulierte und trat den Rückzug an.

Als er wieder hinaus in den hellen Sonnenschein kam, klingelte sein Handy erneut.

„Nur, damit du Bescheid weißt: Ich sitze im Taxi und bleibe den beiden auf den Fersen. Sie sind vier Autos voraus und bewegen sich nördlich auf der Hampstead Road“, knarzte Madeleines Stimme an sein Ohr. Schon hatte sie wieder aufgelegt.

Egal, wie barsch und arrogant sie war – in diesem Moment hätte John die Amerikanerin küssen können. Ohne sie wäre Paulines Spur verloren gegangen. Fieberhaft überlegte John, was er tun konnte. Sollte er sie anrufen, um sie zu warnen? Oder würde sie das erst recht in Gefahr bringen, wenn Gene Fosdyke-Patterson davon etwas mitbekam? Sollte er die Polizei alarmieren? Aber was würde passieren, wenn das Taxi von Streifenwagen gestoppt würde und Fosdyke-Patterson in Panik geriet? Erst jetzt fiel ihm auf, dass er Owain Pratts Anruf vorhin in der Aufregung einfach abgewürgt hatte. Mit zitternden Fingern suchte er dessen Nummer in seiner Kontaktliste und tippte die grüne Taste.

Es dauerte sehr lang, bis der Chief Inspector abnahm.

„John! Was ist los bei euch? Du warst plötzlich weg und ich musste in unsere Teambesprechung zurück – “

„Pauline ist mit Fosdyke-Patterson im Taxi davongefahren – “

„Was?! Warum?! Hat er sie gezwungen?“

„Ich glaube nicht. Madeleine hat sie einsteigen sehen und ist ihnen in einem anderen Taxi gefolgt. Sie hat sich gerade gemeldet. Sie sind nördlich auf der Hampstead Road unterwegs."

„Warte. Hampstead Road … Fosdyke-Patterson wohnt am Rand von Camden Town, in der Nähe des Regent's Parks. Vielleicht fahren sie in seine Wohnung."

Johns Blutdruck stieg in neue Höhen und ihm wurde ein wenig schwindlig. Pauline war auf dem Weg in die Höhle dieses Monsters!

„Bitte schick eine Streife dorthin", beschwor er Pratt. „Sie darf nicht mit ihm in die Wohnung gehen."

„Ich will sehen, was ich tun kann. Aber ich kann dir nichts versprechen. Wir sind uns hier nicht ganz einig über das weitere Vorgehen und das letzte Wort hat aktuell DCI Douglas." Im Hintergrund war Gekeife zu hören.

„Ja, Chandrika, ich komme", sagte Pratt. „Nein, ich führe hier keine privaten Telefonate. Ich melde mich wieder, sobald es geht, John", setzte er leise hinzu, dann war er fort.

John raufte sich die Haare. Dann tippte er mühselig eine SMS an Pauline und hoffte, dass sie einen unbeobachteten Moment fand, sie zu lesen. Nachdem er ruhelos für einige Minuten den Gehsteig auf und ab getigert war, beschloss er, nach Camden Town hinaufzufahren. Zur Not würde er selbst Pauline aus den Fängen des Mörders befreien – und wenn er die Haustür eintreten musste!

Derart befeuert hielt er Ausschau nach einem Taxi. Aber eines nach dem anderen fuhr vorbei, ohne auf seine hektischen Handzeichen zu achten. John verfluchte herzhaft die Touristen, die sich an diesem Samstagvormittag in Massen durch die Stadt kutschieren ließen, während er dringend ein Transportmittel brauchte. Als er kurz vor dem Herzinfarkt stand, meldete sich wieder sein Handy.

„Ich habe sie", bellte Madeleine. „Sie konnte entkommen. Wir sind gleich bei dir."

John wurden vor Erleichterung die Beine wacklig. Haltsuchend lehnte er sich an einen Laternenpfahl und befolgte seinen eigenen Ratschlag – einatmen bis Vier, ausatmen weiter bis Zehn … Er bemerkte nicht einmal, dass ein Pudel mit dem dieser Rasse eigenen Humor sich von der anderen Seite an den Laternenpfahl angepirscht und sein Bein gehoben hatte. Etliche Spritzer zierten auch Johns Hose, als er schließlich durch das scharfe Bremsen eines Taxis am Fahrbahnrand aus seiner Trance erwachte.

Gleich darauf flog Pauline in seine Arme. „Dieses Scheusal“, schniefte sie nach einigen langen Momenten.

„Ich bin so froh, dass du ihm entkommen konntest“, murmelte John in ihr Haar. „Konntest du meine Nachricht lesen, ohne dass er etwas davon bemerkt hat?“

Pauline hob den Kopf. „Nein, ich wusste gar nichts davon, dass er unter akutem Mordverdacht steht. Das habe ich erst von Madeleine gehört, als sie mich aufgegabelt hat.“

John blickte sie verwirrt an. „Aber warum bist du dann vor ihm geflohen?

Sie vergrub verlegen ihr Gesicht an seiner Brust. „Er hat mir im Taxi plötzlich einfach die Hand unter den Rock geschoben und mir was von einem Quickie in der Mittagspause ins Ohr geflüstert.“ Sie schüttelte sich angewidert.

John schnappte nach Luft. „Ich bringe ihn um“, knurrte er zwischen zusammengebissenen Zähnen.

„Na, da wallt jetzt aber der Mannesstolz auf“, kommentierte Madeleine sarkastisch. „Keine Sorge, John, das kleine Frauchen ist nicht so wehrlos, wie du meinst. Ich habe durch das Rückfenster gesehen, wie sie ihm mit Schmackes ihre Tasche über die Rübe gezogen hat. High Five!“ Sie streckte Pauline ihre Handfläche entgegen.

Pauline schlug ein, mit einem halben Lächeln. „Ja, das war nicht schlecht, weil ich ein von ihm handsigniertes Buch drin hatte, das er mir zuvor geschenkt hatte. Das ist ganz hübsch auf seinem Schädel aufgedotzt.“ Dann jedoch wurde ihre Miene bitter. „Und was schreit mir dieser Arsch dann noch nach, als ich aus dem Taxi ausgestiegen bin? Dass ich doch froh sein könnte, wenn mir in meinem Alter überhaupt noch jemand an die Wäsche geht.“

In John erwachte wieder die Mordlust.

Madeleine schüttelte den Kopf. „Dem gehören die Eier abgeschnitten und frittiert.“

John zuckte bei dieser Vorstellung schmerzlich zusammen, stimmte ihr aber inhaltlich zu.

„Warum um Himmels Willen bist du mit ihm in das Taxi gestiegen?“, wollte er dann von Pauline wissen.

Sie biss sich auf die Unterlippe. „Er hat mir erzählt, dass er in seiner Wohnung eine besondere Sammlung von originalen altägyptischen Kunstwerken hat. Ich dachte, vielleicht ist da etwas dabei, was aus dem Museum stammt und dort durch eine Fälschung ersetzt worden ist. Ich hatte vor, heimlich Fotos zu machen, die man dann mit der Inventarliste hätte vergleichen können …"

„Ganz ehrlich, Pauline: keine dumme Idee, aber ziemlich blauäugig in der Umsetzung", urteilte Madeleine. „Selbst ist die Frau und das alles – ja, auf jeden Fall. Aber dieser Alleingang war einfach hirnrissig."

Schöner hätte John es nicht zusammenfassen können. Er löste sich von Pauline und drückte der überraschten Amerikanerin einen herzhaften Kuss auf die Wange.

„Danke, Madeleine. Ich ziehe den Hut vor dir. Du warst es, die den kühlen Kopf bewahrt und goldrichtig reagiert hat, während ich herumgerannt bin wie ein aufgescheuchtes Huhn. Auf dich kann man in einer Krise wirklich zählen."

Madeleine Wharton gestattete sich ein kurzes erfreutes Lächeln. Dann meinte sie mit einem Blähen der Nasenflügel, „Was riecht hier so streng? Du hast dir aber nicht vor Angst ins Hemd gemacht, John, oder?"

„Habt ihr Ainsworth und Fosdyke-Patterson geschnappt?", fragte John wenig später gespannt. Sie standen zu dritt unter einem Baum in den nahen Brunswick Square Gardens, wo es relativ ruhig war. Owain Pratt am anderen Ende der Leitung schnaubte auf. „Bah. Keine Rede davon."

„Was?", begehrte Pauline auf. „Aber wieso – "

„Weil uns zum jetzigen Zeitpunkt eindeutige Beweise fehlen, sowohl für die Beteiligung der Herren an einem möglichen Diebes- und Fälscherring, als auch für den Mord an Dr. Coleridge und die Attacke auf Madame Mercier. Und wenn wir jetzt einen Fehler machen, fliegt uns die ganze Sache um die Ohren. Wir beschränken uns im Augenblick also darauf, Hintergrundinformationen zu den Verdächtigen einzuholen und eine unauffällige Observation in die Wege zu leiten – "

Madeleine Wharton stieß einen verächtlichen Laut aus. „Typisch. Erst werden reihenweise die Falschen verhaftet und wenn man dann endlich mal die Richtigen im Visier hat, hat keiner den Arsch in der Hose, die Verantwortung zu tragen."

„Bei allem Respekt, Dr. Wharton, aber ich denke nicht, dass es uns am ‚Arsch in der Hose' fehlt, wie Sie es nennen", gab der Waliser zurück. „Aber selbst wenn ich der Meinung wäre, dass weitere Schritte gerechtfertigt wären, muss ich die Entscheidungen des leitenden

Ermittlers respektieren. Und das ist nun mal DCI Douglas von der Kunst- und Antiquitätenabteilung."

„Ich verstehe", sagte John resigniert. „Kannst du uns weiterhin auf dem Laufenden halten?"

„Ich werde es versuchen, aber versprechen kann ich nichts. Douglas hält uns ziemlich an der kurzen Leine und er ist keiner, der von der Mitarbeit von Zivilpersonen an der Polizeiarbeit auch nur das Geringste hält. Ich hoffe, ich kann euch vertrauen, dass nichts von dem, was ihr von mir erfahren habt, nach außen dringt. Sonst kann ich gleich meinen Hut nehmen."

„Das ist doch selbstverständlich", versicherte John.

„Ehrenwort", kam es von Pauline. Madeleine nickte verdrießlich.

„Oh, Pauline, noch etwas", fiel es dem Chief Inspector ein. „DCI Douglas möchte, dass Madame Mercier als wichtigste Zeugin vorerst zu 100 Prozent abgeschirmt bleibt. Das Krankenhauspersonal ist angewiesen worden, niemanden zu ihr zu lassen – "

„Das ist wohl ein Witz", rief Pauline erzürnt. „So kann man doch nicht mit Menschen umspringen!"

„Es tut mir wirklich leid", meinte Owain zerknirscht. „Aber ich kann es nicht ändern." Dann verabschiedete er sich hastig und John blieb mit zwei erheblich verstimmten Frauen zurück.

„Ich gehe zurück an meine Arbeit", verkündete Madeleine Wharton. „Diese Hornochsen sollen selbst sehen, wie sie zu Potte kommen."

Pauline stimmte ihr zu. „Ein kompletter Saftladen ist das, unsere Metropolitan Police. Komm, John, lass uns nach Hause gehen. Ich brauche eine Auszeit."

Damit war John, der sicher war, dass die Aufregungen des Vormittags ihm einen ganzen Satz weiterer grauer Haare eingebracht hatten, sehr einverstanden.

Als er mit Pauline nach einer erquickenden Siesta gerade debattierte, was es zum Abendessen geben sollte, meldete Owain Pratt sich noch einmal.

„Ein Schritt vor, zwei zurück", grummelte er. „Erstens hat sich die Geschichte um das Relief in Dr. Coleridges Büro ganz unspektakulär aufgelöst: Er hatte es ausgeliehen, um es einem Kollegen in den USA zu schicken, der eine Ausstellung über Schätze des Königreichs Kusch plant. Dr. Fosdyke-Patterson hat vorhin angerufen, dass der Kollege sich jetzt an ihn gewandt und nachgefragt hat, ob er mit dem baldigen Versand rechnen kann. Nun ja, wenigstens ist das Rätsel um dieses Ding jetzt geklärt. Was aus unserer Sicht weniger erfreulich ist: Fosdyke-Patterson hat für die Attacke auf Madame Mercier ein Alibi“, berichtete er hörbar enttäuscht. „Ich habe Signorina Francesca angerufen und sie sagt, dass sie am Freitag mit ihm in seiner Wohnung war. Ich glaube nicht, dass sie lügt. Dr. Ainsworth hat nach Aussage zweier Nachbarn seine Wohnung an dem Abend ebenfalls nicht mehr verlassen, nachdem er gegen 17 Uhr nach Hause kam. Damit kommt er für keinen der tätlichen Angriffe in Frage.“

„Und was ist mit dieser Handynummer, die er kontaktiert hat?“

„Dieser Anschluss wird grundsätzlich nur in der Funkzelle des Museums verwendet und das zu ganz unregelmäßigen Zeiten. Momentan ist das Handy wieder aus. Und selbst wenn es aktiviert wird: Wie sollen wir feststellen, wem es gehört? Dazu müssten wir eine Razzia im gesamten Gebäude machen. Was würde das für ein Aufsehen geben!“ Der Chief Inspector verstummte kurz, bevor er weitersprach.

„Weißt du, John, ich glaube, ich gehe jetzt nach Hause und gönne mir ein bisschen Ruhe. Ich hatte gefühlt seit Wochen keinen Tag frei und bin wirklich erschöpft. Außerdem wurde uns mit schönem Gruß vom Commissioner soeben mitgeteilt, dass wir ab morgen ohnehin alle nur noch als Zuarbeiter fungieren werden. Der Retter der Metropolitan Police landet um acht Uhr und wird auf der Stelle mit der Arbeit beginnen.“

John schwante Übles. „Superintendent Whittington.“

„Exakt. Er wäre eigentlich erst ab Montag wieder im Dienst, aber nachdem ihm der Commissioner offensichtlich mitgeteilt hat, dass die Performance seiner Untergebenen zu wünschen übrig lässt, opfert der Superintendent seinen Sonntag. Er hat angeordnet, dass Douglas, Soames und ich ihn in Heathrow in Empfang nehmen. Auf dem Weg zum Yard sollen wir ihn auf den aktuellen Stand bringen und dann dürfen wir demütig seine Befehle empfangen.“ Der bittere Unterton in Owain Pratts Stimme war nicht zu überhören.

John konnte seinen Frust nur zu gut verstehen. Er wünschte dem leidgeprüften Polizisten einen erholsamen Feierabend und legte auf.

„Das ist ja wieder mal typisch“, grollte Pauline. „Simon schafft es doch immer, rechtzeitig zum Abschluss eines Falls da zu sein und sich die Lorbeeren unter den Nagel zu reißen.“

John nickte. „Dafür hat er wirklich ein Talent. In diesem Fall war es perfektes Timing von seiner Seite, das muss man ihm lassen. Zwei Wochen in der Karibik mit dem internationalen Jet-Set, dann zuhause die Aufklärung mehrerer schwerer Verbrechen auf einen Streich und schließlich mit sonnenverwöhntem Teint als Star-Ermittler vor den Kameras stehen."

Beide gaben im Duett Würgelaute von sich.

„Aber wer weiß, ob er den Fall – oder die Fälle – überhaupt auf die Schnelle knackt", meinte Pauline dann. „DCI Pratt hat sich wochenlang die Hacken abgelaufen und bis jetzt ist im Endeffekt bis auf unklare Verdachtsmomente nichts herausgekommen." Plötzlich wurde ihre Miene sorgenvoll. „Die arme Louise! Bestimmt wird Simon sie ausquetschen wollen. Und wir wissen ja, dass er Leute noch viel rücksichtsloser in die Zange nehmen kann als selbst Chandrika Soames."

Auch Johns Stirn legte sich in Falten. „Ich würde ihr bei ihrem angegriffenen Nervenkostüm auch keine Vernehmung durch Simon wünschen. Nun, die Ärzte im Krankenhaus scheinen gut auf sie zu achten. Wir können nur hoffen, dass sie Simon im Fall des Falles genauso hinauswerfen wie DCI Soames."

„Trotzdem", beharrte Pauline. „Mir gefällt das alles nicht. Auch, dass die Polizei sich anmaßt, Louise quasi wie eine Gefangene in Isolationshaft zu behalten – "

Johns Handy klingelte. „Renie", stellte er mit einem Blick auf das Display fest.

„Hallo, Onkel", rief sie gleich darauf aufgekratzt in sein Ohr. „Wie läuft's bei euch? Sorry, dass ich ein paar Tage abgetaucht bin, aber unser Krankenlazarett lichtet sich gerade erst und wir hatten einige wirklich aufregende Entdeckungen von Spezies, die dokumentiert werden mussten."

„Kein Grund, sich zu entschuldigen, Renie", sagte John. „Du hattest sehr viel um die Ohren, davon hat uns deine Mum schon erzählt. Wir freuen uns, wenn eure Expedition erfolgreich ist."

„Oh, das ist sie! Klar hatten wir mit einigen Sachen zu kämpfen, aber aus wissenschaftlicher Sicht können wir jetzt schon mehr als zufrieden sein, sagt Geoff. Und wir haben ja noch ein paar Tage. Am Donnerstag geht der Flieger zurück. Mensch, ich freue mich schon so auf daheim! Aber jetzt erzählt, wie geht es Louise? Wie ist der Stand mit dem Museumsmord? Er scheint noch nicht aufgeklärt zu sein, oder zumindest habe ich keine Nachrichten darüber im Netz gefunden."

Abwechselnd berichteten John und Pauline, was in den letzten Tagen passiert war.

„Waas? Gefälschte Kunstwerke im Britischen Museum?!" Renie war hörbar fassungslos. „Das kann doch nicht sein."

„Es ist wirklich schwer vorstellbar", stimmte Pauline ihr zu. „Aber könnt ihr euch an die Aktion von Banksy erinnern, als er seine vermeintliche Felszeichnung eines Höhlenmanns mit Einkaufswagen in die Altertumsabteilung im Britischen Museum einschmuggelte und es tagelang kein Mensch bemerkt hat? Das ist allerdings schon mindestens zehn Jahre her."

„Hah, natürlich weiß ich das noch", kam es von Renie. „Das war, als ich gerade meine rebellische Teenagerphase hatte. Banksy mit seinem subversiven Humor war damals schon einer meiner Helden. Mann, das wäre mal ein Traum von mir, mit ihm ein Interview führen zu dürfen."

John verkniff sich die Bemerkung, dass Renies ‚rebellische Teenagerphase' nach seiner Erinnerung bereits in ihrer Kindergartenzeit begonnen und – wenn überhaupt – erst mit ihrer Heirat geendet hatte.

„Zurück zum Thema", sagte er. „Die aktuelle Arbeitshypothese ist also, dass Dr. Coleridge kurz vor seinem Tod auf das gefälschte Artefakt gestoßen ist und ausgerechnet jemand von den Beteiligten Wind davon bekam. Aus Angst, Coleridge würde vor seiner Abreise noch die Direktion oder die Polizei darüber informieren, wurde er getötet. Auch die Attacke auf Louise soll demselben Motiv entspringen. Nur hat der Mann, der sich am verdächtigsten verhalten hat, ein Konservator namens Dr. Ainsworth, ein Alibi für beide Taten. Und sein Kollege Dr. Fosdyke-Patterson, von dem wir als Einzigem sicher wissen, dass er die Gelegenheit gehabt hätte, sich ins Depot hinunter zu stehlen und Dr. Coleridge zu erschlagen, kann nicht für den Angriff auf Louise verantwortlich sein. Dazu gibt es noch einen Wissenschaftler, Dr. Qadeer, der bekanntermaßen Konflikte mit Coleridge hatte. Der aber ist gerade in Kairo und damit außer Reichweite der Behörden. Ein schöner Schlamassel, das alles."

„Und was dem Ganzen noch die Krone aufsetzt, ist, dass Simon morgen zurückkommt", nahm Pauline den Faden auf. „Und natürlich übernimmt er sofort die Leitung der Ermittlungen. Gut, man muss zugeben, seine Kollegen haben sich auch nicht gerade mit Ruhm bekleckert. Der neue Mann, DCI Pratt, ist zwar ein netter und auch ganz cleverer Kerl und er hat sich wirklich voll ins Zeug gehängt, aber er ist total ausgebremst worden."

„Pff. Das ist ja übel. Der Arme macht die ganze Arbeit und kurz vor dem Ziel wird er in die Wüste geschickt", kommentierte Renie. „Mann, über die Zustände bei der Met müsste man echt mal einen Artikel veröffentlichen."

„Renie", meinte John alarmiert. „Alles, was wir dir erzählt haben, muss unter uns bleiben. Das haben wir Owain versprochen. Eigentlich hätten wir gar nicht mit dir darüber sprechen dürfen."

„Ach was, es bleibt doch alles in der Familie. Und natürlich würde ich nie etwas über interne Vorgänge im Yard veröffentlichen. Simon ist zwar ein Rabenaas, aber ich würde ihn mir nicht zum Feind machen wollen. Ich bin ja nicht lebensmüde."

John atmete erleichtert auf.

„Aber einen weiteren Triumph vergönne ich ihm auch nicht. Schon gar nicht auf dem Rücken seiner Kollegen", stellte Renie fest. „Wartet mal. Lasst mich nachdenken. Dieser Dr. Ainsworth, von dem ihr gesprochen habt. Wie hat er sich genau verdächtig gemacht?"

„Er hat selbst ausgesagt, dass er mit Dr. Coleridge am Abend der Ausstellungseröffnung zweimal gesprochen hat. Angeblich über dessen Urlaubspläne. Soweit ich Owain verstanden habe, hat Ainsworth nach dem zweiten Gespräch eine Nachricht an ein Prepaid-Handy geschickt, das zu dem Zeitpunkt ebenfalls im Bereich des Museums eingeloggt war. Dasselbe hat er gemacht, nachdem er Louise beobachtet hatte, wie sie nach ihrer Entdeckung der gefälschten Schminkpalette aus dem Depot kam. Sie hat zwar nicht mit ihm über ihren Fund gesprochen, aber es ist durchaus möglich, dass er ihr angesehen hat, dass sie etwas Wichtiges herausgefunden hatte. Falls Ainsworth wirklich ein Fälscher ist – und als Konservator hat er dafür wohl die beste Ausbildung, die man überhaupt haben kann – muss er also einen Komplizen haben, der ebenfalls im Museum arbeitet. Dieser Komplize muss für die gewalttätigen Attacken verantwortlich sein. Nur wissen wir nicht, wer diese ominöse Person ist."

„Hmm", kam es nachdenklich von Renie. „Sagt mal, sind nur die wissenschaftlichen Mitarbeiter überprüft worden, oder auch die anderen Berufsgruppen, die im Haus arbeiten? Es gibt doch bestimmt ein ganzes Hausmeister-Team, allein schon für die Reinigung des Glasdachs über der Eingangshalle."

John runzelte die Stirn. „Du hast recht. Ich gehe davon aus, dass die Polizei diese Leute auf dem Schirm hat. Gesprochen haben wir allerdings bis jetzt immer nur über das wissenschaftliche Personal."

„Aber die handwerklichen Mitarbeiter wären doch gewiss nicht mitten in der Nacht im Haus, so wie bei der Ausstellungseröffnung“, warf Pauline ein.

„Aber das Reinigungspersonal“, kam es postwendend von Renie zurück. „Die arbeiten ja meistens, wenn der Rest der Leute weg ist. Und sie können sich total unauffällig überall bewegen, weil kaum jemand auf sie achtet. Denk nur an Janice, John.“

„Oh“, entfuhr es John. In der Tat, bei der turbulenten Geschichte damals im Londoner Zoo hatte eine Reinigungskraft eine entscheidende Rolle gespielt. „Und dieses Wägelchen, das sie meistens für ihre Gerätschaften dabeihaben, wäre ein perfektes Versteck, um zumindest kleinere Artefakte ungesehen transportieren zu können! Renie, ich rufe sofort nochmal DCI Pratt an.“

„Halt mich aber auf dem Laufenden“, rief sie noch, dann hatte John schon die Auflegetaste gedrückt und Pratts Nummer gewählt.

„Habt ihr das Reinigungspersonal überprüft?“, platzte er heraus, kaum dass der Waliser sich gemeldet hatte.

„Natürlich“, sagte Owain mit einem Anflug von Belustigung. „Ich bin ja kein Anfänger, John. Es gab keinerlei Hinweise, dass jemand aus dieser Truppe jemals näher mit Dr. Coleridge zu tun gehabt hätte. Alle, die befragt worden sind, haben angegeben, ihn vom Sehen zu kennen und fertig.“

„Aber es waren an dem Abend der Ausstellungseröffnung Reinigungskräfte im Haus?“, bohrte John weiter, unwillig, Renies Idee so schnell fallen zu lassen.

„Ja, zu dem Zeitpunkt, als das Opfer zum letzten Mal gesehen wurde, waren noch drei im Haus beschäftigt, eine Frau und zwei Männer. Sie waren im ganzen Gebäude verteilt am Werkeln. Gelegenheit hätten sie also gehabt. Nachdem die Tatwaffe bis jetzt nicht gefunden wurde, wissen wir über sie nichts Genaueres. Aber da wir bezüglich eines Motivs nicht auch nur das Geringste finden konnten, gab es auch keine Hintergrundrecherchen über diese Personen.“

„Was ist mit dem Freitagnachmittag, als Dr. Ainsworth zum zweiten Mal diese Prepaid-Nummer kontaktiert hat? War von den drei Leuten da jemand im Haus?“

„Da bin ich momentan überfragt – “ Im Hintergrund war eine weibliche Stimme zu hören.

„Gefällt Ihnen der Strauß so, Sir? Ich habe 25 von unseren schönsten Baccara-Rosen verwendet und dazu – “

„Ja, wunderbar, den nehme ich so. Bitte packen Sie ihn hübsch ein", sagte Owain hastig. „Verzeih, John. Ich bin, äh, schon raus aus dem Yard und auf dem Weg …"

„Könntest du vielleicht trotzdem nachfragen?", beharrte John. „Meine Nichte war es, die mir gerade klargemacht hat, dass wir unseren Fokus vielleicht zu stark auf das wissenschaftliche Personal eingeengt haben."

„Oh, die berühmte Mrs. Tomlinson? Hm. Auch ohne sie persönlich kennengelernt zu haben, habe ich das Gefühl, dass sie eine gute Spürnase hat. Okay, John, ich rufe schnell im Büro an und schaue, ob noch jemand da ist. Vorhin hat sich unsere Teambesprechung ziemlich schnell aufgelöst, als klar wurde, dass die Führungsetage uns ohnehin nicht für kompetent hält, den Fall aufzuklären. Die meisten wollten dann in den Pub. Aber ich will sehen, was ich herausfinden kann. Ich melde mich gleich wieder."

„Ich hoffe, wir haben den guten Chief Inspector nicht auf dem Weg zu einem Date aufgehalten", meinte Pauline, nachdem John aufgelegt hatte. „Es wäre ihm zu gönnen, dass er hier jemanden kennenlernt. Er kommt mir schon ein bisschen einsam vor."

Bevor John etwas sagen konnte, war Pratt schon wieder am Telefon.

„Die Frau, Carol Webb, stand an dem Freitag im Dienstplan ab 16 Uhr", sprudelte er heraus. „Webb ist ausgerechnet für die Personalflure in den beiden Untergeschossen zuständig. Damit hätte sie bei dem Mord an Dr. Coleridge auch die perfekte Gelegenheit gehabt, das Süßigkeiten-Papierchen aus Dr. Whartons Abfalleimer zu entnehmen und als falsche Fährte zu platzieren."

„Und wie wir wissen, wurde die Nachricht von Ainsworth am Freitag um 16.04 Uhr abgeschickt. Da konnte er sich sicher sein, dass sie im Haus war." John ballte triumphierend die Faust. Dann fragte er, „Ist sie auch für dieses Wochenende eingeteilt?"

„Ja. Wie üblich, ab 16.00 Uhr."

John wechselte einen Blick mit Pauline. Sie nickte ihm ermunternd zu.

„Owain, willst du einen letzten Versuch starten, den Fall zu lösen, bevor Superintendent Whittington übernimmt? Dann würde ich Folgendes vorschlagen."

Kapitel 24

Es war 15.58 Uhr. John kauerte im Dunkeln verkrampft hinter zwei Stapeln von Stühlen. Sein Herz pochte wild. Wenn alles glatt lief, würde sich in den nächsten Minuten zeigen, ob sie richtig lagen.

Er tastete nach seinem Handy, das er neben sich auf dem Boden platziert hatte.

„Bin in Position. Seid ihr da?“, wisperte er.

„Roger“, kam es knapp zurück. „Pass gut auf dich auf, mein Hase.“

Ohne die Verbindung zu unterbrechen, legte John das Telefon wieder hin.

Eine Minute vor vier. In dem fensterlosen Raum, der nicht nur als Lager für Büromöbel diente, sondern auch eine Küchenzeile enthielt, war es kühl. Dennoch liefen ihm Schweißperlen über den Rücken. Er hoffte inständig, dass sie nicht aufs falsche Pferd gesetzt hatten. Wenn er nun Owain Pratt einen Floh ins Ohr gesetzt hatte, der den Polizisten die Karriere kosten konnte?

„Wenn unsere Aktion ein Schuss in den Ofen ist, hast du von nichts gewusst“, hatte er vorhin versucht, dem Waliser einzuschärfen. „Wir ziehen das nur durch, wenn du draußen vor dem Museum wartest, bis wir dich alarmieren. Wenn die Sache sich als Rohrkrepierer herausstellt, gehst du einfach nach Hause.“

„Wenn du glaubst, ich lasse euch hier Kopf und Kragen riskieren und stehle mich wie ein Dieb in der Nacht davon, wenn wir falsch liegen, dann hast du dich geschnitten“, war Pratts Entgegnung gewesen. „Aber du hast wohl recht, ich warte vor dem Gebäude. Wenn ich da drin gesehen würde, könnte das die Falschen alarmieren.“

Sie hatten entschieden, dass Pauline mit ihm auf dem Vorplatz des Museums bleiben sollte. Es war nicht ausgeschlossen, dass der Don Juan unter den Ägyptologen, Gene Fosdyke-Patterson, nach seinem erfolglosen amourösen Ausflug wieder ins Museum zurückgekehrt war.

16.00 Uhr. Mittlerweile hatte Madeleine sicher der ‚Maintenance‘-Zentrale im Haus mitgeteilt, dass im Kühlschrank des Lagerraums etwas ausgelaufen war. John hatte ihr vorhin dabei zugesehen, wie sie mit sichtlichem Vergnügen ein Glas Himbeermarmelade umkippte, das etliche mit den Namen der jeweiligen Besitzer etikettierte Frischhaltedosen mit seinem klebrigen Inhalt verunziert hatte.

Anfangs hatte es John etliche Mühe gekostet, Madeleine Wharton dazu zu überreden, sich an der Aktion zu beteiligen. Zu groß war ihre

Abscheu gegenüber der Metropolitan Police. Er hatte sie schließlich mit dem Argument überzeugt, dass es dem Commissioner sicher mehr als sauer aufstoßen würde, wenn ausgerechnet Madeleine einen entscheidenden Beitrag zur Auflösung des Falles geleistet hätte. Und falls diese Sache erfolgreich über die Bühne ging, würde dies tatsächlich zum Großteil Madeleines Verdienst sein. Ohne sie hatte der Plan keine Chance, zu gelingen.

Ihre erste Aufgabe war es, dem Leiter der ‚Maintenance'-Abteilung so sehr auf den Geist zu gehen, dass er ihr die sofortige Reinigung des Kühlschranks versprach, sobald die Spätschicht mit der Arbeit begann – also genau jetzt. Dann sollte sie Dr. Ainsworth ausfindig machen – der Konservator war wie so viele andere seiner Kollegen zur Vorbereitung der nächsten anstehenden Sonderausstellung im Haus, dessen hatte sie sich zuvor versichert – und ihm freudestrahlend berichten, dass Louise aus dem Koma erwacht sei, allerdings noch nicht vernehmungsfähig wäre.

Und dann konnten sie nur noch hoffen. Hoffen, dass Ainsworth auf diese alarmierende Nachricht genauso reagieren würde, wie er es zuvor schon zweimal getan hatte: mit einer SMS an die ominöse Handynummer. John erstarrte. Schritte kamen den Gang entlang. Dann schob sich eine Gestalt in den Raum, ohne das Licht anzumachen. Und eine zweite! Er hielt den Atem an.

„Aber Gene – *prego*. Gehen wir wenigstens in dein Zimmer. Hier kann doch jederzeit jemand kommen."

„Das ist es ja. Hmm, der Kitzel der möglichen Entdeckung … Mann, da komme ich gleich in Fahrt – "

John hörte Kleidungsstücke rascheln und war seinerseits versucht, aufzustöhnen. Da drang unvermittelt ein Quietschen vom Flur an sein Ohr. Auch die Italienerin – gewiss die schöne Francesca – hatte es gehört.

„Das ist der Putzwagen! Hör auf jetzt, Gene. Ich gehe."

John spendete Francesca im Stillen Applaus.

Ein unterdrückter Fluch war zu hören, dann ein schmerzvolles Aufjaulen. Die Tür wurde geöffnet und ein Schatten verschwand hindurch. An dem heftigen Geschnaufe und bösen Gegrummel auf der anderen Seite des Raums erkannte John, dass Fosdyke-Patterson den Raum nicht verlassen hatte. Mit diebischer Freude stellte John sich vor, dass der Versuch des Schürzenjägers, wesentliche Körperteile wieder in der Kleidung zu verstauen, wohl misslungen war und er in diesem

Zustand nicht gesehen werden wollte. Dann hörte er ein Kratzen und Scharren, als ob etwas Schweres über den Boden geschoben würde. Versuchte Fosdyke-Patterson, sich hinter einem der anderen Stuhlstapel zu verstecken?

Gleich darauf öffnete sich die Tür erneut. Das Licht ging an. John versuchte, sich noch kleiner zusammenzufalten. Durch den Wald an Stuhlbeinen konnte er erkennen, dass ein kantiges hellblaues Wägelchen auf eiernden Rädern hereingeschoben wurde. Dahinter folgten zwei Beine in Sicherheitsschuhen und grauen Strümpfen unter einem knielangen Kittel.

Die Beine bewegten sich zielstrebig zu dem Kühlschrank, der sich keine drei Schritte von John entfernt befand.

„Mann, was für eine Sauerei“, hörte er dann. „Und natürlich machen die gnädigen Herrschaften ihren Dreck nicht selber weg, sondern erwarten, dass man ihnen hinterherräumt – “

Die vor sich hin grollende Frau zuckte jäh zusammen, als ein Stapel Stühle sich wie von Geisterhand bewegte und Gene Fosdyke-Patterson heraustrat. Wenn John sich rühren hätte können, hätte er sich in diesem Moment an die Stirn geschlagen. Dieser … unsägliche Mensch! Da hatten sie all das inszeniert, damit Carol Webb – zumindest hoffte er, dass sie es war – sich unbeobachtet wähnte, wenn – wiederum hoffentlich – die SMS von Dr. Ainsworth kam. Und nun musste dieser Armleuchter alles kaputtmachen!

„Herrgott, Gene! Du hast mich fast zu Tode erschreckt“, keifte die Frau. Dann wurde ihr Ton spöttisch. „Ach, ich weiß schon. Du wolltest die Kleine bespringen, die sich gerade dünne gemacht hat. So, wie du schaust, bin ich ein bisschen zu früh dahergekommen, was? Mann, das tut mir aber leid.“

„Halt die Klappe, Carol. Mach lieber deinen Job.“

Johns Augenbrauen zogen sich überrascht nach oben. So, wie diese beiden miteinander sprachen, standen sie in einem ziemlich vertrauten Verhältnis. Hatte der stellvertretende Kurator des Rosetta-Steins auch mit der Reinigungskraft schon erotische Abenteuer hinter sich?

„Ja, klar, dafür bin ich schließlich da, nicht wahr?“, gab Carol Webb gehässig zurück. Da unterbrach ein ‚Pling‘ das Geplänkel.

„Ainsworth“, knurrte sie. „Was kann *er* schon wieder wollen? Auch einer von den Pissern, die fürs Grobe immer nach Hilfe schreien …“ Gleich darauf war ein schockierter Laut zu hören. „Scheiße, die Französin ist wieder aufgewacht.“

„Verdammt!“, fluchte Fosdyke-Patterson. „Das hast du echt verbockt! Wenn sie aussagt, sind wir geliefert.“

Ainsworth, Webb *und* Fosdyke-Patterson …??!! Diese unerwartete Wendung der Ereignisse ließ John das Gleichgewicht verlieren und er fiel aus seiner knienden Position nach vorne, gegen einen der schützenden Stuhlstapel. Dieser geriet prompt ins Wanken.

„Was zum Teufel – ?“

Aus der Froschperspektive konnte John zwei Beinpaare sehen, die näherkamen. Da er sicher war, jeden Moment entdeckt zu werden, entschloss er sich zur Flucht nach vorn. Und schnellte hoch wie ein Schachtelteufel – oder zumindest war das sein Plan. Wie sich zeigte, war sein rechter Fuß eingeschlafen und verweigerte den Dienst. Von seinem eigenen Schwung nach oben katapultiert, stürzte John haltlos zwischen zwei Stapeln nach vorn und landete unsanft auf den Knien.

„Wer ist *das* denn?“ Bewaffnet mit einem Wischmopp starrte eine Frau auf ihn herab. Wäre John ihr je zuvor begegnet, hätte er es nie für möglich gehalten, hier die Frau ‚für's Grobe‘ einer Verbrecherbande vor sich zu haben. Er schätzte sie auf Mitte bis Ende Dreißig. Die langen mittelblonden Haare hatte sie mit einem Tuch nach hinten gebunden. Unter ihrem makellos sauberen Kittel trug sie eine kurzärmelige geblümte Bluse. Etwas an ihrer Haltung und wie sie den Wischmopp hielt, ließ John jedoch ahnen, dass dieser Inbegriff von Biederkeit irgendeine Art von Kampfsportausbildung genossen hatte – und auch mehr als bereit war, diese Kenntnisse gegen ihn einzusetzen.

„Ich glaube, der arbeitet für die Polizei“, kam es erschrocken von Fosdyke-Patterson.

„Genau“, brachte John heraus und bemühte sich trotz seiner prekären Position um einen autoritären Ton. „Mackenzie, Sondereinheit der Metropolitan Police. Sie sind verhaftet. Ihnen werden gemeinschaftlich begangener Diebstahl, Fälschung und Handel von Kulturgütern vorgeworfen. Dazu Mord und Mordversuch – “

„Das war *sie*!“ Fosdyke-Patterson deutete hektisch auf Carol Webb.

„Die Ratten verlassen das sinkende Schiff, was?“, höhnte sie. „Typisch für euch Weicheier. Ohne mich hättet ihr doch überhaupt nichts gebacken gekriegt. Aber keine Sorge, dieses Schiff wird nicht untergehen. Der Clown da hat nicht einmal eine Waffe, siehst du das nicht? Was für ein Polizist soll das sein? Den werden wir schon los.“ Während Fosdyke-Patterson zurückwich, holte sie mit ihrem Wischmopp aus.

„Mayday, mayday", brachte John noch heraus, bevor er sich zur Seite rollen ließ, um dem Mopp auszuweichen. Mit einem Krach flog die Tür auf und er nahm einen hereinwirbelnden weißen Kittel wahr und etwas, das metallisch im Licht der Leuchtstoffröhren aufblitzte.

„Keine Bewegung", kommandierte Madeleine Wharton. „Was Sie da spüren, ist mein Seziermesser. Und glauben Sie mir, anders als Sie weiß ich, wo ich es ansetzen muss."

Der Wischmopp klapperte zu Boden. Madeleine Wharton grinste zufrieden. Da merkte John, dass Fosdyke-Patterson fort war. Er musste den Moment genutzt haben, um durch die offene Tür zu entweichen. Gleich darauf jedoch war ein „Uumf" zu hören und dann ein dumpfer Aufschlag.

Das darauffolgende teuflische Kichern konnte John eindeutig zuordnen.

„Pauline", rief er und versuchte, sich aufzurichten.

„Mein Hase! Ist alles in Ordnung? Hast du dir wehgetan?" Schon kniete sie neben ihm.

„Nein, es ist alles gut", beruhigte er sie. „Habt ihr Ainsworth und den Wüstling erwischt?"

„Und ob", kicherte sie erneut.

„Ainsworth habe ich behelfsmäßig in Dr. Coleridges Büro festgesetzt", schnaufte Owain Pratt, der Fosdyke-Patterson am Kragen gepackt hatte und hinter sich her zur Tür herein schleifte. „Und diesen werten Herrn hier hat Pauline zur Strecke gebracht."

„Wir haben in einem Selbstverteidigungskurs an unserer Schule gelernt, wo ein Tritt am besten wirkt", meinte Pauline mit gespielter Bescheidenheit.

Owain Pratt nickte ihr anerkennend zu. „Sehr gut gemacht. Der Treffer ging voll ins Schwarze."

Der Ägyptologe hielt sich beide Hände schmerzverzerrt vor die Leibesmitte und bedachte Pauline mit hasserfüllten Blicken.

„Tja, du abgehalfterter Lustmolch." Sie grinste ihn mit unverstellter Schadenfreude an. „In den nächsten Jahren wird die Frauenwelt vor dir sicher sein, schätze ich." Damit wandte sie sich ab und gab John einen herzhaften Kuss.

„Die Ermittlungen sind noch nicht abgeschlossen, aber wir können bereits zum jetzigen Zeitpunkt Folgendes bestätigen:"

John und Pauline saßen in der letzten Reihe des Saals, der für Pressekonferenzen der Metropolitan Police genutzt wurde und trotz des kurzfristig anberaumten Termins am Sonntagnachmittag dicht gefüllt war. Auf dem Podium hatte der Commissioner soeben Owain Pratt das Wort erteilt.

„Es konnte eine kleine kriminelle Organisation zerschlagen werden, die sich einer Vielzahl von Vergehen, unter anderem Fälschung, Diebstahl und Handel von wertvollen Kulturgütern des Britischen Museums schuldig gemacht hat. Bisher konnten drei Mitglieder der Organisation identifiziert und am gestrigen Samstag in Haft genommen werden. Zwei davon, namentlich Dr. Rupert Ainsworth und Dr. Gene Fosdyke-Patterson, gehören zum wissenschaftlichen Personal des Hauses und verfügen dank ihrer Qualifikation und ihrer beruflichen Position sowohl über die fachlichen Kompetenzen wie auch über eine hervorragende Vernetzung in Sammlerkreise. Ein weibliches Mitglied, Ms. Carol Webb, hat seit zwei Jahren dort als Reinigungskraft gearbeitet. Wie sich herausgestellt hat, verfügt diese Person über einen Abschluss in Kunstgeschichte. Zudem konnten wir bereits nachweisen, dass sie regelmäßig ein Kampfsportstudio besucht, in dem unter anderem Krav Maga gelehrt wird. Nach jetzigem Kenntnisstand ist sie für den Mord an Dr. Austin Coleridge und den versuchten Mord an Dr. Louise Mercier verantwortlich. Diese beiden hochverdienten Mitarbeiter hatten unabhängig voneinander Beweise für die Taten der Beschuldigten entdeckt. Motiviert durch das Bemühen, ihr lukratives ‚Geschäftsmodell' weiterführen zu können, schreckten die Beschuldigten nicht vor Mord zurück." Owain nahm einen Schluck Wasser und fuhr fort.

„Soweit der Tathergang sich anhand der ersten Vernehmungen rekonstruieren ließ, fiel Dr. Coleridge kurz vor der Eröffnungsveranstaltung der Ausstellung ‚Versunkene Städte' ein gefälschtes Kunstwerk im Zentraldepot des Museums ins Auge. Im Laufe des Abends beging er den fatalen Fehler, ausgerechnet mit einem seiner vertrautesten Kollegen, Dr. Ainsworth, über seinen Fund zu sprechen. Diesem kündigte er an, er wolle bis zum Ende der Veranstaltung warten, um kein Aufsehen zu erregen, und dann den Direktor informieren. Dr. Ainsworth verabredete mit ihm, sich um 23 Uhr im Zentraldepot zu treffen, um das fragliche Artefakt gemeinsam in Augenschein zu nehmen. Dann verständigte er per SMS die Reinigungskraft Carol Webb, die zu dem Zeitpunkt ihren Dienst im

Untergeschoss versah und verließ gemeinsam mit drei Kollegen das Gebäude, um sich ein Alibi für die Tatzeit zu verschaffen. Carol Webb ging an seiner Stelle zu dem Treffen und tötete Dr. Austin Coleridge mit einem Eisenrohr, das im Griff eines ihrer Putzwerkzeuge sichergestellt werden konnte.“

John erschauerte unwillkürlich.

„Eine Woche, nachdem Dr. Louise Mercier den Leichnam von Dr. Coleridge gefunden hatte, wurde sie selbst beinahe zum nächsten Opfer von Ms. Webb. Sie stieß auf dasselbe Kunstwerk, das auch Dr. Coleridge aufgefallen war. Dr. Ainsworth, der seine Kollegin beobachtet hatte, schlug wiederum bei der Reinigungskraft Alarm.

Um eine mögliche Verbindung zum Museum zu vertuschen, postierte sich diese, nachdem sie ihre Schicht unter einem Vorwand frühzeitig beendet hatte, vor Dr. Merciers Wohnung. Als diese die Wohnung verließ, wurde sie von der Beschuldigten verfolgt, die auf einen unbeobachteten Moment wartete. Bevor der Angriff, der trotz der Kampfsportausbildung von Ms. Webb zunächst nicht tödlich war, zu Ende geführt werden konnte, kam glücklicherweise Mr. Nathan Bennett, Ehemann des Opfers, dazu und konnte das Schlimmste verhindern. Entgegen mancher Aussagen, die in den letzten Tagen in den Medien zu sehen waren, hat Mr. Bennett mit der Tat in keiner Weise etwas zu tun. Er hat den Behörden als wichtiger Zeuge bei den Ermittlungen geholfen. Bezüglich Dr. Mercier kann ich Ihnen mitteilen, dass sie sich nach Aussage der behandelnden Ärzte vollkommen erholen wird.“

Owain Pratt faltete das Blatt zusammen, das er vor sich hatte.

„Es liegen umfangreiche Ermittlungen vor uns, um das Ausmaß der weiteren Vergehen dieser Personengruppe eingrenzen zu können. Diese werden von der Abteilung für Kapitalverbrechen gemeinsam mit der Abteilung ‚Kunst und Antiquitäten‘ geführt werden. Kollege DCI Douglas und ich, wir freuen uns, dass uns dabei mit Superintendent Whittington, der Ihnen natürlich allen bestens bekannt ist, ein hochkompetenter und erfahrener Mann federführend zur Seite steht.“

Owain nickte zu Simon hinüber, der auf der anderen Seite des Commissioners saß und ein nach Johns Einschätzung etwas dünnes Lächeln aufscheinen ließ.

„Der Superintendent persönlich wird Sie alle, werte Medienvertreter, auf dem Laufenden halten über unsere Ermittlungsergebnisse“, fuhr der Chief Inspector fort. „Was ich an dieser Stelle noch betonen möchte, ist die hervorragende Zusammenarbeit mit dem Britischen Museum. Es war für uns jederzeit ein Bemühen um Transparenz und ein echtes Interesse an rückhaltloser Aufklärung der Fälle zu erkennen. Insbesondere ist das Engagement von Dr. Madeleine Wharton zu nennen, die eine international anerkannte forensische Expertin ist. Auch Dr. Claire Mohani vom ‚Museum of London' hat als Kunstsachverständige einen wesentlichen Beitrag geleistet. Darüber hinaus möchte ich schlussendlich noch zwei Zivilpersonen danken, die auf eigenen Wunsch ungenannt bleiben sollen. Ihr couragierter Einsatz trug entscheidend zur Verhaftung der Beschuldigten bei."

John zog unwillkürlich den Kopf ein.

Der Commissioner ergriff wieder das Wort. „DCI Pratt, ich danke Ihnen für Ihre Ausführungen. Es ist sehr erfreulich, dass Mitglieder der Bürgerschaft sich für die Belange der öffentlichen Sicherheit einsetzen. Dies zeigt die Wertschätzung der Einwohner unserer Stadt für die fabelhafte Arbeit, die die Metropolitan Police Tag für Tag für die Menschen hier leistet."

Während der Commissioner zu einem Loblied über die Polizei ansetzte, raunte Pauline John zu, „Das höre ich mir nicht an. Lass uns gehen". Sie huschten hinaus.

„Was für ein Schwätzer. Der könnte in die Politik gehen", meinte sie, als sie in den hellen Sonnenschein hinaustraten.

John nickte zustimmend. „Aber Owain hat das sehr gut gemacht, finde ich. Einerseits war er mutig genug, den Beitrag gerade von Madeleine in aller Öffentlichkeit zu würdigen, obwohl das dem Commissioner sicher nicht gefallen hat. Anderseits hat er auch nicht versucht, sich auf Kosten seiner Kollegen zu profilieren."

„Was Simon an seiner Stelle mit Sicherheit gemacht hätte", ergänzte Pauline. „Ja, Owain ist ein guter Diplomat. Und ein guter Polizist. Ich hoffe, dass er Scotland Yard erhalten bleibt und nicht zurück nach Wales geht. Und jetzt lass uns endlich zu Louise ins Krankenhaus fahren."

Als sie die Eingangshalle des Charing Cross Hospitals durchquerten, kam ihnen Nate Bennett entgegen. Sichtlich wütend schleuderte er ein kärgliches in klare Plastikfolie eingeschlagenes Blumensträußchen, das er offensichtlich an der nächstbesten Tankstelle erworben hatte, in einen Abfalleimer. Dann stampfte er wortlos an ihnen vorbei.

Pauline warf jubelnd eine Faust in die Luft. „Hipp, hipp, hurra! Den sind wir hoffentlich endgültig los. Einen besseren Kerl als den findet Louise allemal.“

Louise Mercier winkte ihnen bereits munter durch die Glastür entgegen. Und auf dem Tischchen neben ihrem Bett prangte ein riesiger Strauß aus roten Baccara-Rosen.

„Sieht aus, als hätte sich schon ein Kandidat gefunden“, murmelte John und grinste.

Printed in Poland
by Amazon Fulfillment
Poland Sp. z o.o., Wrocław

21578213R00140